DISSERTATION
CRITIQUE
SUR L'ILIADE
D'HOMERE.

TROISIE'ME PARTIE.
Des Mœurs & des Caractères de
l'Iliade.

SECONDE SECTION.
Des Mœurs des Dieux.

E ne crois point qu'il soit necessaire de rappeller ce que
les Anciens Auteurs, soit Ecclesiastiques, soit prophanes,
ont écrit contre les Dieux de la Fable,
tels qu'Homere sur tout les a dépeint.
A l'égard des Auteurs Ecclesiastiques,
ce n'est point ici un Livre de Théologie

III. Partie.   A

où l'on puiſſe faire profeſſion de les citer, bien que je prévoie que Mᵉ D. m'o-
bligera d'avoir quelquefois recours à
eux : & pour les Auteurs prophanes,
quoique je ne veüille pas négliger leur
autorité qui eſt forte contre des Admirateurs éclairez des lumieres de la Religion, je conſerverai neanmoins, autant
qu'il me ſera poſſible, l'eſprit de la vraie
Philoſophie qui s'appuie principalement
ſur la raiſon dans tous les points dont
la raiſon peut décider. Au reſte j'avoüe
qu'au lieu que ſur tous les autres chefs,
j'attaque plûtôt Homere que Mᵉ D. ſur
celui-ci, au contraire, j'attaque beaucoup moins Homere que je ne l'attaque
elle-même, & avec elle, Mʳ D. & le P.
le Boſſu. En effet la groſſiereté du ſiecle
d'Homere, & les ténébres du Paganiſ-
me où il étoit enveloppé le rendent peut-
être digne de quelque pardon ; mais il
eſt étonnant qu'en un ſiecle où la Religion & les bienſéances ont pris le deſſus comme dans le nôtre, on s'efforce
encore de ſoûtenir ces peintures affreu-
ſes & ridicules de Dieux qui prennent le
bon ou le mauvais party ſuivant leur
pure fantaiſie, qui ſe battent, qui tombent enfin dans toutes ſortes de ſotiſes
& de déſordres. Ces indignitez ont fait

DISSERTATION CRITIQUE

SUR L'ILIADE

D'HOMERE,

Où à l'occasion de ce Poëme on cherche les regles d'une Poëtique fondée sur la raison, & sur les exemples des Anciens & des Modernes.

Par Monsieur l'Abbé TERRASSON, *de l'Academie Royale des Sciences*

TOME II.

A PARIS,

Chez FRANÇOIS FOURNIER, rue S. Jacques,

Et ANTOINE-URBAIN COUSTELIER, Quay des Augustins.

M. DCC XV.

Avec Approbation & Privilege du Roy.

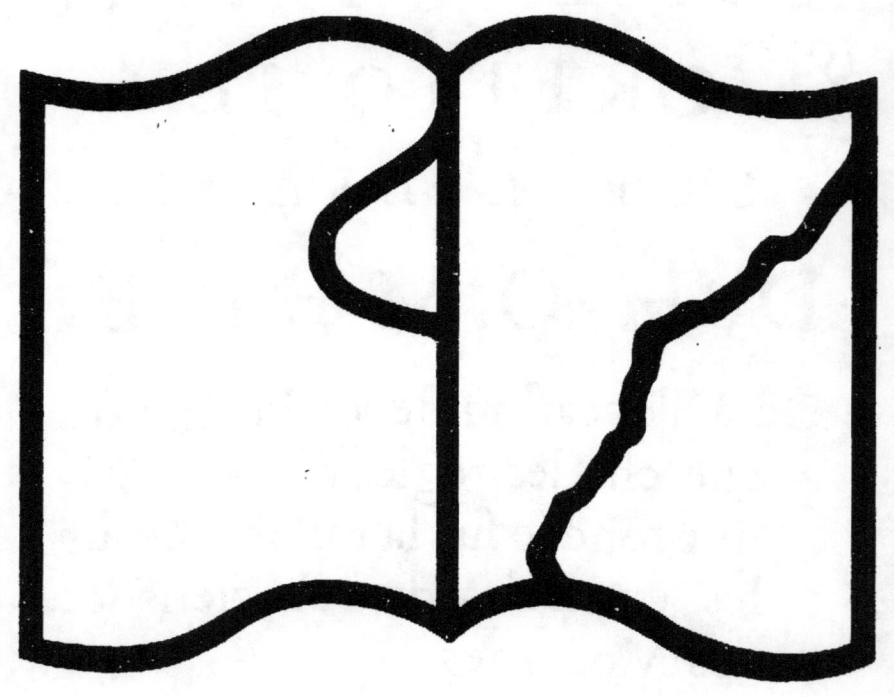

Texte détérioré — reliure défectueuse

NF Z 43-120-11

de la peine aux plus grands Admirateurs qu'Homere ait eu parmi les Payens ; car fans parler de Platon, de Ciceron & de plufieurs autres qui l'ont abfolument condamné fur cet Article, ceux même qui ont entrepris de l'excufer, comme Ariftote, Plutarque, Longin, ont marqué leur embarras par les expreffions humbles dont ils fe fervent, & en infinuant qu'Homere au fond auroit pû mieux faire. Plutarque fur tont lui applique ce vers qui fe trouve plus d'une fois dans l'Iliade.

οἶσθα καὶ ἄλλον μῦθον ἀμείνονα τοῦδε νοῆσαι

Novifti & alium fermonem meliorem hoc excogitare.

qu'Amiot a traduit plaifamment dans fon vieux ftile par ces deux ci.

Tu pouvois bien, fi tu euffes voulu,
Tenir propos qui eußent mieux valu.

Cependant abandonner ou condamner Homere fur l'article des Dieux, comme ont fait les plus grands hommes de tous les fiecles, c'eft nous accorder contre lui plus qu'on ne penfe : car il eft impoffible que des Dieux trés - vitieux emploiez dans un Poême autant qu'Homere emploie les fiens dans l'Iliade, ne

A ij

corrompent le Poême entier dans la partie trés-essentielle de la Religion & de la Morale. Aussi Mᵉ D. ne se rend-elle point là-dessus, & de quelque nature que soient les discours ou les actions des Dieux d'Homere, la justification, la louange même est toûjours prête. Ainsi nous avons deux choses à faire dans cette Section ; l'une est de bien établir l'indignité, la méchanceté, l'injustice des Dieux d'Homere, & particulierement de son Jupiter, & l'autre de faire voir combien sont vaines & même condamnables les excuses, & sur tout les louanges de ses Admirateurs sur ce sujet.

CHAPITRE PREMIER.

Variation d'Homere dans les idées qu'il a données de la grandeur & de la puissance de Jupiter.

AVant que de prouver la méchan-ceté & l'injustice des Dieux de l'I-liade, il est bon de faire voir que la confusion des idées d'Homere s'est éten-duë jusques sur ce qui concerne la gran-deur & la puissance de Jupiter, qu'on croit communément qu'il a portée par la sublimité de ses expressions au plus haut point où l'imagination humaine puisse atteindre. Au premier Livre de l'I-liade (*Vol. 1. p. 26.*) Achille dit à The-tis : Je me souviens de vous avoir sou- «
vent oüi vanter dans le Palais de mon «
Pere que vous aviez seule sauvé Jupi- «
ter du plus grand danger qu'il eut ja- «
mais couru, lorsque les autres Dieux, «
Junon, Neptune, & Minerve avoient «
résolu de le lier ; vous seule vous pré «
vintes l'effet de cette conspiration, & «
vous le garantites de ces chaînes en «
appellant dans le Ciel le Geant à cent «

A iij

»mains, que les Dieux nomment Briarée
» & les hommes Egeon, qui aiant plus
» de force que son Pere *Neptune*, s'assit
» prés de Jupiter avec une contenance
» si fiere & si terrible, que les Dieux
» épouvantez renoncerent à leur entre-
» prise.

Me D. dans sa Préface, *(p. 16. & 17.)* dit
ce paroles :« Il en est de même des plaies,
» des supplices, des emprisonnements
» des Dieux, & de la chûte d'un Dieu
» précipité de l'Olympe : car il faut consi-
» derer qu'Homere, en parlant ainsi des
» Dieux, excepte toûjours le Dieu suprê-
» me, & n'assujettit à ces foiblesses & à
« ces incidens que les Dieux inferieurs,
» c'est-à-dire les Anges, que l'Ecriture-
» Sainte appelle aussi Dieux ». Il est vrai
que dans l'endroit d'Homere que nous
venons d'alleguer, Jupiter ne tombe
point de l'Olympe ; mais à qui en a-t'il
l'obligation ? A une Déesse subalterne qui
l'a secouru, & qui n'auroit jamais pû le
secourir sans le secours d'un Geant, qui,
je crois, n'étoit pas même au nombre
des Dieux. Voila la premiere idée qu'-
Homere nous donne de son Jupiter ;
car il commence toûjours à peindre ses
personnages par des endroits trés-pro-
pres à leur concilier l'estime de ses Lec-

teurs : c'eſt auſſi la premiere entorſe
qu'il donne au ſiſteme général qu'on
voudroit faire ſur l'Iliade, d'un Dieu auteur & maître indépendant des eſprits
créez. Auſſi Mᵉ D. oubliant ce qu'elle a
dit dans ſa Préface , de Jupiter ou du
Dieu ſuprême, toûjours excepté des foi-
bleſſes & des accidens auſquels les autres Dieux ſont ſujets , dit à l'occaſion
de l'endroit que nous examinons actuellement. « Homere parle ici de Jupiter «
comme d'un Roi qu'on vouloit détrô- «
ner ; & pour juſtifier, *continue - t'elle* , «
ces ſortes de contes qu'on doit re- «
garder comme des points de la Théo- «
logie Payenne, on n'a qu'à voir ce «
qui a été remarqué ſur le chap. 26. «
de la Poëtique d'Ariſtote ». C'eſt-à-dire, que ſur le chap. 26. de la Poëtique
d'Ariſtote , Mᵉ D. excuſe ou loüe Homere d'avoir fait ce que Mᵉ D. ſoûtient
dans ſa Préface qu'il n'a eu garde de
faire. L'on pouroit croire que la vûë
d'Homère , en alleguant ces miſerables
contes , étoit de tourner Jupiter & tous
les Dieux en ridicules , comme Lucien
a fait depuis , & d'attaquer ainſi d'une
maniere détournée leur exiſtence : ce
ſeroit par-là ſans doute qu'on expli-
queroit le plus de choſes dans l'Iliade :

A iiij

mais je vois des endroits où Homere releve la Divinité, & Jupiter sur tout par
tous les efforts de sa Poësie, & qui me
font juger que son intention n'étoit pas
telle. A quoy cependant aboutissent tous
ses efforts ? à tres-peu de chose pour les
gens sensez. Les noirs sourcils de Jupiter
ont beau ébranler tout l'Olympe, (p. 34.)
je perdray toute la veneration que j'ay
pour ce Dieu, dés qu'on me rappellera
les risques qu'il a couru, & à quoy il a
tenu qu'il ne fut pas ce qu'il est. Qu'importe même qu'Homere donne à Jupiter cette forme exterieure qu'on a tant
admirée, cette force corporelle dont il
se vante continuellement [a], si dans le
cours du Poëme Junon [b] & Neptune [c]
revoquent en doute sa puissance, & font
des entreprises contre ses volontez posi-
tivement déclarées ? Mais entrons dans
nostre dessein principal, & examinons
les Dieux d'Homere par leur conduite.

[a] L. 8. p. 35. & al.   [c] L. 15. p. 357.
[b] L. 8. p. 47.

❦❦❦❦ ❦❦❦❦❦ ❦❦❦❦❦

CHAPITRE II.

Du caractere malfaisant & injuste qu'Homere a donné à tous ses Dieux, & particulierement à Jupiter.

ARTICLE PREMIER.

Condéscendance de Jupiter à l'injuste priere de Thetis. Tromperie de ce Dieu à l'égard d'Agamemnon.

L'Employ des Dieux dans l'Iliade, c'est-à-dire, tout le merveilleux & tout le surnaturel du Poëme, commence par la plainte qu'Achille fait à la Déesse Thetis sa mere, de l'injure qu'il a reçûë d'Agamemnon. Cet insensé de qui l'on n'auroit pas exigé qu'il se fut vangé des injures par des actions glorieuses, comme Mr D. en loüe Diomede (1. 435.) & à qui l'on auroit pardonné une vengeance qui n'eut regardé

A v

qu'Agamemnon , porte plus loin son
animosité , & dit à sa mere. (*L. 1. p. 27.*)
» faites ressouvenir Jupiter du grand
» service que vous luy avez rendu ; &
» en embrassant ses genoux, tâchez de l'o-
» bliger à secourir les Troyens, & à per-
» mettre que les Grecs soient poussez &
» renfermez dans leurs Vaisseaux avec
» une grande perte. Thetis luy répond.
» (*p. 16.*) Je diray au Maître des Dieux
» & des hommes tout ce que je croiray
» le plus propre à le fléchir : cepen-
» dant, mon fils, demeure sur tes Vais-
» seaux , & donne aux Grecs des mar-
» ques de ton ressentiment en t'abstenant
» de combattre ». Sur un endroit du 18e
Livre Mr D. (*p. 463.*) « dit que The-
» tis n'entre point dans l'esprit de ven-
» geance dont son fils est animé : cela,
» *continue-t-elle* , auroit été trop oppo-
» sé aux bonnes mœurs qu'une Déesse
» eut autorisé la vengeance , elle tâche
» au contraire de luy inspirer des senti-
» mens plus dignes de luy & d'elle , en
» luy insinuant qu'il luy sera glorieux
» de secourir les Grecs dans l'extremité
» où ils sont réduits ». Aprés une remarque comme celle-là , je dois ceder à Mr
D. l'avantage de combattre Homere,
& je ne sçaurois faire une Critique ny

plus juſte, ny plus forte, de l'endroit
du premier Livre où la même Thetis
autoriſe la vengeance de ſon fils à l'é-
gard des Grecs trés-innocents, comme
nous le verrons ailleurs, de la faute d'A-
gamemnon.

Thetis porte à Jupiter la plainte d'A-
chille, & la complaiſance que le Dieu
ſuprême a pour cette Déeſſe qui luy demande l'injuſte perte des Grecs, tire de
luy cette réponſe. « Quels funeſtes malheurs, *luy dit-il*, (*p.* 34.) allez-vous «
cauſer, en m'obligeant à me fâcher «
contre Junon, qui ne manquera pas «
de venir m'irriter par ſes plaintes or- «
dinaires toûjours pleines d'invectives ? «
car elle ne perd pas une occaſion de «
me quereller & de s'emporter contre «
moy, en preſence de tous les immor- «
tels : & elle me reproche ſans ceſſe «
que je favoriſe les Troyens. Mais re- «
tournez-vous-en de peur qu'elle ne «
vous voye ; j'auray ſoin d'accomplir «
ce que vous ſouhaittez ». Ne croiroit-on
pas entendre un Artiſan à qui l'on vient
propoſer une partie de débauche, &
qui au lieu de ſe défendre ſur ſes occupations, ſur ce qu'il doit à ſa famille,
n'alléguë que les criailleries de ſa femme, cede pourtant à ſes camarades

qu'il envoye devant, de peur que sa femme ne le voye sortir avec eux ; sauf quant il sera de retour à la ménacer de la battre, si elle luy rompt la tête ; ainsi que fera Jupiter à la fin de ce même Livre.

Mais laissant à part toute la bassesse de ce discours & allant au fond de la chose, le Poëte même a reconnu l'injustice de la priere de Thetis, & il luy donne formellement l'épithete d'*ἐξαίσιης* (*o* 598.) fort bien traduite par le mot d'*iniqua* dans l'Edition de Mr Barnes.

Θέτιδος δ' ἐξαίσιον ἀρὴν πᾶσαν ἐπικρήηιε.

Thetidis autem iniquam supplicationem ut totam perficeret.

Mc D. pour adoucir la chose a jugé à propos de n'appeller cette priere qu'ambitieuse. « Jupiter, *dit-elle*, (*Vol.* 2. 382.) » pour accomplir la promesse irrevo-» cable qu'il avoit faite à Thetis, en » exauçant ses prieres ambitieuses, avoit » resolu de couronner de gloire le vail-» lant Hector ». Cela n'est guére plus favorable, & il demeure pour constant que Jupiter authorise, selon Homere l'injustice ; & selon Mc D. l'ambition d'une Déesse inferieure, dans laquelle il auroit dû reprimer l'une ou l'autre.

A l'occasion du serment que Jupiter
fait à Thetis de vanger Achille, & qu'il
confirme par un signe de sa tête, Mᵉ D.
dit, (1. 321.) « qu'Homere a connu «
cette vérité ; que la tête est le siege «
de la raison, & qu'il enseigne par-là «
que tout ce que la tête a approuvé «
doit être immuable ; & qu'il ny a «
ny équivoque, ny intention, ny res- «
triction, qui doivent dispenser de «
tenir ce qu'on a promis ». Homere qui
n'avoit pas les vûës de Mᵉ D. n'a jamais
pensé à tout cela, & la langue Grecque
n'exprime point tant de choses par un
seul mot ; mais par rapport à la maxime de Mᵉ D. j'ay à dire qu'elle n'est
vraye que quand la promesse est juste ;
car si elle est injuste, non-seulement on
est dispensé, mais il est même défendu
de la tenir : & selon la bonne morale,
à laquelle Mᵉ D. paroît s'interesser icy,
accomplir un serment injuste comme
celuy de Jupiter ; c'est ajoûter un crime
à un autre. La commodité du style de
remarque, pour dire tout ce qui vient
dans l'esprit, nous a procuré cette autre
reflexion de Mᵉ D. sur ces paroles de
Jupiter à Thetis. (1. 34.) J'auray
soin d'accomplir ce que vous sou-
haittez. Homere enseigne icy, *dit-elle,*

» (I. 321.) qu'il ny a point de raifon
» de famille qui doive empêcher de
» rendre à fon bienfaiteur la recon-
» noiffance qu'on luy doit pour les fer-
» vices qu'on en a reçus ». Si Me D.
avoit cherché les élemens de la Morale
dans des Auteurs plus exacts qu'Homere, elle fçauroit qu'en général, & toutes chofes égales, les devoirs étroits
comme le foin d'une famille qui nous
appartient, ou à laquelle nous appar-
tenons, paffent avant les devoirs de
convenance, comme les marques de
reconnoiffance envers un étranger : mais
ce qui eft fenfiblement vray, les interêts effentiels & legitimes d'une famille dont on eft le Chef font préférables
en tout & par tout aux defirs fantaf-
ques & injuftes d'un bienfaiteur ; ainfi
la paix & le bon ordre que Jupiter devoit maintenir parmy les Dieux, étoit
préférable à la vangeance bizarre que
demandoit Thetis bienfaictrice du Dieu
fuprême. Mais Me D. paroît être dans
la penfée de quelques perfonnes, qui
croyent, que pourvû qu'elles chargent
les obligations, elles ne peuvent fe
tromper en fait de morale, ne prenant
pas garde que l'excez du poids de l'un
ou de l'autre côté de la balance en fait

perdre l'équilibre. Mᵣ D. eſt tombé dans
le même inconvenient., lorſqu'en un
Livre profane comme la Traduction de
Platon, il a entrepris de décider un cas
de conſcience où il ne s'agit pas moins
que de la vie ª. A l'occaſion de Socrate
qui ne voulut pas profiter des moyens
que ſes amis luy procuroient de ſortir
de ſa priſon. Mᵣ D. avance qu'il n'eſt
pas permis de ſe ſouſtraire, quand on le
pourroit, à un Arreſt de mort , quoique
injuſtement porté : comme ſi la ſageſſe &
la verité éternelle qui nous a ordonné de
fuir les perſecutions , en avoit excepté
le cas où la Sentence des perſecuteurs
ſeroit déja prononcée. Bien plus , puiſque Mᵣ D. m'engage par ſon exemple à
entrer dans ces ſortes de matieres en
un Ouvrage comme celui-cy, & ſoû-
mettant d'ailleurs aux Juges de la Doctrine ſa déciſion & la mienne: je ſoûtiens que ſans une inſpiration particuliere de Dieu, comme celle qui au-
toriſoit Saint Pierre & Saint Paul dont
Mᵣ D. allegue la conduite , ou ſans des
raiſons équivalentes à cette inſpiration ,
on eſt obligé de s'échapper , quand on
le peut ſans menſonge ou autre mauvaiſe voye , des mains de ſes perſecuteurs , pour deux raiſons capitales ; l'u-

a *Dans l'Argument du Criton.*

ne eſt de ne point tenter Dieu, en s'ex-
poſant à une épreuve violente dont on
pouvoit ſe diſpenſer ; & l'autre d'éviter
à ſes perſecuteurs même l'accompliſſe-
ment de leur crime : voilà pour un homme perſecuté injuſtement ; de ſçavoir
maintenant s'il eſt permis à un criminel
bien convaincu de ſortir de la priſon
qu'il voit ouverte, c'eſt une autre eſpece dont je ne veux pas dire un ſeul mot.
On voit aſſez par ce qui précede, que
la ſévérité en fait de morale doit être
éclairée, faute de quoy elle eſt funeſte
& meurtriere, & comme l'on dit de
trés-ſaints hommes, il vaudroit encore mieux pécher par indulgence. L'excez d'indulgence vient de ce que l'on cô-
patit trop à la nature, mais la ſéverité
aveugle & outrée n'a pour elle ny la
nature, ny la religion. En general il ne
faut point croire qu'avec des intentions
droites, & des ſentimens pieux, on ſoit
en état de parler, ny des regles de la
Théologie morales, ny des Dogmes de
la foy, ny des ſens de l'Ecriture Sainte,
ſans avoir fait un fond ſuffiſant de Théologie, & peut-être même ſans en avoir
pris les principes dans les Ecoles publiques & approuvées ; parce que ſelon
une maxime que je tiens de mes Maî-

tres ; c'eft-là principalement que l'on
apprend l'ufage que l'Eglife veut que
l'on fafle de l'Ecriture & des Peres.
Mais voyons la maniere dont Jupiter
fuit les deux préceptes de Mᵉ D. en
accompliffant fon ferment, & en donnant à fa bien-faictrice des marques de
fa reconnoiffance.

Jupiter cherchant en lui-même «
(*L.* 2. *p.* 42.) les moyens les plus «
prompts pour relever la gloire d'A- «
chille, & pour faire tomber les Grecs «
fous les coups des Troyens, fe déter- «
mine enfin à envoyer un fonge trom- «
peur au fils d'Atrée. Il appelle donc «
ce fonge, & luy dit : fonge féducteur, «
allez promptement aux Vaiffeaux des «
Grecs, & entrez dans la tente d'Aga- «
memnon, & dites à ce Prince tout ce «
que je vais vous ordonner. Comman- «
dez-luy qu'il faffe armer tous les «
Grecs, qu'il mette toute fon armée «
en bataille ; faites-luy entendre que «
voicy le jour qu'il va fe rendre le «
maître de la grande Ville de Troye, «
que les Dieux immortels qui habitent «
le haut Olympe ne font plus divifez, «
que Junon les a fléchis par fes prie- «
res, & que la derniere ruine pend fur «
la tête des Troyens ». Au lieu de ces

dernieres paroles , & que la derniere
ruine pend fur la tête des Troyens.
Τρώεσσι δὲ κήδε᾽ ἐφῆπλαι il y avoit autrefois dans le Grec διδομεν δὲ οἱ εὖχος ἀρέσθαι
ce qui fignifie à la lettre, *& nous luy donnons de la gloire à recueillir.* Rien n'étoit
plus contraire à la penfée de Jupiter ;
& les Payens même ont accufé Homere
de luy avoir prêté dans ce paffage un
menfonge & une tromperie tout à fait
indigne du Dieu fuprême. Ariftote
(*Poët.* 26.) juftifie Homere aprés Hip-
pias de Thafas par un changement d'accent qui donne à διδόμεν la fignification d'un imperatif. Homere qui a employé tous les Dialectes , ne s'eft jamais
fervy de διδομενα en ce fens-là : au contraire cette demie phrafe eft comme plufieurs autres une formule repetée au
fens de l'indicatif;au L. 21. où Neptune
& Minerve difent à Achille διδομεν δὲ
τοι εὖχος ἀρέσθαι (Φ. 297.) & que Me
D. traduit naturellement ainfi. *Nous*
vous comblerons de gloire en ce jour.
(p. 226.) De plus au fens même de
l'imperatif , la phrafe ne peut jamais
fignifier, *promets luy qu'il recueillera de*
la gloire ; mais elle dit , *fais luy recueillir*
de la gloire , ce qui eft trés-different, &
trés-éloigné de deffein de Jupiter : enfin

quand la phrase signifieroit, comme on
le prétend, promets luy qu'il récueil-
lera de la gloire ; la correction seroit
désavantageuse pour la morale , puis
qu'en ce cas Jupiter ordonneroit un
mensonge , ce qui est encore plus vicieux que de le faire. Ainsi c'est-là une
de ces réponses qui suffisent à M^e D.
pour dire , *on a répondu* , mais qui ne
suffisent pas au Lecteur pour dire , *je*
suis satisfait. En effet cette correction a
paru si insuffisante , que malgré l'autorité même d'Aristote qui l'approuve , on
a effacé depuis long - temps le demy
Vers sur lequel elle tomboit. Quelque
regret que Me D. paroisse avoir à ce
demy Vers, lors qu'elle dit , (1. 3 3 1.)
« que pour sauver ce Poëte on a chan- «
gé le Texte par une fraude pieuse, & «
que cette mauvaise Critique a si bien «
prévalu, qu'il ne resteroit aujourd'hui «
aucun vestige de l'ancienne leçon, si «
Aristote ne nous l'avoit conservée ; »
elle a suivy neanmoins dans sa traduction le demy Vers substitué à la place
de l'ancien. Je le suis moi-même puisque j'ay allegué le François de M^e D.
mais cette derniere reforme n'empêche-
ra pas que le discours rapporté , tout
adouci qu'il est, ne paroisse encore trés-

odieux à ceux qui voudroient qu'Homere eut confervé dans fon Jupiter quelque idée du Dieu de toute verité & de toute juftice. Mr & Me D. bien loin de trouver qu'Homere ait offenfé ces attributs divins dans la fiction dont il s'agit, difent au contraire, l'un dans les remarques fur la Poëtique, (4, 2.45 3.) l'autre dans la Préface fur Homere, (2.1.22.) que l'Ecriture Sainte nous fournit un exemple tout pareil dans l'Hiftoire du Roy Achab, lorfque Dieu voulut le faire périr en Ramoth de Galaad. Voicy le paffage allegué tout entier par Mr D. il eft tiré du 22e Chapitre du 3e Livre des Rois. Dieu dit, » qui féduira Achab Roy d'Ifraël, afin » qu'il monte contre Ramoth de Galaad, & qu'il y périffe ? & comme » l'un difoit d'une maniere, & l'autre » de l'autre, l'efprit s'avança, fe tint » devant le Seigneur, & luy dit, je le » féduiray ; comment le féduiras-tu ? » dit le Seigneur, je fortiray, répon- » dit-il, & je feray un efprit de men- » fonge dans la bouche de tous fes Pro- » phetes : & le Seigneur luy dit, certai- » nement tu le féduiras, & tu en vien- » dras à bout ; va & fais comme tu l'as » dit. Il n'y a rien de plus femblable,

difent là-deffus M^r *&* M^e. D. « le Jupiter d'Homere n'eſt nullement un «
menteur & un féducteur dans ce paſ- «
fage , comme le veritable Dieu ne «
l'eſt pas dans cette Hiſtoire d'Achab , «
mais Homere a reconnu cette verité, «
que Dieu ſe ſert de là malice des créa- «
tures pour accomplir ſes jugements ; «
& il n'y avoit qu'un accent à changer «
dans ſon expreſſion , pour la rendre «
conforme , ſi on l'oſe dire , à celle «
de l'Ecriture Sainte. »

Mais en premier lieu, quand l'expreſſion d'Homere ſeroit conforme à celle
de l'Ecriture Sainte , cela ne juſtifieroit
point du tout ce Poëte , parceque l'expreſſion de l'Ecriture Sainte ne doit
point être priſe à la lettre , & qu'on ne
peut prendre qu'à la lettre celle d'Homere. A l'égard de l'expreſſion de l'E-
criture, voicy comme en parle le R. P.
Calmet , qui a doctement recueilli , &
ſagement digeré tout ce que les Commentateurs Catholiques , les Critiques
d'Angleterre & les Rabins même , ont
écrit de plus remarquable ſur les Livres
ſaints. « Lorſque Dieu dit icy au dé- «
mon. *Egredere, & fac ita* , allez , & «
faites comme vous le dites , ce n'eſt «
point qu'il luy commande de ſédui- «

» re, de tromper, de mentir, il ne le
» permet pas même à proprement par-
» ler, ny ne l'approuve ; mais il ne
» l'empêche pas, il laisse exercer au dé-
» mon sa mauvaise volonté, contre
» ceux qu'il veut punir ou éprouver.
» Ce qui est exprimé par l'imperatif
» dans l'Ecriture, ne signifie pas toû-
» jours commandement ny approba-
» tion ; par exemple, lorsque Dieu dit à
» Isaïe, aveuglez le cœur de ce peuple,
» & endurcissez ses oreilles, & fermez
» ses yeux, de peur qu'il ne voye, ...
» & ne se convertisse ; c'étoit une pro-
» phetie de ce qui devoit arriver ». Tout
cela vient de ce que l'Hebreu étant une
langue assez resserrée dans ses termes,
& dans ses phrases, demande quelquefois, pour être entendue, que l'esprit aide
à la lettre. Mais comme il n'est point
de difference si fine de conception ou
de pensée dont la langue Grecque ne
trouve l'expression nette dans l'abondance inépuisable de ses mots & de ses
tours, c'est une chose inoüie chez les
Grammairiens Grecs, que des interprétations semblables à celle que Mr &
Me D. nous veulent faire accepter. Le
commandement que Jupiter fait au
songe ne peut donc être pris que pour

un veritable commandement dans un
Poëte Grec , & fur tout dans un Poëte
Grec qui connoiſſoit auſſi-bien qu'Ho-
merè & l'étenduë & le genie de ſa langue.

En ſecond lieu , il n'y a aucune comparaiſon à faire entre les deux paſſages, à
les prendre même tous deux à la lettre ;
car au lieu que Jupiter dicte d'un bout
à l'autre au Songe trompeur, le diſcours
qne le ſonge doit tenir à Agamemnon,
Dieu donne feulement à l'eſprit malin,
une permiſſion generale de tromper
Achab. Dans l'Iliade Jupiter , pour préparer l'agrément de la repetition , forme , exprime le menſonge que le ſonge
féducteur redira mot à mot à Agamemnon , (*p. 4 z.*) & dans l'Ecriture Sainte
c'eſt l'eſprit malin qui s'offre de lui-
même à dévenir un eſprit de menſonge
dans la bouche de tous les Prophetes
d'Achab. Par là non-feulement la verité éternelle ne ſe charge pas de com-
poſer ny de prononcer un menſonge ;
mais le caractere même du mauvais eſprit eſt mieux marqué & plus original
que dans Homère , où tout ſon rolle
n'eſt que de repeter fidelement le diſcours de Jupiter, comme auroit fait tout
autre envoyé. Et certainement dans le

quatriéme Livre où Minerve obtient
de Jupiter la permiſſion de faire rompre par Pandarus l'alliance qui venoit
d'être jurée entre les Grécs & les
Troyens ; cette Déeſſe, qui ſelon Mᵉ D.
eſt la ſageſſe même, s'acquitte de cette
commiſſion affreuſe avec infiniment
plus d'animoſité & de malignité que le
ſonge ſéducteur ne s'acquitte-icy de la
ſienne : nous en parlerons plus bas.

En troiſiéme lieu, la conduite de Jupiter à l'égard d'Agamemnon eſt toute
differente de celle de Dieu à l'égard d'A-
chab. En liſant tout le Chapitre de l'E-
criture, on verra que le Prophete Mi-
chée avertit lui-même le Roy du deſſein que le démon avoit formé contre
luy : c'eſt le Prophete qui raconte à
Achab ce qui s'eſt paſſé dans le Conſeil
de Dieu, qui luy apprend que l'eſprit
malin animoit ſes faux Prophetes dans
l'aſſurance qu'ils luy donnoient de la
Victoire, qui enfin diſpute long-temps
avec luy pour le ſauver de la défaite &
de la mort qui l'attend dans la Syrie.
ainſi, pour rendre l'endroit de l'Iliade
ſemblable à celuy des Rois ; il faudroit
qu'Agamemnon étant pouſſé par quelque mauvais conſeil à attaquer les
Troyens, Jupiter inſpirât à Calchas
d'avertir

d'avertir le Roy, que le fonge trompeur s'étoit offert de le féduire, que c'étoit ce mauvais efprit qui parloit par la bouche de fés Confeillers, & qu'enfin fon entreprife n'aboutiroit qu'à la déroute de fon armée, & à fa propre confufion. Mais cela n'étant point, & Jupiter au contraire jettant Agamemnon par l'ordre qu'il luy donne de combattre dans un piége inévitable qu'aucun avis, aucune lumiere ne luy découvre, je foûtiens que Dieu lui-même n'eft pas plus different de Belial, que le paffage de l'Ecriture l'eft du paffage de l'Iliade.

Mais en general pourquoy eft-ce qu'on amene toûjours à un fens favorable les paffages de l'Ecriture Sainte, où Dieu parle, ou agit? c'eft parce que nous connoiffons par l'Ecriture même, l'équité & la bonté de Dieu. En eft-il ainfi de Jupiter? ce Dieu prétendu trompe icy Agamemnon; & combien de fois avoit-il trompé Junon par rapport à fes débauches? cette Déeffe ne luy dit-elle pas en propres termes? *trompeur que vous eftes* [a], & Me D. n'autorife-t-elle pas ce reproche dans la remarque de la p. 323. lors qu'elle

a L. I. p. 35. δολομῆτα α 540.

dit, « que Junon avoit sçû tres-souvent
» que Jupiter luy avoit preferé des
» mortelles » ? Jupiter sacrifie icy Agamemnon & tous les Grecs à la vengeance d'Achille ; & au L. 4. (*p.* 131.) ne
fait-il pas le troc infame de la Ville de
Troye qu'il livre à Junon pour d'autres
Villes qui seront sous la protection de
cette Déesse ? Mᵉ D. » dit sur cet endroit
» là (*p.* 408.) qu'il faut toûjours se
» ressouvenir que sous les personna-
» ges de ces Dieux, Homere represen-
» te les intrigues des Princes, dont les
» actions publiques n'ont souvent d'au-
» tres motifs & d'autres causes que des
» démêlés domestiques & des interests
» cachez ». Que ne dit-elle icy la même chose ? en un mot, Mᵉ D. ayant
avoüé que Jupiter represente en deux
ou trois endroits de l'Iliade un Prince
brutal, un Prince injuste, un Prince
déreglé, a décredité elle-même ces applications frequentes qu'elle fait du même
Jupiter au vray Dieu dans ses remarques, où l'on trouve sans cesse, *Homere
enseigne icy que Dieu cache, que Dieu re-
vele, que Dieu défend, que Dieu permet, &c.* Homere ne connoissoit point
le vray Dieu, & son Jupiter bien loin
d'être propre à le representer, confirme

parfaitement à fon égard cette parole de
l'Ecriture , les Dieux des Gentils font
des démons , *Dii Gentium dæmonia ,*
(*Pf.* 95.) & par les difcours qu'il
tient , auffi - bien que par les actions
qu'il fait dans le cours de l'Iliade , il
reprefente prefque toûjours le Diable.
Par rapport fur tout à la querelle d'A-
chille & d'Agamemnon il femble crier
aux Lecteurs dans tout le Poëme : fi
vous eftes de quelque importance dans
un état ou dans une armée ; & que vôtre Roy ou vôtre General s'avife de vous
offenfer en la moindre chofe , féparez-
vous d'avec luy ; gardez-vous bien même de vous reconcilier , quelque démarche qu'il puiffe faire pour vous r'a-
voir , fi vôtre interêt ou vôtre paffion
ne vous rappelle ; je vous foûtiendray
jufqu'au bout , & je vous combleray de
gloire,& pendant vôtre retraite & aprés
vôtre retour. Je ne m'étonne pas aprés
cela que Platon ait trouvé la Poëfie
d'Homere contraire à la Religion , aux
bonnes mœurs , à la confervation des
Etats & au bonheur des Peuples ; &
qu'il ait crû qu'on devoit la bannir d'u-
ne Republique bien policée.

Me D. trouveroit mauvais que j'o-
miffe une autre interpretation qu'elle

A ij

donne du paſſage dont il s'agit, la voicy : (1. 330.) « On peut dire qu'Aga-
» memnon n'eſt ſéduit icy que par ſa
» faute, pour n'avoir pas entendu &
» bien expliqué les paroles du ſonge, qui
» luy ordonnoit d'armer tous les Grecs,
» & de mettre toute ſon armée en ba-
» taille πανσυδίη, & c'eſt ce qu'il ne fait
» point ; car il ne ſe reconcilie pas avec
» Achille, & ne ſe fortifie pas des trou-
» pes & du bras de ce Prince pour don-
» ner l'aſſaut ; il vouloit réüſſir en con-
» ſervant ſon reſſentiment & ſon eſprit
» de vengeance ; & ce n'eſt pas là le
» moyen d'avoir de bons ſuccez. Voilà
» comme ce paſſage, bien loin de pre-
» ſenter un blaſphême, renferme au
» contraire une inſtruction trés-pieuſe
» & trés-utile ». Sans relever ny ce
paſſage qui ſe preſente à l'eſprit comme
un blaſphême, & qui ſelon Mᵉ D. renferme pourtant une inſtruction trés-
pieuſe, ny cette inſtruction trés-pieuſe
que Jupiter fait porter par un ſonge ſéducteur, ce qui détruit toute la convenance des perſonnages : je me conten-
teray de dire que le vray ſens du mot
πανσυδίη ſelon cette derniere interpretation, étant caché d'une maniere à ne
peuvoir être apperçû, n'empêche point

Jupiter d'être menteur ou du moins
trompeur. Mais je ne sçaurois m'empêcher de rappeller une remarque de Me
D. qui tombe sur l'endroit d'Homere, où
il est dit, (*p. 5.*) « que les songes viennent auſſi de Jupiter. Voicy comment «
elle s'étend là - deſſus (*p* 286.) Ho- «
mere reconnoît cette verité qu'il y a «
des songes qui viennent de Dieu : ve- «
rité confirmée par tant d'exemples de «
l'Ecriture Sainte & de l'Histoire pro- «
fane, que je ne puis aſſez m'étonner «
qu'Ariſtote n'ait pas voulu la recon- «
noître. L'Eclefiaſtique dit fort bien «
en parlant des songes , qu'il ne faut «
pas les croire s'ils ne sont envoyez «
de Dieu. *Niſi ab Altiſſimo fuerit emiſſa* «
viſitatio, ne dederis in illis cor tuum. «
34. 6. Mais dira-t-on comment les «
reconnoître , comment faire la diffe- «
rence d'un songe ordinaire , & d'un «
songe qui vient de Dieu ? Celuy qui «
l'envoye le fait connoître par un sen- «
timent qu'il imprime dans le cœur «
dans le même-temps qu'il en donne «
l'intelligence. *Eſt Deus in cœlo reve-* «
lans myſteria. Dan. 2. 28 ». C'eſt ainſi
que les moindres idées d'Homere , que
nous ne prenions que pour des traits de
Poëſie ſans conſequence , deviennent

des points de Theologie dans les remarques de M^c D. mais au fond parce que
Dieu a envoyé des fonges mysterieux
aux Patriarches & aux Prophetes, de
l'ancienne loy , à plusieurs faints perfonnages de l'Eglife , & même pour des
vûës particulieres à quelques Princes
infideles ; M^c D. en veut elle faire une
regle generale ? éprouve-t-elle elle-même ces fortes de fonges , & en-a-t-elle la
diftinction ? je n'en fçay rien : mais elle
doit fçavoir que l'Eglife eft tres-diffi-
cile fur les infpirations & fur les reve-
lations particulieres , & que cette fage
mere donnant à fes enfans fes décifions ,
& non leur fentiment intérieur , pour
regle de leur croyance , elle les garantit
non-feulement de l'erreur , mais encore
de la foiblefſe d'efprit. En effet ce fenti-
mènt imprimé dans l'ame eft un figne
fi illufoire, que voilà Agamemnon , qui
par cette impreffion même fe laiffe féduire à une promeffe qui felon la premiere interpretation de M^c D. ne vient
pas de Dieu ou de Jupiter , mais vient
d'un fonge trompeur ou du Démon.
Aprés tout , je ne feray pas le procez à
une Dame, pour ajoûter foy aux fonges:
mais je rapporteray tout cela au même
efprit , qui dans le nouveau Livre de

Me D. p. 16. luy a fait mettre au nombre des Arts, & à côté de la Geometrie,
la Divination, au ſujet de laquelle Caton dans un ſiécle bien moins éclairé
que le nôtre, a dit qu'il ne concevoit
pas comment deux Aruſpices pouvoient
ſe regarder ſans rire. *Cic. de Div. L. 2.*

ARTICLE. II.

Syſtème de la bonté & de la juſtice
divine entierement renverſé par
la conduite qu'Homere fait tenir
à Jupiter & aux autres Dieux dans
le cours de l'Iliade.

LEs plus fortes exhortations qu'on
puiſſe faire aux hommes pour les
porter à la vertu, ou pour les détourner
du vice, ſont fondées ſur l'idée d'un Dieu
plein de bonté pour ſes créatures dans
l'état où elles ſortent de ſes mains ; mais
qui enſuite, ſelon l'uſage qu'elle font de
leur liberté, eſt pour elles un remunera-
teur fidele, ou un Juge ſévére. La vertu trouve ordinairement ſa recompenſe, comme le vice trouve ordinairement ſa punition dés cette vie : mais ſi
pour ne point changer le cours des cauſes ſecondes, le Créateur permet que

les chofes foient quelquefois autrement, fa juftice remettra tout dans fon
ordre aprés la mort. Voilà la notion
commune de la juftice diftributive, telle
que nous la concevons en Dieu. Quoyque les Payens n'ayent pas eû fur ce fujet des connoiffances auffi exactes que
les nôtres, ils ont fenty neanmoins la
neceffité & la verité de ce fyftême. Me
D. elle-même (*Préface* 48.) dit qu'Homere a reconnu l'immortalité de l'ame,
auffi-bien que les peines & les recom-
penfes aprés la mort ; & qu'il a crû que
les hommes s'attirent tous leurs malheurs par le mauvais ufage qu'ils font
de leur liberté. Je prens donc Homere
fur le pied que Me D. nous le donne.
Je ferois en effet plus embaraffé, fi j'a-
vois affaire à un Commentateur incre-
dule qui niât les principes que nous venons de pofer, ou qui prétendît qu'Homere n'a jamais penfé à les fuivre ; mais
Me D. eft fi pleine de ces veritez, qu'elle
les voit jufques dans un Poëte qui rend
par tout Jupiter malfaifant & injufte,
comme j'efpere de le prouver à fond
dans cet article.

Homere ayant regardé la guerre & le
carnage comme l'objet le plus grand &
le plus fublime que la Poëfie pût pre-

fenter aux hommes, a penfé auffi que
rien n'étoit plus digne de fon Jupiter,
que de commettre des Peuples les uns
contre les autres, fouvent pour le feul
plaifir de voir des hommes qui fe maffa-
crent. Le Poëte qui dit du même ton le
bien & le mal s'exprime fur cela auffi
naïvement que fur tout le refte. Ajax,
dit-il, au Liv. 7. (*p. 15.*) « tout couvert d'un acier étincelant, s'avance «
femblable au terrible Mars, lors qu'un «
nouveau feu allumant fon audace, il «
fort de fon Palais au plus terrible ap- «
pareil, pour aller exercer fes violen- «
ces dans un combat, & décider de la «
fortune de deux Peuples que Jupiter «
met aux mains, après avoir allumé «
dans leurs ames la difcorde ». Voilà
dans cinq ou fix lignes Ajax, Mars,
Jupiter, la difcorde, pour dire, Ajax tout
feul. Ce font là les beautez par lefquelles Homere féduit fes Admirateurs, &
couvre fes traits les plus horribles : car
eft-il rien de plus noir que Jupiter, qui
allume lui-même la difcorde dans les
ames? Au Liv. 11. (*p. 168.*) « la difcorde mere des foûpirs & des larmes fe «
réjouïffoit de voir ce jeu fanglant, car «
elle étoit la feule des Dieux qui fe «
fût engagée dans cette horrible mê- «

» lée : les autres s'étoient retirez en se
» plaignant tous également du puissant
» fils de Saturne, de ce qu'il avoit reso-
» lu d'accorder la Victoire aux Troyens:
» mais ce Dieu assis à l'écart sur son
« Trône n'étoit point touché de leurs
» murmures, & repaissoit ses yeux de
» l'éclat étincelant des armes, & du
» spectacle terrible de tant de milliers
» d'hommes qui tuoient & étoient tuez.
» Au Livre 16. (p. 41.) Jupiter ne dé-
» tourne pas un seul moment les yeux
» de dessus les combattants ; il les re-
» garde sans cesse roulant dans sa tê-
» te differents pensers sur la mort de
» Patrocle, & déliberant si dans ce mo-
» ment il accorderoit à Hector la gloi-
» re de l'immoler sur le corps même de
» Sarpedon, ou s'il differeroit pour ren-
» dre encore cette journée fatale à un
» plus grand nombre de Heros. Enfin il
» luy parut plus expedient de faire que
» Patrocle repoussât encore les Troyens
» & Hector même jusqu'à leurs murail-
» les, & qu'il semât la terre de morts ».
Cet exemple est remarquable sur tous
les autres : Jupiter est porté d'affection
pour les Troyens, il le témoigne en
plusieurs endroits & sur tout au Livre
4. (p. 130. 131. 132.) Il a juré à The-

tis qu'il donneroit aux Troyens de
grands fuccez pour venger Achille;
Patrocle Heros Grec vient de tuer Sarpedon propre fils de Jupiter : & là-deffus ce Dieu trouve plus d'expedient que
Patrocle repouffe encore les Troyens,
& feme la terre de morts. Toute l'Iliade
même n'eft remplie depuis l'ouverture
des combats jufqu'au retour d'Achille,
que d'une variation fantafque de Jupiter, foit pour les Grecs, foit pour les
Troyens; qui ne va qu'à la ruine des
uns & des autres. Me D. n'a-telle pas
raifon aprés cela de dire à l'occafion du
Jupiter d'Homere (1. 485.) « que Dieu
n'eft que douceur, que tranquillité, «
que Paix». Jupiter lui-même n'a-t-il
pas bonne grace dans l'Iliade de parler
ainfi à Mars ? « De tous les Dieux qui
habitent l'Olympe tu m'es le plus «
odieux, tu ne prends jamais plaifir «
qu'à la difcorde, à la guerre & aux «
combats. (L. 5. 234.)

Au refte Homere nous a préparé à
toute la barbarie de Jupiter dés le commencement de fon Poëme, lors qu'aprés
avoir dit, (p. 1.) « que la colere d'A-
chille précipita dans le fombre Royau- «
me de Pluton les ames genereufes de «
tant de Heros, & livra leurs corps «

» en proye aux chiens & aux Vautours ;
» il ajoûte qu'ainsi les decrets du grand
» Jupiter s'accomplissoient ».

Plutarque a voulu donner quelque
adoucissement à cet endroit qui luy a
semblé dur [a]. Il s'est attiré par-là la censure de Mᶜ D. qui dans ses remarques
(1. 279.) dit , « que ce Philosophe
» aveugle n'a pas compris cette verité,
» que Dieu punit les hommes, & que
» des plus grands maux dont il les cha-
» tie, il en sçait tirer les plus grands
» biens ». A voir Plutarque traitté de
Philosophe aveugle en comparaison
d'Homere, on croiroit que celuy-cy est
un Auteur sacré, ou tout au moins un
Pere de l'Eglise : & en effet sur toute la
matiére des décrets & des punitions de
Dieu, Mᶜ D. parle d'après Homere avec
presque autant de confiance & de soû-
mission qu'un Thelogien parleroit d'a-
prés Saint Paul ou d'après Saint Thomas. Nous tâcherons bien-tôt de la dé-
sabuser là-dessus : mais regardant icy
Homere & Plutarque comme des Auteurs Payens, tels qu'ils sont tous deux ;
je diray d'abord qu'au lieu que l'Iliade
autorise par tout l'orgüeil & la cruauté,
les vies des hommes illustres ne ten-

[a] *Traité de la maniere de lire les Poëtes.*

dent qu'à inspirer aux Souverains l'a-
mour de la justice & du bien public : la
lecture d'Homere a corrompu Alexandre, & trompé une infinité de gens sur
le caractere de son Heros, comme M^e
D. nous l'a fait observer, & par ses remarques, & par son exemple; on peut
dire au contraire de Plutarque, qu'un
Prince qui le liroit avec goût ne sçauroit être un mauvais Prince, & qu'aucun Auteur n'est plus propre à tourner
du bon côté l'ardeur que les Rois ont
ordinairement pour la gloire. Par rapport même au sujet present; quel Auteur est plus remply d'exemples de châtimens du Ciel que Plutarque ? les Critiques en fait d'Histoire ne luy en trouveront que trop. Ainsi quand il ne veut
point qu'on attribuë les malheurs des
hommes au bon plaisir des Dieux, il
entend par-là que les Dieux ne se di-
vertissent point, comme le Jupiter
d'Homere, à précipiter les hommes
dans toute sorte de malheurs sans aucun
égard à la justice de leur cause. M^e D.
est donc bien moins clairvoyante que
Plutarque, lorsque dans sa Préface
(*p.* 20.) elle dit crûment & sans aucune addition, « que c'est ignorer la
nature de Dieu que de nier que ce «

» soit lui-même qui envoye aux hom-
» mes les biens & les maux ». Il n'est
point de la nature de Dieu d'envoyer
des maux aux hommes ; mais les hommes devenus criminels se sont attirez
des maux au lieu des biens que Dieu
bienfaisant de sa nature leur avoit pré-
parez. Ainsi je ne blâmeray point un
Auteur de la simple exposition qu'il fera
des maux qui assiegent les hommes de
tous côtez ; mais j'exigeray de luy qu'il
donne un bon tour à cette exposition :
je veux qu'il dise ou qu'il fasse entendre
que les miseres de la vie servent à punir les méchants , à éprouver les gens
de bien , à purifier même ceux-cy des
fautes qu'ils commettent assez souvent :
je luy permettray encore d'employer
l'enchaînement des causes secondes ,
pourvû qu'il use sobrement & sagement
de ce moyen , & qu'il insiste toûjours
sur le rétablissement de l'ordre aprés la
mort. Mais à tout prendre , l'embarras
que se peut former la raison humaine
en voyant ce désordre passager ou apparent qui regne dans le monde, ne regarde point les Poëtes : en voicy la raison. Selon les principes d'Aristote ex-
pliquez par le P. le Bossu (L. 1. ch. 2.)
» La Poësie fait elle-même ou les sui-

tes fâcheuſes qu'ont ordinairement «
les deſſeins mal conçûs & les actions «
mauvaiſes, ou la recompenſe des «
bonnes actions, & la ſatisfaction que «
l'on reçoit ordinairement d'un deſ- «
ſein formé par la vertu & conduit «
par la prudence». Ainſi ce ſont les
Hiſtoriens qui pouroient être embar-
raſſez en trouvant ſous leur main les
ſuccez des méchants ou des inſenſez,
& les infortunes des hommes prudents
ou vertueux : mais un Poëte qui eſt
maître de ſa matiére, ne devant point
offrir de tels objets, ſelon Ariſtote, ce
ne peut être que par une trés-grande
perverſité d'eſprit qu'il fait paroître
dans ſon Ouvrage les Dieux malfai-
ſants & injuſtes. Qu'on n'allegue donc
point icy, pour juſtifier Homere, les
Paſſages où l'Ecriture Sainte dit, que
Dieu a envoyez ou enverra des maux
aux hommes : car outre que l'Ecriture
Sainte n'eſt point un Poëme, Dieu a
pour affliger les Peuples des raiſons qui
ne conviennent point à Jupiter. Sans
parler du péché d'origine qui a ſoûmis
le genre humain à tous les maux de la
vie, & enfin à la mort ; ſans dire que la
mort éternelle qui n'eſt jamais donnée
qu'à des coupables, eſt ſeule une verita-

ble mort & un veritable mal ; d'ailleurs
Dieu étant la sainteté même est fre-
quemment offensé par les hommes qui
nous paroissent les plus innocens , &
qui s'attirent ainsi des punitions dont la
cause n'est pas toûjours visible. Quand
Dieu , par exemple , à l'occasion des pé-
chez d'un Prince envoye des fleaux sur
ses Peuples ; la Religion nous fait comprendre que ces Peuples peuvent être
coupables eux-mêmes d'un grand nombre d'infidelités cachées , dont la punition generale est appliquée à la punition
particuliere de leur Roy. Mais chez les
Payens , les Peuples n'étoient censez
dignes de la colere des Dieux que par
des crimes grossiers ou du moins par
des fautes marquées ou évidentes ; &
d'ailleurs le plus triste état de la vie presente , selon le systême d'Homere exposée au 11e L. de l'Odissée étant pré-
ferable à l'empire même des Ombres ;
le Poëte attribuë aux Dieux une veritable injustice , lorsque sans autre pré-
paration il leur fait punir les Rois par
des fleaux qui vont à la mort de leurs
Sujets. On sçait bien que la fortune des
Sujets étant attachée à celle du Prince ,
celui-cy ne peut être vicieux que ceux-
là n'en souffrent, & la Minerve de Te-

lemaque fait un ufage merveilleux de
ce principe pour infpirer à fon Difciple
la fageffe, la juftice, & la bonté. Mais
il faut bien diftinguer les maux qui font
attachez à la conftitution des Etats, ou
qui font amenez par le courant des chofes humaines, d'avec ceux qui viennent
d'une punition immediate de Dieu : le
Theologien fçait que les uns & les autres ont une caufe également équitable, quoyqu'elle ne foit pas également
évidente : l'Hiftorien raconte les uns &
les autres, comme il les trouve dans fes
Memoires, fans être obligé d'en donner
d'interpretation exacte. Mais le Poëte
doit ufer differemment de ces deux fortes de maux, il peut dire épifodiquement & dans le cours de fa narration,
que les effets de l'imprudence ou de la
méchanceté des Princes tombent plus
ordinairement fur leurs Peuples que fur
eux-mêmes ; mais il a tort de prendre
pour fujet principal de fon Poëme un
évenement de cette nature ; parceque
felon la regle d'Ariftote qui eft vraye
generalement parlant, le Poëte dans la
Tragedie, & à plus forte raifon dans le
Poëme épique, ne doit point fauver les
coupables pour faire périr les innocens.
Mais lorfqu'il s'agit d'une punition im-

-médiate des Dieux, il ne sera jamais permis de la faire tomber sur les Peuples à l'occasion des Rois, que le Poëte n'ait trouvé quelque moyen de rendre les Peuples mêmes participans de la faute que les Dieux puniffent ; fans quoy il offensera ses Lecteurs, & par l'atrocité & par l'impieté de sa supposition. Ainsi quand Horace entraîné par l'opinion vulgaire cherche de la morale dans l'Iliade, & que la principale qu'il y trouve, est que les Peuples font punis des folies de leurs Rois.

Quidquid delirant Reges , plectuntur Achivi.

Il a fait, sans le vouloir, une censure d'Homére trés-sanglante. Pour Homére, bien loin de justifier cette punition des peuples, en les faisant tremper en quelque sorte dans les fautes de leurs Rois, par un tour qu'il est aisé de donner aux choses, pour peu qu'on ait l'esprit de fiction ; il a fait au contraire tout ce qu'il falloit pour éloigner cette idée de l'esprit de ses Lecteurs. L'Iliade entiere est fondée sur trois faits où les peuples font punis des fautes de leurs Princes... Le premier est l'enlevement d'Helene par Paris, joint au refus que Priam fait de cette Princesse

aux Atrides qui venoient la redemander,
ce qui caufe la ruïne des Troyens. Le
fecond eft l'infulte d'Agamemnon au
Prêtre d'Apollon, qui luy avoit offert
une rançon pour fa fille ; ce qui attire
la pefte fur l'Armée Grecque. Le troifiéme eft l'affront qu'Achille reçoit du
même Agamemnon qui luy enleve fa
captive, ce qui excite cette colere fatale à tant de Héros. A l'égard des
Troyens on n'a qu'à voir l'imprécation
terrible qu'ils font tous au 3e Livre
(p. 117.) contre Paris autheur de leurs
maux, & n'ayant pour complices que
quelques amis dignes de le fuivre (L. 3.
p. 100.) de forte qu'Homere qui avoit
dans l'hiftoire de la ruïne des Troyens
un exemple mémorable d'une jufte punition, a trouvé le moyen de les faire
périr injuftement. Pour le fecond fait
qui eft la vengeance d'Apollon fur l'Armée Grecque, on lit dans le premier
Livre, » Que dés que le Prêtre de ce
Dieu fe prefenta, tous les Grecs fi- «
rent connoître par un murmure favo- «
rable qu'il falloit refpecter fa dignité, «
& recevoir fes dignes prefens. Cela fait «
évanoüir la morale que Me D. prête à
Homere, lorfqu'elle dit fur cet endroit
(284) » Qu'Homere, en faifant d'a-

» bord frapper de la peste les chiens
» & les mulets, a voulu insinuer que
» Dieu qui aime toujours les hommes,
» & qui ne les punit qu'à regret, vou-
» loit donner aux Grecs le temps de se
» repentir. Et de quoy ? de la faute
d'Agamemnon qu'ils avoient désaprou-
vëe ? Pour le troisiéme fait qui est, pour
ainsi dire, la matiere propre de l'Iliade,
sçavoir, l'outrage que le même Agamemnon fait à Achille, & dont Jupiter punit les Grecs, à la priere de Thétis ; Achille luy-même declare dans le
1er Livre (p. 22.) qu'il ne se plaint
que d'Agamemnon qui envoye prendre
Brisëis , & qui commet en effet cette
injustice contre l'avis formel de Nestor.
Maïs nous avons un témoignage plus
singulier de l'innocence des Grecs sur ce
point au Livre 13. (p. 260.) où Neptune dit en parlant d'eux : » Que pleins
» de ressentiment contre Agamemnon,
» à cause de l'injure qu'il a faite à
» Achille , ils n'obéïssent point à ses
» ordres, & se laissent tuer comme des
» lâches. Voilà sans doute une plaisante maniere de se venger ; Neptune
avance même une fausseté, en accusant
les Grecs de se laisser tuer pour punir
Agamemnon , car il est dit, aprés l'é-

preuve des Troupes faite au 2e Livre,
& posterieure par consequent à l'injure
faite à Achille dans le premier, que
la guerre eut pour elles plus de charmes
que le retour : mais ce témoignage de
Neptune, quoique peu sensé, sert pourtant à prouver que les Grecs sont auffi
innocens de l'insulte fait à Achille, que
de celuy qui a été fait au Prêtre d'A-
pollon. Si donc il plaît ensuite à Achille
de les enveloper dans sa plainte, & de
les prétendre auffi ingrats que leur Maître, comme Me D. le remarque (2.
452.) c'est à luy une calomnie grof-
siere qui ne merite pas de refutation.
Me D. ne devoit donc pas vanter Homere (1. p. 305.) d'avoir connu cette
grande verité, que Dieu punit ordinairement les Rois, en punissant leurs
Peuples ; il auroit beaucoup mieux valu
pour lui, qu'il l'eût ignorée, que de la
sçavoir, comme il la sçavoit, puisqu'il
en a dépravé l'usage. C'est à ces Do-
teurs impies que Dieu adresse ce reproche. Pourquoi vous mêlez-vous de parler de mes Jugemens ? *Peccatori autem*
dixit Deus : Quare tu enarras justicias
meas. (ps. 49.) En effet, comme M^r
D. dans une Remarque sur l'Eutiphron
de Platon (p. 453.) a fort bien obser-

vé » Qu'il n'appartient qu'à Dieu d'or-
» donner & d'autorifer des actions qui
» paroiffent atroces à la nature. Je dis
de même, qu'il n'eft permis qu'au faint
Efprit de proférer ou de dicter certaines fentences qui paroiffent dures à l'efprit humain, parce que le S. Efprit eft
le feul qui ait de bonnes raifons de
s'exprimer ainfi, & que d'ailleurs il a
toujours l'Eglife pour interprete. Nous
dirons la mefme chofe de cette autre reflexion de Mᵉ D. fur un endroit du Livre 3. (p. 116.) où les deux Armées
font une imprécation contre les enfans
même de ceux qui violeront le traité
dont il s'agit-là. » Homere, dit-elle,
» (399.) connoiffoit donc que les cri-
» mes des peres pouvoient eftre punis
» fur les enfans. Homere ne connoiffoit rien dans cette matiere : s'il l'avoit
connuë, il auroit fçu que Dieu ne punit d'une punition particuliere les crimes des peres dans les enfans, qu'autant que les enfans font criminels comme leurs peres, ou par le vice non re-
paré de la génération, comme un fi
grand nombre des enfans d'Adam, ou
par le crime volontaire de l'imitation,
comme tous les fucceffeurs de Jero-
boam. Sous un Dieu jufte nul ne peut

eftre malheureux, qui ne merite de l'ê-
tre : *Neque enim fub Deo jufto mifer effe*
quifquam, nifi mereatur, poteft. [a] Au fond
il eft étrange que pour autorifer les
idées d'Homere les plus noires, on fe
faffe un jeu de fémer dans un livre
profane les paffages de l'Ecriture-Sainte
qui ont exercé les plus grands Docteurs
de l'Eglife ; en omettant les paffages
plus clairs qui leur fervent d'interpretation, & aufquels il faut les rapporter.
Il eft vrai, par exemple, qu'au 20e chapitre de l'Exode (*v.* 5.) il eft dit, "je
fuis un Dieu puiffant & jaloux, qui "
recherche les crimes des peres fur les "
enfans „. Mais ce paffage & quelques
antres auffi courts que celui-là font ex-
pliquez au long dans tout le 18. Chapitre du Prophete Ezechiel ; où il eft dit
formellement (*v.* 20.) « Le fils ne
» portera point l'iniquité du pere, &
» le pere ne portera point l'iniquité du
» fils. Et pour en parler fincerement,
ce font là les endroits de l'Ecriture que
les perfonnes féculieres, & fur tout les
Dames, doivent avoir dans la memoire
pour s'édifier. Mais les endroits difficiles, elles doivent les laiffer aux Theologiens ; Premieremene parce que ceux-ci

[a] *Aug. Op. imp. L. X. 39.*

ne les difent qu'à propos, & dans des
circonftances convenables de temps &
de lieux|; Secondement, parce qu'ils ne
les difent jamais fans les accompagner
d'explications qui les amenent à leur
veritable fens, qui eft toujours un fens
de douceur ou d'équité.

Aprés tout, Jupiter dans l'Iliade convient luy-même en quelque forte de
fon injuftice. Il ne fonge point à mettre la raifon de fon côté, & ce n'eft
jamais par là qu'il fe défend contre les
plaintes que font les autres Dieux de la
faveur injufte qu'il prête à Achille aux
dépens des Grecs. ,, Si ce que vous foup-
,, çonnez eft vrai, dit-il à Junon qui
,, fçavoit la promeffe qu'il venoit de faire
,, à Thétis, c'eft qu'il me plaît, & qu'il
,, doit être. (L. 1. p. 37.) Un Prince
équitable veut toujours que fes ordres
foient fondez fur la raifon & fur la juftice; il ne fe contente pas de fentir
luy-même l'équité de ce qu'il commande, il veut auffi la faire fentir à fes
Officiers on à fes Sujets, parce qu'il
fçait bien que l'obéiffance en fera plus
prompte & plus fidelle. D'ailleurs,
par rapport à l'Eloquence & à la Poëfie, qu'eft-ce qui peut faire le fonds
d'un bon difcours, fi ce n'eft des in-
                                    terêts

terêts bien démêlez , des prétentions
bien appuyées , des raisons solides , ou
du moins apparentes bien exposées?
Quel plaisir croit-on que les gens sensez trouvent à entendre dire sans cesse
à Jupiter. » Je le veux , je suis le plus
fort , quiconque ne m'obéïra pas, s'en «
repentira. Voilà toute la matiere du «
discours du Livre 8. ᵃ adressé à tous les
Dieux assemblez ; d'un autre discours
du même Livre ᵇ que Jupiter envoye
faire à Junon & à Minerve , & qui leur
est repeté exactement par Iris ᶜ ; de
deux autres discours qu'il tient lui-même à ces deux Déesses presentes ᵈ, &
qui finissent tous deux par le mot d'*inso-*
lence qu'il leur applique. » Cette foudre
m'auroit vengé de vôtre insolence, *dit-* «
il dans l'un ; vôtre insolence sera con- «
fonduë, *dit-il dans l'autre*. C'est enfin du
même goût qu'est le discours qu'Iris porte & repete encore à Neptune de la part
de Jupiter. (*L. 1 5. p. 3 5 5.*) Faut-il s'étonner qu'il n'y ait dans ces sortes de discours ni sens ni esprit, quoique M. D.
dise à leur sujet (2. 4 1 2.) qu'Homere fait
parler Jupiter avec une majesté digne du
Maître des Dieux & des hommes.

a *page* 34. c *page* 61.
b *page* 60. d *p.* 64. *&* 65.

Un mal neceffaire qui fuit de là eft que ces mêmes difcours jettent les Dieux dans des réponfes trés-pitoyables. Après le meffage d'Iris à Junon & à Minerve, la premiere dit à l'autre en foupirant : (*L. 8. p. 62.*) » Fille immortelle de » Jupiter, qui eft toujours armé de la » terrible Egide, je ne fuis plus d'avis » que pour des mortels nous allions » combattre contre ce Dieu puiffant. » Que les uns périffent , & que les au- » tres fe fauvent comme on voudra , » & que le Maître du Tonnere difpofe » à fa fantaifie du fort des Grecs & des » Troyens. Neptune (*L. 15. 256.*) re- fifte d'abord à l'ordre envoyé par Ju- piter. Pour prouver fon égalité, il ap- prend à Iris , qui le fçavoit pourtant auffi-bien que luy, que Saturne & Rhea ont eu trois fils , dont il eft le fecond ; il les nomme, il fait le détail du par- tage de l'Univers ; dont la feule loi du fort lui avoit fait tomber le fecond lot : Nonobftant tout cela, Iris luy confeille de ceder , en luy reprefentant que c'eft » fouvent une marque de grandeur & de » force que changer. » Ce qui eft trés- vray dans les hommes , ou dans les Dieux regardez comme des hommes. Neptune la remercie de fon avis ; mais auffi-tôt après il tombe dans cette fa-

tuité d'un superbe impuissant dont nous
avons parlé ᵃ ailleurs , & que Mᵉ D.
vante Homere d'avoir si bien representée. En effet , les Dieux peuvent être
impertinens , mais Homere ne sçauroit
avoir tort. Cependant , ce qui marque
combien ce Poëte est inégal dans ses caractéres , ou dans les sentimens qu'il
donne à ses personnages , Neptune lui-
même avoit relevé Junon sur une revolte semblable à celle dont il est d'a-
bord icy tenté. Junon (*au L. 8. p. 47.*)
indignée de la fierté d'Hector , & s'a- «
gitant sur son Thrône , fait trembler «
le vaste Olympe : elle s'adresse à «
Neptune & luy dit : & quoy puissant «
Neptune n'estes-vous donc point tou- «
ché de voir périr si malheureusement «
tous les Grecs ? que ne vous déclarez- «
vous pour eux ? accordez leur la Vic- «
toire ; car si tous tant que nous som- «
mes icy de Dieux qui nous interessons «
pour les Grecs , nous nous mettions «
en devoir de repousser les Troyens «
& de nous opposer à Jupiter , nous «
verrions bientôt ce Dieu assis seul sur «
les sommets du Mont Ida déplorer sa «
foiblesse »: Quelle confusion ! quelle
contradiction d'idées dans l'Iliade sur

ᵃ *Troisiéme part. Sect. 1. chap. 2. art. 3.*

l'autorité de Jupiter ! il eſt vrai que M⁹
D. (*p.* 421.) « dit que ce diſcours de
» Junon eſt le langage ordinaire de tous
» ceux qui font des conſpirations ; leur
» party eſt toûjours trés-fort , tous les
» Peuplés ne demandent ſinon que quel-
» qu'un leve l'étendart de la revolte ;
» dans un moment le Prince ſera aban-
» donné ». Ainſi cette Déeſſe, qui ſelon
M⁹ D. ne jure pas à faux. (*Vol.* 2. 596.)
de peur d'autoriſer le parjure par ſon
exemple , ne craindroit point de ſervir
d'exemple & même de Chef à une con-
juration. Il vaudroit mieux en verité
qu'elle n'eut point ébranlé le vaſte
Olympe en s'agitant ſur ſon Trône,
& qu'elle eut dit quelque choſe de plus
raiſonnable & de plus moral : elle ſe
ſeroit évité la correction de Neptune
qui indigné de ſon audace luy répond,
(*L.* 8. *p.* 47.) « témeraire Junon quel
» conſeil oſez-vous me donner ! jamais
» il ne m'arrivera de me liguer même
» avec tous les Dieux contre Jupiter ;
» car tout ſeul il eſt plus fort que tous
» les Dieux enſemble : ſurquoi M⁹
» D. obſerve , que ce diſcours de
» Neptune eſt celuy que doit tenir un
» homme ſage à qui l'on propoſe d'entrer dans une conſpiration contre ſon

Prince ». Inſtruction bien efficace de la
part d'un Dieu qui recevant lui-même
un ordre de Jupiter au 15e Livre, com-
mencera par un diſcours de rebelle &
finira par un diſcours de fat. Quoy qu'il
en ſoit preſque toute l'Iliade eſt la honte
de Jupiter par ſon injuſtice, & la honte
des autres Dieux par leur foibleſſe ; car
enfin la ſubordination , la déference.,
l'obéïſſance raiſonnable ne déshono-
rent point : mais l'aſſujettiſſement, l'impuiſſance , l'obéïſſance forcée emportent toûjours quelque honte qu'un Poëte doit ſauver aux perſonnages auſquels
il veut conſerver de la dignité.

Il faut pourtant avoüier que dans l'I-
liade Jupiter a quelquefois des retours
de compaſſion ; en voicy deux exemples ſinguliers. Au commencement du
4e Livre (*p. 128. 129.*) « Le fils de
Saturne, *dit le Poëte*, voulant piquer «
Junon luy dit avec une raillerie amere «
& en faiſant une comparaiſon odieu- «
ſe & pleine de mépris : il y a deux «
Déeſſes qui ſont favorables à Mene «
las, Junon & Minerve .... mais ces «
deux Déeſſes ſe divertiſſent de loin à «
voir les combats .... au lieu que Ve- »
nus ne s'éloigne pas un moment de «
Paris, & l'accompagne dans tous les «

» périls. Consultons donc ensemble,
» *dit ensuite Jupiter*, quelle fin nous
» donnerons à une affaire si importan-
» te, devons-nous allumer de nouveau
» la guerre, & engager de sanglants
» combats ; ou inspirer aux Grecs &
» aux Troyens un esprit de Paix, & les
» reconcilier. Si ce dernier party étoit
» agréable à tous les Dieux, la Ville
» du Roy Priam demeureroit habitée,
» & Menelas emmeneroit Helene dans
» ses États ». Voilà une proposition de
Paix qui semble marquer de la bonté
& de la justice dans Jupiter. Mais en
premier lieu ce Dieu oublie icy le serment qu'il a fait à Thetis de rendre les
Troyens victorieux, pour l'honneur &
pour la vengeance d'Achille ; car si l'on
fait la Paix, cette promesse qui doit être
immuable, selon Me D. n'aura plus
d'effet : ces marques de reconnoissance
que le Dieu suprême doit à sa bien-
faictrice n'auront plus de lieu : ainsi la
reconciliation que Jupiter propose icy,
est gâtée d'avance par la promesse injuste & le serment témeraire qui luy est
contradictoire : c'est ce qui arrive souvent à Homere ; il s'embarasse tellement, faute de regle & d'attention,
que chez luy le mal est mal, & que le

bien même n'eſt pas bien.

En ſecond lieu comment eſt-ce que Jupiter s'y prend pour faire accepter ce Traité de Paix ? en offenſant (*p.* 128.) par une raillerie amere , & par une comparaiſon odieuſe les deux Déeſſes auſquelles il le propoſe. Homere , qu'on prétend être ſi inſtructif en tout genre, ne nous donne pas du moins un bon modele de négociation. Pourquoi donc cette propoſition de Paix ? pour la même raiſon qu'un grand nombre d'autres idées d'Homere , pour faire un diſcours , pour dire ce qui luy vient dans la tête , pour allonger le Poëme : auſſi Junon la rejette-t-elle bien loin. « J'ay fatigué mes chevaux, dit-elle, (130.) « à aller de tous côtez pour aſſembler « des Peuples contre Priam & contre « ſes enfans , & tout cela ſeroit vain. « A cela Jupiter fait une réponſe (130.) qui eſt le dernier effort de ſa compaſſion qui va expirer. Implacable Ju- « non , dit-il, quels ſont donc les grands « ſujets de plainte que vous ont donné « Priam & ſes enfans , que vous les « pourſuiviez ſans ceſſe avec tant d'ani- « moſité, & que vous brûliez d'impa- « tience de détruire de fond en comble « la belle Ville d'Ilion ? faites mieux, «

» quittez le séjour de l'Olympe, dé-
» poüillez-vous des caracteres divins,
» & renfermée dans les murs de Troye,
» rassasiez-vous du sang du vieux Priam,
» du sang de ses enfans, & du sang de
» tous ses Peuples ; peut-être qu'alors
» vôtre haine seroit assouvie, & que
» vôtre couroux se calmeroit » , voilà
un portrait de Junon qui est épouvantable ; mais au fond, Me D. ne prend point
le party de cette Déesse : elle dit même
(1. 408.) « qu'elle a un peu étendu la
» pensée d'Homere pour mieux démê-
» ler, & mettre plus en jour la raillerie
» amere que fait Jupiter pour reprocher
» à Junon, sa cruauté si opposée à la
» nature divine. En étendant ce reproche, Me D. l'a adouci, car le grec porte:
« Mangez tous crus Priam, ses enfans, &
» tous les Troïens.» Mais c'est une chose
plaisante, que la premiere des Déesses
qui ne sçait pas les obligations de son
état. Jupiter neanmoins par une indi-
» gne mollesse continuë & dit, allez fai-
» tes comme vous l'entendrez, & que ce
» different ne soit dans la suite entre
» nous un sujet de discorde », & devenant lui-même tout d'un coup plus barbare que Junon, il luy fait cette condition horrible que nous avons déja ré-

prochée à Homère , & dont il eſt bon de
apporter icy les propres termes : « mais
j'ay une choſe à vous dire , & vous n'a- «
vez qu'à vous en bien reſſouvenir , «
c'eſt que lorſque dans ma fureur j'au- «
ray reſolu de détruire quelque Ville «
que vous aurez priſe ſous vôtre pro- «
tection , vous ne vous oppoſiez pas «
à mon reſſentiment , & ne retardiez «
pas un ſeul moment mes vengeances ».
Junon qui n'écoûte que ſa rage contre
les Troyens accepte cette condition de
grand cœur , (*p.* 132.) & ayant livré à
Jupiter ſes trois plus cheres Villes , elle
conclut ainſi (*p.* 133.) « Il faut en ces
occaſions que nous ayons des égards «
l'un pour l'autre ; cette bonne intelli- «
gence maintiendra tous les autres «
Dieux dans la dépendance & le reſpect ».
Vous voyez à quel propos cela eſt dit ,
& ſi cette converſation reſſemble à autre choſe qu'au complot des deux in-
cendiaires , ou ſi l'on veut une comparaiſon plus noble pour les perſonnages ,
mais non moins odieuſe pour le fait ,
aux proſcriptions du Triumvirat. Cependant Mr D. qui au bas de la page
408. a été forcée de dire , « qu'Homère
peint dans Junon le naturel de bien «
des femmes , qui n'ont rien de cher «

C v

» qu'elles ne facrifient à leur reffentiment » , au haut de la page 409. dit à
l'occafion des paroles de Junon que
nous venons d'alleguer , qu'Homere
» feme toûjours dans fes Vers des pre-
» ceptes pour la vie civile. Icy il fait
» voir de quelle neceffité il eft qu'un
» mary & une femme ayent des égards
» l'un pour l'autre ; car leur bonne in-
» telligence conferve l'ordre dans la fa-
» mille & maintient tout dans le de-
» voir «. Nous ne prenons point de regle d'une Déeffe fi vicieufe , & par une
morale que je croy plus faine que celle
d'Homere & de M^c D. je prendray à
mon tour la liberté d'enfeigner , que
pour maintenir la tranquillité dans l'in-
terieur d'une famille , comme pour en
conferver la réputation au déhors ; il
faut qu'une femme jufte , bien loin de
donner les mains aux injuftices de fon
mary , s'éforce de les couvrir & de
les réparer. C'eft par là qu'Abigaïl
(1. Reg. 25.) fauva fa maifon de la
vengeance que David alloit tirer de la
brutalité de Nabal. Cette cruelle con-
defcendance de Jupiter qui livre à Junon les Troyens qu'il favorifoit , me
rappelle un petit trait du Livre 22e où
le même Jupiter penfe d'abord à fau-

ver Hector, (*p.* 262.) & puis cedant à
Minerve qui demande la mort de ce
Heros, il la preffe lui-même d'executer
fon deffein : allez, dit-il, faites tout
ce que vôtre·cœur vous infpire & ne «
perdez pas un moment ». Mais pour
dire le vray, c'eft plûtôt la neceffité de
finir le Vers que la veritable intention
d'Homere qui a produit cette addition
incongrue, ne perdez pas un moment.

Le fecond exemple de la bonté de
Jupiter eft encore plus remarquable,
je trouve au L. 20. (*p.* 178.) que Jupiter aprés avoir affemblé tous les
Dieux, leur dit, « je ne fçaurois voir
périr tant de braves gens, fans être «
touché de compaffion. Je vais donc «
m'affeoir fur le fommet de l'Olym- «
pe, & regarder le combat. Mais pour «
vous autres, vous pouvez defcendre; «
& prendre ouvertement le party de «
ceux que vous favorifez ». La plûpart
des fautes d'Homere viennent d'un efprit fans principes, fans reflexion, fans
choix ; d'une imagination qui n'eft ny
raifonnée ny châtiée ; mais il y a certains endroits où il femble qu'il brave
fon Lecteur, & qu'il ait prévû jufqu'où
iroit à fon égard la lâcheté de la prévention humaine. Que peut-on penfer

C vj

d'un Poëte qui fait difcourir ainfi le
plus grand des Dieux ; *je ne fçaurois voir*
périr tant de braves gens fans eftre touché
de compaffion , & au lieu de conclure
delà qu'il faut les féparer , ou que s'il
y a des raifons de les laiffer faire , il va
s'enfermer dans fon Palais pour n'être
pas témoin de ce carnage ; il dit au contraire qu'il va s'affeoir fur l'Olympe
pour regarder le combat ; je ne fçaurois
voir cela fans peine , c'eft pourquoy je
vais le regarder. Homere felon l'expreffion de Me D. (1. 446.) eft trés-
capable fans doute de bien faire parler
les Dieux , fi leur nature les difpenfe
du fens commun. Ce n'eft pas là tout :
Jupiter , qui ne fçauroit voir périr tant
de braves gens , lâche tous les Dieux
» qu'il avoit jufqu'alors tenu éloignez
» du combat , par un effet de fa fage
» prévoyance (2. p. 287.) & qui fe
partageant maintenant entre les Grecs
& les Troyens vont animer horrible-
ment les deux partis & par leurs difcours & par leur exemple. Le Poëte
raconte lui-même (L. 22. p. 179.) ce
qui en arriva ; Junon , Pallas , Neptune , Mercure , & Vulcain fe rangent du
côté des Grecs : Mars , Apollon, Diane,
Latone , Xante & Venus embraffent le

party des Troyens , & page fuivante
180. « les immortels animant les troupes des deux Partis engagent la Ba- «
taille , & fe mêlent eux-mêmes dans «
le combat ». A cette vûë Jupiter obligé par fa parole à fe tenir dans l'inaction
fe donne au moins le plaifir de tonner.
(*p.* 180.) Junon appercevant dans ce
tumulte qu'Enée foûtenu d'Apollon
cherchoit Achille , marque là-deffus fa
crainte à Neptune qui luy répond , qu'il
ne trouve point à propos que les Dieux
combattent contre des Dieux , quoy
qu'il fut lui-même actuellement dans
une action fi meffeante. Laiffons, *dit-il,*
(185.) « ces mortels décider leur different , & nous éloignant du Champ de «
Bataille retirons-nous fur cette émi- «
nence, pour n'être que fpectateurs du «
combat ». Neptune, comme vous voyez,
tranche du Jupiter , & fe veut mouler
fur fa conduite ; mais Jupiter ne trouvant pas fon compte à cette retraite qui
luy fait perdre le fpectacle qu'il s'étoit
promis , donne ordre fur le champ à tous
les Dieux (*p.* 186.) de fe jetter dans les
deux armées , ce qu'ils ne manquent pas
d'éxecuter. Voilà le fruit qui revient
aux hommes de la compaffion de Jupiter. Cependant comme les jugemens

font differens , je me garderay bien de
fupprimer l'apologie que Mᵉ D. fait de
cet endroit d'Homere qui me paroît en
même-temps ſi horrible & ſi pitoyable.
La voicy tout au long, Euſtathe dit Mᵉ
D. (3. 508.) « nous apprend que les
„ anciens ont été fort partagez ſur cet
„ endroit d'Homere : les uns l'ont criti-
„ qué & les autres ont répondu à leurs
„ Critiques ; mais il ne rapporte que
„ l'objection , & il n'a pas daigné nous
„ conſerver la réponſe. Ceux qui con-
„ damnoient Homere diſoient , Jupiter
„ eſt porté pour les Troyens , il voit
„ que les Grecs ſont plus forts , c'eſt
„ pourquoy il permet aux Dieux de ſe
„ déclarer & d'aller combattre : mais
„ par là ce Dieu ſe trompe , & ne fait
„ pas ce qu'il veut ; car les Dieux qui
„ favoriſent les Grecs étant plus forts
„ que ceux qui favoriſent les Troyens,
„ les Grecs auront toûjours le même
„ avantage. Je ne ſçay ce que les par-
„ tiſans d'Homere avoient répondu ,
„ *continue* Mᵉ D. mais pour moy il me
„ ſemble que cette objection eſt plus
„ ingenieuſe que ſolide. Jupiter ne pré-
„ tend pas que les Troyens ſoient plus
„ forts que les Grecs ; il veut que le dé-
„ cret du deſtin s'execute. Le deſtin a re-

fufé à Achille la gloire de prendre «
Troye , mais fi Achille combat feul "
contre les Troyens , il eft capable de «
forcer le deftin , comme Homere a «
déja dit ailleurs qu'il y avoit des bra- "
ves à qui cela étoit arrivé ; au lieu "
que fi les Dieux fe mettent de la par- "
tie , quoy que ceux qui fuivent le par- "
ty des Grecs foient plus forts que ceux "
qui font pour les Troyens , ces der- "
niers feront pourtant affez forts pour "
appuyer le deftin , & pour empêcher "
Achille de fe rendre maître de Troye. "
Voilà la feule vûë de Jupiter ; ainfi "
bien loin que ce paffage puiffe être «
blâmé , il eft au contraire trés-beau "
& releve infiniment la gloire d'Achille. „
Pour moy je ne trouve de beau en tout
cela que le courage que Mᵉ D. a de rem-
placer des excufes omifes par Euftathe
même , *par le bon Archevêque de Theffalonique* (I. 311.) *par cet homme de
bon fens* , (Préf. p. 62.) *qui n'eft pas un
fort grand Critique , qui court aprés de
vaines applications , & qui s'amufe longuement à des minuties.* C'eft le Portrait
qu'elle même fait d'un Auteur qui cité
ou non cité, luy a fourni les trois quarts
de fes remarques.

ARTICLE III.

*Que les Personnages mêmes de l'Iliade
ne reconnoissent point de justice dans
Jupiter. Que lui-même n'en demande point dans les hommes ; enfin ,
qu'il ne la connoît pas.*

LEs Personnages de l'Iliade, tant les
Dieux que les hommes, n'ont pas
meilleure opinion que moi de la justice
de Jupiter. Minerve dit de luy (*L.* 15.
p. 353.) » Jupiter irrité viendra ici nous
» punir , & il confondra l'innocent
» avec le coupable ; autorisant ainsi ce
que [Mᵉ D. a dit (3. 620.) » Que
» dans Homére les Dieux distinguent
» toûjours l'innocent du coupable. Les
hommes même ne déguisent point leur
sentiment sur ce sujet. Menelas voyant
son épée rompuë , en combattant contre Paris , au 3ᵉ Livre , s'écrie (*p.* 120.)
» Grand Jupiter , non , il n'y a point
» de Dieu plus cruel & plus impi-
» toyable que vous ; j'esperois me ven-
» ger de la perfidie de Paris , & voi-
» là mon épée en pieces. C'est la peu
de chose : mais la Remarque de Mᵉ D.

est extrêmement curieuse ; la voicy.
(p. 401.) « Le malheur, dit Eustathe, «
porte ordinairement au blasphême : «
mais ce blasphême de Menelas ne «
laisse pas d'enfermer une espece de «
pieté ; car il fait voir en lui une forte «
persuasion que Dieu étant juste, ne «
manque pas de se declarer contre les «
méchans, & de punir leur perfidie. Il «
ne faut pas s'étonner aprés cela que Me
D. propose les prieres des Héros de l'I-
liade pour modéle à nos guerriers. Que
n'ont-ils, dit-elle, (1. 441.) cette
pieté des Héros d'Homére, comme ils
en ont la valeur. Mais Menelas explique
mieux au Livre 13. cette forte persuasion où il est, que Dieu étant juste,
ne manque pas de se declarer contre
les méchans, & de punir leur perfidie ;
car voici sa priere (p. 293.) » Grand
Jupiter, on dit que par vôtre sagesse «
vous êtes au dessus non seulement de «
tous les hommes, mais de tous les «
autres Dieux : cependant c'est de vous «
que viennent toutes ces injustices, «
puisque c'est vous qui favorisez ainsi «
des scelerats qui ne respirent que la «
violence, qui ne se nourrissent que «
de rapines, & qui ne peuvent se ras- «
sasier de combats toûjours si funestes. «

Mᶜ D. loüe ainſi le diſcours d'où cette
» priere eſt tirée. Homere, dit-elle,
» (2. 565.) a donné une grande idée de
» l'éloquence de Menelas, en nous di-
» ſant qu'il parloit peu,& qu'il n'aimoit
» pas les longs diſcours,mais que tout ce
» qu'il diſoit, il le diſoit avec beaucoup
» de grace & de force, & qu'il parloit
» fort juſte ;|on en voit ici un échantil-
» lon,car ce que dit Menelas eſt dans ce
» caractere, on y trouve la force, la
» convenance, la juſteſſe & la brieveté.
Il eſt vrai qu'à tout prendre, le diſcours
eſt bon ; mais l'invective qui y eſt inſe-
rée contre Jupiter, ſert à faire voir ce
qu'on peut remarquer par tout, que
les plus beaux diſcours d'Homere, pour
peu qu'ils ayent de longueur, ne ſont
jamais exempts de ſoüillure.

  Si les hommes dans l'Iliade ne re-
connoiſſent point de juſtice dans Jupiter, lui-même n'en demande point en
eux. Dans le Liv. 4. (p. 132.) il n'a-
bandonne les Troyens à la colere de Junon, qu'aprés avoir marqué à cette
Déeſſe l'affection qu'il a pour eux ; Et
ſur quoi eſt fondée cette affection ; ſur
les vertus & ſur les bonnes actions des
Troyens ? Rien moins que cela : » Il
» n'y a point d'hommes, *dit-il*, qui

m'ayent été plus agréables que Priam, »
& les peuples de ce Roy belliqueux ; «
jamais à Troye mes autels n'ont man- «
qué de facrifices ni de libations, ni de «
parfums ; quels autres honneurs pou- «
vons-nous demander, *ajoûte-t-il*, n'eft- «
ce pas là nôtre partage ? Peut-on dire «
plus clairement ; il ne nous importe
point que les hommes foient juftes ou
injuftes, ils peuvent ravir & retenir tant
qu'ils voudront le bien & les femmes de
leurs voifins & de leurs hôtes : pourveu
que nos Temples foient bien fervis, &
que nosHecatombes ne manquent point,
il ne nous faut rien de plus. Homere
qui repete aufli volontiers fes impietez
que fes trivialitez, fait dire à Jupiter
la même chofe au fujet d'Hector en particulier, (*L.* 24. *p.* 353.) » De tous
ceux qui habitent la fuperbe Ilion, «
Hector a toûjours été celui que les «
Dieux ont le plus aimé, & qui m'a «
été le plus cher à moy-même ; car il «
n'a jamais laiffé paffer un jour fans «
nous faire des dons ; jamais nos au- «
tels n'ont manqué de victimes, la fu- «
mée des facrifices montoit continuel- «
lement au ciel, avec l'odeur des li- «
bations : & c'eft là nôtre feul partage. «
Mr D. fentira fans doute, à des indices fi

clairs , la difference infinie qu'il y a entre le vrai Dieu & le Jupiter d'Homere ; car elle fçait bien l'indignation avec laquelle Dieu rejette dans l'Ecriture les facrifices materiels, quand ils ne font pas accompagnez de ce facrifice de loüange, qui confifte à éviter le mal, & à pratiquer le bien. » Ce n'eft point » fur le nombre des victimes & des ho- » locauftes qu'il appellera fon peuple en » jugement, dit-il luy-même (pf. 49.) il » ne fe nourrit point, & n'a aucun be- » foin des animaux qu'on lui immole, » ils lui appartiennent avant que les » hommes les lui offrent ; il en rejette » l'oblation de la part de ceux qui haïf- » fent fa loy, & qui violent fes com- » mandemens, qui font des raviffeurs » & des adultéres : le facrifice de loüange » eft le feul par lequel il fe tiendra ho- » noré, & qui conduira l'homme à fon » falut. Voilà des difcours pleins de grandeur de la part de Dieu, & de morale par rapport aux hommes : comparez-leur maintenant ceux de Jupiter, & jugez de la conformité d'Homere avec l'Ecriture Sainte.

Enfin, non feulement Jupiter fe croit difpenfé de la juftice ; non feulement il en difpenfe les hommes, pourveu que

ſes autels ſoient toûjours garnis, mais
de plus il ne la connoît point. Achille
eſt injuſte dans toute l'Iliade; il l'eſt à l'é-
gard des Grecs, & d'Agamemnon mê-
me, quoique ſon agreſſeur; il l'eſt à l'é-
gard d'Hector. Tout cela a été abon-
damment prouvé dans le cours de cet
Ouvrage. Mᶜ D. avoüe elle même en pluſieurs endroits qu'Achille n'eſt pas un
homme de bien, qu'il n'eſt pas un honnête homme, qu'il eſt fougueux, déraiſonnable & injuſte. Apollon au 24ᵉ
Livre, (*p.* 351.) a tenu un aſſez long
diſcours, par lequel il reproche aux
Dieux en propres termes qu'ils condeſcendent à tous les emportemens du
pernicieux Achille qui n'a aucune ſorte
d'équité dans l'eſprit, & qui exerce une
rage implacable ſur le corps d'Hector.
Jupiter même réveillé par ces remontrances, envoye Thétis à Achille, pour
lui marquer que ſa condüite offenſe
tous les Dieux, & ſur tout lui Jupiter
qui punit ſévérement la cruauté & la
vengeance, du moins ſelon le françois
de Mᶜ D. (*L.* 24. *p.* 356.) car il n'oſe
pas ſe donner cette loüange dans le
grec. Comment donc Jupiter peut-il
dire du même Achille deux pages aprés
(*p* 359.) » Il n'eſt ni inſenſé ni impru-

„ dent ni impie. Mᶜ D. au lieu d'être
irritée de ce paſſage, qui lui donne un
démenti formel ſur le Jugement qu'elle
même a porté d'Achille, a encore la
bonté d'excuſer Jupiter. « Achille, *dit-*
„ *elle*, (*p.* 596. 597.) n'eſt pas impie
„ de ſon caractére ; il n'eſt plus impru-
„ dent, parce que ſa mere l'a averti, &
„ il n'eſt plus inſenſé, parce que ſa fu-
„ reur eſt aſſouvie. Quel lion, quel ti-
gre ne ſera tranquille dans cette derniere ſuppoſition ! & l'habitude des vices
ne s'enracine-t-elle pas dans l'ame par
l'aſſouviſſement même des deſirs vicieux ? De quel poids veut - on aprés
cela que ſoit la loüange que Jupiter donne à Patrocle mort, en diſant, (*L.* 17. *p.* 70.)
„ qu'il étoit également recommandable
„ par ſa bonté & par ſa valeur. Mᶜ D. s'é-
crie : (3. 440.) *Quel éloge funebre ! &*
fait par qui, par Jupiter même, qui connoît ſi bien la nature des vices &
des vertus, qu'il dit qu'Achille méchant homme, mal - honnête homme,
fougueux, déraiſonnable & injuſte, n'a
jamais été impie, qu'il n'eſt plus impru-
dent, parce que ſa mere l'a averti, &
qu'il n'eſt plus inſenſé, parce que ſa
fureur eſt aſſouvie. Eſt-il rien même de
ſi injuſte & de ſi lâche que les égards de

Jupiter pour Achille fur le fait du corps
d'Hector, qu'il ne veut pas qu'on lui
enleve, afin de ménager encore fa gloire en cette occafion ? (*L. 24. p. 356.*)
» Mais , *ajoute - t - il* , je vais dépê-
cher Iris au Roi Priam , pour le dif- «
pofer à aller racheter-fon fils , & por- «
ter à Achille des prefens qui puiffent «
appaifer fa colere.) Il s'en faut bien , «
en verité , qu'Achille ait les mêmes
égards pour Jupiter ; car dans le même
Livre (*p. 387.*) il dit à Priam : » Craignez que les ordres de Jupiter ne «
foient pas une garde affez forte pour «
vous garantir de ma fureur. « Auffi malgré le témoignage de ce Dieu le P. le
Boffu met trés-juftement Achille au rang
des furieux & des impies, dans l'endroit que j'ay cité de luy au commencement du 2ᵉ chapitre de la fection pré-
cédente.

Homere a peut-être crû reparer fuffifamment l'énorme fcandale que l'injuftice de Jupiter fait regner dans tout fon
Poëme, par un petit trait enchaffé dans
une comparaifon du 16ᵉ Liv. (*p. 25.*)
Comme quelquefois en Automne, «
lorfque la terre gemit fous les tempê- «
tes que répand fur elle Jupiter irrité «
de l'infolence des hommes, qui au «

» mépris de ſes loix , & ſans reſpecter
» ſa préſence , violent la juſtice dans
« les places publiques , la font ceder à
» la force , & la rendent eſclave de leurs
» paſſions & de leurs interêts. Ces ſortes de traits achevent la condamnation
d'Homere , car ils font voir qu'il a eu,
comme tous les hommes , les idées naturelles de la Divinité , & de ſes principaux attributs ; & qu'ainſi on ne peut
excuſer ſur ſon ignorance , ou ſur celle
de ſon ſiecle , l'horrible caractere qu'il
a donné aux Dieux , & ſur tout à Jupiter , dans tout le cours de ſon Poême.

CHAPITRE

CHAPITRE III.

*Des juſtifications que les admirateurs
d'Homere apportent ſur la maniere
indigne dont il a employé les Dieux.*

LE tableau que nous avons fait des
Dieux d'Homere dans le chapitre
précédent, laiſſera peu de place dans
la plûpart des eſprits pour les juſtifications que l'on allegue en ſa faveur ; l'é-
quité veut neanmoins qu'on les écoute.
Le P. le Boſſu, Mr & Me D. empruntent
la premiere d'Ariſtote qui dit (*Poëtique*
26.) qu'Homere n'a fait que ſuivre
l'opinion commune. Mais en premier
lieu Homere de ſon propre choix & de
ſon autorité privée, a corrompu, comme
nous le verrons bientôt, l'idée avantageuſe que la fable même donnoit de Minerve, laquelle étant née du cerveau de
Jupiter, par une fiction qu'il a connuë,
ſelon Me D. (1.485.) devoit repreſenter la ſageſſe, & qui cependant eſt, ſans
aucune comparaiſon, la plus inſenſée &
la plus méchante de toutes les Divinitez de l'Iliade. Le goût qu'Homere a

III. Partie.   D

eu de rendre tous ses Personnages fous
ou vicieux, l'a emporté sur ce qu'exigeoit
de lüy la naissance, la dignité de plusieurs d'entr'eux , & l'opinion même
qu'on en avoit. Mais quand il ne seroit
pas l'auteur de cette dépravation, qu'est-
ce qu'un Poëte toûjours sage & toûjours
moral , selon les expressions ordinaires
de Me D. vouloit faire de toutes les sottises & de toutes les infamies que l'erreur & la dissolution grecque avoit fait
naître ? Pourquoy prendre les opinions
populaires dans toute leur grossiereté &
dans toute leur impieté ? ne pouvoit-il
ni les rectifier ni les adoucir ? En lui
laissant le fond de la Theologie Payenne, c'est-à-dire, la genealogie des Dieux,
leur naissance & leurs fonctions, il devoit y ajoûter, du moins à l'égard de Jupiter, de Minerve, & de tous les Dieux
superieurs, un caractère de bonté & de
justice qui les eût fait aimer & craindre des hommes. Certains Dieux inferieurs , dont le caractère tend au mal,
comme Mars , la Discorde & quelques
autres, auroient pû prendre des desseins
violens ou pernicieux : il est bon même
de faire craindre aux hommes leurs attaques ou leurs piéges ; mais les Divinitez bien-faisantes en auroient toûjours

sauvé leurs favoris ou leurs serviteurs.
Virgile a suivi les idées qu'il a trouvées
établies parmi les Romains , & dans
Homére même : cependant voyez avec
quel art il a menagé entre les Dieux,
non seulement la bien-séance des discours , mais la justice même des actions.
Junon & Venus protegent des Peuples
differens ; l'une & l'autre plaident leur
cause avec d'autant plus d'esprit & d'é-
loquence, qu'elles se permettent moins
les invectives grossieres ; la suite des
évenemens leur fournit même le moyen
de s'accorder. Jupiter qui est leur arbitre
ne donne pas dans toute l'Eneïde une
seule décision qui paroisse fantasque,
injuste, barbare comme la plûpart de
celles qu'il donne dans l'Iliade. Virgile suit à l'égard des Dieux le sage précepte que donne Aristote (*Poëtique* 25.)
sur les absurditez qui se rencontrent en
certaines Histoires dont les Poëtes tra-
giques ont tiré leurs sujets ; ils font en
sorte que ce qu'il y a d'absurde dans ces
Histoires se trouve hors de leurs Tragedies : ainsi Virgile en admettant en
gros les opinions reçûës sur les Dieux ,
laisse hors de son Poëme ce qu'elles ont
d'impie & de ridicule, & ne les fait
agir lui-même dans le cours de l'Eneïde

qu'avec juſtice & avec bienſéance. Ou
enfin ſi les Dieux font dans l'Enéïde
certaines choſes , qui dans le fond & à
la rigueur ſoient condamnables , il s'en
faut prendre à Homere : c'eſt luy qui
par l'avantage de ſon ancienneté &
de ſon talent , étoit maître en quelque
ſorte de l'opinion que l'on prendroit
des Dieux aprés luy ; car enfin il n'eſt
point vray , comme quelques-uns le
penſent , que pour plaire , il faille toûjours s'aſſujettir aux préventions du public ; au contraire la verité bien expo-
ſée cauſe un double plaiſir , & par la
lumiere qu'elle répand dans l'eſprit , &
par la cenſure qu'elle fait de l'erreur
vulgaire. Quelque opinion qu'un Or-
phée eut répandu des Dieux parmy les
Grecs ; les ſages , le peuple même auroit été charmé de voir ce Poëte impie
démenti par Homere : parce qu'au fond
rien ne nous ſatisfait plus qu'un Ouvrage , qui vient tirer du fond de nôtre
ame les vrais principes de la morale &
de toute eſpece de philoſophie , que
l'éducation , les converſations , & les
lectures ordinaires y tiennent ſouvent
enſevelis.

Un autre tour que prend Me D. eſt
de dire qu'Homere peint ſousles noms

des Dieux les défordres qui arrivent
fouvent dans les maifons des plus
Grands Princes. (1. 320.) C'eſt une
des manieres dont elle fauve ce beau
difcours de Jupiter, qui aprés avoir ef-
fuyé les reproches, aufquels il s'étoit
attendu de la part du Junon, fur le fécours qu'il vouloit donner aux Troyens
contre les Grecs, luy dit (*L.* 1. *p.* 37.)
affeyez-vous, & vous tenez en re- «
pos, croyez-moy, de peur que ſi «
j'appefantis fur vous mon bras invin- «
cible, tous les Dieux qui habitent «
l'Olympe ne puiffent vous délivrer ».
Mais quand il feroit vray que Jupiter
menaçant Junon de la battre, & l'ayant
battuë effectivement plus d'une fois,
(*p.* 39) reprefentât les plus grands
Princes, & non la plus vile Populace ;
étoit-il permis à Homere de prendre
les Dieux fuperieurs pour fymbole des
actions mauvaifes ou ridicules où les
Princes mêmes peuvent tomber ? eſt-ce
là l'ufage qu'un Poëte Theologien, tel
qu'on nomme Homere [a] ; croit qu'on
peut faire des Dieux, & le refpect qu'il
infpire pour eux à fes Lecteurs ? en fecond lieu, ne s'agit-il que de peindre ?
Et un Poëte toûjours moral ne doit-il

Préface de Me. D. p. 17.

pas diftinguer dans fes peintures, celles
qui authoriferont le vice d'avec celles
qui pourront le corriger ? Peut-on douter que les actions que l'on verra faire à
Jupiter ne fourniffent aux hommes une
juftification ou une excufe qui n'aura
que trop de poids ? Voyez comment
Chærée fe prévaut de l'exemple de Jupiter à l'égard de Danaë, pour fatisfai-
ré fa lubricité dans l'Eunuque de Te-
rence, piece connuë en nôtre langue par
la belle Traduction de Mᶜ D. Quelle
audace pour des entreprifes, encore
plus criminelles & plus injuftes, n'infpire point Jupiter dans l'Amphytrion
de Plaute fi bien traduit encore par Mᶜ
D. & qui avoit déja eu tant de fuccez
dans l'imitation de Moliere ? ce Dieu eft
même bien plus donné comme un exemple à fuivre dans cet endroit de l'Iliade
que dans l'Amphytrion ; car Jupiter a
tort moralement dans toute la Comedie
de Plaute & de Moliere, & l'on ne peut
le regarder depuis le commencement
jufqu'à la fin que comme un adultere;
mais dans la feule converfation qu'Homere fuppofe icy entre Jupiter & Junon, Jupiter reprefente d'abord Dieu
même par ces paroles qu'il dit à Junon:
(*p. 35.*) « N'efperez pas d'entrer dans

mes conseils ». Sur lesquelles M^e D.
fait cette remarque (*p. 3 2 3.*) « Homere
enseigne fort bien par cette fiction, «
que les secrets de Dieu & la Provi- «
dence cachée qu'il deploye dans la «
conduite & dans le gouvernement de «
l'Univers, sont impénétrables ; & que «
les Hommes & les Anges mêmes n'en «
connoissent que ce qu'il luy plaît de «
leur en reveler. „ Dans les paroles qui
suivent deux lignes après, vous sçau- «
rez tout ce qu'il est juste & raisonna- «
ble que vous sçachiez. » Il represente
un mary prudent. Homere enseigne «
icy , *dit Me D. dans la même page ,* «
qu'il y a des choses que les maris doi- «
vent communiquer à leurs femmes , «
& qu'il y en a d'autres qu'ils doivent «
leurs cacher ». Pourquoy donc veut-on
que dans le même discours , lors qu'il
menace Junon de la battre, il represente
un Prince brutal qui met le désordre
dans sa maison , en voulant battre la
Princesse son épouse ? un autre admirateur d'Homere ne dira-t-il pas , que ce
Poëte luy enseigne fort bien qu'il doit
châtier sa femme lorsqu'elle veut le
contredire ? On répondra peut-être que
c'est la nature de la chose qui conduit à
cette distinction, & qui fait juger si la

peinture eft offerte pour recommander
ou pour cenfurer la chofe reprefentée :
mais fi cela eft, l'inftruction n'eft plus
dans les paroles ou dans les peintures
du Poëte, elle eft toute entiere dans
l'interpretation du Lecteur. Celui-cy
doit même être trés-inftruit & trés-ha-
bile, pour démêler les bons & les mauvais exemples confondus dans un perfonnage fupérieur, qui n'en devoit donner que de bons. On dira enfin qu'un
Poëte n'eft chargé que de peindre ou
d'imiter ; & l'on s'appuyera fur un endroit remarquable de la Préface de M^e
D. « Le but de la Poëfie eft d'imiter,
» *dit-elle*, (*p.* 21. & 23.) Ainfi Platon
» a tort de condamner la Poëfie, quand
» il ne la trouve pas conforme aux re-
» gles qu'un bon Politique donne pour
» la confervation des Etats, & pour le
» bonheur des Peuples ; il n'y a rien de
» plus injufte, *continue-t-elle*, & l'imi-
» tation pourroit eftre vitieufe en bon-
» ne politique, qu'elle feroit excellen-
» te en bonne Poëfie ». Je replique à
cela que Me D. retracte pleinement
cette décifion dans la même Préface,
lorfqu'elle établit (*p.* 67. & 69.) que
le principal objet de la Poëfie, & fur
tout de la Poëfie Epique, eft d'inftruire

& non de plaire & de divertir : c'est-là
qu'elle dit formellement , non comme
à la p. 23. que le but de la Poësie est d'i-
miter , mais p. 69. que le Poëme Epique a pour but principal l'instruction
des Lecteurs. Mais que l'on soit du sentiment de la page 23. ou de celuy de la
page 69. sur le but principal de la Poësie : tout homme sage proscrira aussi-
bien que Platon toute Poësie & toute
Peinture contraire , comme celles d'Homere , à la Religion même naturelle , à
la conservation des Etats , & au bonheur des Peuples. Il y a donc à distinguer dans la proposition de Mr D. sur
la Poët. d'Aristote p. 428. lorsqu'il dit
que les fautes qu'un Poëte commet en
parlant d'un Art qu'il ne connoît pas
assez , sont plus excusables que celles
qu'il commettroit contre la Poësie même : car si un Poëte peche contre un
Art qui ne regarde pas les mœurs, comme l'art d'un Maquignon d'où est tiré
l'exemple qu'il apporte d'un Cheval à
qui l'on feroit lever en même-temps
les deux pieds droits ; je tombe d'accord que la faute seroit legere , quoy
qu'il fallut l'éviter ; mais si le Poëte peche contre la morale , ou contre certains points fondamentaux de la Politi-

que qui en est une dépendance, sa faute est infiniment plus griéve, que s'il pechoit contre la Poëſie même ; ou plûtôt il peche contre la Poëſie même, en pechant contre l'inſtruction morale qui en eſt le but principal, ſuivant le ſecond ſentiment de M⁰ D. Mais enfin quand le ſeul but de la Poëſie ſeroit d'imiter & de plaire par cette imitation, Homere pecheroit contre ce but même, en peignant les Dieux ou les Princes par un endroit bas, & qu'il falloit abandonner, ſuivant le précepte d'Horace, par l'impoſſibilité qu'il y avoit de l'embellir en le traitant : *& quæ deſperes tractata niteſcere poſſe relinquas.* En effet, Jupiter battant Junon ne ſçauroit plaire ny aux Lecteurs qui cherchent l'inſtruction, ny à ceux qui ne cherchent que le plaiſir ; & la ſituation eſt choquante à toutes ſortes d'égards. C'eſt pour cela auſſi que M⁰ D. a recours enfin à l'allegorie comme à ſa troiſiéme reſſource; qui ne voit, dit-elle, à la fin de ſa remarque ᵃ, qu'Homere ſous cette enveloppe explique l'action des élemens? cela nous jette dans la matiere des Allegories, qui demande une diſſertation particuliere.

I. 325.

CHAPITRE IV.

*Que contient une Differtation parti-
culiere fur les Allegories d'Homere.*

LA matiere des Allegories eft fi étenduë, que nous ferons obligez de donner quelque longueur à ce Chapitre.
Mais j'ofe me flatter qu'on le trouvera
curieux, & qu'il fera goûter au Lecteur
las des difcours ufez, obfcurs, & chimeriques de la prévention, la nouveau-
té, l'évidence, & la folidité des raifonnemens philofophiques employez
dans les belles Lettres.

ARTICLE I.

*Reflexions generales fur les Allego-
ries d'Homere.*

NOus ne prendrions point Homere à partie fur les Allegories qu'on
luy attribuë, fi fes fictions ayant toûjours une apparence raifonnable, il ne

s'agiſſoit que des gloſes de ſes Commentateurs, nous admirerions ſeulement la ſimplicité de ceux qui croiroient
trouver dans quelques fictions poëtiques les principes de toutes les ſciences
& de tous les arts, & les préceptes convenables à tous les états de la vie humaine ; & nous plaindrions l'extravagance de ceux qui y chercheroient la
pierre Philoſophale, l'Aſtrologie judiciaire, & le don même de Prophetie.
Les Poëmes d'Homere, tels qu'ils ſont,
ont preſenté tous ces ſens à differents
Admirateurs, ſelon le dégré de leur prévention ou de leur folie ; le trés-docte
Fabricius en a récüeilly les exemples ᵃ,
mais ce n'eſt pas là de quoy nous ren-
dons Homere reſponſable : ſon veritable tort indépendamment de ſes Allegories vrayes ou fauſſes, eſt d'avoir
fait viſiblement & ſenſiblement un uſage tres-impie de la Divinité.

Les Admirateurs de ce Poëte ont
ſaiſi avec joye le tour des Allegories
pour le ſauver ; ils ont crû nous déſar-
mer par là de tous les principes de la
Religion & de la raiſon que nous pourrions employer contre leur Auteur, &
le mettre en ſeureté dans un ſyſtême où

ᵃ *Bib. Græc. Tom.* 1. *L.* 2. *c.* 6.

il luy auroit été permis de tout dire, &
contre lequel nulle objection ne pourroit porter ; la Philofophie ne nous permet pas de refpecter un azile fi ridicule ;
& malgré qu'on en ait , nous foûmet-
tons les Allegories même à la premiere
de toutes les loix de la litterature qui eft
de n'apporter aucun fcandale aux Lecteurs. Il y a même un certain fens où
cette loy regarde plus particulierement
que tout autre ouvrage , ceux qui ne
font faits que pour le plaifir ou qui
n'inftruifent que par le plaifir ; c'eft que
le premier afpect , comme nous avons
déja eu lieu de le dire , décide des ouvrages de cette efpece. Il n'en eft pas
tout à fait ainfi des écrits faits fur des
matiéres plus ferieufes : dans la Jurifprudence, dans la Theologie même, il
y a certaines propofitions , qui ne paroiffent pas d'abord conformes à la
juftice & à la verité , & qui ne laiffent
pas de l'eftre ; ainfi il ne faut point les
fupprimer , parce qu'on a le temps de
s'expliquer dans ces fortes d'écrits qui
fouffrent la difcuffion. Mais dans un
Poëme & dans tout Ouvrage de pur
agrément , dés qu'un trait eft de nature
à choquer , & à fcandalifer le commun
des hommes , il n'eft ni intention fecret-

te de l'Auteur, ni explication forcée du Commentateur, qui puiſſe l'excuſer. L'Auteur devoit l'éfacer, & le Commentateur doit le condamner ; parceque le trait ny le Poëme même n'étoit d'aucune neceſſité.

Quand Homere n'auroit prétendu faire de ſon Poëme qu'un ouvrage d'amuſement vuide de toute inſtruction, ſoit formelle, ſoit déguiſée ; il ſeroit déja trés-coupable d'avoir voulu amuſer ſes Lecteurs aux dépens de la Religion : mais s'il a eu deſſein d'inſtruire, comme ſes Admirateurs le ſoûtiennent, s'il a paru comme un Poëte plus moral que les Philoſophes mêmes, ſelon la penſée d'Horace ; ſur tout s'il a entrepris de nous expliquer quelques choſes des attributs & des décrets de Dieu, ſelon tant de remarques de Mᵉ D. il eſt infiniment plus condamnable d'avoir parlé de la Divinité avec tant d'irreverence ; parce qu'un Auteur qui veut enſeigner des points importants dans la Religion ou dans la Morale, ne peut s'acquerir du crédit ſur ſes Lecteurs, que par une attention extrême à toutes ſes paroles.

Quoyque la Morale ſoit la veritable ſource des beautés d'un grand Poëme, ſelon le ſyſtême que nous avons expoſé

ailleurs, nous aurions difpenfé Homére
de connoître ou d'employer ce fecret
dans la naiffance de la Morale & de la
Poëfie , d'autant plus qu'aujourd'huy
même que l'une & l'autre font toutes
formées , on voit encore bien des gens
qui ne demandent aucun but moral
dans les Poëmes les plus férieux ; mais
il eft horrible de foüiller d'impietez
groffieres non - feulement fon Poëme,
mais fes inftructions , & il eut beaucoup
mieux valu n'en point donner.

Le P. le Boffu (*L. 5. chap. 2.*) dit que
les Poëmes doivent être des inftructions
allegoriques : comme c'eft pour juftifier
Homere qu'il avance cette propofition,
on voit bien que par inftructions allégoriques , il entend des inftructions cachées , puis qu'Homere n'en a point
d'autres. Mais quand on luy accorderoit qu'un Poëte doit cacher fes inftructions , ce que nous nierons dans la fuite,
le moins qu'on pût demander eft que fi
ces inftructions font obfcures , on en
foit quitte pour ne pas les entendre , &
qu'elles ne laiffent aucune mauvaife impreffion dans les efprits.

Si Virgile a eu quelque deffein de
parler allegoriquement , il s'eft tenu à
cette regle , felon le témoignage même

du P. le Boſſu. « Virgile dit cet Auteur
» (*L.* 1. *chap.* 18.) voulant renfermer
» ſes inſtructions & ſa doctrine ſous
» des allegories , n'a pû ſe contenter
» d'un extérieur auſſi ſimple que celuy
» d'Homere , qui choque trop ceux qui
» ne le pénétrent pas , & ceux qui igno-
» rent qu'il a parlé par figure : le Poëte
» latin a donc tellement compoſé ſon
» extérieur & ſes fictions , que ceux
» même qui en demeurent-là , ſans y
» chercher autre choſe, peuvent être ſa-
» tisfaits de ce qu'ils y trouvent : cette
» maniere eſt entierement conforme à la
» nôtre , & fort à nôtre goût ». Et la
droite raiſon en peut elle ſouffrir un autre ? Qu'importe que le P. le Boſſu diſe
aprés cela ; (*ib.*) « mais je ne ſçay ſi la
» ſatisfaction que nous trouvons ſi aiſé-
» ment dans les ſeules fictions extérieu-
» res ne nous fait point de tort ; plus
» nous nons y arrêtons , & moins nous
» cherchons la verité des choſes ». Le
P. le Boſſu veut-il conclure de-là qu'un
Poëte fait mieux d'employer des fictions
inſenſées que des fictions raiſonnables,
parceque les Lecteurs ſont moins portez à ſe tenir à la lettre des premieres
que des ſecondes ? « Cela peut être,
» *continuë-t-il,* nous fait faire des équi-

voques sur le mot de Fable que nous «
appliquons si differemment à l'Epo- «
pée , & aux fictions d'Esope ». Ce n'est
point nous qui faisons cette application
differente ; nous sommes persuadés au
contraire que la Fable du Poëme Epique
devroit estre comme celles d'Esope, une
Fable claire , dont lé sens allegorique
fut si aisé à découvrir qu'il fut inutile,
même de l'exprimer ; c'est Homere qui
a rendu ses fictions trés-differentes à cet
égard de celles d'Esope. Le P. le Bossu
avoit dit plus haut (*ib.*) « nôtre siécle
d'ailleurs si éclairé & si curieux negli- «
ge extrêmement la connoissance des «
allegories , qui ne font plus à nôtre «
usage ». Il sé trompe déja en ce point ,
& les allegories bien prises & bien soûtenuës sont toûjours à nostre usage ; car
sans parler des personnages allegoriques que l'on introduit si souvent dans
les Opera , & dans plusieurs autres pieces galantes ou satyriques, la Fontaine
a rendu les Fables plus charmantes &
plus celebres parmy nous qu'elles ne
l'ont été dans aucun endroit du monde.
C'est peut-être cette negligence, con- «
tinuë le P. le Bossu ; qui nous cache «
les plus grandes beautez d'Homere , «
& qui au lieu de son adresse , ne nous «

» laiſſe voir qu'une écorce trop ſimple
» & trop groſſiere pour nous faire juger
» avantageuſement de ſon eſprit & de
» ſa conduite ; il avoit pourtant raiſon,
» continuë le P. le Boſſu, d'en uſer aînſi,
» & de s'acommoder à la maniere de ſon
» ſiécle. Homere pouvoit avoir raiſon
de s'accommoder au goût de ſon temps,
en employant les allegories, puiſque ſon
ſiécle les aimoit. C'eſt ainſi que les écrivains les plus reſpectables dans la Religion ſe ſont conformés quelquefois
au goût de leur ſiecle, pour faire mieux
entendre, ou mieux recevoir leurs inſtructions ; mais cela juſtifie-t-il en aucune ſorte les eſpeces d'allegories dont
Homere s'eſt ſervy ? le goût general des
allegories eſt le caractere des ſiécles qui
n'ont point aſſez connu les reſſources
que la nature & la raiſon offrent à l'é-
loquence & à la Poëſie ; mais quel ſiécle ſi groſſier a exigé que les allegories
euſſent une apparence d'impieté ? je
ſuppoſe neanmoins, pour le dire encore
une fois, que cette horrible pratique eut été introduite par quelques Ecrivains. C'étoit à un grand homme comme
Homere à la changer & à la tourner en
mieux. Et que ſert de ſe faire Auteur ſi
l'on ne contribuë à guérir ſon ſiécle de

quelque erreur, ou de quelque vice ?
Platon lui-même n'a pas accepté l'excufe tirée du fiécle d'Homere, car bien
qu'il counût ce fiécle encore mieux que
le P. le Boffu, il a pourtant condamné
les fictions de ce Poëte d'une maniere fi
nette & fi fenfée, que je ne puis m'empêcher de rapporter fes raifons ; il les
expofe ainfi dans le fecond Livre de la
Republique. Nous ne devons point «
recevoir dans nôtre Ville, ny les chaî- «
nes de Junon, faites par fon propre «
fils, ny la chûte de Vulcain jetté du «
ciel en terre, pour avoir voulu défen- «
dre fa mere contre Jupiter qui la bat- «
toit, ny les autres combats des Dieux «
qu'Homere a imaginez ; foit que ces «
idées fervent d'enveloppe à quel- «
qu'autre, & que le Poëte veüille fai- «
re entendre autre chofe que ce qu'il «
dit, foit qu'il les donne fimplement, «
& pour ce qu'il paroît qu'elles font ; «
car les jeunes gens ne font pas en «
état de diftinguer ces differentes vûës, «
& les opinions dont ils ont été préve- «
nus en cet âge, ne s'éfacent qu'avec «
peine de leur efprit. C'eft pourquoy «
il faut toûjours leur reprefenter Dieu «
comme jufte & veritable dans fes œu- «
vres & dans fes paroles. En effet, il «

» eſt conſtant dans ſes promeſſes, il ne
» ſéduit les hommes, ny par de vaines
» images, ny par de faux diſcours, ny par
» des ſignes trompeurs ; ny pendant le
» jour, ny pendant la nuit ». Je m'é-
tonne que Platon, ayant connu cette
maniere de raiſonner, ait jamais pû en
goûter une autre ; & qu'un Philoſophe
qui a ſi bien ſenti le danger des allegories, en ait farci ſes dogmes & ſa morale. Quels piéges ne tend il pas lui-même aux jeunes gens, lorſque dans le
Phedon il introduit Socrate, qui aprés
un diſcours immenſe ſur l'immortalité
de l'ame, diſcours où l'exiſtence du vray
Dieu a été fortement établie, du moins
ſelon les remarques de Mr D. Socrate
fait écrouler lui-même toute ſa doctrine, & renverſe ſon ſiſtême comme un
Château de cartes par ces malheureuſes
paroles qu'il dit à Criton en rendant le
dernier ſoûpir. « Nous devons un Cocq
» à Eſculape, acquittez-vous de ce vœu
» pour moy, & ne l'oubliez pas ». A
quoy Criton ne manque point de répondre, *cela ſera fait*. Là-deſſus Mr D.
eſt obligé de faire cette remarque,
» ceux qui ne ſont pas entrez dans le
» veritable eſprit de Socrate l'ont accu-
» ſé d'idolatrie & de ſuperſtition ſur ce

Cocq qu'il voüe à Esculape : mais ces «
paroles ne doivent pas être prises au «
pié de la lettre ; elles sont énigmati- «
ques , comme une infinité d'autres «
qu'on lit dans Platon , & qu'on n'en- »
tendra jamais , si on n'a recours aux «
figures & aux allegories. Icy le Cocq «
est le symbole de la vie , & Esculape «
est l'emblême du Medecin. Socrate «
veut dire par-là qu'il remet son ame «
entre les mains du veritable Medecin «
qui vient le purifier & le guérir ». Pour
moy avant que d'avoir recours à la figure & à l'allegorie, je comprends parfaitement que si Socrate est tel que Platon le represente , de quoy Socrate lui-
même qui se plaignoit de ses dialogues [a]
n'avoit garde de convenir , c'étoit un
discoureur plus Sophiste vingt fois que
tous les Sophistes dont il se mocque ;
dont les actions ne s'accordent point
avec les principes, qui du moins ne se
soucie pas que les veritez qu'il connoît
passent dans l'ame de ses Auditeurs :
car enfin je veux qu'il pense ce qu'on
luy fait penser d'Esculape & de son
Cocq , Criton prend la chose à la lettre

[a] ὡσ πολλὰ μου ϰατεψευδεϑ’ ὁ νεανισϰοσ.
Quam multa de me mentitus est Adolescens !
Diog. Laert. in Platone.

& va commettre l'Idolatrie. Mais quand
Criton l'entendroit, tous les Lecteurs
l'entendront-ils ? seront-ils tous en état
de démêler son intention ? est-ce là une
matiere sur laquelle il soit permis de
laisser la moindre ambiguité ? peut-on
croire même qu'un homme veüille faire une allegorie à l'article de la mort?
ou enfin si Socrate l'a voulu faire, n'é-
toit-ce pas à Platon son interprete à nous
l'expliquer ?

Pytagore, autre Auteur qui avoit les
allegories en grande recommandation,
ne laissoit pas de dire, au raport de M^eD.
même (*Remarques sur la Poëtique* 435.)
» qu'Homere étoit cruellement tour-
» menté dans les enfers, pour avoir se-
» mé dans ses Poëmes tant de fictions
» injurieuses à la Divinité » : il est vray
que Pytagore ne scandalisoit point par
ses Enigmes ; ses allegories n'estoient
qu'obscures, il croyoit devoir envelopper sous des images très-étrangeres des
préceptes aussi simples que ceux de ne
pas mentir, ou de ne pas médire : il
semble qu'il enviât la vertu aux autres
hommes, & qu'il voulût faire de la
probité la plus commune un secret de
Secte. Ce n'est point-là sans doute le legitime usage des symboles & des em-

blêmes dans la morale. On peut avoir
des raisons d'envelopper , par rapport
au commun des hommes , les maximes
profondes de la Politique & du Gouvernement des Etats : & c'eſt-là peut-être
ce que Salomon appelloit les Enigmes
des Sages : *Verba ſapientum & Ænigma-
ta eorum. Prov.* 1. 6. Mais il n'en eſt
point ici des préceptes de la morale ordinaire. Eſope que je crois être le ſeul
Auteur de l'antiquité Grecque , qui ait
utilement employé les ſymboles , ne
s'en eſt ſervy que pour donner un leger exercice à l'eſprit , afin qu'il décou-
vrit avec plus de plaiſir l'inſtruction qui
n'y eſt couverte que d'un voile fort
tranſparent ; ou bien il fournit une comparaiſon naturelle & amuſante, qui aide
à comprendre & à retenir une verité ,
qui n'auroit pas été aſſez ſenſible par
elle-même : en un mot, Eſope ne s'eſt
ſervy des allegories que pour mieux in-
ſinuer les points de morale qu'il propoſe ; au lieu que Pytagore ne s'en eſt
ſervy que pour les cacher. Mais Homere & Platon même font encore bien pis,
puiſque les allegories dont ils ſe ſervent
portent au mal dans le ſens qui s'offre
d'abord , & long-temps avant qu'on en
puiſſe pénétrer un autre : l'allegorie en-

ferme un précepte de morale, & la lettre presente un exemple d'impieté, l'allegorie inspire la vertu, & la lettre authorise le crime, l'allegorie n'est apperçûë que d'un petit nombre de Sages, qui
n'ont pas besoin d'enseignements, & la
lettre corrompt le commun des hommes qu'il falloit instruire. Aprés tout si
Pytagore & Platon deux Payens vieux
Philosophes, nez, l'un dans un temps
presque barbare, l'autre chez un Peuple qui admettoit un grand libertinage
de pensées & d'expressions dans la Poësie, tous deux enfin grands amateurs de
l'allegorie, n'ont pu goûter neanmoins
celles d'Homere ; comment veut - on
que nous les trouvions merveilleuses [a],
ou qu'elles nous rendent Homere considerable [b]? Nous que la vraye Religion
a désabusez de toutes les Fables du Paganisme, que la nouvelle Philosophie
a accoûtumez à la raison & à l'évidence, que la politesse de nôtre siécle & de
nôtre nation à dégoûtez de tout ce qui
est bas, grossier & injurieux dans les
ouvrages de toute espece, & sur tout
dans le Poëme Heroique.

Mais pourquoy chercher dans Platon

a *Poët. d'Arist. p.* 435.
b *Préface sur Homere p.* 17.

&

& dans Pythagore les principes qui condamnent Homere ; le P. le Boſſu nous
les explique admirablement : Il eſt vray,
dit-il, (*L. 5. c. 2.*) que les premiers
Sçavants, ont agi de mauvaiſe foy en «
une choſe de la derniere importance «
quand ils ont écrit de telle ſorte que «
les eſprits mediocres ou peu inſtruits, «
c'eſt-à-dire , preſque tous les hom- «
mes , n'ont pû pénétrer l'écorce & le «
voile dont ils ont couvert la verité , & «
ils ont été miſerablement abuſez en «
prenant l'ombre pour le corps, & des «
figures difformes & dangereuſes pour «
des veritez neceſſaires & ſolides. Soit «
orgüeil , ſoit envie , ſoit erreur, & «
mauvaiſe conduite , c'eſt ſans doute «
une faute tres-grande que nous ne «
voulons excuſer en aucune maniere ».
Mais le P. le Boſſu d'abord aprés avoir
dit qu'il ne veut excuſer en aucune maniere cette faute qu'il nomme trés-grande , entreprend ſur le champ d'excuſer
& de loüer celui de tous les Auteurs qui
l'a le plus grièvement commiſe , & il
continuë ainſi. « Mais dans noſtre deſſein
nous pourrons laiſſer à part & diſſi- «
muler les interpretations qu'un Poë- «
te n'eſt pas obligé de donner dans ſes «
Vers , & ne conſiderer les Poëmes que «

» comme des ouvrages & des inftruc-
» tions qui doivent être toutes allego-
» riques. En ce fens n'eft-il pas plus aifé
» de défendre Homere que de l'accu-
» fer, & plus jufte de luy donner des
» loüanges que du blâme ? peut-on le
» reprendre d'avoir parlé de plufieurs
» Divinitez, & de leur avoir donné des
» paffions ? n'a-t-il pas pû même les
» faire combattre contre les hommes ?
» n'avons-nous pas des exemples de ces
» expreffions & de ces figures dans les
» Livres facrez & dans la veritable Re-
» ligion ? & s'il eft quelquefois permis
» de parler ainfi des Dieux en Theolo-
» gien, il y a bien plus de raifon d'en
» ufer de même dans les fictions de la
» Phyfique & de la Morale. Quand dans
» ces deux difciplines l'on décrit la na-
» ture des chofes, il ny a pas plus de
» difficulté à dire ce qu'elles ont de
» mauvais que le contraire. Ce feroit
» être bien nouveau en Poëfie, & faire
» bien peu de réfléxion à la maniere de
» s'exprimer en ce genre d'écrire, que
» de s'imaginer quand on voit le nom
» de Dieu ou de Déeffe que l'on ne doit
» rien trouver que de beau, de bon, &
» de loüable dans ces perfonnages; com-
» me fi Virgile n'avoit pû dire de la Re-

nommée que c'eſt une Déeſſe fort «
malhonneſte ; & du ſommeil, que ce «
Dieu fut malicieux quand il trompa «
le bon Palinure , & qu'il le précipita «
dans la mer. Il n'y a pas plus de mal «
à parler ainſi en Vers qu'il y en a de «
dire en Proſe, que la Renommée pu- «
blioit des choſes honteuſes , & que «
Palinure s'étant endormi tomba dans «
la mer ». Comme c'eſt-là ce que les «
Admirateurs d'Homere ont de mieux
à dire, il eſt bon de refuter exactement
cette Apologie. Le P. le Boſſu dit qu'un
Poëte n'eſt pas obligé de donner des interpretations dans ſes Vers , je l'avoüe ,
& ſouvent même il rallentiroit par-là
ſa Poëſie ; c'eſt pour cela auſſi qu'il doit
éviter tout ce qui a beſoin d'interpretation, & ne dire que des choſes qui s'expliquent d'elles-mêmes, comme les Fables d'Eſope dont on auroit retranché
ce qu'on appelle l'*épimythion*, & dont
la morale ne laiſſeroit pas d'être parfaitement entenduë. C'eſt auſſi dans ce ſens
que je luy accorde que les Poëmes doivent eſtre des inſtructions allegoriques ,
qui nous apprennent ſous les images
ſenſibles de quelques perſonnages feints
à nous conduire ſagement dans les diverſes conjonctures de la vie. Il dit en

E ij

continuant, qu'on ne sçauroit reprendre
Homere d'avoir donné des paſſions à
pluſieurs Divinitez. Je l'avoûë encore,
mais je nie qu'on puiſſe prêter à Dieu
des vices ou de mauvaiſes actions, comme Homere en prête à Jupiter. Pourquoi le P. le Boſſu & Me D. qui adopte
ſon raiſonnement ᵃ, font-ils ſemblant
d'ignorer que les paſſions n'étant pas vicieuſes par elles - mêmes , on en peut
faire un bon & un mauvais uſage ; &
qu'ainſi les écrivains ſacrez ne désho-
norent point Dieu en luy appliquant la
colere ou la compaſſion ſelon nôtre maniere de penſer, comme Homere dés-
honore Jupiter en luy appliquant l'extravagance & l'injuſtice ? le P. le Boſſu
dit , en finiſſant, que Virgile a pû repreſenter la Renommée comme une Déeſſe
malhonneſte , & le ſommeil comme un
Dieu malicieux ; cela eſt encore vray,
mais ce ſont des Dieux ſubalternes qui
ont gardé le nom même des choſes qu'ils
repreſentent , deſquels le caractere eſt
indifferent , ou même tend au mal , &
qui en ce dernier ſens étoient chez les Payens ce que les mauvais eſprits ſont dans
la veritable Theologie. Qu'eſt - ce que
cela conclut pour Jupiter ſous lequel

a page 15. de la Préf. ſur Hom.

Me D. veut toûjours entendre le vray
Dieu, & pour Junon qu'elle prend pour
un Ange. (1. 3 2 3.) Mais le P. le Boſſu
fait entrer dans ſon raiſonnement une
allegation des Livres ſacrez, à laquelle
il faut ſatisfaire en particulier.

Premierement, par rapport à tou-
tes les choſes qui étant priſes à la let- «
tre dans les Livres ſacrez paroîtroient «
indignes de la ſainteté de ces écrits, «
& contraires à la verité & à la juſtice »,
ſelon les expreſſions de Mr D. qui employe les raiſons du P. le Boſſu, (*p*. 441
de la Poët.) j'obſerveray qu'à prendre
l'Ecriture Sainte dans ſa totalité, elle
reſpire d'un bout à l'autre l'équité & la
bonté d'un Dieu plein de juſtice & de
miſéricorde. Ainſi les endroits qui ſont
obſcurs, ou qui même nous paroiſſent
durs, bien plus par la foibleſſe de nos
lumieres que parce qu'ils le ſont en eux-
mêmes, ſe trouvent éclaircis & adou-
cis par un nombre infiniment plus grand
d'autres endroits où Dieu s'eſt repre-
ſenté tel qu'il eſt, c'eſt-à-dire, comme la ſource & le modele de toute
ſainteté. Dans Homere au contraire on
voit une habitude formée de rendre les
Dieux capricieux, violents, injuſtes;
vous ne ſortez d'un endroit ſcandaleux,

que pour rentrer dans un autre qui l'eſt encore davantage. Ce n'eſt que par ha-zard & fort rarement qu'il échape à ces fauſſes & malheureuſes Divinitez quel-que diſcours ou quelque action qu'on puiſſe approuver.

En ſecond lieu , quand il ſeroit vray, comme il l'eſt en effet, que le Saint-Eſ-prit eut laiſſé à deſſein quelque obſcu-rité dans les ſaintes Ecritures , ou pour exercer la foy des fideles , ou pour ca-cher aux hommes charnels ou incre-dules, des myſteres dont ils ne ſont pas dignes ; deux motifs qui ne convien-nent point à un Poëte lui-même trés-prophane ; le danger des allegories & de toutes les autres obſcuritez des Li-vres Saints eſt prévenu par le dogme qui nous apprend que l'Egliſe en eſt l'in-terprête univerſelle & infaillible ; c'eſt la réponſe peremptoire que le Cardinal Cajetan joint à celle de Saint Thomas ; le ſaint Docteur avoit dit, (p. 1. q. 1. art. 10.) que la multiplicité des ſens de l'Ecri-ture , tels que ſont le ſens moral & le ſens allegorique , ne ſçauroit jetter au-cune confuſion dans le Texte ſacré, non ſeulement parceque tous ces ſens ſont fondez ſur le ſens litteral , duquel ſeul on peut tirer une preuve ou un argu-

ment , selon Saint Augustin qu'il cite,
mais encore parceque ces autres sens ne
contiennent rien de neceffaire à la foy ,
que le sens litteral ne dife clairement en
quelqu'autre endroit. Le fçavant Cardinal ajoûte à cela, que quand même on
ne trouveroit pas à confronter un paffage obfcur de l'Ecriture Sainte avec un
autre plus clair , on ne manque jamais
de pouvoir le confronter avec l'interpretation de l'Eglife , qui nous rend certains du Texte même de l'Ecriture. Mais
Homere n'avoit aucun lieu d'efperer
que des Commentateurs donneroient un
bon fens à fes fictions impies & ridicules au fujet des Dieux , & il devoit
juger que quand même il s'en trouveroit
qui le fiffent , ils manqueroient tous de
l'autorité neceffaire pour faire recevoir
leur interpretation. Ainfi je ne fçaurois
regretter avec Me D. l'ouvrage de Damo
fille de Pythagore , fur les allegories
d'Homere , que comme un monumént
de l'antiquité , & peut-eftre des rêveries humaines ; ce qui eft toûjours curieux; mais par rapport à l'intelligence
d'Homere , les interpretations de Damo n'auroient été ny plus heureufes ,
ny plus infaillibles que celles de tous les
Mythologiftes du récueil de Mr Thomas

E iiij

Gall , & fur tout d'Heraclide de Pont grand défenfeur de ce Poëte contre Platon même.

Les Admirateurs d'Homere qui luy donnent les titres magnifiques de Poëte Theologien , de Poëte Moral , & de Poëte Phyſicien , nous font remarquer dans l'Iliade feule trois fortes d'allegories , où les Dieux fervent toûjours de fymboles , contre la pratique des autres Auteurs à emblêmes qui ont ordinairement tiré leurs fymboles des objets materiels. Ces trois fortes d'allegories font les allegories Theologiques , les allegories Morales , & les allegories Phyſiques. Dans les allegories Theologiques on nous propofe la fageffe de Dieu & le deftin fous les noms de Minerve & d'Apollon : dans les allegories Morales on nous reprefente nos vices & nos vertus ; Minerve paroît encore là comme vertu de prudence ; & Mars & Venus y font combattus comme fignifiant les paffions déraifonnables. Enfin dans les allegories Phyſiques on nous explique des effets naturels , ou plus cachez comme le choc des élemens dans la querelle de Jupiter & de Junon , ou plus fenfibles comme l'inondation & la fechereffe dans le combat de Vulcain & du

Scamandre. Nous allons examiner la justesse d'Homere dans ces trois sortes d'allegories.

ARTICLE II.

Des Allegories Theologiques.

MInerve selon Me D. (2. 609.) « est proprement la sagesse & l'in- « telligence de Dieu ». Au fond il étoit naturel de prendre ainsi la chose, & Homere n'étoit point maître de ce caracte- re déterminé par la Fable même de la naissance de Minerve ; Fable qu'il a connuë selon Me D. (1. 485.) & qu'il a en effet employée au Livre 5e (p. 233.) cependant ceux qui ne veulent trouver dans l'Iliade que ce qui y est, s'apper- cevront aisément que cette Déesse alle- goriquement sage & sagesse divine est litteralement la plus insensée & la plus méchante de toutes les Divinitez de l'I- liade. L'une & l'autre de ces deux qua- litez paroît à merveille dans le dis- cours qu'elle tient à Junon au sujet d'Hector. (L. 8. p. 57.) Il y a long- temps, dit-elle, que ce furieux auroit « perdu les forces & la vie sous les «

» coups des Grecs ; mais mon pere toû-
» jours cruel & inflexible n'a pas les fen-
» timens qu'il devroit avoir ; il s'eft op-
» pofé à moy , & par cette injuftice il a
» rendu tous mes éforts inutiles ; il ne fe
» fouvient plus combien de fois j'ay
» fauvé fon fils des mortels dangers où
» l'engageoient les commandemens
» d'Eurifthée. Expofé à une mort inévi-
» table , il imploroit par fes larmes le
» fecours du Ciel , & Jupiter touché de
» fes pleurs, m'envoyoit à fon fecours,
» ah ! fi j'avois pû prévoir ce que je vois
» aujourd'huy , lorfque ce tyran l'en-
» voya dans le ténébreux Palais de l'in-
» exorable Pluton , avec ordre de luy
» amener du fond de l'Erebe le terrible
» monftre qui en garde l'entrée, jamais
» il n'auroit repaffé les affreufes ondes
» du Styx : maintenant pour toute re-
» connoiffance Jupiter me haït ». Eft-il
d'abord quelque chofe de plus ridicule
que cette revolte & ces plaintes de la
fageffe de Jupiter contre lui-même ? eft-
il rien de plus bas que le repentir de
Minerve au fujet d'Hercule qu'elle a
fauvé, qui eft actuellement au nombre
des Dieux, & qui n'eft pas refponfa-
ble de la protection que fon pere donne aujourd'huy à Hector. Toutes ces

indignitez n'ont point encore satisfait
Mᵉ D. car elle remarque avec une fub-
tilité infinie (p. 425.) qu'il y a icy une «
fatyre amere contre Hercule. Miner- «
ve, dit-elle, pour faire voir que ce «
Heros n'étoit pas capable de fe tirer «
de tant de dangers fans fon fecours, «
feint qu'il demande ce fecours avec «
larmes, ce qui eft indigne d'un Heros «
qui ne doit jamais pleurer dans le péril. » Aprés quoy Mᵉ D. prouve par un «
paffage de Sophocle qu'Hercule étoit incapable de cette foibleffe. Pourquoi donc
aggrave-t-elle ainfi l'impertinence de
Minerve? C'eft pour juftifier ce qu'elle a dit une page plus haut (2. 424.)
que le difcours de cette Déeffe con- «
tre Jupiter marque bien ce que peut «
la paffion fur la fageffe même ». Quoy
la paffion peut quelque chofe fur la fageffe divine ? Mais quand il ne s'agiroit
que de la fageffe humaine, quelle eft
la diftinction de cette vertu, finon de fe
mettre au-deffus des paffions ? qu'eft-ce
que la fageffe, dit Mᵗ Defpreaux, une «
égalité d'ame que rien ne peut trou- «
bler ». Ce n'eft point aux paffions à dé- «
ranger la fageffe, eft-il dit dans Telemaque : & en verité cette maxime eft

fi naturelle, que fi nous cherchions bien
nous la trouverions quelque part dans
les remarques de Mᶜ D. Je la rencontre
en effet à l'ouverture du premier Vol.
(*p.* 407.) Dans la Déeffe de la pruden.
» ce il faut bien que la fageffe l'em-
» porte fur la paffion, & qu'elle la mo-
» dere & lui donne un frein ». A ce propos nous prierons Mᶜ D. de ne plus excufer les Dieux ni même les Héros
d'Homere des inégalitez de leurs caracteres par la paffion qui les faifit. En
bonne poëtique, la paffion eft fubor-
donnée au caractere, elle n'en doit jamais faire fortir un perfonnage qu'en
des occafions fi marquées, que le Lecteur
fente d'abord la vrai-femblance & même la neceffité de cette exception : autrement la paffion doit fortifier le caractere, au lieu de le détruire : fi l'on
prête des paffions à la fageffe, ce qu'il
ne faut faire qu'avec de grands ména-
gemens, elles ne doivent fervir qu'à l'a-
nimer davantage pour la juftice, & à
luy donner felon la nature de l'obftacle, ou de la force, ou de la patience.
Mais qui peut imaginer qu'il lui convienne de devenir folle. Quand Horace
a dit en parlant d'un perfonnage poëti-

que, qu'il foit jufqu'à la fin, tel qu'il a été au commencement, & qu'il ne fe démente point.

Servetur ad imum,
Qualis ab incepto procefferit & fibi conftet.

a-t-il prétendu que fon précepte ne fut vray que dans la fituation tranquille, & que la premiere oppofition fournit une raifon fuffifante de le violer ? cette exception anéantiroit la regle ; car fi un perfonnage ne demeure ce qu'il eft, qu'autant qu'aucun objet ou fâcheux ou agréable ne fe prefentera devant lui, il n'y aura plus de caractere, & tous les hommes feront femblables : le plus violent eft auffi moderé que le plus doux dans les occafions indifferentes. D'un autre côté fi tout eft admis dans la paffion & qu'elle authorife tout en toute forte de perfonnages, les paffions mêmes ne tireront aucune difference du caractere des perfonnes ; & c'eft ce qui arrive parfaitement dans Homere : il peint felon l'humeur où il fe trouve, la peur, l'audace, la colere ; & il applique tout cela de la même maniere au premier perfonnage qui fe trouve fous fa main, fuivant plûtôt les fougues paffageres aufquelles il eft fujet lui-même, qu'il ne s'attache à des caracteres qui deman-

deroient de l'égalité & de la constance :
nous l'avons vû ailleurs à l'égard des
Héros , & nous l'allons voir ici à l'égard
de Minerve & de Mars. En effet Minerve dans l'Iliade est opposée à Mars., non
comme la sagesse est opposée à la folie ,
selon l'interpretation de Mᵉ D. repetée
en plusieurs endroits; (3.5 12.537.& al.)
mais comme une folie est opposée à une
autre. Junon parlant de Mars à Jupiter
(L. 5. p. 225.) lui dit : Pere des immor-
» tels n'êtes-vous pas irrité des ravages
» que fait le Dieu de la guerre , & du
» nombre infini des Grecs qu'il a im-
» molés à sa fureur sans nulle raison ; &
» contre toute sorte de justice .... ce
» furieux, cet insensé , ne connoît d'au-
» tre droit que la force „. Mais dans le
même Livre (p. 233.) Mars se croit
bien fondé de venir dire à Jupiter.
» Grand Jupiter c'est vous qui estes la
» seule cause de tous nos débats ; car
» vous avez mis au monde une fille in-
» sensée & pernicieuse , qui ne connoît
» ny justice ny regle. Tous les autres
» Dieux vous obéissent , & nous vous
» sommes tous soûmis ; il n'y a qu'elle
» que vous ménagiez ; vous ne la rete-
» nez ni par les châtimens ni par les
» ménaces ; & vous lui laissez tout faire

impunément, parce qu'elle eſt vôtre ce
ouvrage, & qu'elle n'a reçû la naiſ- ce
ſance que de vous ſeul ». Il eſt vrai que
Mᵉ D. croit infirmer ce témoignage de
Mars, en diſant (1.484.) que les plus
emportez, les plus injuſtes & les plus ce
violens accuſent d'emportemens, d'in- ce
juſtice & de violence les plus mode- ce
rez & les plus ſages ; Mars, que ſa me- ce
re même vient d'appeller un inſenſé ce
& un furieux ; qui ne reconnoît de ce
droit que la force, accuſe Minerve de ce
ces mêmes fureurs, & de ne connoî- ce
tre ni juſtice ni regle : & ce caractere ce
eſt fort bien ſuivi ; car qu'eſt-ce qu'un ce
inſenſé ? ce n'eſt autre choſe qu'une ce
regle tortuë qui juge tout de travers, ce
& qui veut rendre tortu ce qu'il y a ce
de plus droit ,,. Mais en premier lieu les
méchants n'accuſent les bons, du moins
dans un Poëme raiſonnable, que ſur
quelque fondement apparent. Quand
Narciſſe dans Britannicus veut décredi-
ter Burrhus, il ne dit pas comme Burrhus dit de luy,

Nommez - moy le perfide
Qui vous oſe donner ce conſeil Parricide.
Mais il prend un autre tour,
Burrhus ne penſe pas Seigneur, tout ce
qu'il dit,

*Son adroite vertu ménage son cré-
dit.*

Si Minerve avoit toûjours travaillé
à concilier les Peuples par des propofitions recevables de part & d'autre ; fi
même elle n'avoit employé les armes
que par de juftes motifs & d'une maniere digne d'elle ; Mars n'auroit jamais
ofé dire qu'elle ne connoît ni juftice ni
regle, & il auroit cherché quelqu'autre
forte d'accufation. En fecond lieu, Mᵉ
D. elle-même juftifie Mars dés la remarque fuivante, & fait voir qu'il a raifon de fe plaindre de la conduite de Jupiter à l'égard de Minerve. Mars dit-
» elle, (484.) traite icy Minerve comme
» d'enfant de Jupiter, s'il eft permis de
» parler ainfi : fous ces Fables des Dieux,
» *continue-t-elle*, Homere peint ce qui
» eft fort ordinaire parmi les hommes,
» ou les divifions qui regnent dans les
» familles viennent fouvent des com-
» plaifances aveugles que les peres &
» meres ont pour un de leurs enfans
» qu'ils préferent aux autres ». Ainfi
voilà l'allegorie de Minerve fageffe divine, changée brufquement par Mᵉ D.
même en celle de Minerve enfant gâté.
Enfin Mᵉ D. n'a pû s'empêcher de reconnoître la reffemblance qu'il y a entre

Mars & Minerve , lorfque fur un endroit du 15ᵉ Livre elle remarque
(2. 599.) que Jupiter n'a pas la for- «
ce de contenir fes propres enfans , «
puifque Mars & Miné ve contrevien- «
nent fi fouvent à fes osdres „.

C'eft particulierement cette défobéïffance qui ruïne l'allegorie de Minerve,
regardée comme fageffe de Jupiter;
car enfin , je ne ferois pas furpris que
ce Dieu étant lui-même trés-injufte &
trés-méchant dans l'Iliade , il n'eût pour
fageffe qu'une Déeffe du même caractere : mais ce qui me furprend , c'eft qu'ils
foient prefque toûjours broüillez. Elle-
même a dit cy-deffus : Jupiter manque «
de reconnoiffance pour moi, il me hait «.
En effet, comme Jupiter favorife les
Troyens , pour venger Achille , & que
Minerve favorife les Grecs , ils ont à
tous momens des querelles fur ce fujet.
Au Liv, 4. (p. 129.) Jupiter la raille de
ce que Paris eft échapé à Menelas , &
elle en demeure fort irritée (p. 130.).
au L. 8. (p. 64.) Jupiter luy dit : Vous »
avez bien fait de vous retirer, cette fou- »
dre m'auroit vengé de vôtre infolence. »
Il faut avoüer qu'en un endroit du même L. 8. Jupiter femble faire pour Minerve une exception favorable. Dans

une espece de conseil qui se tient entre les
Dieux au commencement de ce Livre;
Jupiter (*p.* 34.) leur avoit dit à tous
» en termes formels : Celui de vous
» qui descendra pour secourir les Troïens
» ou les Grecs, écourra mon indigna-
» tion , & ne reverra l'Olympe, qu'a-
» prés avoir été d'une maniere plus con-
» venable à un Dieu ; ou plûtôt je le
» précipiterai dans les plus profonds
» abîmes du tartare ténébreux , dans
» ces cavernes affreuses de fer & d'ai-
» rain qui font sous la terre , & autant
» au dessous de l'empire des morts, que
» le ciel est au dessus de la terre , il con-
» noîtra par son supplice combien je
» suis plus puissant que tous les Dieux.
» Minerve répond à cela qu'elle se re-
» serve au moins la liberté de donner
» aux Grecs des conseils salutaires , afin
qu'ils ne perissent pas tous. » Jupiter
» se radoucissant lui dit (*p.* 36.) Rassu-
» rez-vous , ma fille , ce que je viens de
» dire ne vous regarde pas , & j'auray
» toûjours pour vous des sentimens de
» pere. - On croiroit sur ces paroles que
Jupiter permet à Minerve en particulier d'aller secourir les Grecs ; elle s'en
donne du moins la permission dans le
même Livre (*p.* 59. *&* 60.) & se joi-

gnaut à Junon, elle se dispose à se jetter dans la mêlée : «mais Jupiter qui les
apperçoit des sommets du mont Ida, «
entre dans une colere furieuse, dit «
le Poëte (*p. 60.*) & dépêchant aussi- «
tôt la messagere des immortels la «
prompte Iris aux aîles d'or ; Allez «
promptement, lui dit-il, au devant «
de ces Déesses, obligez-les de retour- «
ner sur leurs pas, & ne les laissez pas «
venir à ma rencontre, la partie n'est «
pas égale entre elles & moy : car je «
leur declare, & cela sera, que je «
blesseray leurs chevaux, & que je les «
précipiteray elles - mêmes dans leur «
char, & que je mettray ce char en «
pieces, & que de dix ans entiers el- «
les ne guériront des playes que ma «
foudre aura faites par tout où elle au- «
ra touché, & alors ma fille connoîtra «
ce que c'est que de combattre contre «
son pere ; car pour Junon, je ne suis «
pas si fort irrité contr'elle, je suis ac- «
coûtumé à la voir toûjours s'opposer à «
tous mes desseins » Voilà comme la défense, ou la menace du discours précédent ne regardoit point Minerve, ou la
Sagesse Eternelle, qui n'est pas sujette à
la destinée, dit Mᵉ D. (2. 414.) mais
qui est sujette à la foudre. Dans la com-

miſſion dont Iris va s'acquitter vers les
deux Déeſſes, il y a une bagatelle à remarquer ; c'eſt qu'aprés avoir rapporté
mot pour mot le diſcours de Jupiter,
Iris Déeſſe trés-ſubalterne & meſſagere
de profeſſion, apoſtrophe Minerve ſeule, & parlant à une Divinité ſuperieure
propre fille de Jupiter, & ſa ſageſſe,
elle l'appelle de ſon chef en propres
termes : Scélérate, chienne impudente,
ἀινοτάτη, κύον ἀδδέις *, expreſſions nobles & harmonieuſes que Me D. n'a
point traduites, de crainte de leur faire
perdre en françois quelque choſe de
leur grace & de leur force.

À l'égard d'Apollon, avant que d'e-
xaminer la juſteſſe de ſon allegorie avec
les decrets de Dieu & la deſtinée, le
Lecteur me pardonnera, s'il luy plaît,
une digreſſion auſſi courte qu'il ſera
poſſible, ſur la doctrine d'Homere &
de Me D. au ſujet du deſtin & des decrets de Dieu ; je ne crois pas pouvoir
m'en diſpenſer dans une critique auſſi
approfondie d'ailleurs que celle-cy :
mais les Lecteurs qui ne goûtent pas ces
ſortes de diſcuſſions, peuvent paſſer à
l'article ſuivant. Les idées d'Homére
imparfaites & confuſes en tout genre

aθ 423.

de doctrine, le font encore bien davantage fur le deftin & les decrets de
Dieu. Il eft impoffible d'un côté qu'il
n'ait pas reconnu l'anteriorité du deftin
à l'égard de fon Jupiter, puifqu'il y a
eû un temps où Jupiter n'étoit pas
né, & où même aprés fa naiffance il
n'étoit pas encore maître du ciel, qui
felon le témoignage de Neptune (*L.* 15.
p. 357. luy échut par le fort. D'un autre côté il paroît par quelques traits de
l'Iliade, que Jupiter eft maître des arrefts du deftin, quoiqu'il ne les ait pas
portez. Il dit lui-même au 16e Liv. p. 28.
quelle douleur pour moi de voir que «
la cruelle deftinée ait condamné Sar- «
pedon le plus cher de tous mes enfans! «
fur quoi Junon lui répond : Quoy, «
vous arracheriez des bras de la mort «
un mortel que le deftin a condamné, «
fatisfaites-vous : mais les autres Dieux «
ne l'approuveront jamais » Minerve
au Livre 22. (*p.* 262.) luy dit précifément la même chofe, & dans les
mêmes termes grecs à l'égard d'Hector.
Enfin, on voit d'autres endroits où le
Poëte parlant lui-même, rend Jupiter
feul auteur de la deftinée des hommes :
La Déeffe mere d'Achille, dit-il, «
(*L.* 17. *p.* 83.) avoit pris foin de l'in- «

» ſtruire de ſa deſtinée, en lui décou-
» vrant les decrets du puiſſant Jupiter. »
Mᵉ D. ne tire la doctrine d'Homere ſur
le deſtin que des traits de cette eſpece,
en oubliant tous les autres. Jupiter,
» dit-elle (3. 432.) eſt l'auteur & le maî-
» tre du deſtin, & Apollon execute ſes
» ordres ; les decrets de Jupiter, ajoû-
» te-t-elle, font la deſtinée des hommes.
　Cela poſé, Mᵉ D. prenant pour maître en des matieres ſi profondes, un
Poëte, dont elle avoüe elle - même
(*preface* 48.) qu'on ne ſçauroit tirer
un ſyſtême de Theologie bien ſuivi, dit
» qu'il établit par tout la liberté de
» l'homme, & une double deſtinée ſi
» neceſſaire pour accorder cette liberté
» avec la prédeſtination : & rappellant
cette idée, ou plûtôt ces mots au vol,
» 2. (*p.* 458.) elle dit : On voit par-
» tout dans Homere qu'il avoit connu
cette double deſtinée des hommes, ſi
» neceſſaire pour accorder le libre ar-
» bitre avec la prédeſtination ; en voicy
» un témoignage bien formel & bien ex-
» prés. Il y a deux chemins pour tous
» les hommes ; s'ils prennent celui-là il
» leur arrivera telle choſe, s'ils prennent
» celui-cy, leur ſort ſera different.
　Premierement, dés qu'il s'agira de

doctrine chrétienne sur cette matiere,
le mot de destinée sera défendu. Si par
la destinée qui dispose des Royaumes on
entend la volonté, ou la toute-puissance
de Dieu, on peut retenir le sentiment,
dit S. Augustin, mais il faut corriger
l'expression. *Quæ regna, si propterea quis-*
quam fato tribuit, quia ipsam Dei volunta-
tem, vel potestatem fati nomine appellat, sen-
tentiam teneat, linguam corrigat. De civ.
μ. Mais en second lieu, sur quoi Me D.
avance-t-elle qu'une double destinée,
un double decret de Dieu est necessaire
pour conserver la liberté de l'homme?
on ne luy passera pas cette proposition
dans la fameuse Ecole, qui tient que
Dieu est le premier moteur des creatu-
res libres, aussi-bien que de celles
qui ne le sont pas ; mais que faisant
agir les unes & les autres, conformément à leur nature & à leur condition,
son decret toûjours simple est que les
premieres fassent librement ce qu'il leur
fait faire, & que les secondes le fassent
necessairement ᵃ. On ne passera pas
non plus à Me D. le double decret dans
le systême expliqué d'une maniere si

a *Vide Sylvium in Th. p. 1. q. 22. de provid.*
Dei. art 4. & alios.

nette par le R. P. Daniel Jefuite [a] ; car bien que dans ce fyftême, Dieu pour former fes decrets fur tous les évene- mens où la créature intelligente a quel- que part, fe dirige par la connoiffance qu'il a des futurs conditionels , & en particulier de toutes les difpofitions d'efprit dont cette créature eft capable; fes decrets mêmes ne tombent jamais que fur les feuls futurs abfolus : parce que du nombre infini des chofes poffi- bles que Dieu voit, il ne veut efficace- ment que celles qu'il fait exifter , & de toutes les infpirations qui peuvent por- ter la créature libre à fuivre les ordres fixes de fa Providence , il luy donne toûjours celle à laquelle il fçait cer- tainement qu'elle fe rendra. Au con- traire, fi Mᶜ D. veut entendre par la de- ftinée les differentes voyes qui font ou- vertes à l'homme ; en un mot, les fu- turs poffibles ou conditionels;en ce fens il ne fuffit pas d'admettre une double deftinée ou un double decret ; mais il il en faut admettre une infinité, puif- que au lieu du chemin que l'homme prend en chaque circonftance , il en

[a] *Traité Theologique touchant l'efficacité de la grace.*

peut

peut prendre une infinité d'autres.

Mais ce qui m'étonne ici, c'est que Mᵉ D. qui ne fe jette dans un faux fyſtême fur le deſtin, que pour fauver la liberté de l'homme, fe fert ailleurs d'une expreſſion terrible contre cette même liberté. Homere (*L. 22. p. 250.*) raconte qu'Hector fut le feul qui lié « par fa mauvaiſe deſtinée, ne rentra « point avec les autres Generaux, & « demeura devant les Portes Scées. » Là-deſſus Mᵉ D. fait cette remarque (*3. 544.*) Il dit fort bien lié, car le deſtin met « aux hommes des entraves qui les em- « pêchent de fuïr leur fort. » Mais elle « me permettra de l'avertir que bien que la mort vienne ordinairement aux hommes, indépendamment de leur choix ; cependant ſi ces hommes font d'eux-mêmes quelques actions qui les y conduiſent, comme Hector en cette occaſion, le decret de Dieu fur leur mort n'empêche point que ces actions n'ayent été trés-libres ; & il n'eſt nullement permis de dire à leur égard que le deſtin ou le decret de Dieu lie les hommes, & leur met des entraves qui les empê-chent de fuïr leur fort. Cet éclairciſſe-ment fait voir que la liberté de l'homme, comme toutes les autres veritez,

II. Partie.   F

est bien mieux conservée par les bons
principes que par les mauvais.

L'infaillibilité des decrets de Dieu
établie comme un principe certain dans
toutes les écoles catholiques, s'oppose
à une autre erreur d'Homere & de Me
D. qui croyent que les decrets de Dieu
peuvent estre changez. Homere a donc
» connu cette verité, dit Me D. (3. 422.)
» que Dieu est le maître du destin, &
» qu'il peut le changer comme il luy
» plaît ; & (3. 552.) Homere établit icy
» bien formellement, que Jupiter est
» le maître absolu du destin, qu'il peut
» le changer, & éloigner l'heure qu'il
» a marquée.» Et de peur qu'on ne croye
que le destin n'est ici qu'un terme vague qui n'exprime pas exactement la
volonté & les decrets de Dieu, Me D.
a soin dans un autre endroit d'éclaircir
sa pensée, & de confirmer sa proposition. C'est au 3e vol. (p. 445. 446.) où
elle fait cette belle remarque. Ce qu'Ho-
» mere dit ici des ordres de Jupiter qui
» peuvent estre forcez, se doit expli-
» quer par la double destinée qu'Home-
» re a reconnuë, & dont j'ai déja parlé:
» & il n'y a rien là qui ne soit con-
» forme à la saine Theologie, qui en-
» seigne que Dieu revoque quelquefois

ſes decrets ; témoin le Roy Ezechias , "
à qui le Prophete Iſaïe annonce la "
mort : Donnez ordre à vôtre maiſon , "
lui dit-il , car vous allez mourir. Ce "
Roy pieux par ſes prieres & par ſes "
larmes , fait changer cet arreſt de "
mort, & obtient encore quinze ans "
de vie. (Rois 4. 20.) Voilà donc des "
decrets de Dieu forcez , car Dieu qui "
en eſt le maître, les revoque. „ Mᵉ D. "
qui cite quelquefois Grotius , a pû voir
que ce Commentateur conforme en ce
point à la ſaine Theologie , explique
cette ſentence de mort de la diſpoſition
naturelle où étoit le malade , qui ne
pouvoit eſtre guéri que par une volonté
particuliere de Dieu, ou par un miracle : car Dieu ſuſpend & change quand
il luy plaît les regles générales de la
nature , ſelon leſquelles Ezechias devoit mourir : ainſi la dénonciation que
le Prophete fait d'abord à ce Roi malade , lui exprime ce qui devoit arriver par le cours ordinaire des cauſes
ſecondes ; & la promeſſe qu'il luy fait
enſuite de quinze ans de vie , exprime
le decret de Dieu , qui étoit d'accorder
ces quinze années à Ezechias , en conſequence de ſes prieres & de ſes larmes,
qu'il avoit prévûës , ou même préor-

données. C'est à peu prés sur les mêmes
principes que les Theologiens parlent
de tous les endroits de l'Ecriture qui
ont quelque rapport à celui-ci, parce
qu'ils sçavent que la volonté immuable de Dieu est un dogme qui appartient
à la foy. *Responsio D. Th. ad fidem per-*
tinens est, voluntatem Dei esse immuta-
bilem (Sylv. in Th. p. 1. q. 19. art. 7.)

Mͨ D. ne rectifie point son sentiment
des decrets de Dieu qui peuvent estre
forcez, en disant que Dieu qui en est
le maître les revoque ; il y a d'abord
une contradiction sensible entre des
decrets de Dieu forcez, & Dieu maître
de ses decrets ; des decrets de Dieu *forcez*
est une expression trés-mauvaise, pour
ne rien dire de plus fort : mais Dieu
Maître de ses decrets est encore une expression impropre, car bien qu'il en
soit le maître en ce qu'il les a faits vo-
lontairement & librement, ce terme
emporte une idée de variation, qui ne
leur convient point : mais l'on dit fort
bien qu'il est le maître du monde & des
changemens qui y arrivent, parceque
c'est Dieu qui par les décrets immuables
dont il est l'Auteur, a reglé ces changemens même.

De plus Mͨ D. n'est point constante

dans l'opinion que ce foit Dieu même
qui revoque fes décrets : il y a bien des
endroits dans fes remarques où elle paroît croire que ces décrets peuvent être
forcez par des hommes. Nonobftant ce
qu'elle a dit. Vol. 2. p. 413. que les décrets de la deftinée qui ne cedent ja- «
mais à la force, cedent quelquefois à «
la douceur „ ; ce qui eft faux ; je trouve Vol. 3. p. 431. que les braves gens «
forcent la deftinée à changer, & à fe «
déclarer en leur faveur „ , ce qui eft encore plus faux. Mᶜ D. trouve moyen de
fe contredire , fans dire vrai une fois ni
l'autre. Enfin dans Homere même ,
Apollon qui reprefente la deftinée ,
(2. 392.) qui eft le même que le deftin
(3. 542.) & que l'on doit croire par
confequent fur ce qu'il en dira , parle
ainfi à Enée. (L. 17. p. 78.) Enée , lui
dit. il , comment fauveriez-vous vô- «
tre Ville contre les ordres même de «
Jupiter, comme j'ai vû autrefois des «
hommes qui fe confiant en leur for- «
ce, en leur courage, en leur valeur & «
dans le nombre de leurs Troupes in- «
acceffibles à la peur, ont forcé les «
deftinées ? Eh ! vous perdez le fuper- «
be Ilion même contre les décrets du «
ciel ; car n'en doutez point, Jupiter «

» aime beaucoup mieux vous donner
» la Victoire qu'aux Grecs : mais vous
» vous dérobez à sa bienveillance par
» vôtre fuite „„. Me D. qui a tant ap-
puyé fur Jupiter feul maître de fes décrets, fuit ici une autre pointe d'admiration , & dit fur ce difcours d'Apollon.
» Voici un des plus beaux & des plus
» forts endroits d'Homere , & un de
» ceux qui ont été le plus défigurez par
» les Traductions ; il n'eft pourtant pas
» obfcur , & Apollon y parle avec une
» clarté & avec une éloquence digne de
» de ce Dieu. Que peut on imaginer de
» plus fort & de plus capable d'animer
» des Troupes, que de leur dire ? J'ai vû
» des armées remporter par leur valeur
» & par leur courage des Victoires con-
» tre les ordres même du deftin, & vous
» à qui le deftin eft favorable , & pour
„ qui Jupiter même combat, vous per-
„ dez par vôtre lâcheté tous ces avan-
„ tages. Je ne crois pas que l'efprit hu-
„ main puiffe aller plus loin , & voilà
„ de ces traits que Demofthene étudioit
„ dans Homere,&qu'il a fçû fi bien imi-
„ ter(3.445.) „. Aprés cela Homere n'a
plus droit de dire formellement com-
me Me D. l'en loüe, (Vol. 3. p. 527.)
„ que ce n'eft pas la valeur qui fauve

l'homme, & que c'eft Dieu feul qui "
donne la Victoire comme il lui plaît ; "
puifque Apollon nous affure qu'il y a
des armées qui fe confiant en leur "
force , en leur courage , & dans le "
nombre de leurs Troupes , ont forcé "
les décrets de Jupiter , & gagné la "
Victoire malgré lui. Ne trouvez-vous
pas cette impieté. bien digne d'être appellée le dernier effort de l'efprit humain?

Cependant pour amener les chofes à
un point raifonnable, je pafferois volontiers un expreffion qui fe trouve dans
Homere, (*L.* 17. *p.* 77. 78.) Ils alloient
remporter par leur force & par leur "
courage la gloire de ce Combat, con- "
tre les décrets de Jupiter même , fi "
dans ce moment, &c. „. Pourvû que la
chofe n'arrive pas, comme en effet elle
n'arrive pas ici , ce tour fait fentir fort
bien que les hommes paroiffent fouvent
fur le point de faire ce qu'ils ne font
pourtant jamais contre les décrets de
Dieu. Je ne condamnerois point même
le nom du deftin employé comme un
mot poëtique avec cette précaution,
que fi le deftin reprefente les décrets de
Dieu, fes arrefts doivent être irrevo-
cables , comme on le voit fouvent dans

les Poëtes Payens mêmes : si au contraire ce mot exprime la suite des évenemens naturels regardés plûtôt comme
des effets du cours ordinaire des causes
secondes , que comme des objets des
volontez particulieres de Dieu ; un Poëte pourroit dire en ce sens, que l'homme vertueux force ou surmonte le destin ; il le force en faisant réüssir des choses dont un homme du commun ne viendroit pas à bout ; il le surmonte en op-
posant la constance & la patience aux
périls & aux adversitez. Mais il fait l'un
& l'autre en consequence des décrets
de Dieu qui lui en donne le pouvoir,
& qui peut même le faire triompher
par des voyes extraordinaires & mira-
culeuses de tous les obstacles qui lui
viennent de la part des Puissances visi-
bles & invisibles. Venons maintenant à
l'explication allegorique d'Apollon.

Nous avons vû , que selon M^e D.
,, Apollon represente la destinée , &
,, qu'il est le même que le destin. Je lis
en d'autres remarques,comme au vol. 2.
(609.) que Minerve n'étant propre-
,, ment que la sagesse & l'intelligence
,, de Jupiter , c'est elle qui a toûjours
,, presidé aux conseils de sa providen-
» ce ,& que par consequent elle est re-

gardée comme amenant toutes chofes "
au terme fatal qui eft leur deftinée ,,. Je
trouve dans le même Vol. (*p.* 392.)
que Minerve , c'eft-à-dire , la fageffe "
éternelle , la providence , a dicté les "
loix que la deftinée eft obligée de fui- "
vre ,,. Reflexion que Mᶜ D. place à l'occafion d'un endroit du L. 7. p. 3. où Minerve reprefentant l providence, fuit
un confeil qu'Apollon reprefentant la
deftinée luy avoit dicté. Quoi qu'il en
foit , par une combinaifon que je ne
comprends point , Minerve dans l'I-
liade protegeant les Grecs, eft toûjours
oppofée à Apollon qui protege les
Troyens. C'eft-à-dire , que la fageffe ,
l'intelligence , la providence de Dieu
eft toûjours oppofée à la deftinée des
hommes, dont cependant elle eft l'Auteur; felon Mᶜ D. même (3. 432.)

Je trouve encore dans le 21. L.
(*p.* 237.) que Neptune qui étoit pour
les Grecs, propofe un Duel à Apollon
qui favorifoit les Troyens. Apollon le
refufe en lui difant : Neptune vous me "
trouveriez bien infenfé fi j'entrois en "
lice avec vous pour de miferables "
mortels ,,. Réponfe qui condamne de
folie tous les autres Dieux qui fe battent pour ce même fujet dans ce Liv. 21.

qui en effet est le triomphe de l'extravagance. Mᵉ D. remarque là - dessus
(*p. 538. 539.*) qu'Apollon étant le mê-
,, me que le destin , & la ruine des
,, Troyens étant concluë & décidée, ce
,, Dieu ne peut plus la differer , &
,, qu'ainsi il ne doit pas combattre Nep-
,, tune ,,. Mais en premier lieu l'allegorie boite du côté de Neptune , dont on
ne nous donne point le rapport Theologique avec Apollon. En second lieu ,
quoique la ruine des Troyens soit décidée , ils se défendront encore long-
temps , & leur Ville même ne doit pas
estre prise dans le Poëme. Apollon lui-
même viendra encore secourir Hector
au livre suivant. Enfin si Apollon protecteur des Troyens ne peut plus les
soûtenir, c'étoit une raison allegorique
de le faire vaincre par Neptune. Il en
est ainsi d'un endroit du L. 5. (*p. 202,*)
où Apollon se plaint que Diomede s'est
jetté sur lui : Mᵉ D. fait là-dessus cette
remarque (*1. 464.*) prenez bien garde,
,, dit Eustathe, avec quelle bienséance
,, Homere se conduit ici , il ne donne
,, aucun avantage à Diomede sur Apol-
,, lon , pour ne pas dire des choses en-
,, tierement incroyables , & que l'alle-
,, gorie même ne puisse justifier ni blesse

Venus & Mars, car il est possible mo- «
ralement de vaincre & de surmonter «
les passions déraisonnables represen- «
tées par ces deux divinitez ; mais il «
n'est pas possible de vaincre Apollon, «
soit qu'on le regarde comme le So- «
leil, soit qu'on le considere comme «
la destinée„. Mais il n'est pas possible
non plus de vaincre Venus & Mars regardez comme des Planetes, & vaincus neanmoins par Diomede ; ou si l'on
considere Apollon comme la destinée
des Troyens dont il est protecteur, il
étoit fort naturel allégoriquement parlant que Diomede vainquît ou ébranlât
du moins la destinée des Troyens, &
préparât leur ruine : enfin s'il s'agit de
la destinée propre de Diomede à laquelle seule il paroît qu'Eustathe & Mᵉ D.
pensent ici ; c'est lui-même qui devoit
estre vaincu par elle, & s'il ne convenoit
pas que Diomede eût de l'avantage sur
Apollon, il convenoit en toute maniere qu'Apollon en eût sur Diomede. Mais
rien n'est plus plaisant que ces interpretations allégoriques d'Eustathe sur les
choses qu'Homere ne fait point faire.
Nous en verrons ailleurs des exemples
plus marqués, passons cependant aux allegories morales.

ARTICLE III.

Des Allegories Morales.

NOus avons examiné dans l'article précedent la maniere dont Homere fait agir Minerve à l'égard de Jupiter & des autres Dieux, parce qu'en ce rapport les allegoriftes ne peuvent la regarder que comme fageffe divine. Dans le deffein que nous avons de l'examiner ici comme fageffe humaine ou comme vertu de prudence, nous la fuivrons dans les communications qu'elle a avec les hommes. Ce n'eft pas qu'en quelques-unes de ces communications mêmes Mc D. ne la nomme encore fageffe divine ; mais en d'autres toutes femblables, elle la nomme auffi prudence humaine. Nous joindrons ici les unes avec les autres, pour éviter un partage peut-être difficile & certainement inutile.

Il eft parlé épifodiquement dans l'Iliade de confeils & de fecours donnez aux hommes par Minerve : les uns & les autres ne devroient avoir efté donnez que pour des entreprifes juftes fai-

tes par l'ordre ou avec le confentement
des Dieux exprimé ou préfumé. M^e D.
tire ce principe d'Homere même, car
en un endroit du Livre 11. (*p.* 186.)
le Poëte dit, que Diomede vit un char «
monté par deux des plus vaillans fol- «
dats des rives de l'Hellefpont, tous «
deux fils de Merops de la Ville de «
Percote, le plus excellent Devin de «
fon temps, & qui prévoyant le mal- «
heur dont il étoit menacé, avoit dé- «
fendu à fes fils d'aller à cette perni- «
cieufe guerre : mais entraînez par leur «
deftinée qui les appelloit à la mort, «
ils avoient méprifé fes défenfes, & «
s'étoient dérobez de fa maifon. Dio- «
mede les attaque, leur ôte la vie, les «
dépoüille de leurs armes. » Me D. dit «
là-deffus (2. 508.) qu'Homere toû- «
jours attaché aux bonnes mœurs, en- «
feigne icy que la défobéïffance des en- «
fans aux ordres des peres, & le mé- «
pris de la Religion, ne peuvent qu'ê- «
tre funeftes. Cependant au même Li- «
vre 11. p. 210. Neftor raconte que «
voulant aller combattre les Eléens, «
fon pere s'oppofa à cette ardeur, il «
luy dit qu'il étoit trop jeune & trop «
novice encore dans le métier de Mars; «
& il enferma fon char & fes chevaux : «

» mais toutes ces précautions, dit Nef-
» ftor, font inutiles, je me dérobe, &
» je fors à pied au milieu de nôtre Ca-
» valerie, car Minerve elle-même m'a-
» nimoit & me conduifoit. » Voilà Minerve qui favorife déja la défobéiffance
aux ordres des peres ; vous l'allez voir
favorifer le mépris de la Religion, & la
défobéiffance aux ordres des Dieux, &
ce qui eft bien plus étonnant ; à fes propres ordres. Pour exciter Diomede au
combat, elle luy allegue l'exemple de
Tydée pere de ce Héros, & luy dit en
propres termes (*L. 5. p.* 229.) Quoy
» que je luy euffe défendu de fe battre
» contre les Thébains, & de les infulter
» avec cette fierté qui lui étoit fi natu-
» relle, & que je luy euffe ordonné de
» fe mettre à table avec eux, & de n'a-
» voir que des paroles de ʼpaix ; mes or-
» dres & mes défenfes ne pouvant rete-
» nir ce courage indomptable, il défia
» ces orgüeilleux defcendans de Cad-
» mus, & les vainquit tous fans peine,
» car je luy prêtay mon fecours. Si l'on
trouvoit dans un moderne une contradiction de morale & de difcours comme
celle-là, on diroit qu'il n'auroit pas
feulement relû fes vers, & certainement
Homere paroît n'avoir jamais relû les

siens pour les corriger. Mais venons à
ce qui se passe dans l'Iliade même, &
commençons par le Héros. Achille,
selon Horace, le P. le Bossu, Mr & Me
D. est fougueux, déraisonnable, injuste,
brutal & fou ; & c'est Minerve qui le
protege & qui le conduit ; cela est trés-
convenable dans l'idée d'Homere, car
c'est un homme vicieux, gouverné par
une Déesse encore plus vicieuse : Mais,
que devient l'allegorie que les Commentateurs veulent prendre dans le sens
avantageux ? Il n'y a point de honte, dit
Me D. (3. 513.) en parlant d'Enée «
qui fuyoit devant Achille, à fuir de- «
vant un Héros que la sagesse même «
conduit. » Quand on pense qu'Achille
est ce Héros, l'on est peu touché de la
maxime. Mais enfin, quand on ne re-
garderoit Minerve que comme une Déesse
guerriere, il est honteux à Enée de fuir
devant elle, puisque selon Me D.
(2. 512. 3. 437.) Ajax & Menelas ont
parû grands, parce qu'ils ne se sont pas
retirez devant Apollon, & Jupiter même qu'en combattant.

Mais après cela, quelles sont les especes de secours que Minerve donne à
Achille ? elle employe la fourberie la
plus basse pour faire tomber Hector

entre les mains de son ennemi, en luy
persuadant sous la forme de Deiphobus, qu'elle va l'aider à le combattre.
Ce procedé n'est pas digne de la sagesse
divine, ni même de la prudence humaine. La prudence profite des fautes de
ses adversaires, elle les trompe quelquefois par des démarches simulées, de
l'interpretation desquelles ils sont toûjours maîtres; mais elle se défend toûjours le mensonge, & sur tout la tra-
hison faite sous le nom de l'amitié ou
de la protection. Je renvoye ailleurs
l'inégalité injuste que l'assistance de Minerve met ensuite dans le combat d'A-
chille & d'Hector : mais il est veritablement de ce lieu de remarquer comment Minerve soûtient Diomede dans
» les Jeux du 23ᵉ Livre. Apollon avoit
» ôté le foüet à Diomede, & Minerve
» qui s'apperçoit de la supercherie d'A-
» pollon (*ce sont les termes de la traduc-*
» *tion p.* 311.) s'approche promptement
» de Diomede, lui donne un foüet, &
» inspire à ses chevaux une vigueur
» nouvelle : non contente de cette fa-
» veur, elle pousse plus loin son indi-
» gnation contre Eumelus, elle le joint,
» rompt son essieu, les cavales s'écar-
» tent, le char se renverse, & le fils

d'Admete tombe au pié des roües, & se «
blesse au visage & aux bras.» Laquelle «
des deux supercheries, celle d'Apollon
ou celle de Minerve vous paroît la
plus sage ? Me D. dit icy (*vol. 3. 579.*)
Homere feint que Minerve vient au «
secours de Diomede, parce que ce «
Héros avoit eu la prudence de se «
munir de deux foüets.» Voilà un «
détail bien digne de l'allegorie de Minerve. Mais quelle explication donne-
ra-t-on à l'essieu rompu ? Cette circonstance nous apprend-elle qu'il étoit de
la prudence d'un homme qui devoit
disputer le prix de la course à un autre, de faire rompre secretement l'essieu de son competiteur, comme Pelops
fit à Oenomaüs ? Me D. nous dit elle-
même (*ib.*) que cette prudence auroit
été regardée comme une friponnerie,
& qu'avant que de recevoir le prix,
il falloit se purger de toute fraude par
serment. Enfin, elle donne cet arrest
contre les Jeux de l'Eneïde comparez
à ceux de l'Iliade (3. 589.) La course
de Nisus & d'Euriale me semble «
bien inferieure à celle d'Ajax & d'U-.«
lisse, & ce que Nisus fait en faveur «
de son ami, est une injustice qui me- «

riteroit punition. ,, Que faut-il donc
faire à Minerve ?

Mais le trait le plus noir de Minerve
eſt , lorſque envoyée par Jupiter à l'inſ-
tigation de Junon , elle va exciter Pandarus au L. 4. à tirer contre Menelas
une fléche qui rompt l'alliance qui avoit
été jurée entre les Grecs & les Troyens.
La ſeule action de toute l'Iliade où la
ſageſſe pût eſtre convenablement employée , étoit au contraire de former
cette alliance , en vertu de laquelle on
devoit rendre Helene à ſon époux , &
terminer une guerre ſi funeſte aux deux
partis. Le Taſſe a eu une idée ſemblable à ceile d'Homere. (*cant.* 7.*ſt.* 99.)
mais il ſuppoſe avec bon ſens, que c'eſt
un démon, qui ſous la figure de Clo-
rinde , va exciter Oradin à tirer contre le Comte Raymond un trait qui
rompt l'alliance qu'on avoit jurée ; car,
comme je l'ay déja obſervé , on ne ſçauroit emprunter aucune idée d'Homere,
ſans la changer , & ce n'eſt qu'à l'eſprit
tentateur que convient la fonction qu'il
donne ſi mal à propos à la ſageſſe. Me
D. elle-même n'a pû s'empêcher de qua-
lifier du nom de tentations les inſtances
de Minerve à l'égard de Pandarus. Ho-

mere l'apelle infenfé, dit-elle (1. 4 1 2.) «
parce qu'il va faire une action mani- «
feftement injufte & impie ; & que s'il «
avoit eu le moindre fens, il auroit «
refifté à toutes ces tentations » ; Or,
Dieu ou la Sageffe divine eft incapable
de tenter en mal, & il ne tente jamais perfonne. *Deus intentator ma-*
lorum eft, ipfe autem neminem ten-
tat. Jac. 1. 13. C'eft neanmoins fur
cette tentation même que Mᶜ D. s'inter-
roge ainfi (1. 409.) Pourquoy Homere
fait-il que Minerve va elle-même ex- »
citer Pandarus à une action auffi inju- »
fte que celle qu'il va faire de violer »
l'alliance par un acte d'hoftilité ? » Et
au lieu de répondre comme fur le troc
infame des Villes que Jupiter & Junon
fe livrent mutuellement, que fous les
perfonnages des Dieux Homere reprefente les méchans Princes (1. 408.)
ou plûtôt au lieu de faire remarquer
en quel abîme d'impieté & d'extravagance le Paganifme avoit plongé l'efprit des hommes, & particulierement
celui d'Homere, Mᶜ D. répond (1.409.)
que c'eft pour faire entendre que la «
Sageffe même préfide à tous les de- «
crets de Jupiter, & qu'elle conduit «
tous les refforts de fa Providence. » Par

où vous voyez d'abord qu'elle fait tom-
berle decret de Dieu fur une action
manifeſtement injuſte & impie. Non
contente de cela elle dit (1. 413.) on
» peut demander icy pourquoy Minerve
„ qui excite Pandarus contre Menelas,
„ détourne-t-elle de Menelas le trait de
„ Pandarus ? C'eſt pour faire entendre
„ que la même Providence qui pouſſe,
„ ſi on oſe ainſi parler, les méchans à
„ faire du mal, ſçait auſſi ſauver de
„ leurs mains ceux qu'ils attaquent.„ Il
eſt certain d'abord, que Dieu qui ne
peut vouloir le crime, ne peut en former le decret ; mais voyant de quoy la
créature eſt capable en chaque circonſtance par ſa malice qu'il lui permet d'e-
xercer, lorſqu'il le juge à propos, il
fait le decret de tirer differens biens
des maux qu'elle commet par ſa pure
faute, & par ſa pure volonté. *Peccata
mala ſunt, ideoque à Deo provideri non
poſſunt, prævidet tamen, & præviſa ordi-
nat ad bonum* [a]. Mais enſuite Mᵉ D. eſt
la ſeule perſonne de nôtre Religion
qui oſe parler ainſi : " La Providence
pouſſe les méchans à faire du mal.„ Elle
a peut-être entendu dire, que ſelon
quelques Theologiens, dont je ne vou-

a *Eſtius in* 1. *Sent. diſt.* 39. *par.* 9.

drois pas fuivre le fentiment, Dieu prémeut les caufes libres à ce qu'il y a de
materiel & de phyfique dans les actions
mauvaifes. Mais, felon ces Theologiens
mêmes, il ne les prémeut & ne les pouffe
jamais à ce qu'il y a de mauvais dans
ces actions, & qui leur peut faire donner le nom de mal. Enfin, quand il feroit auffi vrai qu'il eft faux que la Providence pouffe les méchans à faire du mal,
eft-ce là l'efpece de doctrine ou de morale qui convient à un Poëme ou à un
Commentaire fait fur un Poëme ? Me D.
dit en un endroit de fon Livre (1. 5 19.)
J'ai bien peur que beaucoup de gens "
en lifant cet ouvrage, & le trouvant "
fort au deffus de mes forces, ne me "
renvoyent à ma quenoüille & à mes "
fufeaux. „ Certainement elle a fait à
Homere beaucoup plus d'honneur qu'il
ne meritoit : mais elle pouvoit mieux
placer fa modeftie, en s'abftenant de
toucher à des matieres qui font difficiles dans la Theologie même à laquelle
elles appartiennent, qui ne fe traitent
point en maniere de propos rompus, ou
dans des remarques de fantaifies mifes
à la queuë d'un Poëte payen qui n'a ni
fyftéme dans l'efprit, ni précifion dans
fes difcours.

Mais pour fortir de la Theologie
dont Me D. me fait parler ici malgré
moi , quelle difference de la Minerve
d'Homere avec celle qui inftruit , & qui
conduit le moderne Telemaque ? & malgré l'oubli des allegories que le P. le
Boffu nous reproche , dans lequel des
deux Poëmes l'allegorie de Minerve fageffe divine , ou prudence humaine eft-
elle mieux foûtenuë ? Pour juger des
deux perfonnages poëtiques nous n'a-
vons qu'à employer une épreuve tres-
fenfée que Montagne propofe pour juger de deux perfonnages hiftoriques ;
c'eft de les mettre à la place l'un de l'autre ; & de confulter la maniere dont
chacun d'eux auroit rempli la place de
l'autre. C'eft par là que Socrate lui paroît plus grand qu'Alexandre , parceque
le Philofophe auroit bien mieux rempli
la place du Prince que le Prince n'auroit rempli celle du Philofophe. Quel
honneur ne feroit-on pas à l'Iliade fi
l'on y pouvoit tranfporter les confeils
& les exemples de bonté , de conduite,
de valeur même que donne la Minerve
de Telemaque ? reprefentez - vous au
contraire qu'aprés tout ce qu'elle a dit
& tout ce qu'elle a fait pour infpirer à
ce jeune Prince une conduite auffi avan-

tageufe à lui-même qu'à fes Sujets ; elle
va placer une plainte féditieufe contre
Jupiter ou une inftigation noire de rompre une alliance jurée comme au 8ᵉ &
au 4ᵉ livre de l'Iliade : eft-il aucun Lecteur qui ne regardât ces fortes de traits
comme inferez calomnieufement par
quelque envieux dans le Poëme de Telemaque ? D'où vient donc que dans
Homere ils n'offenfent point les Admirateurs de ce Poëte ? c'eft parceque
les extravagances & les impietez font
dans l'Iliade comme dans leur élement
& dans leur centre, & que pour me fervir d'une expreffion de Mᵉ D. tout y eft
de même parure. Quelle difference y a-
t-il auffi du refpect que Minerve s'attire
dans Telemaque, à la maniere indigne
dont on la traite dans l'Iliade ? eft-il
rien de fi noble que l'embaras de Calypfo à la vûë de Mentor fous le nom
& fous le vifage duquel Minerve s'étoit
cachée ? Calypfo Déeffe elle - même "
eft inquiete & troublée à la vûë de «
cet homme fimple, obfcur, qui pa- «
roît de mediocre condition , & qui «
neanmoins, dit-elle, étant regardé «
de prés, a quelque chofe au-deffus de «
l'homme „. Eft-il rien de plus fublime
& de plus propre à porter jufqu'au fond

de l'ame une certaine veneration dont
on eft charmé, que l'infpiration de ce
Prêtre de Jupiter dans le Temple de Sa-
lente, qui ayant devant luy Mentor &
Telemaque dit en mots entrecoupez.
» O Telemaque! tes travaux furpaffent
» ceux de ton pere; le fier ennemi gé-
» mit dans la pouffiere fous ton glaive:
» les portes d'airain, les inacceffibles
» remparts tombent à tes pieds. O gran-
» de Déeffe que fon pere .... O jeune
» homme tu reverras enfin .... à ces
» mots la parole meurt dans fa bouche,
» & il demeure malgré lui dans un fi-
» lence plein d'étonnement : tout le peu-
» ple eft glacé de crainte, Idomenée
» tremblant, Telemaque furpris, Men-
» tor eft le feul que l'efprit divin n'a pas
» étonné „. En verité quand on a goûté
ces fortes d'images, on ne fçauroit plus
fouffrir Jupiter prêt à fe venger par la
foudre de l'infolence de Minerve fcele-
rate & chienne impudente.

Au refte un fait qu'il ne faut point
diffimuler, foit qu'il diminuë, foit qu'il
augmente le tort d'Homere, c'eft qu'on
ne voit point dans l'Iliade qu'il ait eu
non-feulement la moindre intention de
faire de Minerve la fageffe de Jupiter,
mais d'en faire même une Déeffe fage.

Homere

Homere étoit sans doute trés-capable
de nous presenter Minerve comme la
sagesse, & de lui faire faire sous ce nom-
là une infinité de fautes. Mais la verité
est qu'il n'a jamais pensé à le lui donner. En effet Homere qui est trés-liberal
d'épithetes honorables , qui appelle
Priam égal en sagesse aux Dieux mêmes, lorsqu'il refuse au L. 7. p. 24. de
sauver sa Ville en rendant Helene aux
Grecs , ce même Homere n'a pas songé
une seule fois a donner l'épithete de sage à Minerve. Aussi ne l'est - elle que
dans les remarques de Mᵉ D. mais il n'a
pas oublié de l'appeller. λαοσσόος *Popu-*
lorum concicatrix ᵃ , qui met les Peuples en émotion , épithete qu'il donne
à Mars ᵇ & à la discorde ᶜ : & selon le
goût qu'Homere avoit pour le désordre
& pour le carnage, il a crû par là beaucoup plus relever Minerve que s'il avoit
mis en elle l'assemblage de toutes les
vertus.

Les combats de Dioméde contre Venus & contre Mars entrent aussi, selon
Mᵉ D. dans les allegories morales. Diomede , *dit-elle* , (1. 464.) blesse Ve- «
nus & Mars , parce qu'il est possible «

» de furmonter les paffions déraifonna-
» bles reprefentées par ces deux divini-
» tez „. Venusfignifie fans doute la volupté charnelle ; Mars reprefente la fo-
» lie en général, & plus particulierement
» les injuftices & les violences d'où naif-
» fent les guerres & les éombats », c'eft
encore Me D. qui parle (3. 537.) Par
rapport à Mars, je dis d'abord que c'eft
lui faire tort que de le croire plus méchant que les autres Dieux de l'Iliade.
Ce n'eft que chez les Commentateurs
d'Homere qu'on trouve ces diftinctions
fpécieufes de Dieux bienfaifants, ou
malfaifants, de bons, ou de mauvais
efprits ; chez lui depuis Jupiter jufqu'aux furies infernales, ils ne refpirent
tous qu'une folie & une injuftice parfaite. Nous l'avons prouvé ailleurs à l'é-
gard de Jupiter, & nous venons de le
prouver à l'egard de Minerve. En fecond lieu c'eft Diomede que l'on prend
pour Acteur contre Mars ; je ne vois
point en lui un homme fi oppofé au dé-
fordre de la guerre, puifque au contraire c'eft un des plus terribles & des
plus inexorables combattants qui foit
dans l'Iliade. En troifiéme lieu, quel
honneur moral font à Diomede fes combats contre Mars ? puifqu'il s'en prend

à Apollon, à Jupiter même auquel il
resiste au L. 8. avec une hardiesse dont
Mr D. fait de grands éloges que nous
examinerons en leur lieu. Au fond il
paroît qu'Homere a voulu faire de Diomede un furieux, un autre Capanée
qui ne craint ni les Dieux ni les hommes, & qui par là même s'est attiré la
vengeance celeste dont on le menace
trés-clairement. Ce sont sur tout ces
menaces & leur execution arrivée depuis, selon la pensée d'Homere, qui rui-
nent de fond en comble toute l'allegorie des vices attaquez & combattus,
dont la victoire, dans un Poëte moral,
doit procurer une sûre & ample récom-
pense. Bien plus, tous les discours qui se
tiennent dans l'Iliade au sujet de ces
combats de Diomede contre Mars &
contre Venus, vont à condamner son
action : & il s'en faut bien qu'Homere
désapprouve aussi nettement tant d'injustices & de violences qui se commettent dans son Poëme, qu'il paroît dé-
sapprouver la conduite de Diomede.
Venus s'étant allé plaindre à Dioné sa
mere de la blessure qu'elle venoit de recevoir; Dioné (*L. 5. p.* 196.) lui dit
pour la consoler : vous n'êtes pas la seule des immortels que l'audace sacri- «

» lege des hommes ait ofé attaquer»;là-
deffus elle lui fait une énumeration de
tous les Dieux qui avoient été bleffez
par des hommes , & nommant Her_
cule en particulier qui avoit bleffé
» Pluton ; le malheureux , dit-elle,
» (*p.* 198.) l'infolent , l'impie qui ne
» craignit pas de commettre des facri-
» leges , & qui eut l'audace de bleffer de
» fes fleches les Dieux immortels....
» *& revenant à Diomede* , l'infenfé ne
» s'eft pas fouvenu que ceux qui ont la
» folie de combattre contre les Dieux
» ne demeurent pas long-temps fur la
» terre , & que leurs tendrés enfans ne
» s'affeyent point fur leurs genoux , &
» ne leur donnent pas le doux nom de
» pere , au retour de leurs expeditions
» & de leurs fanglantes guerres. Que ce
» Diomede , tout brave qu'il eft, prenne
» garde qu'un jour quelque Dieu plus
» fort que vous ne combatte contre lui ;
» & que bien-tôt la fage fille d'Adrafte,
» la genereufe Egialée femme de ce Va-
» leureux guerrier , éfrayée la nuit par
» quelque fonge finiftre , ne rempliffe
» fon Palais de cris , & n'éveille toute
» fa maifon en demandant fon mary le
» plus vaillant des Grecs , fon mary le
» premier objet de fes feux & de toute

fa tendreffe „. On répondra peut-être
à ce difcours, que Dioné flate fa fille & fe
flate elle - même, en s'appliquant mal
à propos une vengeance qui ne regarde
que les Dieux juftes ou fymboles de
juftice qu'on auroit offenfez Mais non ;
Mᵉ D. elle-même prend ce difcours dans
le fens abfolu, & oubliant totalement
l'allegorie d'un Héros qui combat la
volupté, elle entre ici dans les interêts
de Dioné mere de Venus, & nous prefente fubitement la morale de cette
Déeffe contre ceux qui attaquent les
Dieux. Ces invectives, *dit-elle* [a], que
Dioné fait contre Hereule, *& par con-* ««
fequent contre Diomede, font au- ««
tant de preceptes moraux qu'Homere ««
donne à fon Lecteur pour le porter à ««
refpecter les Dieux „. Sur l'exclamation
de la Déeffe, l'infenfé ne s'eft pas fouvenu
que ceux qui ont la folie de combattre
les Dieux ne demeurent pas long-temps
fur la terre. Mᵉ D. dit, (*ib.*) Voilà une
adreffe bien admirable d'inferer des ««
fentences fans quelles paroiffent, & ««
dont on fent l'effet fans le voir. Ho- ««
mere ne débite pas ici une fentence ««
pure & marquée, en difant que tous ««
ceux qui combattent contre les Dieux ««

a I. 460.

» meurent bien-tôt ; mais il dit, l'infen-
» fé ne s'eſt pas fouvenu que ceux &c...
» comme ces véritez étant des ſenti-
» mens gravez dans le cœur de tous les
» hommes, Homere eſt le premier qui
» ait montré l'art de placer ainſi des
» ſentences déguiſées. Enfin , *dit-elle*,
» Dioné prédit à Diomede qu'un Dieu
» vengera un jour Venus & le punira
» de ſon audace facrilege „. Ainſi Diomede peut avoir raiſon allégoriquement, mais il a tort Théologiquement,
& il fera puni hiſtoriquement. En vérité ſi Homere avoit voulu faire entendre qu'il y a de l'impieté à s'oppoſer à
la diſſenſion & à la volupté , ſon allégorie feroit infiniment mieux foûtenuë,
& il n'en auroit pû choiſir une plus juſte
que celle de Diomede puni pour avoir
combattu Mars & Venus. Mais qui plus
eſt, on ne pourroit douter que ce ne fût
le vrai but de cette allegorie , en fe tenant à la regle trés-judicieuſe d'expliquer les préceptes obſcurs ou déguiſez
dans un Ouvrage , par ceux qui y ſont
clairs & poſitifs ; car je vois que Thétis
dans le premier livre dit à Achille(*p.* 28.)
» mon fils demeure ſur tes Vaiſſeaux, &
» donne aux Grecs des marques de ton
» reſſentiment. Et au L. 24. mon fils il

eſt fort bon à un homme de goûter les «
derniers plaiſirs avec une femme.

ἀγαθὸν δὲ γυναικὶ περ ἐν φιλότητι
μίσγεσθαι,

Bonum verò mulieri in amore miſceri.

Voilà ſans détour & en termes précis, la penſée d'Homére à l'égard de la
diſſention & de la volupté charnelle ; &
par conſequent le principe par lequel
nous devons expliquer l'allégorie dont
nous venons de parler.

En général d'où vient qu'Homere ne
dit jamais un mot qui puiſſe favoriſer
l'interprétation de ſes allégories, ſur tout
de ſes allégories morales qui ſont faites
pour tout le monde ; car enfin dans tout
le cours de l'Iliade, ce n'eſt point Homére qui eſt moral, c'eſt Mᵉ D. qui l'eſt,
& ſouvent malgré ſon Auteur même.
Je lis, par exemple, dans la premiere remarque ſur le L. 5. (*p.* 435.) Diomede
picqué de ce qu'Agamemnon l'a taxé «
de peu de courage, ſe ſurpaſſe lui-mê- «
me, & fait des exploits inoüis ; Miner- «
ve l'aſſiſte dans ce deſſein, parceque «
la véritable ſageſſe veut qu'on ne ſe «
venge des injures que par des actions «
éclatantes qui en faſſent voir la fauſſe- «
té,,. Si Homére a eû cette penſée pourquoi ne la dit-il pas ? auroit-elle dés-

honoré fon Poëme ? je vois enfuite
dans le texte que Minerve dit à Diomede (*L. 5. p.* 178.) fi quelque Dieu
» vient pour vous furprendre fous une
» forme humaine, gardez-vous de com-
» battre contre les immortels, fi ce n'eft
» contre la feule fille de Jupiter, contre
» la belle Venus ; fi elle fe hazarde de
» venir dans les combats, tirez hardi-
» ment fur elle & la bleffez fans héfiter.
Me D. dit (1. 443.) qu'il n'eft pas dif-
» ficile de percer le fens de cette allé-
» gorie qui ordonne à un homme de
» guerre de ceder aux Dieux, & de ne
» combattre que contre Venus feule „.
Ce qui m'empêcheroit de voir ce fens,
feroit l'exception même qui me paroît
trés-pernicieufe ; car il s'enfuit de là
que de tous les vices un homme de guerre ne doit combattre que la volupté
charnelle ; mais de plus cette exception
eft ridicule dans la vûë morale qu'on
donne au Poëte, puifque dans un inftant
il fera combattre Mars par Dioméde
fur l'exhortation même de Minerve.
» Diomede qui m'êtes fi cher, lui dit-
» elle, (*p.* 230.) ne craignez ni le Dieu
» Mars ni aucun autre des immortels „.
Peut-on joindre plus groffierement une
faute de compofition à une faute de mo-

rale ? Minerve à la page 178. a oublié
de nommer Mars avec Venus comme
deux vices qu'il faut combattre, elle le
nomme ici, & gâte auſſi-tôt l'allégorie
en ajoûtant, *ne craignez aucun autre des
immortels*, comme s'ils étoient tous des.
vices, contre ce qu'elle a dit elle-même,
*gardez-vous de combattre les immortels ex-
cepté Venus*, & contre les préceptes moraux qu'Homere, ſelon Mᵉ D. (*p.* 460.)
donne dans ce même livre, de reſpecter
les Dieux. Mais je ne ſçaurois m'empêcher d'alléguer à cette occaſion, & en
finiſſant cet Article, un des plus plaiſants
diſcours qui ſoient dans l'Iliade par
rapport au perſonnage qui le tient.
C'eſt le même Dioméde qui voyant
Glaucus venir à luy pour le combattre
au 6ᵉ livre, lui dit, (*p.* 246.) ſi vous êtes
quelqu'un des immortels qui ſoyez «
deſcendu de l'Olympe, je vous décla- «
re que je ne me bats point contre les «
Dieux,,. Lui qui dans le livre précédent, ſans remonter plus haut, a attaqué Apollon, Mars, & Venus; dit ici,
qu'il ne combat point contre les Dieux,
& ne prévient pas ſeulement l'objection
qu'on lui peut faire: c'eſt une preuve de
la mémoire & de l'attention d'Homére.
Bien plus Dioméde ſoûtient la maxime

de ne point combattre les Dieux par
» l'histoire de Licurgue fils de Dryas qui
» fut frappé d'aveuglement, pour avoir
» poursuivi les nourices de Bacchus:
» Bacchus lui-même épouvanté se pré-
» cipita dans la mer, Thétis le reçût
» dans son sein, & le remit à peine de
» son éfroy, si grande étoit la terreur
» que cet homme violent & furieux lui
» avoit imprimée. „ Pour peu qu'on ait
de teinture de l'ancienne histoire, on
sçait dans quelle vénération étoit Bacchus principalement par sa valeur qu'il
n'avoit jamais employée, selon les propres termes de Diodore L. 3. que pour
la punition des méchants, & pour l'a-
vantage du genre humain ἐπὶ κολάσει μὲν
τῶν ἀσεβῶν, ἐνεργεσία δὲ τοῦ κοινοῦ γένους τῶν
ἀνθρωπῶν. Admirez là-dessus la bassesse
du choix d'Homére dans la seule circonstance qu'il nous rapporte de la vie
de ce Dieu.

ARTICLE IV.

Des Allegories Physiques.

ON ne doute pas que les premiers
Ecrivains du Paganisme n'ayant
qu'une connoissance fort grossiere &

fort fuperficielle de la Phyfique , & ne
pouvant ainfi rien tirer du fond des chofes, ne fe foient jettez dans les allufions
& dans les fables, aufquelles leurs Lecteurs mêmes n'étoient que trop portez. Ciceron en rend un témoignage
qui paroît conftant. Son fecond Livre
de la nature des Dieux eft employé prefque tout entier à expliquer le rapport
que chaque Dieu avoit à quelque élément, ou à quelque corps naturel. Là
on trouve en effet que Jupiter reprefente la matiere étherée, & Junon l'air
groffier qui luy eft inferieur, mais qui
luy reffemble affez, & qui luy eft joint
d'affez prés, pour avoir donné lieu de
regarder cette Déeffe commè fœur &
femme de Jupiter. Il en eft ainfi des
autres Dieux, entre lefquels on avoit
partagé la nature, ou plûtôt qui en
étoient eux-mêmes les parties. Je paffe
donc cette premiere inftitution des
Dieux comme un fait hiftorique vrai en
general : mais outre que les applications particulieres que les Ecrivains po-
fterieurs ont faites de chaque Dieu à
chaque élément ou à chaque corps, paroiffent fouvent peu naturelles, & par
confequent fort douteufes ; d'ailleurs
elles font differentes en differens Au-

teurs ; c'eſt ce qu'on peut voir ; en con.
frontant enſemble Varron qui avoit
fait des recherches ſur cette matiere par
rapport à la langue latine, Macrobe qui
ajoûte à l'étimologie des noms latins
des Dieux celle de leurs noms grecs,
Diodore de Sicile qui attribuë l'origine
de ces idées aux Egyptiens. La diverſité
des applications rapportées par tous ces
Auteurs, fait qu'on ne peut établir
aucune regle fixe pour l'intelligence
des allegories. Ce ſont auſſi ces incertitudes & ces équivoques qui ont rendu
les Mythologiſtes ou Allegoriſtes ſi mé-
priſables dans ces derniers temps, où
l'on a pris du goût pour la juſteſſe. Les
Philoſophes & les Poëtes à allegories,
ſont des Auteurs qui veulent s'énoncer
par des ſignes, de la ſignification deſquels on n'eſt point convenu, & leurs
Commentateurs ſont des Interprétes
qui veulent déterminer les paroles de
leurs Auteurs à un ſens qui eſt tel
qu'on leur en pourroit trouver cent autres auſſi convenables que le leur. Re-
preſentez-vous un Peuple qui ſe ſert
d'une langue arbitraire, où les uns
parlent comme ils veulent, & les autres entendent comme ils veulent, &
où neanmoins la fantaiſie & la préven-

tion populaire donne à quelques-uns
la loüange de mieux parler & de mieux
entendre que les autres. Il y a eu réellement quelque chofe de femblable à
cela chez les Egyptiens , chez les Grecs
mêmes , & chez les Romains dans toû-
tes les matieres de Religion. Mais dans
un fiécle veritablement éclairé , la langue arbitraire des allegories en matiere
de belles lettres , ne fera jamais regardée dans les Auteurs que comme la
reffource & l'aliment de la fauffeté
d'efprit , & dans les Interprétes , que
comme un moyen trés-facile de foûtenir , de relever , & de confacrer les
ouvrages les plus impertinens & les
plus bas. Cependant laiffant à part toutes les differences d'Auteur à Auteur,
on pourroit être content, & il commen-
ceroit à y avoir une détermination
qu'on pourroit fuivre , fi chaque Poëte
ayant droit de fe faire un fyftême particulier d'allegorie , on nous donnoit
la clef d'Homére feul , & que nous fçuf-
fions à quoy nous en tenir fur le nom de
chacun de fesDieux.Mais on n'en eft pas
là , & vous allez voir des variations remarquables dans les feules allegories de
ce Poëte.Au Livre 5.de l'Iliade (*p.197.*)
il eft dit que la refpectable Junon el- «

» le-même fut exposée à la fureur des
» hommes, lorsque le magnanime fils
» d'Amphytrion luy tira une fléche à
» trois pointes, & la bleſſa au ſein, &
» que Pluton luy - même l'indomptable
» Dieu des Enfers, tout terrible qu'il eſt,
» fut couvert des inſultes de ce même
homme. » Mᶜ D. (1. 459.) interpréte
ainſi cette allegorie aprés Euſtathe. Ju-
» non c'eſt l'air, & tout ce qui eſt au deſ-
» ſus de la terre ; Pluton c'eſt l'air qui
» eſt au deſſous ; Hercule c'eſt l'eſprit
» philoſophique veritable fils de Jupiter.
» Hercule lance donc ſes fléches contre
» Junon & contré Pluton, & les bleſſe
» c'eſt-à-dire, que l'eſprit philoſophi-
» que lance ſes reflexions, ſes idées,
» ſes vûës (*repreſentées ſans doute par les*
» *trois pointes de la fléche*) & par leur
» moyen il pénétre ce que Junon & Plu-
» ton ont de plus caché, car il n'y a
» rien qui puiſſe ſe dérober à la philoſophie. » Je ne chicane point Euſtathe
ſur l'étude de la nature repreſentée ſous
l'image d'une inſulte & d'une attaque
violente & cruelle, au lieu qu'elle devoit l'être ſous le ſymbole d'une recherche pleine d'amour & d'eſtime. Je
remarque ſeulement que Junon ſignifie
ici l'air, comme on l'a déja établi ; mais

allant au Livre 21. nous y trouverons
ce combat de Junon contre Diane,
(p. 239.) Junon luy prend les deux «
mains de la main gauche, & luy en- «
levant de la droite son carquois de «
dessus les épaules, elle luy en donne «
sur les deux joües, en soûriant, la «
fait tourner de côté & d'autre, & la «
laisse enfin ; toutes ses fléches tombent «
à ses pieds. » Sur cela Me D. dit dans
ses Remarques (p. 539.) Je suis per- «
suadée que sous la fiction de ce com- «
bat de Junon avec Diane, Homére «
a voulu décrire poëtiquement une «
éclipse de Lune, qui n'est causée «
que par l'ombre de la terre la même «
que Junon. Junon tient les deux «
mains de Diane liées, c'est-à-dire, «
qu'elle lie toutes ses facultez ; elle «
luy enlevé son carquois de dessus son «
épaule, parce qu'elle empêche les «
rayons du soleil de l'éclairer. Elle «
luy en donne sur les deux joües, «
parce que cette obscurité cache la «
face entiere de la lune, quand l'é- «
clipse est totale; *elle devoit lui en donner* «
sur le nez, pour marquer l'éclipse cen- «
trale ; enfin, elle fait que toutes ses «
fléches tombent à ses pieds, parce «
que tous les rayons demeurent arrê- «

tez & suspendus sous elle. » Je transc-
cris fidelement ces Remarques entieres,
pour faire voir aux Auteurs que je refute, que je ne prétends rien retrancher de tout ce qu'ils croyent aider la
vray-semblance de leurs explications.
Mais le point où j'en veux venir est,
que Junon qui signifioit l'air dans le
Livre 5e, signifie la terre dans le 21.
L'on répondra peut-être que ces Divinitez signifient differentes choses, selon les actions qu'on leur fait faire,
ou selon la maniere dont on les com
bine les unes avec les autres. Quand
cela seroit, il faudroit m'en donner
des regles justifiées par l'usage constant d'Homére ; mais cela même n'est
point du tout : car nous avons dans le
premier Livre Jupiter menaçant Junon
de la battre (p. 37.) signifiant, selon
Eustathe cité par Me D. (1. 325.) l'æ-
ther agissant sur les élémens ; or vous
allez voir cette idée détruite par l'explication que Me D. donne de l'endroit du L. 15. où le même Jupiter
menaçant la même Junon, lui dit (p. 345.)
» Avez-vous oublié qu'autrefois je vous
» mis deux pesantes enclumes aux pieds,
» que je vous liay les mains d'une chaî-
» ne d'or qu'on ne pouvoit rompre, &

qu'en cet état vous demeurâtes long- «
temps fufpenduë au milieu des airs. «
Junon ou l'air fufpendu au milieu des
airs, eft quelque chofe de bien trouvé.
Mais écoutons Me D. L'allegorie phyfique me paroît fenfiblé, dit - elle, «
(*p. 593. 594.*) Homére explique icy «
myfterieufement la nature de l'air, qui «
eft Junon. Les deux enclumes qu'elle «
a aux pieds font les deux élémens, la «
terre & l'eau, & les chaînes d'or de«
fes mains c'eft l'æther ou le feu qui «
occupe la region fuperieure. » Je ne
fçay pas ce que Jupiter fignifiera icy,
mais voilà fon rôle pris par les chaînes
d'or qui, reprefentent l'æther qu'il devoit reprefenter.

Je dis plus : Quand dans la premiere
inftitution des chofes les Dieux auroient fignifié les élemens, ou d'autres corps naturels ; l'allegorie s'eft évanoüie bien-tôt aprés d'une maniere à
n'y pouvoir plus rappéller les efprits :
car enfin on s'arrête beaucoup plus à ce
que les chofes font actuellement, qu'à
ce qu'elles étoient dans leur principe :
mais dans les mots fur tout, quelle que
foit leur fignification d'origine, on ne
les prend que dans leur fignification
d'ufage. Ainfi, quoique les premiers

hommes qui ont parlé de la nature chez
les Payens, euffent perfonalifé la matiere étherée, & en euffent fait Jupiter ; il eft certain que dans les fiécles
fuivans , & au temps d'Homére, le
mot de Z*υς ne réveilloit point l'idée
de la matiere étherée, & que tout le
monde s'étoit accoûtumé à concevoir
par ce mot un Dieu Pére & Roi des
Dieux & des Hommes, & fouverain
Maître du Monde. L'autre idée étoit
peut-être demeurée dans la tête de quelque Sçavant, mais le peuple l'avoit
perduë, & Homére ne pouvoit douter
qu'il n'offenfât, ou qu'il ne fcandali-
fât la plus grande partie de fes Lecteurs,
en faifant faire à Jupiter une action
mauvaife -moralement, fous prétexte
qu'il l'entendoit de l'action phyfique
de la matiere étherée fur les corps inferieurs. Il y a même des Dieux dont
l'allegorie eft expliquée par leurs noms,
& fur lefquels les plus ignorans ne
fçauroient fe tromper ; par exemple,
Zephire & Flore. Ces Dieux viennent
particulierement de l'imagination des
Poëtes, qui pour donner plus de grandeur & plus de feu à leur Poëfie, ont
animé toute la nature : mais à l'égard
de ceux-là même, il fuffit que les cho-

ſes naturelles qu'ils ſignifient ayent été tranformées en quelque Divinité répu-rée bienfaiſante, pour obliger un Poëte à n'en plus parler que dans le ſens avan-tageux , & à ſupprimer tout ce qui pourroit y avoir de bas & de fâcheux dans les applications de l'allegorie ; ainſi , quoique le vent qui regne au Printemps ſoit quelquefois trés - con-traire aux fleurs, un Poëte ne peut point repreſenter cet effet par Zéphire qui battroit Flore , parceque cela eſt con-traire à l'idée gratieuſe que la Fable don-ne de ces deux divinitez. A plus forte raiſon doit - on éviter ces ſortes d'ima-ges à l'égard des Dieux ſupérieurs dont l'origine phyſique n'eſt plus exprimée par leur nom. Ainſi quand on pourroit encore répréſenter la liaiſon de la ma-tiére éthérée avec l'air groſſier par l'u-nion de Jupiter avec Junon ſa ſœur & ſa femme , ce que je ne crois pas, il eſt certain du moins qu'on ne peut plus faire ſervir ces Dieux de ſymboles à ces élements , dans la ſuppoſition de leur choc mutuel ; parceque l'application en ce point eſt viſiblement injurieuſe à la divinité ſuprême. Mais la conduite d'Homére, du moins ſuivant les inter-prétations de Mᵉ D. eſt toute contraire

a ce principe. Il y a plusieurs endroits
dans l'Iliade où Jupiter & Junon aussi-
bien que d'autres Dieux s'accordent ensemble, & en quoi ils pourroient fort
bien representer certains effets de la nature ; mais alors on n'en fait jamais l'allusion. Dans l'endroit même du premier
livre dont nous parlons ici, tant que le
discours de Jupiter se peut soûtenir, il
représente Dieu, il représente un mary
prudent, selon Me D. rapportée ailleurs:
ce n'est que deux lignes avant la fin de
sa harangue, & lorsqu'il parle de battre, qu'il commence à représenter à la
matiére éthérée : c'est-à-dire, que Jupiter n'est allegorique qu'en un seul
point qu'il falloit retrancher de l'allégorie.

Je fonde sur cette derniere réfléxion
une régle de sens commun, dont l'ob-
servation est encore plus de l'interêt du
Poëte que de l'utilité ou du plaisir du
Lecteur : c'est de distinguer par quelque
marque sensible les peintures allégoriques d'avec les autres, & de leur donner une certaine étenduë qui en puisse
aider l'explication. Cette régle a peut-
être été suivie dans les combats du 21e
livre qui sont assez étrangers au Poëme,
& assez longs en eux-mêmes pour faire

croire qu'Homére a eu quelque deſſein
particulier dans des fictions d'ailleurs ſi
extravagantes. Mais la quérelle de Jupiter & de Junon dans le premier livre
naît de ce qui précéde, & influë dans ce
qui ſuit : ainſi je n'ai aucun lieu de croire que le Poëte ait dans l'eſprit autre
choſe que le ſens naturel qui ſe lie fort
bien avec le reſte de ſon Poëme : D'ailleurs ce qui fait alluſion aux élements ,
ſelon l'interprétation de Mᶜ D. même ,
eſt ſi court qu'il en eſt imperceptible :
en effet lorſque ſur un diſcours de ſept
Vers , comme celui de Jupiter à Junon ,
j'aurai pris d'abord l'idée du Dieu ſuprême qui cache ſes décrets aux Anges
mêmes ; d'un mary prudent qui diſtin-
gue ce qu'il doit dire à ſa femme de ce
qu'il doit lui taire ; comment veut-on
que ſans le moindre ſigne de la part du
Poëte, je me porte tout d'un coup au
choc des élements , lorſque ce perſonnage trés-indigne des noms ſacrez & vé-
nérables que Mᶜ D. lui donne , ménace
ſa femme de mettre la main ſur elle ;
car enfin les allégories d'Homére n'ont
pas même l'avantage des énigmes, dont
la juſteſſe quoique déguiſée fait découvrir ou recevoir immanquablement à
tout le monde la même & l'unique ex-

plication. Me D. nous prend en vérité, pour des genies plus fubtils que nous ne le fommes, lorfqu'elle dit avec un air aifé d'interrogation, qui ne voit que » l'allégorie fauve toute cette préten- » duë indecence?„Pour moi j'avoüe que je le voyois fi peu avant fon explication, qu'aprés fon explication même je ne le vois pas encore. On fe réduira à répon- dre que le fens litteral & naturel de Ju- piter battant Junon, ou d'autres fictions femblables, eft fi ridicule & fi impie, qu'il faut necefairement avoir recours à quelque interprétation plus favora- ble : jugez quel honneur cette réponfe fait à un Poëte fujet, comme nous l'a- vons dit, à la regle du premier afpect; mais de plus fi les extravagances des perfonnages d'Homére étoient une rai- fon d'avoir recours à l'allégorie ; Achil- le, Agamemnon, Dioméde, & tous les autres qui fe difent tant de fottifes, fe- roient tous des perfonnages allégori- ques, contre l'opinion de Me D. (*Préf.* *p. 61.*) qui ouvrant elle-même la porte aux allégories croit pouvoir les arrêter où il lui plaira.

A l'égard des Dieux mêmes, Me D. n'interpréte pas allégoriquement toutes les infamies que Jupiter dit à Junon;

comme celle-cy au livre 18e (*p.* 129.)
fans doute que tous les Grecs font vos «
enfans ,,. J'avois d'abord pris cela pour
un de ces vains difcours aufquels les
Dieux d'Homére font fort fujets dans
leurs entretiens ; mais Mᶜ D. m'avertit
(3. 470.) que c'eft une raillerie amé- «
re,comme fi Junon étoit infidele,,. Cela
eft joly maintenant : Jupiter qui fe dés-
honorant lui-même, reproche à Junon,
à la chafte Junon qu'elle a mis au monde un peuple entier de bâtards. En vérité cette horreur demandoit bien d'être
fauvée par une allégorie. Je trouve même qu'il en auroit fallu pour fauver les
douceurs offenfantes de ce difcours où
Jupiter fait à Junon une énumération
exacte de toutes fes maîtreffes qu'il lui
facrifie dans cet endroit du livre 14e
(*p.* 529.) à l'occafion duquel Mᶜ D. dit
(2. 581.) que Homére n'étoit pas moins
capable de réüffir dans le genre tendre «
& paffionné que dans le terrible,,. En
un mot puifque Mᶜ D. s'eft paffée fur
cela d'allégorie elle pouvoit s'en paffer
toûjours, d'autant plus que les allégories phyfiques en particulier font contraires à l'inftitution même des difcours
fymboliques. Car enfin quel eft l'ufage
que les Auteurs ou facrez ou profanes

ont fait des symboles ? ils les ont employez pour exprimer plus ou moins
clairement quelque vérité de la Réligion ou de la Morale ; parce qu'au fond,
comme le moins noble doit servir à ce
qui l'est davantage ; c'est le Physique
qui doit servir au Moral : ainsi c'est ren-
verser l'ordre des choses, que d'emploïer
des personnages qui font des actions
bonnes ou mauvaises , en un mot des
actions morales , pour réprésenter des
effets physiques. Les paraboles admi-
rables de l'un & de l'autre testament,
les fables mêmes d'Esope & de la Fontaine sont prises en un sens tout opposé
à celui-là. Je suis charmé par exemple
de voir en ce dernier, Phebus & Borée
personnages allégoriques qui se défient
l'un l'autre de faire tomber le manteau
d'un Voyageur. Le vent y employe inutilement toute la violence de son sou-
fle , & le Soleil en vient à bout par la
douce chaleur de ses rayons. Le Poëte
conclut de-là que la douceur fait plus
que la violence. Mais je suis offensé de
voir Jupiter qui s'emporte contre Junon jusqu'à la battre, pour m'apprendre que la matiére éthérée est dans une
espece de combat avec l'air grossier. Ce
qu'il y a de bon, c'est qu'on appelle cela

expliquer

expliquer le choc des élemens. Voilà
sans doute une belle maniére d'expliquer un point de Physique, & elle valoit bien la peine qu'on risquât l'impertinence & l'impieté de la lettre. Par
rapport à la Physique même, cette science demande sur tout de la précision &
de la clarté, & souffre par consequent
moins qn'aucune autre les embarras de
l'allégorie. Au reste l'Iliade est un des
Poëmes de l'antiquité dans lequel je
vois le moins de Physique. Homére décrit vingt fois une lance, un chariot,
le préparatif d'un repas ; & je ne vois
pas le moindre détail d'une opinion
Philosophique, ce qui auroit été neanmoins trés-curieux pour l'histoire des
Sciences, ce qui auroit marqué le talent précieux de dire clairement &
agréablement des choses difficiles , ce
qui enfin auroit été bien plus digne de
son Poëme que les bagatelles dont il
repete si ennuyeusement les descriptions. Sans parler de Lucrece qui a
fait un Poëme entier sur ces sortes de
matiéres ausquelles, selon Mᶜ D. même,
(*Préf. p.* 3 1.) il a donné toute l'harmonie dont la Poësie est capable, rien n'est
si parfait dans Ovide que la formation
du monde qui est à l'entrée de ses Mé-

III. Partie.   H

tamorphofes. Virgile a placé fort à propos dans fon 6e livre une efpéce de Mé-
tempficofe , & plufieurs autres idées
phyfiques ou métaphyfiques qu'il a tirées , felon Servius , de différentes Sec-
tes de l'antiquité : il eft vrai que tous
ces fyftêmes font faux , mais l'explication eft belle ; c'eft tout ce qu'on peut
éxiger d'un Poëte ; le refte eft la faute
de l'ancienne Philofophie. Mais pour la
moderne , les entretiens métaphyfiques
du P. Malebranche,& en particulier ceux
qui portent pour titre : De la magni-
ficence de Dieu dans la grandeur & dans
le nombre de fes Ouvrages , ou de fa
Providence dans l'arrangement des
corps ; auffi-bien que les entretiens de
Mr de Fontenelle fur la pluralité des
mondes, font voir que la nature bien
examinée dans ce qui eft à nôtre portée , & conjecturée dans le refte par les
principes d'une grande Philofophie, offre à l'efprit un fpectacle non - feulement plus beau , mais infiniment plus
étendu que tout ce qu'ont jamais produit les imaginations les plus déreglées.
C'eft pour cela auffi que nôtre Philofophie dédaigne ces embellifemens qui
faifoient le fublime de l'ancienne. J'ofe
affurer , par exemple, que ces allufions;

ces métaphores, ou ces allégories fur le
corps humain que Longin en fon chap.
26. cite de Platon avec tant d'éloges,
feroient aujourd'huy trés - méprifées
non-feulement dans un traité de Phyfique, où l'on ne pourroit pas les fouffrir, mais dans quelque Ouvrage que
ce puiffe être. Car au lieu que la Philofophie ancienne trés-pauvre de fon propre fond étoit obligée d'emprunter les
figures de l'éloquence & les fictions de
la Poëfie pour fe foûtenir, la Philofophie moderne trés - fublime & trés - feconde par elle-même prête aujourd'huy
fon efprit de juftefle & d'exactitude à
l'éloquence, & même à la Poëfië ; &
leur fourniroit de plus en bien des rencontres des matériaux trés-avantageux.

Quoique l'objet de la Phyfique foit
proprement les caufes fécrettes des effets de la nature, comme le choc des
élements eft en général la caufe fécrette
de la forme que nous voyons dans l'U-
nivers ; nous comprendrons neanmoins
ici fous les allégories Phyfiques d'Homére quelques defcriptions déguifées
que Me D. (3. 534.) veut qu'il ait faites de certains effets naturels, dans ce
qu'ils ont de plus fenfible ; comme de
l'inondation & de la fécherefle, fous les

noms de Scamandre & de Vulcain : &
là dessus je demande d'abord quelle raison Homére pouvoit avoir d'envelopper sous des allégories de pareilles descriptions ? On pourroit alleguer pour
raison de déguiser des descriptions pu-
remént Physiques , qu'elles sont en
quelque sorte étrangéres à la Poësie, &
ne font peut-être pas au goût ou à la
portée de tous les Lecteurs : mais que
peut-on faire entrer dans un Poëme épique de plus convenable que les descriptions des effets sensibles de la nature?
est-il rien de plus beau que cette description de prés de cent Vers , que le
Tasse fait au Chant 13ᵉ d'une sécheresse
qui réduisit à l'extrêmité l'armée des
Croisez,& qui à la priere que Godefroy
addressa vers le Ciel,

Con la fede
Che faria stare i fiumi & gir i monti ,
fût changée en une pluye salutaire, que
ce Poëte décrit tout de suite avec la même fécondité & la même élegance?
Mais Homére non-seulement ne cherche jamais à faire naître de son sujet ces
sortes de peintures ; il en néglige même
les occasions qui s'offroient naturellement. L'Iliade comme nce par une peste
qui donne lieu au démêlé d'Achille &

d'Agamemnon , comme l'Enéïde commence par la tempête qui jette Enée
fur les rivages de l'Affrique : comparez
ces deux morceaux ; la tempête de Virgile indépendante même de la converfation de Junon & d'Eole qui la précede , & du naufrage qui la fuit , remplit
quarante Vers parfaitement travaillez.
La pefte d'Homére eft croquée en trois
Vers unique , par lefquels on apprend
qu'Apollon frappa d'abord les mulets
& les chiens;mais que lesGrecs furent «
bien-tôt eux-mêmes la proye de fes «
fléches mortelles,& que l'on ne voyoit «
par tout que monceaux de morts fur «
des buchers qui brûloient fans ceffe,, : la
voilà toute entiere de la traduction de
Me D. (p. 4.) Sans alleguer les Poëtes,
comme Lucrece, & plufieurs autres qui
fe font exercez fur des defcriptions de
pefte , les Auteurs en Profe n'ont point
négligé un fi grand fujet : celle de Thu-
cidide qui a même donné lieu à celle
de Lucrece, eft fameufe parmi les anciennes , & l'antiquité n'en a point de fi
belle que celle de Boccace. D'où vient
donc que les Admirateurs regardent
Homére comme le plus grand peintre
qui ait jamais été ; fur tout pour les
particularitez de la nature ? c'eft que le

H iij

sentiment de satisfaction qui ne s'exci-
teroit dans la lecture d'un moderne que
par des tableaux achevez, s'excite dans
la lecture d'Homére par quelques ébau-
ches légéres dont la prévention acheve
l'effet. Car enfin ôté le Bouclier d'A-
chille, où toute la nature est entassée
en 12. ou 15. pieds de circuit, Homére
n'a dans son Poëme aucunes descriptions
des choses naturelles, que celles qui
entrent dans ses comparaisons, où elles
sont ordinairement trop longues comme comparaisons, & trop courtes comme descriptions. Mais d'ailleurs les peintures présentées par comparaison sont
beaucoup moins interessantes que les
peintures directes, de l'aveu de Me D.
car sur la fiction de Pluton épouvanté
d'un coup de Trident de Neptune, elle dit,
(3. 511.) que Virgile l'a imitée en parlant de l'ouverture que Hercule fit à la
caverne de Cacus au 8e livre de l'E-
néïde.

Non secus ac si quâ penitus vi terra
dehiscens, &c.

Mais, ajoûte-t-elle, cette copie est inferieure à tout l'original, & son principal défaut vient de ce que Virgile a
fait une comparaison de ce dont Homére a fait une action. C'est pour cela

auffi que je fuis infiniment plus touché
de la defcription de la vie paftorale que
la retraite d'Erminie chez un vieux paf-
teur donne lieu de faire au Taffe au
Chant. 7ᵉ, que de toutes les comparaifons qu'Homére tire de la campagne
dans le plus fort des combats, & avec
lefquelles il paffe fi agréablement, felon
Mᵉ D. (3. 5 3 3.) du ton rude au tendre.

Mais enfin, à prendre cette defcription d'inondation & de fécherefle, comme Homere veut nous la donner, &
fous les noms de Vulcain & du Scamandre, l'allegorie n'eft point parfaite.
A l'égard de l'inondation, c'eft le Scamandre qui fe déborde, & qui, felon le
Poëte, fuit & devance les pas d'Achille;
cela eft fort bien jufques-là, & comme
le Scamandre eft un fleuve, la defcription eft plûtôt naturelle qu'allegorique.
Mais à l'égard de la fécherefle reprefentée par Vulcain qui vient faire retirer le Scamandre, en brûlant fes eaux,
l'allufion m'en paroît abfolument fauffe; & quoy que Mᵉ D. dife (3. 5 3 4.)
Que fi Homére a décrit vivement une «
inondation, il ne peint pas avec «
moins de force la fécherefle qui peut «
feule la combattre. » Je ne fçaurois

plier mon imagination à reconnoître la
sécherelle dans Vulcain, qui selon M^c
D. même (1. 327.) est le feu materiel
& sensible, très-different de la chaleur
qui peut causer la sécherelle : car la
sécherelle ne fait son effet qu'à la longue, contre ce qui arrive dans Homére, où Vulcain consume en un moment une grande partie du Scamandre.
L'allegorie seroit beaucoup plus juste,
si Vulcain, par exemple, eût mis le feu
aux logemens des Troyens, au dedans
ou au dehors de la place, & que le
Scamandre l'eût éteint : En effet, on se
sert par-tout des eaux pour éteindre le
feu, mais je ne vois point qu'on employe
le feu pour faire retirer les eaux. C'est
donc encore un éloge gratuit en toutes ses parties, que celui que M^c D.
fait d'Homére en cette occasion même,
lorsqu'elle dit (*v*. 3. 534.) Il n'est rien
» dans la nature dont ce Poëte n'em-
» bellisse son Poëme : Mais dans son
» plus grand enthousiasme il est d'une
» sagesse admirable, & dans ses fictions
» les plus sublimes, il ne s'éloigne ja-
» mais du naturel ; car c'est de la belle
» nature que se tire le veritable subli-
» me, & il ne peut y avoir de vrai su-
» blime que dans le naturel. » Bien loin

qu'Homére ait embelli son Poëme de
tout ce qu'il y a dans la nature, j'ay
déja remarqué qu'il n'a pas fait dans
l'Iliade une seule description directe
des choses naturelles ; ou bien celles
qu'on alleguera pour me contredire
feront si estropiées & si chétives, qu'el-
lui feront plus de tort que d'honneur ;
& pour les descriptions allegoriques,
outre qu'il n'y a rien par soi même de
moins naturel qu'une allegorie, celles
d'Homére, comme je l'ay fait voir
aussi, seroient ordinairement plus justes, étant prises en sens contraire.

Outre cette peinture de l'inondation & de la séchereffe dans le combat de Vulcain contre le Scamandre,
Homére étoit sur le point de nous en
donner une autre sur le même sujet,
dans le combat de Neptune contre A-
pollon : mais Homére s'eft retenu, &
la peinture a été supprimée par le refus qu'Apollon fait d'etrer en lice contre Neptune. Deux choses, dit Mᵉ D.
(3. 538.) ont empêché Homére de faire
combattre ces Dieux. Le rapport de
l'allegorie theologique, selon laquelle
Apollon, deftinée des Troyens, ne peut
plus rien en leur faveur, & le rapport de l'allegorie physique, selon la-

quelle Homére n'a plus rien à dire ici,
car ce feroit, dit - elle (*ibid.*) le
» même combat de l'humidité contre
» la fécheresse, & il faut éviter les redi-
» tes & la monotonie toûjours ennuïeu-
fe & fatiguante. » Je fuis veritablement
réjoüi de voir un Poëte qui repete en
cent endroits de l'Iliade de longues
traînées de vers, fans y faire le changement d'un feul mot, & qui eft même loüé de cette pratique par Euftathe & par Me D. un Poëte chez qui les
répétitions de mots font encore moins
confiderables que les répétitions de chofes, & qui felon un certain afpect, n'a
fait de tout fon Poëme qu'un tiffu de
combats, & qui néanmoins a ici la con-
fidération de ne nous pas préfenter deux
combats, qui par le caractére des Acteurs, & par le tour de la defcription, pouvoit être infiniment différents,
fous prétexte que le fens allegorique
en fera le même. La monotonie que
Me D. fait craindre à Homére, ne
tombe point fur les chofes, elle ne
tombe que fur la maniére de les dire,
& comme on peut être monotone en
racontant des chofes trés - différentes,
on peut, fans être monotone, raconter des chofes femblables, fur tout fi

elles ne le font que dans le fens allegorique. Enfin, dans l'allégorie même, Vulcain & le Scamandre auroient pû fignifier fimplement le feu & l'eau qui font fous nos mains, & dont nous difpofons; pendant que Neptune & Apollon auroient marqué l'humidité & la féchereffe qui font cette temperature de l'air, ou cette difpofition de la terre dont nous ne fommes point maîtres. On pourroit anéantir à peu prés de la même maniére toutes les interprétations qu'Euftathe ou M⁰ D. donnent aux allegories tacites ou négatives d'Homére, c'eft-à-dire, les raifons qu'ils apportent de ce qu'il ne fait point faire. Une grande marque de la fageffe de ce « Poëte, *dit M⁰ D. (3. 512. fur ces fi-* « *Étions infenfées des Dieux qui fe bat-* « *tent les uns les autres, foit dans le 20.* « *foit dans le 21. de l'Iliade*, c'eft qu'il « n'a point mis de la partie Pluton, Cé- « rés, Bacchus, parce qu'il n'a pas trou- « vé pour ces Dieux des fondemens vrai- « femblables d'allegorie. En effet, Plu- « ton ne peut pas paroître au fecours « d'aucun parti, parce que c'eft un « Dieu qui ne demande que la mort des « hommes, qui comme dit Sopocle, « s'enrichit de leurs gémiffemens & de «

H vj

» leurs larmes , & qui ne dit jamais
» c'eſt aſſez. Bacchus & Cérés qui nour-
» riſſent les hommes , ne peuvent pas
» non plus paroître dans une guerre qui
» ravage les campagnes,& qui porte par
» tout la déſolation. C'eſt une remar-
» que d'Euſtathe , qui ſeule peut faire
» voir qu'Homére ne s'éloigne jamais
» de la vraiſemblance naturelle ou ſur-
» naturelle , & que ſes fictions ont toû-
» jours quelque fondement. » Mais en
verité , c'eſt trop ſe défier des allegoriſtes , & ne point rendre aſſez de juſtice
au creux de leur cervelle , & à la facilité de leur verbiage, que de croire
qu'ils fuſſent demeurez court , quand
Homére auroit fait battre ces Dieux.
Le malheur auroit été bien grand , s'il
n'avoit trouvé à Pluton un emploi
dans la guerre , qui eſt ſon plus grand
fond. Rien n'eût été mieux que de faire diſputer Bacchus & Cérés ſur la pré-
éminence de l'un ou de l'autre : cette
allégorie bien placée & bien traitée ſeroit du goût de nôtre ſiécle même, &
n'auroit pas été plus éloignée du ſujet
principal que celle de l'éclipſe dans le
combat de Junon & de Diane.

Aprés tout , ſi certains Dieux ne ſe
doivent point battre les uns contre les

autres , comme Neptune contre Apollon , parce que celuy-ci est la destinée ; ou Mercure contre Latone, parce
que celui-là est un Dieu de Paix ; pourquoi Homére fait-il la proposition de
ces combats ? Mercure (*L. 2 1. p. 240.*)
s'adressant à Latone qui ne lui disoit
mot, lui parle ainsi : Déesse , je n'ay «
garde de combattre contre vous : c'est «
une témérité trop grande de s'atta- «
quer aux femmes de Jupiter : van- «
tez-vous tant qu'il vous plaira dans «
l'assemblée des Dieux , que je n'ay «
pû résister à vôtre force , & que vous «
m'avez vaincu. » Plaisante supposition
que Latone soit capable de se vanter
d'avoir vaincu un Dieu qu'elle n'aura
seulement pas touché : c'est un trait qui
ne se trouve point dans la nature, &
que le Poëte ne tire par consequent
que de la perversité de son propre esprit. Cependant Latone bien plus paci-
fique que le Dieu de Paix , ne répond
rien , & s'en va. Voilà des entretiens
bien poussez , & des scénes bien remplies.

Je conclus de tout ce que nous avons
dit dans ce chapitre, que sauver le sens
litteral d'Homere par son sens allégo-
rique , c'est le sauver d'une impieté , &

-même d'un ridicule par un autre. Au fond, si aprés l'opinion d'Eustathe & de Mᶜ D. j'ose placer la mienne, je panche fort du côté de ceux qui croyent qu'Homére n'a jamais eu toutes ces veuës, & qui, comme Plutarque, aban-donnent tous les Interprétes *qui tor-dent à force les fictions d'Homére, & les tirent, comme l'on dit, par les cheveux, en interprétaions allégoriques.* ᵃ La plû-part des Dieux ont sans doute une ori-gine allegorique tirée de la Nature ou de l'Histoire, & la recherche de cette origine a sa curiosité ; mais ils ne sont plus allegoriques dans Homére, & les interpretations qu'on en donnera par rapport à ce Poëte, paroîtront toûjours chimeriques à ceux qui ne se payent que de raisons solides, ou du moins vray-semblables. Le style d'Homére est en général trés-éloigné du style de tous les Ecrivains anciens & modernes qui ont donné dans le mystére & dans l'allégo-rie. Ils font tous sentir, non pas à la verité la chose qu'ils veulent dire, mais l'intention de dire quelqu'autre chose que ce qu'ils disent. Pour parler seu-lement des anciens, cette intention est visible dans Pythagore & dans Platon

ᵃ *Maniere de lire les Poëtes.*

même, quoique celui-cy ait à mon sens un peu moins d'allegories qu'on ne lui en prête. Mais Homére est le plus simple & le plus naïf de tous les Auteurs; jamais homme n'a cherché moins de finesse, & ne s'est découvert plus volontiers, à son propre désavantage.

✳✳✳✳✳✳✳✳✳✳✳✳✳✳✳✳✳✳✳✳✳✳

CHAPITRE V.

Que la prévention ne s'en est pas te-
nuë aux excuses sur la maniere in-
digne dont Homere a employé les
Dieux, & qu'elle a prétendu l'au-
toriser.

IL est bon de faire appercevoir icy
un progrés remarquable dans le zele
des nouveaux admirateurs d'Homére.
Ce Poëte n'a d'abord merité que des
excuses, selon le P. le Bossu, sur les
idées impies ou impudiques qu'il a données des Dieux. Ainsi, au sujet de l'A-
dultére de Mars & de Venus décrit au
8e Liv. de l'Odyssée, le P. le Bossu
(L. 5. chap. 2.) se sert de ces termes tres
modérez. Il est vray que l'on trouve des
» endroits plus fâcheux, comme est l'a-
» dultére de Mars & de Venus dans l'O-
» dyssée : mais outre les allégories phy-
» siques & morales, qui peuvent en quel-
» que façon excuser ces figures trop
» hardies, pour ne rien dire de plus
« rude, ou que l'on trouve quelque

chofe d'approchant écrit dans la fim- »
plicité de ces fiécles anciens par des «
Auteurs qu'on ne peut condamner ; «
j'ajoûte même que l'allégorie étant «
ôtée, l'on n'ôte pas toute excufe à «
Homére : & pour le faire voir, je «
dis que l'on doit confidérer que ce «
n'êft ni le Poëte, ni fon Héros, ni «
un honnête homme qui fait ce re- «
cit ; mais les Phéaques peuples mols «
& efféminez, fe le font chanter pen- «
dant leur feftin. Homére donc, par «
l'exemple de ces peuples fainéans «
qui ne fçavent que chanter, que dan- «
fer, que manger & que boire, nous «
a enfeigné que ces arts mols & oififs «
font la fource des voluptez crimi- «
nelles, & que les perfonnes qui vi- «
vent ainfi, fe plaifent ordinairement «
à entendre ces récits honteux, & à «
faire les Dieux même participans de «
leurs faletez ..... D'où nous pouvons «
conclure que le récit d'Homére dont «
nous parlons, eft bien moins un exem- «
ple pernicieux d'adultére & d'impiété, «
qu'un avis trés-utile qu'il donne à «
ceux qui veulent vivre en honnêtes «
gens ; fçavoir, que pour éviter ces cri- «
mes, ils doivent fuir les arts & les «
voyes qui y conduifent.»

On peut répondre en général à cette défense, qu'avant qu'on ait découvert cette
morale soûterraine, l'exemple des Dieux a
porté son coup en mal , & invité les
hommes à l'imitation. Mais, enfin,
» conclut le P. le Boffu, malgré son rai-
» sonnement précédent , il faut bien
» des précautions à un Poëte pour tou-
» cher des incidens auffi dangereux que
» ceux-là : s'il veut faire plus de bien
» que de mal, il doit étudier le besoin,
» l'interêt, l'humeur de ses auditeurs,
» & l'effet que ces sujets pourront faire
» sur leur esprit ; & à vray dire, nous
» ne sommes plus dans un temps où la
» simplicité puisse rendre cette matiere
» tolérable aux honnêtes gens , & où
» l'on puisse la proposer sans corrom-
» pre la meilleure partie de ses audi-
« teurs, & sans entretenir la corrup-
» tion & le vice qui est dans les au-
» tres ; ainsi, quelque judicicieux ou ex-
» cufable qu'ait été Homére en cette in-
» vention, un Poëte ne seroit aujour-
» d'hui ni judicieux ni excufable, si en
» cela il osoit imiter cet ancien. Il est
» bon d'enseigner ce qu'il a enseigné ;
» mais il est très-mauvais de l'enseigner comme il l'a fait. » Il n'y a à reprendre dans cet aveu que la raison ti-

rée de la difference des temps ; car il
semble que le P. le Boſſu regarde les
Grecs du temps d'Homére comme des
Saints éprouvez, ſur leſquels les exemples les plus pernicieux ne pouvoient
faire aucune impreſſion mauvaiſe. Cette
ſimplicité même de la nation ne de-
voit-elle pas faire juger à Homere que
l'on prendroit ſes fictions au pied de
la lettre, & que les Lecteurs de ſon
temps ne ſeroient point capables de
l'effort d'eſprit, par lequel les admirateurs modernes tirent une inſtruction
morale d'une hiſtoire impie & deshon-
nête. En effet, de quelle conſequence
n'a point été cette affreuſe Theologie
pour ces peuples ſimples qu'elle a totalement corrompus ? au lieu qu'aujour-
d'huy que la Religion a banni l'idolâ-
trie de tous les eſprits, & que la Philoſophie nous a aguerris contre le préjugé de l'antiquité ; les actions infames
& ridicules des Dieux d'Homére ne
nous cauſent guéres d'autres émotions
que celles de l'horreur ou de la pitié.

Mr D. a rappellé le même exemple
de l'adultére de Mars & de Venus dans
ſes Remarques ſur la Poëtique d'Ariſtote (*chap.* 26. *p.* 441. 442. *&* 443.)
Mais il éleve bien ſon ton ſur le P. le

Boſſu : car aprés avoir copié fidéle-
ment tout ce que nous venons de rapporter de ce premier Auteur , il change ſon excuſe en une trés-grande loüange , & voici comme il parle (*p.* 442.)
» Virgile en cela n'eſt pas plus retenu
» qu'Homére ; car dans le 4e des Geor-
» giques il introduit une Nymphe qui
» chante à ſa Maîtreſſe , qui n'avoit au-
» tour d'elle que des Nymphes , la mê-
» me hiſtoire de Mars & de Venus. S'il
» falloit blâmer l'un de ces deux Poëtes,
» continuë Mr D. ce ſeroit Virgile ſans
contredit. » Je ſoûtiens en paſſant que
Virgile eſt moins blâmable qu'Homere , parce qu'il ne fait qu'indiquer cette
hiſtoire , qu'il ne l'étale point à l'imagination du Lecteur , & qu'il n'en
foüille point ſon Ouvrage. Mais ni
» l'un ni l'autre , ajoûte Mr D. ne mé-
» ritent d'être blâmez ; au contraire,
» ils ſont tous deux dignes d'une trés-
grande loüange. » Et moy je dis à l'é-
gard d'Homére , qu'il eſt digne d'un
blâme trés-grand , par le ſeul tour de ſa
deſcription : car un Peintre peut repreſenter d'une maniere trés-criminelle les
ſujets les plus moraux , un Joſeph , par
exemple , ou une Suſanne ; Et à l'égard
de Virgile , rien n'eſt plus mauvais que

la remarque de Servius dont M^r D.
s'authorife, & qu'il traduit ainfi lui-même (*p.* 443.) c'eft avec beaucoup de «
raifon & de bienféance que Virgile «
fait chanter des chanfons Philofophi- «
ques dans le feftin de Didon encore «
chafte , & qu'au contraire parmi des «
Nymphes où il n'y a que des femmes «
feules il fait chanter les amour de «
Mars & les filets de Vulcain ,,. C'eft-à-
dire, que felon Servius & Mr D. des femmes feules peuvent avec beaucoup de
raifon & de bienféance fe plaire à des
récits honteux , & faire comme les
Pheaques, les Dieux mêmes participants
des crimes des hommes.

Aprés tout je m'étonne que le P. le
Boffu & Mr D. dans l'exemple particulier de l'adultére de Mars & de Venus
ayent oublié la défenfe la plus plaufi-
ble qu'ils lui puffent donner ; fçavoir ,
que Mars & Venus font des Dieux fubalternes deftinez par Homére à répréfenter des vices , & contre lefquels Minerve fageffe de Dieu fait combattre
Dioméde au 5e de l'Iliade. Auffi le principal reproche qu'il y ait à faire contre
Homére fur cet endroit de l'Odiffée,
c'eft que la peinture en eft véritablement impudique. Or felon les régles

de l'honnêteté civile à laquelle seule je
me tiens ici, on peut réprésenter utilement dans les Poëmes toutes les passions & tous les vices, à l'exception de
l'impureté, qu'il ne faut jamais peindre à découvert, quelque intention
morale qu'on puisse alleguer ; des Auteurs respectables ont dit qu'on pouvoit attaquer les autres vices de front ;
mais qu'on ne doit combattre celui-ci
qu'en fuyant. En effet à l'égard de l'impureté, les péintures séduisent plus que
la morale ne corrige, & la réprésenta-
tion même est dissolue. Ainsi au lieu que
*l'amour le moins honneste exprimé chaste-
ment* peut être souffert, selon l'ancien
témoignage de Mr Despreaux, (*art.
Poët. chant.* 4e) les actions même per-
mises entre personnes mariées peuvent
donner occasion à des peintures lasci-
ves, & par conséquent trés-défenduës.
Cependant toutes les fois qu'Homére a
voulu parler de l'amour soit licite, soit
illicite, il a toûjours fait des tableaux
d'impureté, comme dans le 3e livre de
l'Iliade, où Venus fait trouver ensemble Paris & Helene, & dans le 14e où
Junon séduit Jupiter par la ceinture de
Venus. Il importe donc peu pour l'honneur d'Homére qu'il n'ait pas souillé

son Poëme de délicatesses dangereuses,
comme l'en loüe Mr D. (*Préf. p. 5.*)
puisqu'il l'a soüillé des grossieretez les
plus criminelles , soit en elles-mêmes
soit par la peinture qu'il en fait. Il étoit
même inutile que Me D. observât à
l'avantage de son Auteur, qu'Agamemnon parlant de l'usage auquel il desti-
ne Chryseis (*L. 1. p. 3.*) employe un
terme qui signifie plûtôt avoir soin de
son lit que partager son lit. Il le fait,
dit-elle, (1. 280.) pour épargner Agamemnon & ses Auditeurs, & même «
par respect pour la Déesse qui inspire «
le Poëte, parce qu'une Muse ne doit «
parler qu'avec pudeur & bienséance „.
Que sert cette précaution prise en un
seul endroit, si cette Muse, selon la remarque & les propres termes de Me D.
(3. 596.) dit plusieurs fois si librement
qu'une telle captive se coucha auprés
d'un tel Héros, expression encore moins
conforme à la pudeur & à la bienséance
que celle de partager un lit qu'on la vante d'avoir évitée ?

CHAPITRE VI.

Combien est condamnable l'employ qu'on a fait de l'Ecriture Sainte pour justifier Homere.

ARTICLE PREMIER.

De quelques idées d'Homére qu'on dit être conformes à celles de l'Ecriture Sainte, surtout à l'égard des Dieux.

APrés avoir excusé Homére sur les idées impies ou impudiques qu'il a données des Dieux, aprés l'en avoir loüé; le dernier terme de la prévention devoit être de les consacrer par l'exemple de l'Ecriture Sainte. Les nouveaux Admirateurs de ce Poëte ont attaqué, pour ainsi dire, la liberté de la litterature, & ont voulu gêner les sentimens humains sur des matiéres toutes profanes, en nous faisant comme autant d'articles de foy des prétendues beautez d'Homére.

d'Homére. C'eſt dans cette vûë que le
P. le Boſſu, & aprés lui Mr & Me D. ont
dit que les Cenſeurs expoſoient les Auteurs ſacrez aux railleries des Libertins
& des Athées, à cauſe de la conformité
des idées d'Homére avec celles de l'E-
criture Sainte : mais ſans alleguer les
perſonnes doctes & pieuſes que ces indignes comparaiſons ont révoltées ; les
Libertins & les Athées n'auroient jamais penſé d'eux-mêmes, à de pareilles
confrontations , vû la difference infinie qu'il y a de l'Ecriture Sainte à Homére pour le fond des choſes : nous l'a-
vons déja vû ſur quelques traits particuliers , nous le verrons ici plus amplement.

Le P. le Boſſu n'avoit donné cette
prétenduë conformité d'Homére avec
l'Ecriture Sainte qu'en propoſition vague, & l'on ne ſçait point juſqu'où il
vouloit la porter. Mr D. même n'a juſti-
fié bien poſitivement Homére par l'E-
criture Sainte en choſe vicieuſe , que
dans la fiction du ſonge trompeur que
nous avons diſcutée ailleurs : mais Me D.
a fait de ſon Commentaire un Paralelle preſque perpetuel de l'Iliade avec les
Livres ſaints. Je ſçai combien ſes intentions ſont droites , & je connois

mieux que qui ce foit l'innocence de fon admiration pour Homére ; mais enfin c'eft particulierement elle qui a porté cette admiration jufqu'à ce troifiéme dégré & à ce dernier excez que je combats. J'obferve même que l'on n'a eu recours aux juftifications prifes de l'Ecriture Sainte, que quand toute autre reffource a manqué : celle-ci eft fi peu convenable par elle-même, que l'on ne s'y jette que quand on fe voit confondu par l'horreur des chofes que le texte d'Homere prefente. On tire de l'hiftoire & de la fable, de la nature, & de l'allégorie, de la raifon, & du fophifme, tout ce qu'on en peut tirer pour fauver Homére ; l'Ecriture Sainte n'eft chargée que de ce qui demeure privé de toute excufe humaine, & qui eft diamétralement oppofé aux prémieres impreffions de la nature, & aux plus fimples lumiéres de la raifon fur la divinité. A l'occafion, par exemple, de Jupiter féduit & charmé par la ceinture de Venus que Junon a empruntée, Mᶜ D. ʺ employe d'abord la moralité d'Eufta-
ʺ the, felon lequel Homére enfeigne
ʺ ici qu'il faut fuir les voluptez & fe
ʺ défier des femmes, qui ne font jamais
ʺ plus dangereufes même pour leurs

maris que lors qu'elles cherchent à «
leur plaire par leurs charmes : car, «
dit-elle, que ne doivent pas craindre les «
hommes puifque Jupiter même n'a pû «
s'empêcher d'être trompé?(2. 581.)Mais
comme on fent tout d'un coup l'incongruité d'une morale donnée aux dépens
du Dieu fuprême, dont le fommeil, felon une remarque de Mᶜ D. à ce fujet
même (2. 586.) ne doit être qu'un
fommeil volontaire ; & qui, felon la
fiction d'Homére , s'endort fi peu vo-
lontairement, qu'à fon réveil il entre
dans une colére furieufe (*L.15.p. 345.*)
contre Junon qui l'avoit furpris ; on a
enfin recours à l'Ecriture Sainte pour
autorifer ce fommeil de féduction &
de molefle. Homére, dit-on, (2. 586.)
a fuivi de bons guides : dans les faints «
Prophetes , il eft fouvent dit que Dieu «
eft éveillé , que Dieu eft endormi ,. Je
crois qu'il fuffit de répéter de femblables
applications , pour en faire rougir les
Auteurs mêmes.

Au 24ᵉ livre de l'Iliade on trouve un
précepte horrible d'impudicité. Ce n'eft
pas un malhonnête homme qui le propofe, ce ne font pas des Peuples mols
& éféminez qui le font chanter devant
eux ; c'eft une Déefle refpectable d'ail-

leurs , c'eſt Thétis qui dit à Achille :
» mon fils juſqu'à quand plongé dans
» la douleur & dans les larmes ronge-
» rez-vous vôtre cœur „ ? Je quitte ici
Mᶜ D. pour alleguer le texte ,

μεμνημενος ȣδὲ τι σίτȣ
ȣ̓τ'ἐϋνης, ἀγαθὸν δὲ γυγαικί πέ̓ς ἐν φιλότητι
μίσγεσθαι. Ω. 129.

Memor neque cibi prorsùs neque cubilis.
Bonum verò mulieri in amore miſceri.
Je ne traduirai point exactement ce
Grec ni ce Latin. Je dirai ſeulement
que Thétis invite Achille, dans les termes les plus ſignificatifs, à ſe conſoler
par les plaiſirs de la table , & avec une
femme. Cela eſt ſi groſſier que Mᶜ D. a
ſupprimé entierement les plaiſirs de la
table , & a déguiſé fort à propos le reſte
ſous le mot d'amour. Il n'y a que l'a-
» mour, continue-t-elle dans ſa traduc-
» tion, qui puiſſe faire diverſion à vô-
» tre douleur : car helas ! il ne vous reſte
» que peu de temps à vivre „. Voilà le
motif qui a été tourné & retourné en
tant de maniéres par Anacréon , par
Horace , & par tous les Poëtes profanes.
Mʳ D. a écrit dans la vie de Platon,
(p. 42.) que ce Philoſophe demandoit
» dans ſon jeune âge à ſa maîtreſſe
» Xantippe ſes bonnes graces , en des

termes fort preſſants, & par ces bel- «
les raiſons qni ſont dévenuës depuis «
les lieux communs de la morale lu- «
brique qui regne aujourd'hui ſur un de «
nos Théatres; d'où elle ſe gliſſe inſen- «
ſiblement dans les Villes & dans les «
Maiſons; que la beauté eſt une fleur «
qui paſſe trés-promptement, que ſi «
on ne ſe hâte d'aimer, on perd inuti- «
lement ſa jeuneſſe, & que la vieilleſſe «
vient à grands pas nous ravir nos «
beaux jours & tous nos plaiſirs „. Mais
Mr D. pouvoit avertir ſes Lecteurs
qu'on auroit bien-tôt dans les Villes &
dans les Maiſons l'Iliade d'Homére en
François, où l'on verroit non un lieu
commun, mais le principe de toute morale lubrique, & que ſi l'on conſultoit
l'original, on trouveroit qu'au lieu que
nôtre Théatre n'offre cette morale
qu'en termes, & en ſens honneſtes,
Homére preſente l'impureté la plus
découverte, & recommande formellement l'action honteuſe. Me D. allegue d'abord là-deſſus Denis d'Halicarnaſſe & Plutarque. (3. 595.)
Selon Denis d'Halicarnaſſe, qui a fait,
dit-elle, (3. 5 9 5.) de ſi *judicieu-
ſes* réfléxions ſur l'art d'Homére,
Thétis ne donne pas à ſon fils un con-

feil qui paroît fi indécent & fi indigne
d'une mere, pour le porter à fe plonger dans la volupté ; au contraire, fuivant le Texte de ce Critique (dont
Mᵉ D. déguife l'abfurdité en le traduifant, c'eft pour l-en détourner
ὅτι οὐ χρὴ αὐτὸν τρυφᾷν. *Art. Rhét. c. 9.*
» & pour le faire reffouvenir de fon pre-
» mier amour pour Briféïs, & de la fa-
» veur que Jupiter même lui a prêté,
» en faifant fouffrir tant de maux aux
Grecs à fon occafion. » Plutarque cité
auffi par Mᵉ D. fait remarquer une
» autre adreffe dans Homére : c'eft d'a-
» voir mis en un grand jour la fageffe de
» fon Héros, qui aimant Briféïs ; &
» fçachant que la fin de fa vie appro-
» choit, fe hâte pourtant fi peu de joüir
» des plaifirs que fa mere fe croit obli-
» gée de l'y inviter. Je conviens, *dit*
» *Mᵉ D.* que ces remarques de Denis
» d'Halicarnaffe & de Plutarque font
» fort adroites pour adoucir & pour di-
» minuer l'indécence qui paroît d'a-
» bord dans ce confeil de Thétis „.

    Denis d'Halicarnaffe raifonne véri-
tablement en Rhéteur Grec & en So-
phifte, lorfqu'il veut qu'un confeil d'impureté foit en même-temps un précepte
de continence, une invitation à l'a-

mour, & une commémoration des bien-
faits de Jupiter ; & Plutarque ne diminuë point l'indécence du conseil de Thétis, puis qu'au contraire cette indécence sert, selon lui, à relever la sagesse d'A-
chille, & qu'Homére sacrifie l'honneur
d'une Déesse à la sagesse d'un insensé.
Mais en vérité, continuë Me D. si du
temps d'Homére on avoit eu de ces «
passions criminelles, & de ces com- »
mercés honteux, la même idée que «
nous en avons aujourd'hui, & qu'en «
ont eû même dans les siécles suivants «
des Payens plus éclairez ; toutes ces «
réfléxions seroient bien foibles pour «
les excuser. Il vaut donc mieux re- «
courir aux mœurs de ces siécles, *ajoû-* «
te t-elle, & dire tout simplement que «
dans ces premiers temps ces sortes de «
commerces avec des captives étoient «
permis, & aussi legitimes que le ma- «
riage même. Si cela n'avoit pas été, «
comment un Poëte qui ne travaille «
qu'à former les mœurs, auroit-il osé «
dire qu'une telle captive se coucha auprés d'un tel Héros ?

C'est-là sans doute la seule conséquence qu'on puisse tirer de tous ces
endroits d'Homére ; les Grecs ne se faisoient pas une affaire d'avoir commerce

avec des captives ; mais cela n'empêche pas qu'Homére , faifant de cette
pratique un précepte qu'il met dans la
bouche d'une Déeffe , n'ait commis une
faute confidérable contre les mœurs, à
l'égard des Payens mêmes , puifqu'il les
a tous fcandalifez , & a fait avoüer à
ceux qui l'ont défendu avec le plus de
zele , que cet endroit paroiffoit avoir
quelque chofe de trés-indécent. En effet, qnoique les Payens ne fiffent pas des
crimes de toutes les actions que la Religion condamne ; l'incontinence a paffé
de tout temps pour un grand vice ,
& le confeil même des chofes qu'ils
croyoient les plus licites en cette matiére , a toûjours paru indigne d'un perfonnage grave. Ainfi, comme on ne fçauroit rien faire des apologies précédentes , il faut recourir à l'Ecriture Sainte
pour fauver, fi l'on peut, une infamie que
toute bienféance & toute morale avoit
condamnée. Homére l'a dit , pourfuit
» Me D. comme l'Ecriture Sainte dit
» que Sara donna à Abraham fa fer-
» vante Agar , & comme elle rapporte
» qu'Abimelech s'excufa d'avoir enlevé
» Sara , qu'il croyoit fœur d'Abraham
» & encore fille , en difant qu'il l'avoit
» fait dans la fimplicité de fon cœur,

& dans la pureté de ſes mains „. L'é-
xemple d'Abimelech ne fait rien au ſujet préſent , puiſque l'Ecriture Sainte ne
dit point s'il vouloit épouſer Sara , &
qu'enfin Dieu ne permit pas qu'il la
touchat [a] : mais à l'égard d'Abraham,
la Theologie , à laquelle Mᶜ D. m'o-
blige encore d'avoir recours ici , nous
apprend deux choſes qui rendent ſon
cas infiniment different de celui d'A-
chille. L'une que la Poligamie étant
alors autoriſée par la Coûtume , &
tolérée de Dieu même ; Agar étoit véritablement femme d'Abraham : & l'autre que ce ſaint Patriarche ne ſe déter-
mina à épouſer cette Eſclave , que par
le motif d'avoir des enfants , ſur qui les
promeſſes de Dieu puſſent tomber. Or
par rapport au premier article les Eſ-
claves avec leſquelles les Princes Grecs
ont commercé dans l'Iliade ne ſont nullement leurs femmes ; puiſque Briſéis
(L. 19. p. 167.) dit en pleurant ſur le
corps de Patrocle, vous me promet- „
tiez de me faire épouſer Achille „. Par
rapport au ſecond article il n'eſt perſonne qui puiſſe ſoûtenir la comparaiſon
des Héros d'Homére avec le plus ſaint
des Patriarches , dont Saint Auguſtin

[a] Gen. 20. 6.

I v

a dit, [a] que dans la pluralité des femmes, il a gardé üne difpofition à la continence qui le rend comparable à l'A-
pôtre Vierge. Au fonds combien Homére étoit-il éloigné de ces conoiffances,
lorfqu'il fait confeiller à Achille d'ufer
d'une fimple concubine pour le confo-
ler ? motif pour lequel Abraham n'auroit pas ufé de Sara même, fçachant
bien que cette recherche de confola-
tion n'eft pas au nombre des motifs par
lefquels on peut ufer du mariage, felon le véritable efprit de cet état, & la
perfection qui lui convient.

ARTICLE II.

Des faits qu'on prétend que Homére a tirés de la Sainte Ecriture.

JE fçai que de Sçavants critiques ra-
portent aux merveilleux évenements
dont les livres facrez font foy, l'origine
de plufieurs Fables du Paganifme. Je
ne fonge point du tout à attaquer ce
fyftême. Et quoique fans remonter à
cette fource, les anciens Mythologiftes ayent trouvé dans les feules hiftoi-

[b] Aug. de bono conjugali. c. 20. 21.

res de l'Egypte & de la Gréce, ou dans
la Phyſique telle qu'on la connoiſſoit,
un fondement aſſez vrai-ſemblable de
la plûpart des fictions des Poëtes ; j'accepte à l'égard d'Homére même le ſentiment des Sçavants critiques dont je
viens de parler, & j'en tire contre lui
des reproches encore plus forts. Car
enfin ſi Homére n'avoit puiſé ſes idées
que dans la Mythologie, je ſerois beaucoup moins ſurpris de leur impieté & de
leur extravagance ; mais s'il a lû les
premiers Livres de l'Ancien Teſtament,
ou qu'il ait connu par quelque moyen
que ce ſoit les véritez revélées aux Juifs,
il faut qu'il ait eû une étrange ſorte
d'eſprit pour corrompre d'une maniére ſi horrible & ſi pernicieuſe ce qu'il y
a au monde de plus pur & de plus édi-
fiant. L'exemple le mieux marqué que
nous ayons de cette corruption eſt la
fiction d'Até qui ſe trouve dans le diſcours d'Agamemnon au 19e Liv. Me D.
dit à ſon occaſion (3. 492.) les Anciens ont donc reconnu un Démon «
créé par Dieu même, & uniquement «
occupé à faire du mal, *& plus bas* «
(*p.* 494.) Les Payens ont connu qu'un «
Démon de diſcorde & de malediction «
étoit dans le Ciel, & qu'il fut préci- «

„ pité en terre, ce qui s'accorde parfai-
„ tement avec l'Histoire Sainte „. Mais
en consultant le texte d'Homére (*p.154.
155. du Livre 19.*) Je vois d'abord
qu'Até est propre fille de Jupiter ; circonstance que ce Poëte n'avoit garde
d'omettre dans la vûë qu'il a de rendre
les Dieux Auteurs de tous les crimes &
de tous les malheurs des hommes : or
l'Histoire Sainte nous apprend-elle que
le Démon soit fils de Dieu ? Mais de plus
Mᵉ D. a beau nous dire avec un tour
de phrase qui fait un jurement. *Que le
Démon est créé par Dieu même,* nôtre
Catechisme nous enseigne que le Dé-
-mon n'est point sorti tel des mains de
Dieu, & que Dieu ne l'a point créé dans
l'état où ce terme nous le réprésente.
En effet Dieu ne peut produire ni au
dedans ni au dehors de lui rien de mauvais, & non - seulement le Fils image
essentielle du Pere possede toute sa bonté, mais même après avoir formé toutes les créatures, Dieu a vû qu'elles
étoient très - bonnes. *Viditque Deus
cuncta quæ fecerat, & erant valde bona.*
Gen. 1. C'est donc profaner un très-
grand éloge que de dire comme Mᵉ D.
(3. 494.) qu'Homére rend un témoi-
„ nage authentique à la vérité de l'His-

toire, d'un Ange précipité du Ciel; à «
quoi elle ajoûte que ce témoignage «
est d'autant plus remarquable, qu'il «
est rendu plus de cent ans avant que «
le Prophete Isaïe eût parlé de la chû- «
te de Lucifer; car peut-on douter, «
continue-t-elle, que cette idée ne soit «
tirée de la vérité même ,, ? Mais premierement un Poëte est incapable de rendre témoignage à la vérité d'une Histoire, qu'il faut sçavoir d'ailleurs pour la
démêler d'avec les Fables dont il l'enveloppe : ainsi son témoignage bien loin
d'estre authentique, n'est d'aucun poids,
d'autant qu'un menteur de profession
ne mérite pas d'estre crû même dans ce
qu'il dit de vrai. Secondement, le fait
même, n'est pas de nature à recevoir
témoignage d'Homére ni d'aucun Auteur profane ; c'est un fait surnaturel &
invisible, & par conséquent hors de la
portée de leur témoignage. Je dirai
bien, par exemple, que Xenophon dans
sa Cyropedie L. 7. rend témoignage à
l'accomplissement de la Prophetie que
Daniel avoit faite à Balthazar sur la
mort prochaine de ce Prince, parceque
cet Historien profane raconte sur les
mémoires, qu'il en avoit la maniére dont
•les Officiers de Cyrus entrerent dans

Babylone , & en vinrent égorger le Roi
la nuit d'un feſtin de débauche , conformément à ce qu'on lit dans le Prophete : mais c'eſt un fait naturel & vi-
ſible dont Xenophon ou les Auteurs de
ſes mémoires étoient témoins capables
& compétants ; & cette conformité des
deux monuments pourroit ſervir à prouver à des Infideles ou à des Hérétiques
l'autorité du livre de Daniel. Il y a même ſouvent dans les faits ſurnaturels
une viſibilité qui peut tomber ſous le
témoignage d'un Ecrivain profane : par
exemple, en regardant comme legitime
le Paſſage de l'Hiſtorien Joſephe ſur Je-
ſus-Chriſt ; cet Hiſtorien y rend un véritable témoignage aux miracles du Sau-
veur du monde , parce qu'étant ſuppoſé
les ſçavoir d'ailleurs que de l'Evangile , ce qu'il en dit fait voir que la mémoire de ces miracles étoit trés - vive
dans la Judée : & cela pouvoit contri-
buer à faire ſentir aux Payens la vérité
de l'Hiſtoire Evangelique. Mais la chûte de Lucifer eſt un fait inviſible, qui
ne peut recevoir témoignage que de Dieu
même, ou de ceux à qui Dieu l'a revelé.
Ainſi au lieu de faire honneur à Homere
de l'antériorité de ſon témoignage à celui d'Iſaïe par des expreſſions qui inſi-

nuent préſque que le Poëte a eu revelation de la chûte de Lucifer avant le Prophete ; on pouvoit dire tout au plus que bien que le Paſſage d'Iſaïe où cette chûte eſt indiquée, n'eut pas encore parû ; une tradition authentique avoit appris ce fait aux Juifs, & que de chez eux il étoit paſſé chez les Gentils qui l'avoient corrompu ſelon leur coûtume, en le transformant en la Fable d'Até, telle qu'Homére la rapporte. C'eſt par là auſſi qu'il eſt faux que Homére ait tiré l'Hiſtoire d'Até de la vérité même ; ſoit parce qu'elle eſt differente de l'Hiſtoire vraye par les circonſtances les plus graves, ſoit parce qu'il ne la repete lui-même que d'aprés le Peuple, & qu'il la met dans la bouche d'Agamemnon comme un vieux conte ſçû de tous ceux qui l'entendoient. Troiſiémement enfin il y a toute ſorte d'apparence qu'Homére ne croyoit point cette Hiſtoire non plus que toutes celles qu'il rapporte ſur les Dieux. Plutarque [a] du moins nous avertit de les regarder, pour la plûpart, comme des fictions imaginées exprés par les Poëtes pour amuſer les Lecteurs ; & là-deſſus il eſt plaiſant de conſiderer l'attention de Me D. à dire ſans ceſſe dans

[a] *Manière de lire les Poëtes.*

ſes remarques „ Homére a connu telle
& telle vérité;ſur des choſes qu'il avoüe-
roit lui-même n'avoir employé que
comme des Fables. Car quand je trou-
verois dans ſes Poëmes des myſteres
ou des miracles de l'Ancien Teſtament
transferez mot à mot & ſans aucune al-
teration ; je ſerois convaincu qu'il les
aurois pris là comme dans les Archives
des Preſtres Egyptiens , ſans ſçavoir la
difference qu'il devoit mettre entre ces
deux ſortes de monuments.

Mais qu'Homére eut crû ou non la
chûte d'Até , il a tort d'avoir employé
dans ſon Poëme une hiſtoire qui y jette
une contradiction inexplicable.   La
diſcorde regne parmi le Dieux dans
toute l'Iliade : dés le premier Livre,
Vulcain qui vient d'être témoin de la
querelle de Jupiter & de Junon , leur
dit : (*p.* 38.) Voilà des choſes bien ter-
» ribles , & des malheurs bien inſup-
» portables ; ſi pour de miſérables mor-
» tels vous ne faites que vous querel-
« ler, & mettre tout le Ciel en déſor-
» dre ; il n'y aura plus moyen de goû-
» ter les plaiſir des feſtins , & de joüir
» des délices du Ciel , puiſque la divi-
» ſion regne parmi les Dieux mêmes.
Mᶜ D. fait là-deſſus une Remarque

auſſi judicieuſe que le texte. Quelle
horreur, dit-elle (1.325.) ne doi- «
vent donc pas avoir les hommes pour «
la diviſion, puiſque cette malheu- «
reuſe diſcorde venant à ſe gliſſer par- «
mi les Dieux, trouble toute leur fé- «
licité, & les empêche de joüir du «
Ciel même ? Voilà un point de morale «
fort important, & tout le ſujet de l'I- «
liade qu'Homére nous trace à plu- «
ſieurs repriſes, afin que nous en ſoïons «
frappez. » Nous avons ſans doute beaucoup d'obligation à Homére d'avoir dif-
famé les Dieux pour nôtre inſtruction: il eſt encore bien plus inſtructif
dans le Livre 21. où ils ſe prennent
veritablement aux cheveux, & en viennent aux coups; & aux bleſſures. Nous
en avons aſſez parlé dans le chapitre
des allégories : il ſuffit d'obſerver ici
que le Poëte dit formellement à cette
occaſion (L. 21. p. 232.) que la diſcorde, qui ſélon lui n'eſt plus dans le «
Ciel, alluma le combat entre les Dieux. «
La chûte, l'abſence d'Até paroît rendre
ces combats abſurdes, ou devenir abſurde elle-même par ſa contradiction
avec eux : mais non, ſuivant une remarque que Mᵉ D. emprunte d'Euſtathe, (3. 494.) Homére par l'hiſtoire «

» d'Até avertit ſes Lecteurs avec beau-
» coup d'art de ne pas ajoûter foy à la
» fable qui fait regner la diſcorde dans
» le Ciel parmi les Dieux, & de lui don-
» ner un ſens allegorique ; car il aſſûre
» qu'elle ne parut plus dans le ſéjour
» des immortels, depuis le jour qu'elle
en fut précipitée. » Je ſerois curieux de
ſçavoir par quel motif les Lecteurs
Payens ſe devoient déterminer à croire
la chûte d'Até plus vraye que les combats des Dieux ; au lieu de croire les
combats des Dieux plus vrays que la
chûte d'Até : c'eſt quelque choſe de
bien déciſif que de combattre une fable par une autre. Mais d'ailleurs quoiqu'un Poëte ne ſe donne pas pour un
Hiſtorien fidele, il eſt neanmoins ridicule de ſe détruire luy-même, & d'a-
vertir ſes Lecteurs de ne rien croire
de tout ce qu'il dit. Son art conſiſte
au contraire à rendre ſes fictions ſi vrai-
ſemblables & ſi convenables, que l'on
ſoit porté à les regarder comme vrayes,
ou du moins à ſouhaiter qu'elles le
fuſſent. Mᵉ D. vante ſi bien Homére
» en un autre endroit (3. 607.) de ce
» qu'il ſçait donner à ſes fictions tout
» l'air de la verité, & confirmer ſes miracles. » A tout prendre, il n'étoit pas

neceſſaire que le démon de la diſcorde
fut dans le Ciel pour broüiller les Dieux;
il n'y a aucun d'eux qui ne ſoit capable de mettre tout le Ciel en déſordre; Diane le dit de Junon (*L. 21. 241.*)
Junon le dit de Mars (*L. 5. 225.*) Mars
le dit de Minerve (*L. 5. 233.*) Jupiter
luy-même (*L. 21. 232.*) ſent ſon «
cœur pénétré de joye de voir les Dieux «
partagez marcher les uns contre les
autres.

Cependant Me D. qui croit qu'Homére nous avertit de ne pas ajoûter foi
à la fable qui fait regner la diſcorde
parmi les Dieux, & dans le ſéjour des
immortels, d'où elle a été précipitée,
Me D. elle-même ne craint point de la
faire regner dans le Ciel parmi les ſaints
Anges, depuis la chûte de Lucifer; elle
s'en explique ainſi dans ſa Préface
(*p. 15. & 16.*) A l'égard des ligues &
des combats des Dieux, on peut dire «
qu'Homére eſt encore à couvert de «
nos cenſures. L'Ecriture Sainte nous «
préſente des exemples qui méritent «
tout nôtre reſpeĉt & toute nôtre vé- «
nération. Le Prophéte Daniel nous «
fait voir le combat des Anges con- «
tre d'autres Anges. Dans le chapitre «
1c^e l'Ange Gabriel qui protegeoit la «

» Gréce , combat vingt-un jour contre
» l'Ange qui protégeoit la Perſe ; &
» l'Ange Michel qui protégeoit les Juifs
» vient à ſon ſecours. Dans le chapi-
» tre 12. les deux premiers Anges com-
» battent encore ſur les bords du Ti-
» bre, comme pour en diſputer la poſ-
» ſeſſion : & je vois ſur cela , ajoûte-
» t-elle , que le ſçavant Grotius a re-
» marqué que dans les premiers temps,
» c'eſt-à-dire,ſous la loy; des Anges qui
» préſident aux Nations , les uns favo-
» riſoient les Perſes, les autres le Grecs;
» & que la venuë de Nôtre - Seigneur
» diſſipa cet eſprit de parti, s'il eſt per-
» mis de ſe ſervir de ce terme : *Omnes*
» *aliarum nationum praſides Angeli aut*
» *Perſis favebant , aut Græcis : talia in-*
» *ter Angelos ſtudia extinxit Chriſtus.*
J'oſe d'abord avancer que l'on n'admet point dans l'Egliſe l'explication de
Grotius. En effet , elle eſt contraire
au ſyſtême de la Theologie ſur les Anges : car la croyance commune étant
que ces Eſprits Bien-Heureux ont été
confirmez en grace d'abord aprés la
chûte de Lucifer , il n'y avoit rien à
reformer en eux à la venuë de Nôtre-
Seigneur. Mais entre les meilleurs Interprétes de l'Ecriture Sainte , quel-

ques-ont crû que ces Anges qui font nommez dans Daniel les Princes des Nations
Payennes , comme des Perfes & des
Grecs étoient des Démons que [l'Ecriture Sainte appelle ailleurs les Princes, les Puiffances & les Conducteurs
de ce Monde. (*Ad Eph.* 6. 12.) & que
c'eft contre ces démons que combattoient les bons Anges protecteurs des
Juifs; car, pour le dire en paffant, il
n'eft point vray que S. Gabriel fut Protecteur des Grecs , comme le dit Me D.
puifqu'au contraire il eft Protecteur des
Juifs conjointement avec S. Michel, &
qu'à la fin du chapitre 10. il dit luy-
même qu'il avoit rencontré le Protecteur des Grecs. Toutefois on s'eft peu
arrêté à cette premiere interprétation,
& le fentiment le plus commun a, eft
que ces Princes des Perfes & des Grecs
étoient de bons Anges, auffi-bien que
ceux à qui Dieu avoit confié la garde
des Juifs : Mais nonobftant le terme de
combattre dont fe fert l'Ecriture Sainte
en parlant des Anges Tutelaires de ces
divers Peuples, Theodoret & S. Gregoire
nous avertiffent de ne point penfer
qu'il y ait aucune diffention, & à plus
forte raifon aucun combat dans le Ciel:

a *Vide Pererium in Dan.*

ce terme ne fignifie autre chofe que l'expofition que les Anges font à Dieu
des différens intérêts des Peuples dont
ils ont foin : parce que felon le fentiment des Theologiens, les Anges ne
connoiffant pas toûjours les Decrets de
Dieu fur les chofes particulieres, ils
peuvent demander avec bonne intention de part & d'autre, des chofes differentes les unes des autres, jufqu'à ce
que les décrets de Dieu foient déclarez.
Les interpretes ont même cherché quels
pouvoient eftre les motifs qui portoient
les Anges Gardiens des Grecs & des Perfes à s'oppofer au retour des Juifs que
demandoient les Anges, Saint Michel,
& Saint Gabriel ; & ils répondent que
fans bleffer le véritable intereft des Juifs
mêmes toûjours plus fages dans l'ad-
verfité que dans la profperité, ces Anges fouhaittoient d'ailleurs que les Juifs
femez dans les Nations idolâtres y ré-
pandiffent la connoiffance du vrai Dieu.
J'allegue ces raifons pour faire voir
combien l'efprit que les Auteurs Eccle-
fiaftiques cherchent & trouvent dans
l'Ecriture Sainte pour l'édification des
Fideles, eft différent de celui que Mᵉ D.
y met pour la rendre conforme à Homére.

Nous n'infifterons pas beaucoup fur quelques autres traits d'Homére, que Me D. rapporte à certains faits de l'Ecriture Sainte, avec lefquels neanmoins ils ont un rapport fi imperceptible, qu'il n'y a que Me D. qui puiffe le voir. Je mets en ce rang cet endroit du L. 21. (*p.* 241.) comme les flâmes d'une « Ville embrafée par le feu que la cole- « re des Dieux a lancé, s'élevent juf- « qu'aux nuës». Me D. dit là-deffus, (3.54.) Homére avoit connu cette grande vé- « rité que Dieu punit quelquefois des « Villes entiéres en lançant fur elles fes « feux vengeurs „. Cette loüange eft affectée dans le ftyle même : car l'expreffion de grande vérité ne s'applique point ordinairement à des faits hiftoriques, & fon ufage le plus commun eft de la faire tomber fur des propofitions ou de dogme, ou de morale : on a beau déguifer le fait en maxime, c'eft une affectation de plus, parce qu'on ne s'avife guére de faire une propofition generale d'un fait unique, comme les feux tombez du Ciel pour punir Sodome & Gomorré. Sur un autre endroit où Jupiter fonge à tranfporter Sarpedon en Lycie, pour le délivrer de la mort qui le ménaçoit aux Champs de Troye (*L.*16.28.)

» Mᶜ D. dit : les Payens mêmes ont été
» perſuadez que Dieu pouvoit enlever
» un homme & le tranſporter tout d'un
» coup dans un pays fort éloigné „. Il
ne faut pas une grande pénétration d'eſprit pour comprendre qu'un Etre fort
ſupérieur à l'homme eſt capable de cette action , & les Payens pouvoient le
croire ſans aucune connoiſſance du vrai
Dieu , ni d'aucun fait de l'Ecriture Sain-
té ; d'autant plus que l'Hiſtoire d'Ha-
bacuc que Mᶜ D. a ſans doute en vûë
étant poſtérieure à Homére, ne pouvoit
pas lui avoir été appriſe même par la
Tradition. Mais j'avoüe que je me
perds dans la remarque de Vol. 3. p. 424.
où à l'occaſion de la pluye de ſang qui
tombe à la mort du même Sarpedon fils
de Jupiter par adultére , Mᶜ D. dit :
» Homére a connu que le fils de Jupiter
» mourant toute la nature devoit ſouf-
» frir, & que des larmes de ſang devoient
» pleurer cette mort „. Cependant j'aime mieux abandonner cét endroit que
d'imputer mal-à-propos à Mᶜ D. l'alluſion que je crois y voir.

Aucun Poëte n'a été plus libéral qu'-
Homére du ſecours des Dieux : le pen-
chant qu'il a eû pour un merveilleux
peu recherché & beaucoup repeté, ne
luy

luy a pas permis de distinguer les entreprises difficiles de celles qui ne le
font pas , & il n'attend pas que la con-
jonéture soit digne , selon le précepte
d'Horace, du Dieu qu'il y fait interve-
nir. Me D. tourne tout cela pieusement,
& y trouve même les plus fines spiri-
tualitez. Homére, dit-elle, (1. 295.)
a connu cette verité que les Anges & «
les autres esprits se manifestent aux «
hommes , & que Dieu les envoye au «
secours de ceux qu'il veut retirer du «
péril. Dieu ne se laisse voir , dit-elle , «
dans la même page , qu'à ceux qu'il «
veut éclairer par sa présence ,. Mais
comme ces propositions qui sont des
principes dans l'esprit de Me D. ne le
sont nullement dans celui d'Homere,
il les contredit au premier vent qui le
fait tourner d'un autre côté. Ainsi Mercure envoyé par Jupiter à Priam au 24e
Livre, le laisse à l'entrée de la tente d'A-
chille , en lui disant (p 378.) qu'il
n'est pas de la majesté des Dieux de se «
montrer aux hommes , ni de paroître «
favoriser si ouvertement les mortels ,. «
c'est-à-dire, que les Dieux d'Homére ne
prêtent ouvertement du secours aux
hommes , que pour les faire massacrer
les uns les autres ; & qu'ils se cachent

III. Partie.   K

dés qu'il s'agit de leur donner quelques
marques de pure bonté. Ainsi cette af-
sistance perpetuelle des Dieux, qui auroit été dans un autre Poëte une marque de Religion, est devenuë dans Homére une preuve d'impieté.

ARTICLE III.

*Que la conformité qui se trouve par
quelque endroit entre le style d'Homére & celuy de l'Ecriture Sainte,
ne justifie point ce Poëte des fautes
qu'il peut avoir faites contre les regles du discours.*

QUoyqu'il ne s'agisse pas des Dieux
dans cet article, nous l'ajoûtons
pour achever ce qui concerne la comparaison d'Homére avec l'Ecriture Sainte. Il est certain que la proximité des
temps & des climats, a mis quelque
conformité pour le style entre Homére
& les Ecrivains sacrez : Pourvû qu'on ne
porte pas cette ressemblance trop loin,
& que la prévention ne nous la fasse pas
trouver par tout comme à l'Auteur de
l'Homerus Hébraïsans. Il peut être cu-

rieux par rapport à la Critique, de confronter le premier monument de l'antiquité profane avec les monuments
encore plus anciens de nôtre Religion.
Mais je veux prouver ici que l'exemple
de l'Ecriture Sainte n'autorise aucune
des choses que la raison & les vraïes régles de l'Eloquence & de la Poësie nous
font voir estre des fautes dans Homére.
Premierement l'Ecriture Sainte ne nous
a point été donnée comme un modéle
d'Eloquence & de Poësie, & ce seroit la
profaner que d'y chercher les régles de
nos Poëmes & de nos Harangues, au
lieu des véritez de nôtre Foy, & de nôtre Morale. Les nouveaux Philosophes
ont dit qu'il ne falloit pas s'arrester aux
expressions de l'Ecriture Sainte sur les
matiéres de Physique ; parce que l'Ecriture Sainte ne tendant qu'à nous instruire de la Réligion, elle s'est conformée
d'ailleurs aux opinions vulgaires sur les
choses naturelles, dont elle ne parle jamais que par occasion & sans aucun dessein de nous rendre habiles sur ce sujet.
Tous les esprits n'ont peut-être pas encore accepté cette distinction ; mais il
n'est personne qui ne convienne que les
régles du beau style ausquelles les Auteurs profanes sont obligez de se tenir

K ij

font souvent négligées dans l'Écriture
Sainte ; c'est ce qui a fait parler ainsi un
des plus sçavants Evêques qu'ait jamais
eü l'Eglise de France. *Monsieur Huet*
Evêque d'Avranches dans une Lettre in-
férée parmy les Dissertations sur diverses
matiéres de Religion & de Philosophie, re-
cueillies par Monsieur l'Abbé de Tilladet
Vol. 2. page 31. L'élevation ni la simpli-
» cité des Livres sacrez ne sont pas les
» marques qui font connoître que l'Es-
» prit Saint les a dictez, puisque Saint
» Augustin a estimé qu'il étoit indiffe-
» rent que le langage de l'Ecriture Sain-
» te fut poli ou barbare. Qui a ignoré
» que Saint Paul n'entendoit point les
» figures de la Rhétorique, & qu'il étoit
» *imperitus sermone*, que Moïse avoit
» de la peine à s'expliquer ; que le Pro-
» phete Amos étoit grossier & rustique ;
» & que ces saints personnages, quoi-
» que parlant des langages differents,
» étoient pourtant tous animez du mé-
» me Esprit. C'est à peu prés dans le
» même sens que le P. de Laubrussel
» (*L. 2. art. 9. p. 283.*) a dit, Dieu n'a-
» t-il pas pû en animant également de
» son souffle & Isaïe & Amos, s'accom-
» moder à la sublimité du génie du pre-
» mier, & à la rudesse du second, à peu

prés comme le fouffle d'un habile maî- «
tre s'ajufte à la bonne ou à la mauvaife «
difpofition de l'inftrument qu'il tou- «
che ; *& à la fin du même article*, il fuf- «
fit de croire que les Auteurs des faints «
Livres ont été tellement dirigez & «
infpirez de Dieu , qu'ils n'ont pû ni «
fe tromper ni nous tromper en tout «
ce qu'ils ont écrit & qui a été mis au «
rang des Livres facrez , ce qui fuffit «
pour établir leur autorité fur un fon- «
dement inébranlable. Car du refte que «
la Doctrine de Jefus - Chrift ait été «
écrite & prêchée par les Apoftres en «
differents termes felon les differents «
tours de leurs génies ; c'étoit toûjours «
la vraye parole de Dieu, malgré la di- «
verfité des expreffions que l'Efprit de «
Dieu laiffoit à leur choix ,,. En effet,
quelqu'un ignore - t - il que l'Evangile
de Saint Luc , & les Actes des Apô-
res ne foient écrits avec plusd'élegance
que les autres Livres du nouveau Tefta-
ment?

Je conclus des autoritez précédentes,
que citer une expreffion de l'Ecriture
Sainte , c'eft quelquefois citer l'expreffion d'un Auteur qui avoit de la rudeffe,
& qui par confequent ne peut pas nous
fervir d'exemple, c'eft aller prendre le

K iij

bon style & le bon goût, non plus chez
les Grecs & chez les Romains, selon le
système ordinaire des belles lettres,
mais chez les Orientaux & chez les
Juifs. La seule chose qu'il y ait à conclure d'une expression de l'Ecriture
Sainte, c'est que le fait ou la maxime
enfermée sous cette expression est un article de Foy : mais pour l'expression même, tant qu'elle demeurera dans l'Ecriture Sainte, je ne la censurerai jamais,
parceque je serois ridicule & téméraire
de relever un Ecrivain sacré sur des mots
& sur des phrases ; lorsque sans se pic-
quer de l'Eloquence il me propose les
véritez les plus essentielles de ma Réligion. Mais quand un Auteur profane
qu'on me donne pour un modele uni-
versel employera ces mêmes expressions, & sur tout qu'il s'en servira pour
offenser la raison & la bienséance, je
regarderai comme une superstition ou
une véxation de vouloir m'interdire l'e-
xamen ou la censure de ces expressions,
sous prétexte qu'elles se trouvent dans
les Livres saints où elles ne présen-
tent que ce qui peut porter les hommes
à la sagesse, à la justice, & à la vérité :
nous serions donc obligez sur ce pied-là
d'admirer l'Alcoran , parce qu'il est

plein d'expreſſions & d'images tirées de l'Ecriture. Enfin bien loin que le Saint-Eſprit éxige de nous que nous conformions nos idées ſur le ſtile, à celui de l'Ecriture ; c'eſt lui-même qui a bien voulu ſe conformer au ſtile établi parmi les hommes pour faire plus d'impreſ-ſion ſur leur eſprit, ſelon le temps où il leur vouloit parler : car enfin les Livres ſacrez ne ſont nullement du même ſtile, les Rois ſont écrits autrement que la Geneſe, & les Machabées faits par un Ecrivain qui avoit eû commerce avec les Grecs ſont encore plus differents des Rois : ce dernier même quoique plus élegant que ceux qui l'avoient pré-cedé, fait au Lecteur des excuſes qui ſe-lon les principes de la Foy & les explica-tions de la Theologie, ne peuvent tom-ber que ſur ſon ſtile. Les Peres & les Docteurs de l'Egliſe qui ont vécû en differents ſiécles où les belles lettres ne fleuriſſoient pas, ont bien voulu auſſi pour l'utilité de leurs contemporains, s'accommoder à leur goût ſur le ſtile de pointes, ſur les alluſions aux nombres, ſur les allégations des vieux Philoſophes, corrigeant & rectifiant toutes ces pra-tiques par l'excellence de leurs inſtruc-tions : mais par une raiſon ſemblable les

Auteurs de pieté des derniers temps ont crû devoir traiter d'une maniére plus conforme au goût perfectionné cette vérité ancienne & nouvelle ou cette même Doctrine, qu'ils ont puisée dans les Peres & dans les Docteurs de l'Eglise comme dans sa véritable source.

Cependant quoique les Auteurs sacrez n'ayent point cherché ordinairement l'éloquence humaine, & que S. Paul en particulier ait renoncé au sublime des Ecrivains profanes, on ne laisse pas de trouver dans l'Ecriture Sainte un grand nombre d'endroits trés-éloquents & trés-sublimes, à en juger même humainement : parceque plusieurs de ces saints Auteurs ont été de trés-grands hommes indépendament de l'inspiration particuliere du Saint-Esprit, & parce qu'aussi les hommes les plus simples étant pénétrez de ce qu'ils disent, sont capables de produire de trés-sublimes expressions. Delà vient que des Auteurs profanes ont même employé trés-avantageusement quelques traits de l'Ecriture Sainte en les accompagnant des autres beautez de l'Eloquence ou de la Poësie ausquelles la plûpart de ces saints Auteurs ne se sont pas attachez.

Il n'est enfin aucun de ces traits ou

de ces tours de l'Ecriture Sainte qu'on
allégue pour justifier Homére, qui ne
soit infiniment plus beau dans l'Ecriture Sainte que dans l'Iliade : comme l'é-
preuve de Gédeon comparée à celle
d'Agamemnon , le refus terrible que
Dieu fait des sacrifices matériels comparé à la déclaration interessée de Jupiter qui ne demande point d'autre cul-
te, & plusieurs autres exemples de même nature que nous avons déja alle-
guez , & que nous alleguerons encore
dans le reste de cet Ouvrage.

Fin de la Troisiéme Partie.

DISSERTATION
CRITIQUE
SUR L'ILIADE
D'HOMERE.

QUATRIEME PARTIE.

Examen abregé du détail de l'Iliade.

N O u s rapportons tout le détail de l'Iliade à six Chefs principaux : le merveilleux des fictions, les combats, les difcours, les fentimens & les moralitez que nous mettons enfemble, les comparaifons, & la compofition ou le ftile. Nous les traiterons avec toute la briéveté qui pourra s'accorder avec l'éxecution pleine & entiére de nôtre deffein au fujet d'Homére.

L ij

CHAPITRE PREMIER.

Du merveilleux des Fictions.

LE terme de fiction peut s'entendre en général des avantures feintes qu'un Poëte fait entrer dans la constitution de son Poëme. Si ces avantures viennent seulement les unes aprés les autres sans autre liaison que d'estre des obstacles differens au dessein final du Héros, l'Odyssée en donnera le premier modele ; mais il ne s'agit point icy de ce second Poëme d'Homére sur lequel nous n'avons garde de prévenir Mᵉ D. Si ces avantures tiennent les unes aux autres, & rentrent pour ainsi dire les unes dans les autres, de telle sorte même quelles semblent n'en faire qu'une, c'est ce qu'on appelle intrigue. L'Iliade n'a ni avantures ni intrigue. Les anciens même soit Grecs, soit Latins n'ont presque pas connu ce dernier art dans lequel les Espagnols ont triomphé, & qui a été mis en usage dans les Romans. A vrai dire, je ne demanderois point ces profondes intrigues dans l'Epopée ni dans la Tragedie, où je crois qu'il ne faut chercher que les évenemens qui peuvent mettre dans un grand jour la fin morale qu'on s'est proposée. Ainsi dans le Poëme de Telemaque, Mentor n'arreste ce jeune Prince en chaque lieu, qu'autant qu'il le faut pour exercer sa vertu, & pour lui faire acquerir de l'expérience, comme le dit l'Auteur même.

Les fictions des Romans & des Tragedies modernes se tiennent toûjours dans le naturel, sans aller au merveilleux : on a de trés - bonnes raisons d'en user ainsi. Cependant, sans parler de tous les contes où l'on fait entrer des Fées & des Genies, nous avons des Opera, & quelques autres pieces à machines qui ont leur mérite propre fondé particulierement sur le merveilleux. Pour l'Epopée, les anciens & les modernes l'y ont également employé. Ce merveilleux consiste à faire paroître les Dieux, & à présenter des prodiges ; & il fait l'unique sujet de ce Chapitre.

A l'égard des Dieux, il y a deux regles à suivre : l'une de ne les faire paroître qu'en des occasions qui méritent leur présence ; & l'autre de ne leur faire faire que des actions dignes d'eux. Ces

deux regles sont également violées dans
toute l'Iliade. Les Dieux y paroissent si
inutilement & si indécemment, que c'est
une des plus grandes affaires d'Eustathe
& de Me D. que de trouver des loüan-
-ges à Homére sur cet article. Mais nous
avons parlé si au long des Dieux d'Homére, que le nouvel aspect où nous les
regarderions icy ne fourniroit qu'un autre arrangement à des choses déja dites.
Au reste si Homéré avoit suivi les deux
regles précedentes il lui auroit été inutile d'appuyer avec l'adresse que lui prête
Me D. la fiction qui introduit les Dieux
combattans avec les hommes. Cette
addresse consiste à supposer , que les
Héros mêmes voyent les Dieux. Homére , dit Me D. (1. 447.) ne peut plus
estre accusé de fiction ni de menson- «
ge ; puisque les Héros eux-même té- «
moignent que cela est : il y a là beau- «
coup d'adresse ,,. Le Poëte n'a pas besoin d'excuse sur l'intervention des
Dieux absolument prise : mais s'il en
avoit besoin , l'expédient d'Homére ne
suffiroit pas ; puisqu'au fond les Héros
d'un Poëme ne voyent & ne disent que
ce qu'il plaît au Poëte de leur faire voir
& de leur faire dire. On reconnoît-là les
réflexions creuses du bon Archevêque

de Theſſalonique, (p. 536.) quoique
Mr D. ne le cite pas.

A l'égard des prodiges operez par la
préſence ou par la puiſſance des Dieux,
en quoi conſiſte le merveilleux proprement dit, ils ſemblent eſtre au-deſſus
des préceptes, & par conſequent à l'abry
de la Critique : mais on ſera peut-eſtre
convaincu par les réfléxions ſuivantes,
que rien ne peut ſe ſouſtraire à l'empire
de la raiſon, & qu'elle doit conduire la
Poëſie même juſque dans ſon vol le
plus élevé. Ariſtote & Mr D. aprés lui,
ſentant le beſoin qu'Homére avoit de
juſtifications outrées, ont avancé ce
principe étonnant, que le merveilleux
de l'Epopée va juſqu'au déraiſonnable a.
Il eſt vrai qu'Ariſtote, toûjours confus
dans ſes idées, allegue ridiculement
pour exemple de ce merveilleux déraiſonnable Hector pourſuivi par Achille
qui fait ſigne aux Grecs de ne pas tirer
ſur le Héros Troyen, qu'il veut avoir ſeul
la gloire de tuer ; fait trés-ſimple & trés-
naturel ; au lieu que Mr D. bien plus
ſenſé que ſon Auteur, prend pour exemple du merveilleux déraiſonnable les
trépiez de Vulcain marchant d'eux-
mêmes. Quoiqu'il en ſoit, ce principe

a Ariſt. chap. 25. M. D. rem. ſur la Poët. 463.

fait pour fauver Homére , lui porte le
coup mortel ; puifqu'on nous accorde
qu'il poufle fon merveilleux jufqu'au
déraifonnable : au lieu que la pratique
d'Homére & le précepte d'Ariftote auroit dû eftre de poufler la fiction juf.
qu'au merveilleux ; car il ne faut point
confondre l'ordre naturel dont il eft
permis de fortir dans l'Epopée, avec la
raifon qu'on ne doit jamais perdre de
vûë.

Pour diftinguer maintenant le merveilleux du déraifonnable , nous pofons
d'abord cette regle génerale : il faut que
le merveilleux prenne & fuive le fil de
la nature ; il peut aller au-delà , mais il
ne doit jamais la heurter ni la contredire. Cette regle eft autorifée par l'origine même de la Fable où la plûpart des
Dieux font des corps ou des effets naturels perfonnalifez & divinifez , aufquels on a donné des attributs analo-
giqûes ou correfpondans aux Eftres phyfiques qu'ils répréfentent. D'ailleurs fi
la poëfie eft faite pour élever & pour
charmer l'imagination , & non pour la
brufquer, ou pour la choquer ; on s'apperçoit aifément qu'on ne peut parvenir
à l'un , & fe défendre de l'autre que par
la regle propofée : mais l'application

que nous en allons faire à diverses fictions de l'Iliade, en fera voir encore plus
clairement l'étenduë & la sûreté.

Homére préparant au 21e Liv. ce
combat, où les Dieux marchent les uns
contre les autres ; dit que le ciel sonna
de la trompette.

ἀμφὶ δὲ σάλπιγξεν μέγας οὐρανος. Φ 388.

Nôtre langue , qui resiste aux absurditez, n'a pas permis à Me D. de traduire
ce Vers à la lettre ; & elle lui a substitué
judicieusement cette phrase. Le ciel
donne le signal du combat. 232. Le
Commentateur aux longues minuties
& aux vaines applications, je veux dire
Eustathe, badine long-temps sur cet endroit, & Me D. se croit obligée (3.536.)
de rapporter une partie de son badinage. Il avouë d'abord que l'expression
d'Homére n'a rien de grand , & qu'il
falloit plûtost dire que le ciel tonna ;
mais ajoûte-t-il , l'expression d'Homére
est plus propre pour le combat : ensuite
comme le Poëte a dit au L. 20. sur le
combat des Grecs & des Troyens, que
Jupiter tonna du haut des cieux. Eusta-
» the observe qu'Homére par cette
» grande idée a relevé le premier com-
» bat comme moins considérable ; au
» lieu que pour le combat des Dieux

qui tire toute fa grandeur des Dieux «
mêmes, il fe contente de dire que le «
ciel fonna de la trompette „. Si le Poëte
avoit changé de place fes deux expreffions, on l'auroit loüé bien plus à propos de les avoir conformées au fujet,
fuppofé d'ailleurs que les Dieux qui fe
battent ne foient pas la chofe du monde
la plus baffe. Quoiqu'il en foit M^e D.
foufcrivant à Euftathe conclut que «
c'eft un prodige trés-convenable à la «
grande poëfie, que de reprefenter le «
ciel fonnant de la trompette, comme «
fi le ciel avoit une bouche ; au lieu «
que s'il avoit dit fimplement le ciel «
tonna, il n'auroit rien dit d'extraordi- «
naire ni de furprenant „. Pour moi je
dis que le ciel n'ayant ni ne pouvant
avoir une bouche, & n'étant point dans
l'ordre des animaux qui font doüez de
la parole ou de la voix ; nôtre regle
condamne ce merveilleux, comme n'é-
tant point analogique à ce qui fe paffe
dans la nature.

Il n'en eft pas de même de la parole
prêtée aux animaux en certaines circonftances. Car premierement on peut
faire parler dans des occafions trés-rares
les animaux les plus ordinaires : mais
ceux qui les entendront doivent regar-

der cét évenement comme un prodige
qui marque la colere du ciel. C'eſt la déciſion de Lucien a, juſtifiée par l'Hiſtoire
même de l'Aneſſe de Balaam que les Admirateurs alleguent trés-mal à propos
en faveur d'Homére : & pour le dire
en paſſant, il me feroit aiſé de faire voir
que les miracles réels & effectifs de
l'Ecriture Sainte prennent & ſuivent
mieux que les vaines fictions d'Homére
ce fil de la nature dont je parle dans ma
regle. Secondement, je n'improuverois
pas le don même de la parole dans des
Chevaux de race immortelle, comme
ceux d'Achille , quoique Lucien ait
raillé Homére d'avoir employé cette
fiction ; mais ſi je puis hazarder une
conjecture, Lucien étoit choqué en gé-
neral, comme tout le monde, de voir
l'Iliade pleine de Chevaux raiſonnables,
auſquels on parle comme à des hommes ; & par inadvertance il a appliqué
ſa raillerie à un fait particulier qui ne
la mérite pas. En effet, des Chevaux immortels diſtinguez par la parole feroient une fiction trés-noble , ſi Homére n'aviliſſoit lui-même ce privilege
en prodiguant , ſinon la parole , du
moins l'intelligence à tous les Chevaux

a *Dans le ſonge ou le Cocq.*

des Armées grecque & troyenne. Hector au 8e Livre (*p.* 46.) fait à ſes Chevaux une exhortation d'une page , &
elle contient de plaiſantes choſes. Xante
& Pŏdarge, & vous Ethon & Lampus;
voicy une occaſion où vous pouvez me
payer tous les ſoins qu'Andromaque fille du magnanime Eetion à eus de vous,
en vous ſervant tous les jours elle-même, plûtoſt qu'à moi, le pain & le vin de
ma table. Combien de fois m'a-telle quit-
té pour vous aller voir ? » Il n'y a peut-
eſtre aucun Lecteur qui en cét endroit
ne coure aux remarques de Me D. dans
l'eſpérance de lui voir abandonner de
bonne grace ſon Auteur , ſur un trait
ſi monſtrueux. Mais on eſt bien détrom-
pé par cét éloge. (2.420.) Il y a icy
une beauté cachée , que ceux qui ne «
connoiſſent pas bien encore Homére «
ne ſentiront peut-eſtre pas. Ce Poëte »
peint une Princeſſe , qui aimant ten- «
drement ſon mary , avoit ſoin toutes «
les fois qu'il revenoit du combat d'al- «
ler à ſa rencontre, & qui ravie de le «
voir , couroit à ſes Chevaux , & leur «
donnoit du pain & du vin ; pour leur «
témoigner ſa réconnoiſſance de ce «
qu'ils avoient ramené ſon mary „. N'eſt-
il pas beau de voir une femme, qui pour

courir à des Chevaux, laisse la personne
même de son mary couvert de sang &
de poussiere, & qui peut avoir besoin
de son secours? Ce secours même est exprimé par un sentiment trés-fin qui se
trouve au 17ᵉ Liv. (*p.* 70.) lorsque le
» Poëte fait dire par Jupiter plaignant
» Hector. Andromaque aprés le com-
» bat ne te verra point lui remettre en-
» tre les mains ces belles armes d'A-
» chille, dont elle prendroit tant de
» plaisir à te désarmer „. On voit par
le jugement que nous portons de ce
dernier trait, que nos coûtumes ne nous
gouvernent point si impérieusement
qu'on nous le reproche : car aujourd'hui
ce ne seroit pas la femme d'un Général d'Armée qui le déshabilleroit ; &
nous ne laissons pas de trouver ce dernier sentiment d'Andromaque aussi naturel, que nous trouvons le premier
absurde. Quelques partisans d'Homére
excuseront le discours d'Hector, comme
plusieurs autres, par la grossiéreté des
premiers temps : mais Mᵉ D. regarde
cette apologie même comme un blasphême. Elle veut nous faire approuver
Homére dans toute sa rusticité ; & il
ne tiendra pas à elle qu'on n'abolisse,
pour la rétablir, toute la politesse &

toutes les bienséances de nos coûtumes & de nos mœurs.

.Antiloque dans les Jeux du 23. Liv.
addresse aussi à ses Chevaux une exhortation en forme (*p.* 312.) & quoique le Poëte lui fasse dire entre autres choses, quelle honte pour vous qu'une « Cavale devançât des Chevaux de vô- « tre réputation ! „ Je n'ai pas oublié que dans le même Livre. (*p.* 306.) Nestor pere d'Antiloque lui avoit dit : mon « fils , tu as des Chevaux bien pesans, « & qui n'ont pas beaucoup de force,„ Ainsi voilà des Chevaux assez méprisables, ausquels pourtant on ne dédaigne pas de parler. Me D. dit , (2. 419.) que la fureur & l'entousiasme suffisent « pour justifier tous ces discours ; car « ajoûte-t-elle , dans ces Etats , il n'y a « rien à quoi on ne parle „. Il est vrai, dans la fureur on parle à tout : mais la fureur même exclut absolument les Harangues ; & ce seroit une faute que de faire adresser dans la fureur par des hommes à d'autres hommes des discours aussi longs & aussi raisonnez que ceux qu'Homére fait addresser par des hommes à des Chevaux : ou bien si par l'entousiasme Me D. entend celui du Poëte ; on sçait bien que le Poëte doit

garder ordinairement cet enthousiasme
pour lui-même, & quand il parle seul,
sans le faire passer à ses personnages.
Dans la supposition même des Chevaux immortels qui parlent, je n'ap-
prouverois point la longue complainte
que Jupiter fait sur eux au Liv. 17.
(p. 85.) Car au fond Jupiter doit demeurer à peu prés autant au-dessus de
ces Chevaux immortels comme lui, que
les hommes sont au-dessus des Chevaux
mortels comme eux. Me D. dit sur cela
(3. 448.) qu'Homére avoit bien com-
» pris que la bonté de Dieu s'étend sur
» tout, sur les animaux comme sur les
» hommes ,,. Me D. n'est pas bien accoûtumée au stile de la Theologie qu'elle allégue ailleurs sur un sujet semblable ; (2. 602.) car selon ce stile la providence s'étend sur les animaux qu'elle
nourrit, comme elle revest les lys des
champs ; mais on n'applique la bonté
de Dieu qu'aux créatures appellées à
une fin surnaturelle, & capables de re-
compenses ou de punition. *Numquid de
bobus cura est Deo?* 1. Cor. 9. 9.

Au reste il paroît par le texte d'Homére, que les Chevaux même d'Achille
n'ont parlé que par miracle, la Déesse
Junon leur donnant une voix articu-

lée [a], que les furies leur ôtent un moment aprés [b]. Ce trait des furies naît, comme bien d'autres, de la pure fantaisie d'Homére sans aucun fondement sensible qui puisse faire par conséquent le moindre plaisir au Lecteur. C'est ce qui a réduit Euſtathe cité par Mᵉ D. (3. *p.* 505.) à dire que le Poëte a voulu faire entendre que la privation de « la voix eſt quelque choſe de ſi triſte « & de ſi funeſte, qu'il n'y a que les fu- « ries qui puiſſent ſe charger du cruel « employ d'ôter la voix „. Je n'aurois point crû cela ſi triſte & ſi funeſte pour un Cheval, à qui la parole n'eſt point naturelle, & qui ſelon Mᵉ D. dans la même remarque, n'a parlé que par « un prodige tres-ſurprenant „.

Noſtre regle permettroit encore les paroles formées en un lieu où l'on ne voit perſonne ; parce que le ſon n'étant qu'un air pouſſé d'une certaine maniére vers nos oreilles, des Eſtres inviſibles pour nous ſont ſenſez capables de le pouſſer de cette maniére, & de ſe faire entendre. Mais quand je condamnerai dans l'ancienne Fable la Foreſt de Dodone & le Navire Argo qui parloient,

[a] *Liv.* 19. *p.* 174.
[b] *p.* 175.

je

je ferai de l'avis de Lucien a qui a critiqué par goût & par fentiment ces deux
fictions dont je vois le défaut dans mon
principe. Le Taffe a fait gémir & parler
les arbres de la Foreft enchantée ; mais
il fuppofe que desDémons s'étoient mis
en poffeffion de ces arbres ; ce qui juftifie ce merveilleux. On peut même prêter dans la Poëfie quelque fentiment
imparfait aux corps inanimez, pourvû
que le témoignage qu'ils en donnent
foit conforme à leur nature. Ainfi nous
pafferons à Virgile d'avoir fait pleurer,
dans fes Egloques les Lauriers, les Ta-
marins, & même les Rochers du froid
Lycée.

Illum etiam Lauri , etiam flevere
    Myrica ,
    .... & gelidi fleverunt faxa Lycæi.

M° D. (3.566.) allégue ces deux traits
pour juftifier Homére d'avoir fait pleurer la mort de Patrocle par les fables
de la mer, & par les armes des Grecs ;
(L. 3. p. 287.) mais la chofe eft un peu
differente. Car certains arbuftes pleurent
effectivement, & l'eau ruiffelle des rochers à l'entrée de la belle faifon ; ce
qui n'arrive point à des fables, & en-

a *Dial. du Songe ou du Cocq.*

III. Partie.   M

core moins à des armes : Or un Berger
plein de fa douleur, applique affez volontiers à cet effet de la nature le fentiment qu'il a dans l'ame. Cette prévention de celui qui parle autorife même des idées qui d'ailleurs fortiroient
de ma regle , & il a été permis à Phe-
dre de dire:

Il me femble déja que ces murs, que ces
  voutes ,
Vont prendre la parole , & prêts à m'ac-
  cufer,
Attendent mon Epoux pour le défabu-
  fer.

Parceque c'eft la peinture d'une impreffion de l'ame , & non un fait rapporté ; outre que par ces murs & par ces
voutes Phédre pouvoit entendre les
perfonnes mêmes du Palais de Théfée
qui fçavoient ce qui étoit arrivé. Aprés
cela il ne faut pas diffimuler que les
pleurs, qui ont moüillé les fables &
les armes dans Homére, pourroient bien
eftre les larmes des Grecs mêmes, ce
qui reviendroit au naturel un peu exa-
geré : mais le texte ne prefente pas fi
bien ce fens là.

Les proprietez fabuleufes que les
anciens Naturaliftes ont attribuées à
certains terroirs , à certaines plantes, à

certaines eaux, font trés-recevables dans la Poéfie ; & ces proprietez mêmes qui ont fouvent été crûës , parce qu'elles font toûjours analogiques à la nature connuë , font le vrai modele des fictions poëtiques. Un Poëte qui auroit l'efprit jufte feroit même capable de feindre des chofes qui fe trouveroient vrayes en certain lieu ou en certain temps , fans qn'il le fçût , ou qu'il le prévît. Cela eft arrivé au Taffe,qui voulant dépeindre un bruit affreux fortant du fond de la Foreft enchantée,s'exprime ainfi. *Cant.* 13. *ft.* 21.)

Esce all'hor de la felva un fuon repente ,
Che par rimbombo di terren che treme ;
El mormorar de gli auftri in lui fi fente ,
El pianto d'onda , che fra feogli geme.
Come rugge il leon , fifchi il ferpente ,
Come urla il lupo , e come l'orfo freme ,
Vódi , & vódi le trombe , e vódi il tuono ;
Tanti , e fi fatti fuoni efprime un fuono.

Or il s'eft formé depuis peu dans l'Archipel une Ifle où cette fiction poëtique s'eft verifiée. Selon les Relations qui en ont été envoyées à l'Académie des Sciences [a]. Cette Ifle vomit quelquefois des tourbillons de feux accompa-

[a] *Mémoire de l'Académie des Sciences.* 1713.

gnez d'un bruit égal à une bordée de
gros canons tirant tous ensemble ; d'autre fois ce bruit paroît composé d'un
son de tambours & de trompettes, joint
aux hurlemens de toute sorte d'animaux.

Cependant je passe encore à la Poësie
l'impossible de fait, pourvû qu'on en
voye quelque espece de possibilité dans
les notions de la Physique. Un exemple de ma pensée est l'ingénieuse & plaisante fiction des paroles gelant en l'air
pendant l'Hyver, & se dégelant au Prin-
tems dans Rabelais, qui rapporte sur ce
sujet d'excellens traits des anciens. L.4.
chap. 55. mais dés le chapitre suivant il
pousse lui-même sa fiction trop loin, &
se perd à son ordinaire dans l'ordure.
Je condamnerai aussi plusieurs idées du
système des Fées, où la nature est bien
plus souvent forcée que dans la mythologie. Rien n'est plus absurde, par exemple, que ces armes Fées elles-mêmes,
qui au lieu de n'avoir que certaines propriétez convenables à leur matière ou
à leur forme, comme d'estre impénétrables, d'éblouir ou d'aveugler ceux qui
les regardent ; se remuent, ou font d'autres actions humaines. Mais, pour dire
le vrai, Homére a donné le premier

exemple de cette faute dans les Ouvrages de Vulcain, & sur tout dans le bouclier d'Achille, dont c'est icy le véritable lieu de parler.

Thétis au L. 18. (*p. 130.*) entrant
chez Vulcain, trouve d'abord les trépiez
qu'il préparoit pour l'ornement d'un Palais magnifique ; il les avoit assis sur
des roües d'or, afin que d'eux-mêmes
ils pussent aller à l'assemblée des Dieux,
& s'en retourner. Cette fiction peche
clairement contre le principe étably.
Mais, dit on, c'est un Dieu qui a fait
cet Ouvrage : j'en tombe d'accord, &
par là on devoit voir dans cet Ouvrage
une perfection que des hommes ne luy
auroient jamais donnée. Mais cette perfection devoit estre prise dans l'idée d'un
excellent Ouvrage d'or ou d'autre mé-
tail, auquel la sculpture n'a jamais
donné le mouvement. Si Homére avoit
dit, par exemple, que ces trépiez étoient
montez si parfaitement, que d'un seul
coup de main il les faisoit aller de sa
forge dans l'assemblée des Dieux, la
fiction seroit bonne, & elle reviendroit
même à celle des Chevaux des Dieux,
qui d'un saut franchissent la moitié du
ciel. (*L. 5. p. 226.*) Mais des trépiez
qui marchent tout seuls sont un prodige

à faire peur ; d'autant plus qu'avec cette propriéte même ils pouvoient eftre
fort mal faits, & qu'ainfi le Poëte n'é-
levant point l'imagination du côté qu'il
doit l'élever, la choque par un endroit
auquel perfonne ne s'attendoit.

» Vulcain averti que Thétis venoit à
» luy, s'avance (*p.* 133.) & à caufe
de fon incommodité „, qui ne l'em-
pêchoit pas au premier Livre de porter
à boire à tous les Dieux, il eft foûtenu
» icy de belles Efclaves toutes d'or, fai-
» tes avec un art fi divin quelles paroif-
» foient vivantes : elles étoient doüées
» d'entendement, parloient, & avoient
» de la force & de la foupleffe ; & par
» une faveur particuliere des immor-
» tels, elles avoient fi bien appris l'art
» de leur maître qu'elles travailloient
» prés de luy, & luy aidoient à faire ces
» Ouvrages furprenants, qui étoient
» l'admiration des Dieux & des hommes „. Rien n'eft plus broüillé que tout
cela ; car que fignifient des Statuës qui
feulement paroiffent vivantes, & qui
réellement font doüées d'entendement,
parlent, & ont de la force & de la foupleffe ? Enfuite, par une faveur des immortels, elles avoient appris l'art de
leur maître ; où nous meine cette fan-

taifie d'Homére, de faire entrer les Dieux
par tout ? à ne fçavoir plus fi c'eft l'a-
dreffe de Vulcain , ou une grace des
autres Dieux qui avoient rendu ces Statuës telles qu'elles étoient. Quoiqu'il
en foit, ces Statuës penfantes font abfolument vicieufes dans l'énoncé du Poëte ; car il eft abfurde de donner de l'intelligence & du feutiment à des Statuës ;
tant quelles demeurent en cét état. La
Statuë que les Dieux changerent en
femme à la priere du Sculpteur qui en
étoit devenu amoureux eft infiniment
mieux trouvée : l'habileté de l'ouvrier,
la faveur des Dieux pour le mérite , la
reconnoiffance de la nouvelle perfonne ,
foit pour les Dieux foit pour fon amant,
font des objets intereffans pour l'efprit
& pour le cœur. En fecond lieu Vulcain,
felon la notion de la Fable , n'eft que
forgeron. Me D. le borne même tellement à ce métier que , felon elle, il
n'auroit pas pû faire une pique à Achille. (3. 411.) Mais je veux qu'il foit
horloger, ou machinifte ; cet art ne peut
aller au plus qu'à faire marcher ou parler des Statuës comme fi elles étoient
vivantes ; mais dés qu'il s'agira de leur
donner une intelligence véritable, c'eft
à Jupiter qu'il faudra s'adreffer pour

cela ; comme Prométhée, qui felon une
fiction bien plus heureufe & pour la
poëfie & pour l'allégorie , fut obligé
d'aller prendre le feu du ciel pour animer la figure humaine qu'il avoit formée du limon de la terre. Mais dans Homére , c'eft Vulcain qui a donné à ces
Statuës l'intelligence que Jupiter feul
devoit leur donner ; & ce font les autres Dieux qui leur ont appris le métier
que Vulcain feul devoit leur apprendre : quand on lit ces fictions , comme
dit fort bien Mᵉ D. (3. 472.) il eft bien
,, naturel de vouloir pénétrer un peu le
fens quelles renferment ,,, felon elle, ou
quelles devroient renfermer, felon moi.

Vulcain fe rendant fur le champ aux
défirs de la Déeffe, va à la forge : il approche les foufflets du feu , & leur ordonne de travailler. Les foufflets qui
travaillent font du même ordre que les
trépiez qui marchent ; ainfi ce que j'ay
dit de l'un fervira pour l'autre. Mais
c'eft à cette occafion même que Mᵉ D.
vante Homére de donner de fa vie &
des mœurs à toutes chofes. (ib. 476.)
Homere , *dit-elle* , en un autre endroit,
,, (3. 447.) anime tellement fa Poëfie
,, qu'auprés d'elle tout paroît languif-
fant ou mort ,,. En vérité fi c'eft-là ce

qui charme M^c D. on peut la contenter
à peu de frais , & Homére lui-même
ne luy a pas donné tout le plaifir qu'elle
pouvoit attendre ; car il ne tenoit qu'à
luy de faire danfer toutes les piéces de
la forge.Serieufement parlant il n'y a de
l'efprit & de l'art que dans les fictions
qui font faites fur la regle propofée.
J'ofe affurer qu'elle eft la feule qui
puiffe diftinguer le merveilleux qui demande beaucoup de recherche & de
choix , du déraifonnable qui ne coûte
rien , ou qui n'eft d'aucun prix.

Le bouclier mérite une difcuffion
plus étenduë. La furprife où il met tous
les Lecteurs a produit quelques objections vagues , aufquelles on a fait des
réponfes de même nature ; on va voir
icy quelque chofe de plus détaillé & de
plus exact. J'attaque d'abord cette multitude effroyable d'objets fur un champ
toûjours trés-borné , quelque dimen-
fion qu'on donne au bouclier d'Achille.
Car il y avoit là de quoy remplir la ga-
lerie d'un Palais,fans en omettre le plat-
fonds. Je ne tire point mon objection
de la difficulté de placer tant de figures
dans un petit efpace , un Dieu le peut ,
un homme même le pourroit : je la tire
de l'effet même de ces figures , qui fe-

ront auſſi parfaites que l'on voudra,
mais qui ſeront preſque impercepti-
bles ; quoique dans un bouclier deſtiné
à eſtre porté par un homme toûjours en
mouvement , les objects duſſent avoir
plus d'évidence que de perfection. Secondement il me paroît que Me D. regarde le bouclier comme un ſeul tableau , & je ne vois point qu'elle y con-
çoive des diviſions. Je ſçai qu'un tres-
ſçavant homme prépare un Ouvrage
dans lequel j'ay oüy dire qu'il employe
cette derniere idée , partageant le bouclier ſuppoſé rond en douze tableaux
ſéparez par des lignes qui aboutiſſent à
deux circonferences concentriques. On
m'a fait entendre qu'il plaçoit l'Ocean
dans le centre de tout l'Ouvrage , & le
ciel dans la bande circulaire contiguë
au cercle du centre ; qu'au deſſus étoient
les douze tableaux environnez d'une
derniere bande circulaire à l'extrêmité
du bouclier, où il mettoit l'Ocean encore une fois. Je ne puis répondre rien
de précis à une explication qui n'eſt pas
publique dans le temps qu'on va imprimer ceci : mais outre qu'Homére auroit un extrême tort d'avoir ſupprimé
ou mal énoncé des circonſtances qu'on
n'avoit point encore apperçuës , j'oſe

avancer qu'il n'y a jamais eu dans la Sculpture ou dans la Gravure de dispofition plus bizarre & plus gothique que celle-là. Je me tiens donc à l'explication commune fuivie par Mᵉ D. qui prouve par la difpofition même de l'Ocean, qui felon le texte (*L.* 18. *p.* 146.) environne tout le bouclier, qu'Homére a connu, que l'Ocean environnoit la terreª ; au lieu que fuivant la conftruction qu'on nous promet, on prouveroit qu'Homére a cru que l'Ocean environnoit la terre, que la terre environnoit le ciel, & que le ciel environnoit l'Ocean. Selon le fens de Mᵉ D. à laquelle je foufcris en ce point, le bouclier n'eft donc qu'un feul tableau auquel la terre fert de champ, & que la repréfentation de l'Ocean environne, comme l'Ocean réel environne nôtre Hemifphere. Or en regardant le bouclier comme un feul tableau, les objets y font étrangement dépareillez : car des batailles, des jugemens, & des danfes ne s'accordent guéres, & rompent l'unité d'action ou de fujet auffi importante dans les tableaux que dans les poëmes : mais voicy le capital. Où eft-ce que Vulcain fuppofe l'œil du fpectateur ? on fçait qu'en

a 3. 485.

un même champ de tableau , on ne peut
repréſenter qu'autant d'objets que le
ſpectateur immobile en pourroit découvrir du point de vûë où l'on le ſuppoſe : parceque tout tableau doit eſtre
conſideré comme une glace , ſur laquelle on auroit tracé les contours, &
imprimé les couleurs des objets réels
qu'on verroit à travers. Or ſi le ſpectateur eſt ſur la terre , ſelon le choix ordinaire & naturel du point de vûë d'un
tableau, vous ne me ferez point croire
qu'il puiſſe voir du même coup d'œil,
& à travers une même glace deux Villes Grecques , Athenes & Eleuſine,
(3. 479.) & l'Ocean qui environne
nôtre Hemiſphere. La ſeule courbure
de la terre dans un lieu égal fait perdre
les objets à une diſtance ſenſible à
l'œil , & les feroit perdre à plus forte
raiſon dans une étenduë ſi immenſe.
Du temps d'Homére on ne croyoit pas
la terre ſphérique, mais cette erreur ne
faiſoit pas qu'on pût découvrir ſur ſa
ſurface plus d'objets que nous n'en dé-
couvrons aujourd'huy. Il faut même
bien diſtinguer des campagnes & des
mers dont on borde l'horiſon à perte de
vûë ; & des actions qu'on doit mettre
à la portée de la vûë. Ainſi en laiſſant

le spectateur sur la terre, le projet que Mr D ᵃ. & Mr D ᵇ. attribuent à Homére d'avoir voulu representer tout l'Univers est vicieux dans un tableau par les regles de la perspective & de la peinture. Virgile ne s'est guéres moins étendu dans le bouclier d'Enée, & il a violé non-feulement l'unité du lieu mais l'unité du temps, en presentant des choses qui se font passées à plusieurs siécles & à plusieurs journées de distance les unes des autres. Mais Virgile n'ayant point entouré son bouclier de l'Ocean, n'a pas fourni une objection si forte qu'Homére contre la division de ce bouclier en plusieurs tableaux.

Le point de vûë dans le bouclier d'Achille est donc loin de la terre : & dans la supposition de la surface sphérique, si le spectateur doit découvrir l'Ocean qui environne les Oüvrages du bouclier comme il environne la terre, la regle des tangentes, en ne prenant même pour arc que l'étenduë de la terre entre l'Ocean oriental & l'occidental, portera ce point de vûë à une distance qui sera de plus de deux mille lieuës. Dans la supposition même de la surface plate, cette distance doit encore estre trés-

a *Poët.* 460.　　b 3. 479.

confiderable pour mettre le fpectateur
au-deffus des montagnes qui l'empê-
cheroient de découvrir un champ fi
vafte. Or dans l'une & dans l'autre
fuppofition, Homére ne devoit point
fe borner à deux Villes, comme il a fait,
& il étoit indifpenfablement obligé de
placer fur le bouclier toutes celles de
nôtre Hemifphére, puifqu'il s'en donne le point de vûë & le terrain: quoique
d'un autre côté dans ces deux fuppofi-
tions, les Villes & à plus forte raifon
les hommes, ne feront nullement vifibles; ou fi le peintre les rend vifibles,
il rompra au-delà de toute licence ad-
mife la proportion qui doit fe trouver
entre ces objets & le terrain qu'ils cou-
vriront. Suivons maintenant la defcription du Poëte.

» Il commence par le Ciel que Vul-
» cain a reprefenté fur le bouclier. Il y
» place (p. 138.) le Soleil & la Lune,
» les Pleïades, les Hyades, le violent
» Orion, & l'Ourfe ou le Chariot, qui,
» tournant toûjours au tour du Pole,
» paroît toûjours à nôtre vûë, & ob-
» ferve toûjours l'Orion. C'eft, *ajoûte le*
» *Poëte. ib.* la feule conftellation qui ne
» fe baigne jamais dans les flots de l'O-
cean,. Les anciens admirateurs d'Ho-

mére qui , fur l'emploi d'un feul mot
tiré de quelque fcience , jugeoient
qu'Homére avoit poffedé cette fcience
toute entiére , l'ont vanté d'une grande
connoiffance dans l'aftronomie ; & je
vais démontrer au contraire par le peu
qu'il en dit , qu'il ne la fçavoit en aucune forte. Premierement un Poëte
inftruit de l'aftronomie fe feroit fait un
plaifir de nommer toutes les conftellations qui peuvent paroître enfemble fur
l'Hemifphere. Leurs noms n'auroient pas
remply trois ou quatre Vers en un temps
fur tout , où elles n'étoient pas toutes
défignées , & l'énumération en auroit
été plus courte, plus fçavante , & plus
curieufe que celle des trente trois Ne-
reïdes de la Cour de Thétis qui font
nommées tout de fuite au L. 18. p. 110.
fans que ce catalogue donne aucune fa-
tisfaction au Lecteur, qui apprend à la
fin qu'on ne les a pas nommé toutes. Le
Poëte pouvoit même, en plaçant le Soleil fous une certaine conteftation du
Zodiaque reprefentée en configuration
aftronomique ou en figure emblemati-
que, marquer la faifon & le jour où fe
devoit paffer la principale action de
fon Héros. C'eft par quelque attention de
cette nature qu'un Poëte ou qu'un Pein-

tre font voir quelque connoiffance de
l'aftronomie ; mais il n'en faut point
pour nommer ou pour peindre au hazard quelques Etoiles.

En fecond lieu qu'entend-il par l'Ourfe qui obferve toûjours l'Orion ? en
comparant une conftellation de l'é-
quinoctial, comme l'Orion, avec une
conftellation voifine du pole, comme
l'Ourfe ; cela ne devroit eftre dit que
d'une conftellation qui fe trouveroit
dans le même cercle de déclinaifon
que l'autre. Au lieu que la tête même
de la grande Ourfe la feule qu'Homére
connut, eft éloignée de 40. dégrez du
cercle de déclinaifon de l'Orion.

Les objections précédentes font nouvelles, & peut-être un peu trop recherchées pour le fiécle d'Homére : en
voici une plus fimple qui a été faite
par les Anciens mêmes, & qui con-
vainc ce Poëte d'une erreur énoncée
en propofition formelle. C'eft d'avoir
dit que l'Ourfe ou le Charriot eft la
feule Conftellation qui ne fe baigne
jamais dans les flots de l'Océan. Ariftote répond à cela, que par la *feule*,
Homére entend la plus connuë : mais
Ariftote ignoroit-il que la plus petite
confufion de termes dans les matiéres

aſtronomiques, qui tiennent à la Géo-
métrie, fait une erreur groſſiére & inex-
cuſable. D'ailleurs, quand Homére
auroit dit, *la plus connuë de celles qui ne*
ſe couchent point, ſa propoſition n'en auroit pas été plus juſte; car il ne faut point
donner l'Ourſe ni aucune autre Con-
ſtellation pour un exemple abſolu d'étoi-
les qui ne ſe couchent point, puiſqu'il
y a des peuples pour leſquels Caſſiopée,
le Cygne, & toutes les Conſtellations
de l'Hemiſphére céleſte ſe couchent
auſſi peu que l'Ourſe ; & d'autres
au contraire, pour leſquels l'Ourſe
& les Conſtellations encore plus ſep-
tentrionales ſe couchent auſſi exactement que l'Orion. Si Homére avoit dit
que l'Ourſe qui s'avance beaucoup en
deça du Pole, eſt à compter par l'E-
quateur, la premiere des Conſtellations qui ne ſe couchent point πρώτη,
au lieu d'οἴη, qui n'auroit point rompu ſon vers, il auroit dit aſſez vray
par rapport au paralelle de Troye, qui
eſt au 42e degré. Sur quoy même il auroit été bon d'avertir que Vulcain rapportoit tout à la poſition de cette Ville,
au lieu qu'il paroît ſe placer fort mal
à propos entre Athénes & Eleuſine.
Strabon, qui en qualité de Géographe,

devoit défendre les droits de l'Astrono-
mie, a succombé comme les autres au
zéle de défendre Homére, & il prétend que par l'Ourse ce Poëte entend le
cercle arctique. Il faut sçavoir avant
toute chose, que chez les Anciens le
cercle arctique n'étoit pas fixé comme
il l'est aujourd'huy, à une minute prés
de 23. dégrez & demi de nôtre Pole, &
tracé par la révolution du Pole de l'E-
cliptique, autour du Pole du Monde.
Le cercle arctique s'avançoit & s'a-
grandissoit, suivant la plus grande élévation du Pole,& il étoit toûjours le premier paralelle qui parut tout entier sur
l'horison.Cela se conclut d'un passage de
Strabon même vers la fin du 2e livre, où
il parle des différens Peuples qui ont le
cercle arctique plus petit ou plus grand
que le tropique, ou égal au tropique.
En ce sens les Anciens terminoient
avec raison à leur cercle arctique, en
quelque paralelle qu'il fût, les Constel-
lations qui ne se couchent point : mais
la proposition que Mr D. Poët. 451.
allegue de Strabon, qui dit que le cercle arctique est la borne du lever & du
coucher des Astres, n'est nullement
vraye dans la notion que nous avons
aujourd'huy de ce cercle. Quoiqu'il en

foit, il eft abfolument impoffible que par
l'Ourfe Homére ait entendu le cercle
arctique ni ancien ni moderne ; car outre qu'il met l'Ourfe dans la compagnie
de l'Orion, des Pleïades & des Hyades, qui font des Conftellations ou des
parties de Conftellation , & non pas
des cercles ; d'ailleurs , il faudroit qu'il
eut perdu l'efprit pour dire qu'un cercle obferve une Conftellation, ou que
le cercle arctique obferve l'Orion plûtôt qu'aucune autre Conftellation Sep-
tentrionale. Toutes ces méprifes font
voir qu'Homére n'a parlé qu'au hazard,
& le rendent le premier modéle de tous
ceux qui fur des *oüy-dire* , ou tout au
plus fur des notions mandiées, veulent
toucher à des matiéres qu'ils ne fçavent pas par principes. Mr Defpreaux
qui s'étoit religieufement abftenu de
toute connoiffance géométrique, c'eft-à-
dire, de celle de toutes les fciences humaines qui eft la plus capable d'exercer &
d'étendre l'efprit, de former & de fortifier le jugement, eft tombé dans le même inconvenient la feule fois qu'il s'eft
hazardé de parler d'Aftronomie ; car
croyant propofer deux fyftêmes différens fur le foleil, il a dit *fi le foleil*
eft fixe, ou tourne fur fon axe. Et il

se trouve que dans le seul & même
systême moderne le soleil est fixe & tourne sur son axe. Mais voyons si Homére sera plus heureux sur la terre que
dans le ciel.

Dans une des deux Villes dont il
parle, Vulcain a representé un jugement (*p.* 139.) il s'agit d'un homme
qui a commis un meurtre, & qui sou-
tient contre le parent du mort, qu'il a
payé l'amende à laquelle il a été condamné. Le spectateur peut deviner par
l'attitude des personnages le sujet d'un
jugement connu par l'histoire, comme
celui de Salomon ou celui de Daniel;
mais il est difficile de deviner ce sujet
dans un tableau de fantaisie, & je ne
comprends pas trop comment Vulcain
avoit pû exprimer celuy-cy. Qnoy qu'il
en soit, c'est icy la premiere description, où l'on entre en doute si les figures du bouclier sont mobiles ou immobiles. On n'y voit du moins aucune
attention à une des premieres regles de
la Peinture, qui est de ne prendre
qu'un seul moment de l'action representée. Mᵉ D. connoît cette regle, &
elle s'en sert pour expliquer la situation
de deux hommes que le Poëte au L. 17.
place ensemble sur le même char dans

l'inftant unique où l'un y monte, &
l'autre en defcend. Dans la Poëfie
comme dans la Peinture , *dit - elle*, «
(3. 450.) il n'y a fouvent qu'un mo- «
ment qu'il faut faifir , *& plus bas* c'eft «
un feul moment qui fait cette image : «
en lifant les Poëtes , *continuë-t-elle*, on «
tombe fouvent dans de grands embar- «
ras, fi l'on l'on ne démêle pas bien le «
moment dont ils parlent. » A l'égard
des Poëtes , ils ne font point obligez de
fe tenir à un feul moment, & quand
ils s'y tiennent, c'eft à eux à le bien
démêler. Mais s'ils veulent que cette
regle de Peinture leur foit favorable
en quelques-unes de leurs defcriptions,
c'eft à eux à l'obferver fidelement quand
ils parlent eux-mêmes de Peinture. Cependant nous allons voir qu'Homére a
furieufement multiplié les momens de
toutes les actions qu'il reprefente dans
le bouclier. Dans le jugement, par
exemple, les vieillards font affis pour entendre les deux parties , & leurs fceptres font entre les mains des Hérauts;
Voilà un moment. Quand ils fe levent
pour aller aux opinions, ils prennent
leurs fceptres de la main des Hérauts ;
en voilà deux : il eft dit même qu'ils ne
donnent leurs avis que l'un aprés l'au-

tré, ce qui demande autant de momens
qu'il y a de Juges. Si l'on répond à
cette difficulté, que quelques-uns des
Juges font encore aſſis , pendant que
les autres vont aux opinions ; c'eſt par
là préciſément que Vulcain a trop
étendu ſon action , & violé la regle du
ſeul moment; puiſqu'en un Tribunal
bien reglé quelques-uns des Juges ne
vont point aux opinions , pendant que
les autres écoutent encore les Parties,
ou les Avocats. En effet , quand on dit
à un Peintre que ſon tableau ne doit
offrir qu'un ſeul moment, on entend par
là qu'aucun de ſes perſonnages ne faſſe
une action qui ne s'accorde pas pour le
moment avec celle qu'il fait faire à
un autre perſonnage , c'eſt-à-dire , qui
ne puiſſe pas avoir été faite dans le
même moment. Mais du reſte, on n'a
jamais crû neceſſaire d'avertir un Peintre de ne pas faire faire à un même
perſonnage deux actions differentes ou
contradictoires. On ne luy a jamais dit:
Gardez-vous de peindre un Juge aſſis
& écoutant attentivement un Plaidoyé,
& le même Juge ſe levant & allant
donner ſon opinion. C'eſt néanmoins
l'idée que la deſcription d'Homére fait
naître. Or , cet effet eſt abſolument im-

possible, à moins que le Peintre ou le Graveur n'ait repeté le même personnage sous d'autres figures dans le même tableau ; pratique généralement condamnée, & qui ne paroît point avoir lieu dans le bouclier ; ou que la figure unique du même personnage ne remuë ; ce qui est veritablement la pensée d'Homére, quoy que Mr & Me D. s'y opposent de tout leur pouvoir. Je ne parle point de la troisiéme hypothese, qui est celle de la multiplication des Tableaux. Quand elle paroîtra, nous dirons qu'un Peintre qui a tort de violer la regle du seul moment dans un seul tableau, seroit encore plus ridicule de faire une suite de Tableaux qui ne differassent que par quelques gestes dans la même action ; parce qu'on peut faire une suite d'histoire, mais qu'on ne fait point une suite de gestes. Ainsi, de quelque côté que l'on se tourne, Homére est détruit par la raison, & ne se soûtient que par la prévention.

Autour de l'autre Ville (p. 140.) sont campées deux armées, & c'est ici qu'il est impossible de ne pas voir que les figures sont dans un mouvement très-vif, très-long & très-varié. Car selon le sens que Me D. donne à une descrip-

tion si obscure que les Interprétes Grecs
n'y ont rien compris ; (3. 481.) de ces
deux armées , l'une vient assiéger la
Ville, & l'autre se prépare à la défendre : la premiere fait des propositions
à l'autre qui les refuse : là-dessus l'armée de défense part pour aller se mettre en embuscade , & couper les vivres
à l'armée d'attaque ; pendant que les
» femmes , les enfans & les vieillards
» défendent les murailles. Voilà donc
» ces Troupes qui marchent par des lieux
» couverts : Mars & Pallas sont à leur
» tête. Dés que ces Troupes sont arri-
» vées au bord d'un fleuve, où les trou-
» peaux de l'armée assiégeante venoient
» boire ; elles se cachent couvertes de
» leurs armes , & font avancer deux sen-
» tinelles pour les avertir quand les
» troupeaux arriveront. En même temps
» on voit paroître des troupeaux de
» bœufs & de moutons suivis de deux
» bergers , qui ne soupçonnant aucune
» ruse ni supercherie, se réjoüissent en
» joüant de leurs chalumeaux. Les trou-
» pes qui sont en embuscade se levent;
» se jettent sur ces troupeaux dont
» elles font une cruelle boucherie , &
» tuent les Bergers. Les ennemis qui
» sont devant la place , entendant ce
bruit,

bruit, montent à cheval, & courent «
à toute bride au secours de leurs «
troupeaux : on en vient aux mains, & «
il se fait un rude combat sur les bords «
de ce fleuve : la fureur, le désordre «
& la mort regnent dans tous les rangs. «
Les uns blessez tombent au pouvoir «
de leurs ennemis, les autres sont «
pris sans avoir receu aucune blessu- «
re, celui-là est traîné sans vie, cet au- «
tre entre les bras de la mort se dé- «
fend encore. » Je laisse à part dans
cette description la fantaisie d'Homére
qui fait voyager deux armées qui
étoient en presence, & qui n'avoient
qu'à se battre au lieu où elles se trouvoient ; en quoy même elles agissent
fort differemment des Armées Gréque
& Troyenne ausquelles Mr D. les compare (3. 48 1.) & qui ne branlent jamais
d'une place Mais que l'on fasse quelque
attention au mouvement des deux armées
du bouclier, & l'on verra combien
nous sommes loin du moment auquel
nous avons commencé. Comment re-
trouver dans cette défaite sanglante les
deux armées qui se faisoient des propositions & des refus ? Dira-t-on que la
tête de ces armées fait ces propositions & ces refus, pendant que la

IV. Partie.　　　　　　N

queuë va d'un côté en embufcade, &
de l'autre au fecours des fiens ? Mars &
Pallas marchent-ils devant l'une de ces
deux queuës, pendant qu'un fecond
rang arrive au fleuve, qu'un troifiéme
fe met en embufcade, qu'un quatriéme
fe jette fur les troupeaux, qu'un cinquiéme fe bat, & qu'un fixiéme eft
renverfé. Ou bien eft-ce la derniere ligne qui écoute les propofitions, pendant que la premiere eft déja battuë?
Je vous laiffe le choix de l'une ou de
l'autre abfurdité : il en eft ainfi de
l'autre armée. D'abord après ce détail
le Poëte dit (p. 142.) toutes ces figures fe mêlent & combattent, comme fi
c'étoit des hommes vivans : Sur quoy
Mᵉ D. fait cette remarque. Il femble,
dit-elle (3. 481.) qu'Homére avoit »
prévû qu'il y auroit des Interprétes «
qui prenant fes expreffions trop au «
pied de la lettre, croiroient effecti- «
vement que ces figures étoient ani- «
mées & vivantes, & qu'elles faifoient «
toutes fortes de mouvemens. C'eft pourquoy il a ajoûté : *comme fi c'étoient des* «
hommes qui fuffent véritablement en vie; «
ce qui fuffit pour les défabufer, & «
pour faire voir qu'Homére ne parle «
ici que comme doit parler tout hom- «

me qui décrit & explique un tableau. «
Il donne à fes figures le mouvement «
quelles n'ont pas „.

Il eft vrai qu'en expliquant un ta_
bleau ordinaire , où l'on auroit peint
un combat , je pourrois dire que les fi_
gures fe mêlent comme des hommes
vivans. Mais d'un autre côté je fupplie
Mᵉ D. de fuppofer un moment que les
figures remuent , & je prend la liberté
de luy demander , fi pour exprimer ce
mouvement , elle-même ne diroit pas
auffi que ces figures fe mêlent comme
des hommes vivans ? le paffage ne prouve donc rien ; puifqu'il eft également
vray dans les deux cas. Il y a plus : je
foûtiens que c'eft une ineptie de dire ,
en voyant un combat dans un tableau
ordinaire , que les combattans fe mê-
-lent comme des hommes vivans : car
on auroit droit de me répondre ; eft-ce
que s'ils ne combattoient pas, ils paroîtroient des hommes morts ? toutes les
figures d'un tableau ne fe tiennent-elles
pas comme des hommes vivans , en
quelque attitude que ce foit de mouvement & de repos ? Quand donc Homére
a dit que les figures du bouclier fe mêlent comme des hommes vivans ; il eft
à croire qu'il n'a pas voulu dire une

chofe commune à toute forte de tableaux, & qu'il a entendu par là qu'elles fe remuoient en effet, quoy qu'elles
ne fuffent pas des hommes vivans. Ce
qui fuit achevera de prouver qu'Homére fuppofe un véritable mouvement
dans les figures, & nous fournira de plus
une regle certaine pour démêler dans
les defcriptions de tableau, les expreffions vives & élegantes, de celle qui
feroient exaggérées, & même fauffes.

Vulcain dit le Poëte, (*p.* 14). reprefente encore avec une furprenante
varieté une danfe trés-figurée. De jeunes hommes & de jeunes filles d'une
admirable beauté, fe tenant par la main,
danfent enfemble . . . . toute cette troupe danfe, tantôt en rond avec tant de
juftelle & de rapidité, que le mouvement d'une roüe qu'un Potier effaye,
n'eft ni plus égal ni plus rapide; & tantôt la danfe ronde s'entr'ouvre, & cette jeuneffe, fe tenant toûjours par la
main, danfe en faifant mille & mille
tours & détours. Je ne dis rien de la
comparaifon outrée d'une danfe en rond
avec la viteffe d'une roüe de Potier; ni
du mauvais effet qu'auroit aux yeux
cette viteffe, fi elle étoit vraye; ni de
l'erreur phyfique de Mr D. dans fa re-

marque au fujet de cette roüe ; fçavoir,
que le poids de la matiére diminuë fa
rapidité. (3. 485.) Je remarque feulement qu'il eft totalement impoffible que
fans un mouvement fuceffif des figures, tantôt la danfe tourne comme la
roüe d'un Potier, & que tantôt elle
s'entr'ouvre pour faire mille détours ;
car dés quelle s'entr'ouvrira, il eft de
toute neceffité que le mouvement circulaire s'arrête : & il ne peut pas même
arriver qu'une partie continuë de tourner, pendant que l'autre s'entr'ouvrira.
Ces jeunes hommes, dit Me D. (3.484.)
& ces jeunes filles, qui danfent tantôt «
en rond, & tantôt féparez, comment »
la gravure peut-elle les reprefenter ? «
voilà l'objection de quelques Criti- «
ques : c'eft une chofe bien difficile *ré- «
*pond-elle , comme fi l'ouvrier n'avoit «
pas la liberté de faire paroître fes per- «
fonnages en differents états „. Je viens
de faire voir à l'égard de cette danfe que
non-feulement l'art ôtoit cette liberté
au peintre ; mais que la nature luy en
ôtoit la poffibilité ? Toutes les autres
objections, *continue Me D.* fur ces troupes qui vont en embufcade, fur ce «
jeune homme qui en joüant de la «
Guittare chante agréablement, fur ce «

» Taureau qui mugit quand il est dévo-
» ré par un Lion, & sur les concerts,
» sont puériles : on ne pourroit jamais
» parler de peinture si on bannissoit ces
» expressions ». Entre ces expressions il
y en a qui sont d'usage, & d'autres
dont on ne se sert jamais. On peut dire
qu'un Taureau mugit quand il est dévoré par un Lion, parceque le Peintre ou
le Graveur peut representer ce Taureau
la gueule prodigieusement ouverte, &
dans un effort de cri. On peut dire que
le jeune homme chante, en voyant sa
bouche disposée pour cet effet, quoiqu'il
soit un peu plus difficile de le marquer ;
mais on ne peut point dire que des armées écoutent des propositions au pié
de leurs murailles, & vont loin de là en
embuscade ; parce que les deux actions
extérieures qui sont les seules maniéres
par lesquelles la peinture puisse parler, sont incompatibles, & ainsi des autres. Quand Mr & Me D. ont dit l'un
après l'autre a, qu'en expliquant un ta-
» bleau de Raphaël ou du Poussin, il
» faudroit necessairement animer les
» figures, & les faire parler & agir con-
» formement au dessein du Peintre » ;
ils ont raison jusqu'à un certain point :

a. M. Poët. d'Arist. p. 467. & M. D. 3. 479.

on peut expofer, & même affez au long,
la penfée de celui qui parle, & de ceux
qui écoûtent ; mais on ne peut pas leur
prêter une fuite de cinq ou fix actions
differentes. Mr Felibien a a fait plufieurs explications de tableau, entr'autres celles de la transfiguration de
Raphaël, & de la manne du Pouffin :
cette derniere fur tout eft auffi longue
qu'elle eft vive & elegante ; il anime les
figures du tableau, & les fait parler &
agir conformément au deffein du Peintre : y trouvera-t-on des expreffions
étonnantes ; comme dans la defcription
d'Homére : jetteront-elles prefque tous
les Lecteurs prefens & futurs dans la
penfée que les figures du tableau du
Pouffin font dans un véritable mouvement, comme celles des tableaux changeans qu'on a vû dans nos Foires. Euftathe cité des anciens qui l'ont crû des
figures du bouclier ; lui-même, aprés
avoir réfifté à cette opinion, n'a pû
s'empêcher d'y revenir, & de dire qu'il
y avoit de la machine dans cette répré-
fentation : Mr D. le rapporte. (Poët. 466.)
avoüons-le donc, ces figures rémuent effectivement dans l'intention du Poëte.
Cette interpretation eft la feule qui ap-

a *Entretiens fur les vies des Peintres.*

planiffe toutes les difficultez : M^e D.
copiant M^r fon époux ^a ; dit ^b , il ni a
» rien de plus fimple & de plus naturel
» que la defcription de ce bouclier »:
je le dis comme eux ; mais en fuppofant
le mouvement des figures, au lieu qu'ils
veulent trouver ce fimple & ce naturel
dans les contradictions formelles & per-
petuelles des expreffions du Poëte avec
l'immobilité des mêmes figures : au fond
je ne fçay d'où vient l'oppofition de M^e
D. à ce mouvement. Elle admire les
trépiez qui vont à l'affemblée des Dieux,
& qui en reviennent ; elle eft charmée
de la vie & des mœurs donnez aux foufflets. Elle dit, (3. 471.) aprés Ariftote
» & M^r fon époux, que par le rapport
» de la Poëfie ce déraifonnable eft pré-
» cifement ce que le Poëme épique de-
» mande, & que par le rapport de ce
» qui eft mieux, la chofe eft plus mer-
» veilleufe & plus excellente de cette
» maniére, & que les originaux doivent
» toûjours avoir le deffus ». Elle foû-
tient qu'aprés ces rapports plus difficiles à entendre, du moins pour moy, que
ceux de l'algebre ; on doit s'étonner de
la cenfure que Scaliger a faite des trépiez marchans. Pourquoi veut-elle donc

a *Poët.* 467.   l. b 3. 479.

s'étonner des figures mouvantes, qui
ne font mauvaifes que felon ma regle
du fil de la nature pris & fuivi par la
fiction ? en effet les principes de Me D.
rendent les figures mouvantes non-feulement recevables, mais neceffaires. Elle dit Vol. 3. (474.) il faut bien remarquer le ménagement d'Homére, «
lorfqu'il parle de ces Ouvrages mi- «
raculeux de Vulcain : d'abord il met «
les trépiez qui marchent feuls ; en- «
fuite l'efprit de fon Lecteur étant dé- «
ja accoûtumé au miracle, il lui mon- «
tre deux Statuës d'or animées, & de- «
là il paffe à la fabrique du bouclier «
prodigieux. Pour moi, je l'avouë, on «
appellera cela foibleffé de femme ou «
fottife, comme on voudra. Je trouve «
qu'Homére a jetté tant de vrai-fem- «
blance dans tous ces endroits miracu- «
leux, que j'y fuis trompée, & que je «
crois voir effectivement ce qu'il peint ».
Mais en vérité, fi les trépiez marchent,
fi les ftatuës font animées ; & que les
figures du bouclier foient immobiles,
quelle pitoyable gradation fera celle-là?
Me D. dit elle-même, (3. 479.) qu'elle
ne voit pas dans la defcription du «
bouclier un feul mot qu'Homére n'eût «
pû dire, quand ce bouclier n'auroit «

» été que l'Ouvrage d'un homme ».
Eſt-ce là donc la le troiſiéme terme d'une
gradation qui a eu pour premier dégré
des trépiez marchans, & pour ſecond
dégré des ſtatuës intelligentes ? certainement le troiſiéme devoit être des figures non - ſeulement mouvantes, mais
doüées de ſageſſe divine.

Le Poëte finit toute la deſcription
par cette belle circonſtance que nous
avons déja alleguée : à l'extrêmité du
» bouclier tout au tour, il met l'immen-
» ſe Ocean qui renferme tous ces grands
» & merveilleux Ouvrages. (*p.* 146.)
Mᵉ D. qui ne ſe défie pas de la prudence
d'Homére , l'accompagne icy de ſes
loüanges dans le précipice où il ſe jette. Il paroît , *dit-elle* , (348.) par ce
» paſſage qu'Homére connoiſſoit que
» la terre eſt environnée de l'Ocean ,.
Oüy : mais ſi l'Ocean borde tout le bouclier , où eſt-ce que Vulcain a mis le
ciel , dans la ſuppoſition du ſeul tableau,
qui eſt celle de Mᵉ D. & la ſeule vraye:
car un ciel auſſi découvert qu'il doit l'ê-
tre ici , non ſeulement par ce qui en eſt
répréſenté , mais par l'étenduë même
de l'horiſon neceſſaire aux objets que
Vulcain met ſur la terre , doit remplir,
& border par conſequent toute la moitié

supérieure du bouclier. Cette derniere
objection est si péremptoire, quelle
pouvoit presque me dispenser de toutes les autres. Car elle fait voir que
non-seulement Homére n'a connu ni
perspective ni peinture ; mais qu'il ne
s'est pas même formé une idée de ce
qu'il vouloit d'écrire.

Nous ne finirons pourtant point la
Critique du bouclier, sans dire un mot
du dessein que Mr & Me D. prêtent à
Homére, d'y avoir voulu représenter
tout l'Univers, & tout ce qui fait l'occupation des hommes pendant la Guerre & pendant la Paix a. Si cela est vrai,
je tiens Homére pour trés-ridicule, d'a-
voir prétendu remplir ce dessein en quatre ou cinq articles. Et il est tombé dans
l'inconvenient de tous ceux qui prennent des sujets trop vastes ; ils disent
toûjours trop & trop peu : Mr D.
(Poët. 469.) se vante d'avoir tout «
mis, excepté la chasse & la naviga- «
tion ». C'est un ancien axiome de la prévention. *Homére a tout dit.* Mais où sont
dans le bouclier les magnifiques & differentes demeures des Divinitez du
Ciel, de la Mer, & des Enfers, & si le
Bouclier exprime la fabrique du monde

a M. D. Poët. 469. & M. D. 3. 485.

N vj

felon M.º D. (3. 438.) où font les cieux
des planettes fubalternes, & les fphéres
des élements ? fi l'on nous borne à la
furface de la terre, & aux occupations
des hommes ; où font les Fêtes en l'honneur des Dieux, par où il devoit commencer, la conftruction ou la confé-
cration de leurs Temples, les confulta-
tions des Oracles & des augures ? où
voit-on des fondations de Villes, des
couronnemens de Rois, des pompes funebres felon la coûtume de tous les pays!
où a-t-il mis les exercices & les jeux de
la feule Grece ? comment a-t-il oublié
toutes les fciences & tous les arts dont
il avoit une connoiffance fi profonde?
(2. 480.) Que de chofes omifes outre
la Chaffe & la Navigation ! Il a omis la
Chaffe, dit M.ʳ D. parce qu'en ce tems-
là elle ne faifoit pas le plaifir des Héros : Hercule n'a-t-il pas été le plus fameux de tous les Chaffeurs, & n'eft-il
pas recommandable pour avoir tué le
Lion de Nemée, le Sanglier d'Eriman-
the, la Biche aux pieds d'airain qu'il
atteignit à la courfe ? Orion fils de Neptune, dont Homére vient de nommer
la conftellation préferablement à tant
d'autres, n'avoit-il pas été Chaffeur, &
ami de Diane Déeffe de la Chaffe ? Ho-

mére a fait lui-même ſi au long l'Hiſtoire de Meleagre fils du Roi Oenée , &
Chef de la chaſſe du Sanglier de Cali-
don. Une grande partie de ſes comparaiſons eſt priſe de la Chaſſe ; ſeroient-
elles toutes auſſi baſſes que la comparaiſon de l'Ane a parû l'être à quelques Critiques ? il a omis la Navigation,
ajoûte Mr D. parce quelle a toûjours
fait plus de mal que de bien aux hommes : eſt-ce que la guerre ſur laquelle
il s'étend ſi fort fait beaucoup de bien
aux hommes ? dans cette vûë même il
devoit repréſenter des naufrages pour
dégoûter les hommes de la Navigation.
Mais ce n'eſt pas là tout : dans le ſyſtême de Mr D. qui eſt Chrétien , la Navigation eſt non-ſeulement utile mais
neceſſaire , à conſidérer le monde dans
ſon origine & dans ſa propagation : car
tous les hommes étant nez d'un ſeul,
il n'y a que la Navigation qui ait pû
porter les deſcendans de ce premier
homme par toute la terre , & qui puiſſe
encore aujourd'huy y porter la foy &
les lumiéres de l'Evangile. Dans le ſyſtême d'Homére même , ſelon lequel la
plûpart des Peuples étoient Autoctones,
indigenes, où nez dans le pays qu'ils habitoient ; la Navigation étoit utile ou

même necessaire pour décharger les Provinces trop peuplées, & pour envoyer
des Colonies dans les terres inhabitées,
sans alléguer la raison du commerce
qu'Homére n'a point prétendu condamner, & sur lequel on ne luy passeroit pas condamnation. Me D. elle-
même, qui adopte icy. (3. 485.) la
pensée de Mr son mary, la contrédit en
forme à la fin de ses remarques sur le
Livre précédent (3. 456.) à l'occasion
d'une comparaison de son Auteur, où
pour représenter Ménelas & Merion
emportant le corps de Patrocle qui
avoit rendu tant de services aux Grecs,
il peint deux forts Taureaux traînant le pésant fardeau d'une poutre
énorme, ou d'un mât de Vaisseau:
(L. 17. p. 104.) car elle observe, aprés
» Eustathe, qu'Homére choisit la pou-
» tre & le mât de Vaisseau, comme les
» deux choses les plus necessaires aux
» hommes, la poutre pour bâtir les mai-
» sons, & le mât pour la Navigation &
» le Commerce ». Voilà comme la prévention employe le pour & le contre
aussi vainement l'un que l'autre.

Je ne dis rien icy de certaines fictions
d'Homére qui ne sont qu'un jeu inutile,
comme celle de Minerve qui sur l'ex-

hortation de Junon (*L.* 5. *p.* 222.) se
préparant à aller combattre Mars , met
sur sa tête (224.) un grand casque d'or,
ombragé de quatre panaches , qui auroient suffi pour couvrir les nombreux
bataillons d'une armée que cent grosses
Villes auroient mise sur pied : & dés
qu'elle est devant Mars sur le champ de
bataille (*p.* 231.) elle quitte ce casque
pour prendre celuy de Pluton ; que ne
le prenoit-elle d'abord ; & d'ailleurs où
met-elle le premier qui tient tant de
place , & ou prend-elle le second qui ne
luy appartient pas? Il y auroit sans doute de la rigueur à suivre pas à pas des
faits poëtiques , & à vouloir en justifier
l'arrangement comme si c'étoit des faits
alléguez dans un procez. Mais un Poëte doit comme un Musicien préparer &
sauver les dissonances.

Il y a dans Homére d'autres fictions
qui me paroissent bien plus vicieuses :
ce sont certaines idées chimériques qui
ne se presentent à l'imagination sous
aucune forme distincte. Comme on voit,
dit-il, (*L.* 16. *p.* 24.) au milieu d'un
temps serain , un nuage noir se former
sur le sommet de l'Olympe , & s'élever
vers le ciel , lorsque Jupiter menace la
terre & la mer d'une furieuse tempête ;

on voit de même la terreur & la fuite
s'élancer tout d'un coup des Vaiſſeaux
vers les murs d'Ilion. Il eſt difficile de lier
la comparaiſon avec le fait ; mais le fait
même n'eſt pas aiſé à prendre. Mᵉ D. dit
» ſur ce ſujet (3. 4. 2. 1.) qu'il eſt trés-
» beau & trés - poëtique d'avoir fait de
» toutes ces troupes effrayées & miſes
» en fuite deux perſonnages , la ter-
» reur & la fuite , qui s'élancent des
» Vaiſſeaux des Grecs , & qui courent
» vers Troye ,,. Le Grec dit *le cri & la
terreur* , & ne dit point , *qu'ils s'élancent
vers les murs d'Ilion* , de ſorte qu'il ne
fournit point l'image que Mᵉ D. ſe forme. Mais quand il la fourniroit, ces
troupes changées en deux perſonnages
ne nous plairoient point. Mᵉ D. en cher-
» che la cauſe dans nôtre langue qui
» n'eſt pas accoûtumée, *dit-elle* , à une
Poëſie ſi forte ». Il faut plûtôt chercher
cette cauſe dans nôtre eſprit , que la
bonne Philoſophie a accoûtumé dans
l'éloquence & la poëſie même à rejetter
toutes les propoſitions qui ne réveillent
point d'idée exacte & préciſe. Il eſt vray
que nôtre langue , qui a commencé à ſe
perfectionner dans le temps où la Philoſophie a commencé à s'établir , participe à cette juſteſſe , & ſemble rejetter,

avant la réfléxion même de l'esprit, toutes ces expressions confuses. C'est pour cela que Me D. a fort bien fait de changer un endroit du L. 17e ; où Homére selon la traduction qu'elle en donne dans sa remarque, (3. 4 3 5,) dit à la lettre : mais ce travail, c'est-à-dire, « ce combat ne sera pas long-temps « sans éprouver la terreur & la force, « & sans estre disputé ». Cela auroit paru sans doute en nôtre langue un galimathias énorme. Me D. luy a substitué cette phrase : il faut que tout à l'heure la « terreur & la force décident ce démê- « lé « : ce qui est un peu plus soûtenable, quoi qu'aucun Ecrivain François ne s'exprimât ainsi d'original. Quand on ne peut pas traduire à la lettre, dit à cet- « te occasion Me D. (*ib.* 434.) il faut tâcher au moins de bien prendre l'idée « du Poëte, & la rendre le plus noble- « ment qu'il est possible, sans s'en écar- « ter. Voilà à quoi je m'étudie toûjours, « quand je ne puis suivre Homére. Ce « qui est beau dans le Grec *continuë M^e* « *D.* ne le seroit nullement en nôtre « langue : j'ay donc pris l'idée, je l'ay « exprimée par un autre tour ; les con- « noisseurs en jugeront ». Les connoisseurs estimeront beaucoup dans nôtre

langue l'avantage de porter avec elle,
pour ainsi dire, le discernement des idées
justes, & de celles qui ne le font pas ; &
d'en marquer le choix à ceux mêmes
qui n'ont aucune Philosophie. Mais
nous parlerons plus au long de cette
matiére dans le dernier Chapitre de cet
Ouvrage.

Ce goût d'idées chimériques, que
l'on trouve en un assez petit nombre de
traits d'Homére, s'est prodigieusement
répandu dans les Ouvrages de ses Admirateurs ; & il y a produit ce grand
nombre d'interprétations alambiquées,
& de loüanges creuses que M^c D. traduit
d'Eustathe. Ainsi sur un endroit du L. 5.
ou Enée est guéri subitement d'une blessure qu'il venoit de recevoir ? Eustathe
rapporté par M^c D. dit, (1. 468.) qu'-
Homére passe légérement sur cette gué-
rison miraculeuse d'Enée ; parce que
n'ayant d'autre fondement pour la vray-
semblance que la puissance des Dieux,
& ne pouvant estre justifié ni par aucune Fable, ni par aucune allégorie,
elle ne devoit pas estre expliquée plus
au long. » Sur un autre endroit, où Homére voulant exprimer le bruit d'un
combat livré entre Hector comman-
dant les Troyens, & Neptune soûtenant

les Grecs, joint enfemble trois comparaifons hyperboliques ; on lit dans M^e
D. (2. 591.) que la neceffité de ces
comparaifons entaffées eft fondée fur «
ce qu'un homme, un Poëte, qui cher- «
che n'arrefte pas fon efprit fur un feul «
objet, mais qu'il le promene fur plu- «
fieurs ». C'eft-à-dire qu'Homére nous
apporte les incertitudes de fa compofition, & nous communique fon broüil-
lon. Quoique Me D. ne cite pas icy
Euftaçhe, ceux qui connöiffent le bon
Archevêque de Theffalonique, fenti-
ront bien qu'il a part à cette remarque.
Je vous offre ces trois comparaifons,
fait-il dire à Homére, parceque je ne
fçai laquelle eft la bonne. πόση τις οὖν
τυτεβοή; ὅσην οὐκ ἔχω εἰπεῖν p. 994. Mais tout
difparoît devant la remarque fur l'endroit du L. 7e où Jupiter dit à Neptune jaloux de cette muraille fans fondement & à hauteur d'homme que les Grecs
avoient fait pour fe retrancher. Vôtre
gloire eft en fûreté. Jupiter ne dit pas «
à Neptune c'eft Mr D. qui parle, «
(2. 409.) la gloire de la muraille que «
vous avez bâtie eft en fûreté, mais «
vôtre gloire : car en effet, rien ne peut «
effacer la gloire d'un Dieu : mais il «
n'en eft pas de même de fa murail- «

» le , c'est-à-dire , des rempars de Troye.
» Leur gloire étoit déja presque effacée,
» ou elle devoit estre fort inferieure à
» celle que devoit avoir dans tous les
» siécles la muraille des Grecs. La diffe-
» rence en est sensible : la muraille de
» Neptune , cette muraille véritable
» qui a existé, n'a duré que peu d'an-
» nées , & a passé , comme dit Eustathe,
» de l'estre au néant ; au lieu que celle
» qui n'a jamais été bâtie , & qui n'a
» jamais existé que dans l'imagination
» d'un Poëte, a passé en quelque façon
» du néant à l'estre. Tant il est vray que
» la Poësie donne à ses Ouvrages une
» vie plus durable que celles que les
» plus grands Princes donnent aux «
» leurs „. Voilà sans doute un raison-
nement à démonter toute la Logique
de nôtre siécle. Ainsi dans l'impuissan-
ce où je me sens d'y répondre en particulier , je diray seulement en général,
que si quelque raison étrangere me sou-
tient dans la mauvaise opinion que j'ay
d'Homére , ce sont les éloges que ses
Admirateurs sont obligez de luy chercher. Car enfin il me paroît impossible
que je me trompe en condamnant un
Poëte qu'on loüe par des tours qui ne
peuvent jamais tomber dans l'esprit de

deux Lecteurs, s'ils ne les empruntent
l'un de l'autre ; qu'on n'a jamais employez à l'égard de quelque autre Auteur que ce puisse estre ; & par le moyen
desquels on trouveroit toutes les beautez de l'éloquence & de la poësie dans
des Ouvrages indignes d'amuser le petit Peuple.

✳✳✳✳✳✳✳✳✳✳✳✳✳✳✳✳✳✳✳

CHAPITRE II.

Des Combats.

Nous avons déja dit que l'Iliade, selon un certain aspect, n'est qu'un tissu de Combats. Mᶜ D. semble l'avoir senti de même ; puisqu'elle fait valoir, en plusieurs de ses remarques, les moyens dont se sert Homére pour délasser son Lecteur, qui pourroit, dit-elle, estre bien-tôt las de tant de Combats. (1. 493.) Le moyen dont il s'agit, dans le premier endroit où elle parle de la sorte, est un de ces longs discours qu'-Homére fait tenir à ses personnages quand ils sont sur le point de combattre, & où voulant sauver l'ennuyeux par l'absurde, il a ajoûté l'un à l'autre : mais, comme nous devons faire un Chapitre exprés des discours, nous y renvoyons absolument cet article.

Un second expédient d'Homére est la variété qu'il jette, selon Mᵉ D. dans les Combats mêmes. Voicy un tableau » bien varié, dit-elle, sur un endroit du » L. 16. (3. 419.) il est étonnant qu'-

Homére ; aprés avoir decrit tant de «
Combats , trouve encore une si gran- «
de diversité , non-seulement pour les «
blessures & les chûtes des morts , & «
des mourants ; mais encore pour l'ex- »
pression : rien ne se ressemble dans ces «
peintures , & le Verbe même *mourir* «
est diversifié en mille & mille façons. «
Mais premierement , si selon Mr D. citant Eustathe (1. 3 1 1.) il n'y a rien de «
plus ridicule que de changer ce qui a «
été une fois bien dit , Homére a tort «
de varier ses expressions , & de ne pas
redire dans les mêmes termes des choses
qui sont les mêmes : secondement quand
Homére varieroit par hazard quelques
expressions , jamais homme n'a répété
avec plus d'assiduité des Vers entiers, sur
tout en matiére de Combats, tout le
monde connoît ce refrein.

Δούπησεν δὲ πεσὼν ἀράβησε δὲ τεύχε᾽ ἐπ᾽ αὐτῷ

& ces deux autres presque semblables,

ὅσσε δὲ νὺξ ἐκάλυψε τὸν δὲ σκότος ὅσσ᾽ ἐκάλυψεν,

troisiémement , la variété des expressions ne fait point la variété des objets
que demande un grand Poëme ; la difference même des parties du corps humain auxquelles Homére fait blesser les
differens personnages ; & dont il porte
quelquefois le détail jusqu'à l'indécen-

ce, ne m'empêche point de m'ennuyer
de l'uniformité générale de ses Combats, aussi-bien que de leur continuité.
Cette sorte d'objet, étant ordinairement trés-confuse, ne doit occuper, à
mon sens, qu'une trés-petite partie du
Poëme, & d'ailleurs il en faut prendre
la variété dans la difference essentielle
& sensible des Combats sur terre, des
Combats sur mer, des Batailles générales, des rencontres, des défis, enfin
des attaques de Place & des assauts. On
ne sçauroit donner un modéle plus varié & plus accompli sur cette matiére
que le Tasse. Mais quoique le sujet de
l'Iliade presentât naturellement les
mêmes especes de variété, Homére ne
connoît que les Batailles & les Combats singuliers.

A l'égard des Batailles on voit au L. 4.
(p. 149.) l'Ordonnance de Nestor qui
plaçoit la Cavalerie à la tête, & l'Infanterie derriere : c'étoit, dit Mᵉ D.
» (I. 421.) l'Ordonnance qu'Homére
» estimoit le plus, puisqu'il la donne à
Nestor. » Cependant au L. 11. (p. 166.)
l'Infanterie se met en Bataille aux premiers rangs, par l'ordre d'Agamemnon ; & elle est soûtenuë de la Cavalerie. Voicy un ordre de Bataille, dit Mᵉ
D.

D(2. 499.) tout contraire à celuy de «
Neſtor dans le 4ᵉ Liv. car là c'eſt la Ca- «
valerie qui eſt la premiere, & elle eſt «
ſoûtenuë par l'Infanterie; oſerois-je di- «
re ici ma penſée, *continue-t-elle*, je crois «
que c'eſt le voiſinage des ennemis qui «
oblige Agamemnon à changer cet or- «
dre ; il veut enfoncer leurs Bataillons »
avec ſon Infanterie, & achever leur dé- «
faire avec ſa Cavalerie, qui tombera ſur «
les fuyards. » Oſeray-je dire auſſi ma
penſée ? Homére offre à ſon Lecteur la
premiere choſe qui ſe preſente à ſon
eſprit, & il ne ſonge pas plus à l'honneur de Neſtor qu'à celuy d'Agamemnon ; il ne ſonge pas même au ſien ; car
dans cet endroit même du L. 11ᵉ Mᵉ D.
pour faire comprendre l'arrangement
des Troupes, eſt obligée d'ajoûter une
remarque au texte qui, dit-elle, eſt aſſez
obſcur. Nous dirons quelque choſe
ailleurs des obſcuritez d'Homére ; mais
par rapport à ce double arrangement de
Troupes que Mᵉ D. obſerve avec tant
de ſoin , rien n'eſt plus indifferent à
Homére que l'ordre dans lequel il nomme les choſes. Au L. 8. (*p.* 51.) il s'a-
git de ſortir des retranchemens pour
repouſſer les Troyens : Dioméde marche le premier ; Agamemnon & Méne-

las viennent ensuite , & aprés eux les
deux Ajax. Selon l'ordre de la dignité,
les deux Atrides devoient marcher avant
Dioméde , & selon l'ordre de la valeur,
sur lequel Homére & M.e D. appuyent
beaucoup , ils ne devoient paroître
qu'aprés le grand Ajax, puisque M.e D.
a dit elle-même sur le L. 7.e (p. 399.)
» grand honneur pour Agamemnon d'ê-
» tre nommé avec Dioméde , & avec
» Ajax. »

Quand les Combats sont une fois
commencez dans l'Iliade , on ne voit
plus aucune conduite générale ; les chefs
mêmes n'y agissent que comme soldats,
& ne se distinguent que par le nombre
des coups qu'ils donnent ; ou si l'on
aperçoit quelque ombre de commandement , ce sont des vûës si simples, qu'elles tomberoient d'elles-mêmes & necessairement dans les plus petits genies ;
comme lors qu'au Liv. 17.e (p. 80.)
» Tous les Troyens s'éforçant d'enle-
» ver le corps de Patrocle ; Ajax donne
» par tout ses ordres, & ne souffre pas
» que ni Officier ni Soldat quitte son
» poste pour avancer ou pour reculer,
» mais il les force à couvrir toûjours le
» corps de Patrocle , & à combattre de
» pié ferme pour le garantir des outra-

ges que luy préparoient les Troyens. «
Mᵉ D. dit là-deſſus (3. 446.) Il ne s'a-
git que de ſauver le corps de ce Prin- «
ce, & tout doit concourir pour cela : «
cet ordre d'Ajax eſt fort ſage , & d'un «
Capitaine expérimenté. » C'eſt une
grande queſtion s'il ne s'agiſſoit que de
ſauver le corps de Patrocle , & ſi les
Grecs n'auroient point mieux fait d'employer autrement leur avantage , & de
profiter , pour quelque choſe de plus
important , de l'acharnement ridicule
des Troyens ſur le corps de Patrocle :
mais quand il ſeroit clair que les Grecs
ne duſſent s'attacher qu'à ſauver ce
corps , la ſageſſe & l'expérience d'un
grand Capitaine ſe prouve par des ma-
nœuvres un peu plus recherchées que
celle d'Ajax ; car il n'eſt point de Ser-
gent qui dans le même deſſein que luy
ne fît le même commandement.

D'autres fois les Chefs appellent ou
aſſemblent quelque ſécours : mais cela
ſe fait d'un air , & par des motifs qui
tiennent plus de la lâcheté que de la prudence. Au L. 13. (p. 282.) Déiphobus
fils de Priam délibère en lui-même s'il «
iroit appeller à ſon ſecours quelque «
brave Troyen, ou s'il combattroit ſeul «
contre Idoménée. Enfin le premier «

» party l'emporta comme le plus sûr.
» Il alla donc chercher Enée qu'il trou-
» va à la queuë des Bataillons : Enée
» excité par les paroles de Deiphobus
» va contre Idoménée avec beaucoup
» d'audace & de fierté ; Idoménée le
» voyant approcher ne prend point la
» fuite comme un jeune Soldat peu
» aguerri, mais il l'attend de pié ferme :
» tel qu'un Sanglier plein de confiance
» en sa force & en son courage, attend
» sans s'étonner , dans le lieu le plus
» désert d'une haute montagne , une
» troupe de Chasseurs & de chiens qui
» fondent sur luy avec un grand bruit....
» Tel le grand Idoménée attend le cou-
» rageux fils d'Anchise. » Mais par une
contradiction inconcevable, après ce narré & cette comparaison du Poëte, Ido-
» ménée appelle ses compagnons Asca-
» laphus, Apharée, Deipure, Merion,
» & Antiloque tous aussi vaillans qu'ex-
» périmentez Capitaines. Mes amis,
» *leur dit-il*, venez me défendre : car je
» me trouve seul ; & je vois venir à moy
» le redoutable Enée que vous avez vû
» si souvent dans les Batailles tout cou-
» vert de sang de ses ennemis. Enée,
» voyant arriver ce renfort à Idoménée,
» appelle aussi ses amis , Deiphobus, »

par qui cette chaîne de gens qui s'appel-
lent a commencé ; & avec luy Paris & «
Agenor qui combattoient à la tête des »
Troyens. » On peut dire à tout cela
qu'en une Bataille il ne s'agit pas de dif-
puter la victoire felon les regles d'un
Combat fingulier , que la chofe même
eft impraticable dans le tumulte & dans
la mêlée , qu'enfin il faut fonger à l'a-
vantage de fa Nation , préférablement
à une gloire propre qui n'eft point à fa
place. Je reçois toutes ces réponfes ;
mais je dirois à un jeune Poëte qui m'ap-
porteroit un endroit femblable à celuy
que je viens d'alléguer : mettez vos Héros dans un jour qui leur foit plus favorable , changez en précaution de
grand Capitaine ces défiances de mauvais Soldat , en un mot imitez fur cet
article tous les Poëtes du monde , excepte Homére.

Les defcriptions des Batailles de l'I-
liade fe confument donc prefque toutes en circonftances particulieres, dont
quelques-unes mêmes font rifibles :
comme la chûte de ce Midon qui au «
L. 5. (*p.* 2 1 2.) tomba de fon Char «
la tête la premiere dans un endroit «
où le fable étoit mou & profond. Ho- «
mére varie fi bien , *dit là-deffus* Me *D.*

» (1. 471.) toutes les differentes attitu-
» des des bleffez & des mourans, qu'ici
» il peint la chûte d'un homme qui,
» tombant la tête la premiere dans un
» endroit mou & profond, y enfonce
» jufqu'aux épaules, y demeure enga-
» gé, & eft tenu là tout droit les jambes
» en haut, par la pefanteur de fes ar-
» mes qui le tiennent en cet état.» On
trouve d'autres circonftances plus étenduës, mais qui n'en font pas moins fri-
voles : comme ce jeu d'Automedon &
d'Alcimedon montant l'un aprés l'autre
fur le char d'Achille que la mort de
Patrocle venoit de laiffer fans conduc-
teur. Automedon gardoit ce char qui fe
trouvoit alors loin de la bataille a, &
vouloit le ramener à Achille ; mais les
» chevaux immortels, apprenant la
» mort de Patrocle, ne voulurent d'a-
bord ni avancer ni reculer ; » & malgré
les grands coups de foüet d'Automedon que Mᵉ D. leur épargne dans le
François, ils demeurent immobiles
» comme une colomne fur un tombeau:
» mais un moment aprés, Jupiter leur
fouffle une force invincible ; » Automedon tombe icy dans une autre difgra-
ce ; car les chevaux immortels, pre-

a *Liv.* 17. *pag.* 85.

nant auffi-tôt le mors aux dents, em-«
portent le char d'une courfe rapide «
au milieu des Grecs & des Troyens ; «
de forte qu'Automedon fond fur les «
Bataillons comme un Vautour fur des «
Colombes ; & volant dans tous les «
rangs, il évite & pourfuit les Troyens «
avec une égale viteffe. (l. 17.) c'étoit «
malgré lui, dit-là-deffus Mᵉ D. (3. 449.) «
car les chevaux l'emportoient comme «
il va l'avoüer lui-même. Ainfi, con-«
tinuë-t'elle Cette particularité n'eft «
pas ajoûtée comme une jeuneffe & «
une folie d'Automedon, c'eft l'éloge «
des chevaux. » Quoique Mᵉ D. ne cite
pas ici Euftathe, je fuis bien-aife d'a-
vertir qu'il a fait naître cette remarque,
(Euft. p. 1115.) parce que j'ai à dire
quelle tient de la petite Critique, des
longues minuties, & des vaines applications du bon Archevêque de Theffalonique. Qu'eft-ce en effet qu'un homme qui fond malgré luy fur des Bataillons comme un Vautour fur des Colombes? la comparaifon feroit bien placée ;
& quand il le feroit de fon plein gré,
feroit-ce pour cela une jeuneffe & une
folie, puifque fes chevaux feuls, felon
le Poëte, font capables de faire fuir les
Troyens? de plus le Poëte dit formel-

lement dans le Grec, qu'Automedon se-
condoit & augmentoit l'impetuofité des
chevaux. ἵπποις ἄϊσσων f. 460. Ainfi,
ils ne l'emportoient pas malgré luy.
Mais, dira-t-on, il va répondre à Alcimedon, qui l'accufera d'imprudence, que
» perfonne ne peut modérer la fougue
» de ces chevaux indomptables , & que
» cela n'étoit donné qu'à Patrocle feul.»
Je ne fçaurois qu'y faire , & je ne puis
pas empêcher Homére de fe contredire.
Automedon lui-même , aprés avoir dit
qu'il n'y avoit que Patrocle qui pût conduire ces chevaux, ne laiffe pas d'inviter Alcimédon par une autre contradiction à venir prendre les guides, afin
» qu'il puiffe defcendre pour combat-
» tre. » Rien n'eft plus plaifant qu'un
dialogue de douze vers établi entre deux
perfonnes , dont l'une eft à terre, & l'autre fur un char emporté à bride abbatuë. Mais qu'eft-ce que le Lecteur gagne
à voir Alcimedon monter fur ce char à
la place d'Automedon qui en defcend
pour combattre à pié. C'étoit à Alcimedon à combattre à pié , comme il
étoit, & à Automedon à demeurer fur
fon char ; d'autant plus qu'il va fucce-
der à Patrocle dans la fonction de co-
cher d'Achille : (*L.* 19. *p.* 173.) ou

plûtôt ſuivant la penſée que le Poëte
fait naître, Alcimedon devoit monter
ſur le char pour combattre à côté d'Automedon, qui auroit continué de tenir
les rênes des chevaux. Que l'on compare tout cela avec le choix & la varieté
des circonſtances également naturelles
& ſinguliéres que Tite-Live preſente
dans les deſcriptions de Combats : car
enfin, ce n'eſt point le détail comme
détail que l'on condamne dans Homére.
Je condamnerai bien plûtôt les tableaux
où rien n'eſt achevé, & où il a crû que
la multiplicité des objets leur tiendroit
lieu de perfection : c'eſt une maniére
d'ennuyer par la briéveté même. En effet un détail expoſé en cinquante ou ſoixante Vers laſſera moins que dix ou
douze Vers où l'on ne dit les choſes
qu'en gros. Je me ſouviens à cette occaſion d'un jugement que Mᵉ D. porte
ſur un Vers d'Homére comparé à un
paſſage de Xenophon : le Vers d'Homére
eſt au L. 10. K 296.

ἔμ᾽ρονον, ἀν νεκυας, δια τ᾽ ἔντεα, και μελαν αἱμα

Ils marchent au milieu du meurtre,
du carnage, des morts, des armes & du
ſang, (L. 10. p. 144.) & voici le paſſage de Xenophon de la maniére dont Mᵉ
D. l'a traduit ſur la ſeule citation d'Euſ-

O v

thate, que même elle ne nomme pas, &
qui ne dit point l'endroit d'où il l'a tiré.
» Quand le combat fut fini, on voyoit
» le champ de Bataille inondé de fang,
» couvert de morts, & femé de piques
» rompuës, & d'épées, les unes à terre,
» & les autres dans les corps morts.
» Mais Homére, *continuë M^c D.* a ra-
» maſſé toute cette image dans un feul
» Vers qui eſt d'une vivacité & d'une
» harmonie merveilleuſe. » Je ne condamne point du tout le Vers d'Homére
pris tout feul ; je dis feulement qu'il
n'enferme qu'une expoſition générale,
& des mots vagues, qui frappent beaucoup moins l'imagination que le détail
offert dans le paſſage de Xénophon, tel
même qu'il eſt cité par Euſtathe, & traduit par M^c D. mais il eſt encore plus
beau dans l'original, où l'hiſtorien décrit la défaite des Thébains à Coronée
par Ageſilas, dans l'éloge de ce Roy.
» Quand le combat eut ceſſé, on vit
» dans toute l'étenduë du champ de ba-
» taille la terre inondée de fang ; les
» corps des amis & des ennemis étendus
» les uns fur les autres, les boucliers
» percez, les lances rompuës, les épées
» nuës ou femées à terre, ou enfoncées
» dans les corps, ou encore engagées

dans les mains des Soldats. » Toute
prévention à part , une Histoire écrite
dans le style du passage de Xénophon
sera plus lûë qu'un Poëme écrit dans le
style du Vers d'Homére. Je ne préviens
point l'objection du détail ennuyeux
qu'il faut éviter. Les Lecteurs équitables jugeront bien que je ne veux pas
porter les choses d'une extrêmité à l'autre , & j'ajoûteray même , qu'en prenant toutes sortes de descriptions , &
sur tout celles des Combats , par un détail bien choisi , comme je conseille de
le faire ; tous les combats d'un Poëme
ne doivent jamais approcher de la longueur insupportable de ceux d'Homére
considerez tous ensemble.

Mais la plus grande absurdité des
combats de l'Iliade est le rôle que les
Dieux y joüent : c'est une consideration
qu'il faut ajoûter à tout ce que nous
avons dit des Dieux. Homére lui-même
a commencé sa Critique sur ce sujet.
Apollon L. 21. (p. 237.) dit à Neptune:
vous me trouveriez bien insensé, si «
j'entrois en lice avec vous pour de mi- «
sérables mortels. » & cela dans le Livre
même qui est plein de ces sortes de combats. J'ay remarqué ailleurs qu'Homére étoit le plus grand ennemi de ses Hé-

ros ; mais il est lui-même son plus grand
ennemi : il ne tient point à luy qu'on
n'apperçoive toutes les absurditez de
son Poëme ; non-seulement il n'en dé-
guise aucune par adresse de Poëte, mais
il les indique quelques fois avec la derniere simplicité. Les Dieux ne combattent pas seulement les uns contre les autres, en faveur des hommes ; ils combattent même contre les hommes qui
les blessent, & qui les mettent en fuite,
Cependant, comme Homére a aussi des
Vers emphatiques à employer à l'a-
vantage de ses Dieux, le tout ensemble fait une contradiction étonnante : il
a pris soin même de la mettre quelque
fois dans l'espace de quelques lignes.
Ménélas au L. 17. (*p.* 64.) voyant venir Hector soûtenu par Apollon, dit;
» toutes les fois qu'un mortel ose com-
» battre contre un homme que le bras
» puissant de Dieu soûtient, il court à
» sa perte, & reçoit bien-tôt le châti-
» ment de sa folle témérité. *Et tout de*
» *suite*, encore si j'entendois prés de
» moy la voix du vaillant Ajax, tous
» deux nous ferions ferme, & nous com-
» battrions, fust-ce contre un Dieu, D'un
» autre côté, Hector au sujet duquel Mr
D. dit (2. 591.) Quelle grandeur il y a

dans cette image qu'Homére fait en «
oppofant ainfi Hector à Neptune, & «
en l'égalant par-là à ce Dieu!» ce même
Hector, comme s'il fe défendoit & de
l'image d'Homére, & de l'exclamation
de Mᶜ D. dit (*L.* 20. *p.* 197.) s'il ne
falloit que parler je combattrois mê- «
me contre les immortels ; mais la pi- «
que à la main, je ferois bien-tôt puny «
de ma témérité, car les Dieux font «
bien plus forts que les hommes. »

Au L. 20. (*p.* 184.) Junon dit à
Neptune & à Pallas : avertiffons Achil- «
le de ce que nous allons faire en fa «
faveur ; autrement dés qu'il trouvera «
devant lui quelqu'un des Dieux amis «
des Troyens, il fera faifi d'épouvan- «
te. » Mᶜ D. obferve fur cela (3. 514.)
qu'Homére donne toûjours à Achille «
une forte de Religion, qui peut s'ac- «
corder avec le fond de fon caractere. »
Cette Religion confifte ici en ce qu'il
eft fufceptible d'épouvante à l'afpect
des Dieux: cependant fans remonter plus
haut que la page précedente (*p.* 513.)
à l'occafion d'un endroit où Homére «
fait Achille impatient de verfer le «
fang d'Hector fous les yeux mêmes «
du Dieu Mars qui le protege. » Mᶜ D.
dit, voilà des traits dignes d'entrer dans

» le caractere d'Achille : il veut tuer
» Hector ; mais ce n'est pas assez pour
» luy : il veut le tuer sous les yeux de
» Mars, & malgré la protection dont ce
» Dieu l'honore. » Ainsi voilà sa Religion évanoüie. Au fond Ajax au L. 15.
n'avoit-il pas resisté à Hector quoique
celui-ci fut secondé d'Apollon (*p.* 370.)
Dioméde au L. 5. n'avoit-il pas donné
la chasse à ces Dieux protecteurs de
Troye, à Mars & à Venus ? pourquoi
donc Junon dit-elle qu'Achille sera
saisi d'épouvante en les voyant?

Je parlerai autrement quand ce sera
Jupiter même qui s'opposera à l'entreprise de quelque Héros ; car il me paroît qu'il ne peut y avoir que de la folie
& de l'impieté à luy résister : cependant
que les Héros d'Homére fuyent Jupi-
ter, ou qu'ils lui résistent ; Me D. trouve toûjours de quoy les loüer. Les Grecs,
dit Homére, (*L.* 8. *p.* 392.) voyant le
» ciel en feu, & Jupiter armé contr'eux
» de ses éclairs & de ses foudres, pren-
» nent l'épouvante & se dissipent : ny
» Idoménée, ny Agamemnon, ny les
» deux Ajax n'osent tenir ferme. » Tous
les plus grands Héros de l'armée Grecque fuyent, dit Me D. (2. 415.) mais
» ils fuyent devant Jupiter : Nestor le

plus grand rempart des Grecs, *continuë* «
Homére , demeure feul , mais malgré «
luy, il ne peut fuïr comme les autres ; «
car Paris avoit bleffé un de fes che- «
vaux. Je trouve ici une addreffe mer- «
veilleufe , *continuë* Me D. Homére , «
pour faire voir que la fuïte de fes Hé- «
ros n'étoit pas honteufe en cette occa- «
fion, juftifie Neftor de n'avoir pas fuï «
comme les autres : il dit donc qu'il «
demeura *malgré luy*, & il en donne la «
raifon. Quel art ? » Ce cheval bleffé, qui
empêche Neftor de fuïr , me fait reffouvenir en paffant d'un endroit du L.
13. (*p*. 286.) où Homére dit qu'Idoménée , rendu pefant par l'âge , &
n'ayant pas des pieds affez légers pour
précipiter fa fuite , faifoit lentement
fa retraite , en parant à tous les traits
qui pleuvoient fur luy. » Voilà un homme bien heureux d'eftre vieux ; cela luy
fait faire bonne contenance. S'il avoit
eu la vigueur de fa jeuneffe , il alloit
fuïr à toutes jambes. Mais malgré l'art
avec lequel on excufe Neftor de n'avoir
pas fuï devant Jupiter, je vois d'un autre côté qu'on releve Diomédé pour
avoir réfifté long-temps à ce Dieu. Dans
cette déroute générale caufée par Jupiter même , dit Me D. fur le même L. 8.

(2. 416.) Dioméde eſt le ſeul qui ne
» fuit point : en quoi Homére ſuit ad-
» mirablement le caractére qu'il a don-
» né à ce Héros. Dioméde, qui avoit
» déja été attaqué par Apollon dans
» le dernier combat, & qui étoit re-
» tourné trois fois à la charge contre
» ce Dieu, ne prend pas ſi légérement
» la fuite ; il faut qu'il ait fait aupara-
» vant des efforts dignes de ſon coura-
» ge, il faut que la foudre tombe aupa-
» ravant à ſes pieds, & encore aprés
» cela toute la ſageſſe de Neſtor eſt ne-
» ceſſaire pour le faire reſoudre à fuir.
» Tout cela eſt conduit avec un grand
» art. » Pouvoit-on moins attendre, *con-*
tinuë Me *D.* (*ib.* 417.) de ce caractere
» fier & terrible qu'Homére vient de
» donner à Dioméde, qui ne peut eſtre
» effrayé par les foudres mêmes de Ju-
» piter : Dioméde, *ajoûte-t-elle au bas de*
» *la même page* (417.) aprés même la
» foudre de Jupiter tombée à ſes pieds,
» n'auroit jamais conſenti à prendre la
» fuite ſans Neſtor. » Dioméde, *dit-elle*
enfin (418.) en délibérant veut aller
» contre Hector ; il faut que Jupiter,
» pour l'en empêcher, revienne trois
» fois à la charge. Je m'arrête un peu
» *continue-t-elle,* à expliquer la beauté

de ces caractéres; parce qu'il n'y a pas «
un seul trait qui ne mérite d'estre étu- «
dié, & que c'est la partie où les Poë- «
tes manquent le plus souvent, faute «
d'avoir bien médité ces excellens ori- «
ginaux, seuls capables de les guider «
& de les conduire. » Mais au lieu de
toutes ces remarques de Mᵉ D. il me
semble qu'il n'y a sur tout cela qu'un
mot à dire. Si le tonnerre n'est dans Homére qu'un effet naturel, ou même une
augure équivoque, comme il paroît
l'estre par un endroit du 15ᵉ L. p. 368.
où les Troyens l'expliquent mal-à-propos en leur faveur, Agamemnon, Nestor,
Idoménée, & les deux Ajax sont des lâches de fuïr, sur tout avec cette épouvante & ce désordre qu'Homére leur
attribuë (*L. 8. p. 39. & 42.*) Si le tonnere est un signe évident de la volonté
contraire de Jupiter, Dioméde est un
insensé & même un impie de ne pas se
retirer jusqu'à un moment plus favorable. C'est plûtôt pour ne laisser rien à
dire que pour dire quelque chose de ne-
céssaire, que je m'arreste un moment
icy à faire voir la difference de cette
résistance de Dioméde à Jupiter, avec
la résistance de Jacob luttant avec l'Ange alleguée dans la Préface de Mᵉ D.

(*p.* 15.) Car on voit clairement par le
texte de l'Ecriture, que cette lutte étoit
une épreuve avantageuse à Jacob même, & un symbole des succez que la
ferveur de ses prieres avoient eu auprés
de Dieu, de la même maniére qu'il est
dit dans l'Evangile (*Matt.* 11. 12.)
que le Royaume des Cieux souffre violence, & que les violents l'emportent.
Cela a-t-il quelque rapport à la résistance de Dioméde, qui se fait au mépris de Jupiter ; & qui selon les régles
du bon sens devoit estre sur le champ
punie de mort ?

Quoiqu'il en soit, dira-t-on, ces excellens originaux nous donnent Dioméde pour tel, & ils établissent ainsi son
caractere. Je l'avois d'abord pensé moi-
même, mais faisant bien-tôt réfléxion à
la variation & au désordre d'esprit de
nôtre excellent original, je me suis tenu assûré de trouver quelque part Dioméde poltron à son tour, comme tous
les autres. Aprés une courte recherche,
je n'ay plus été surpris que de l'excez
où le Poëte a porté sa lâcheté dans le L.
5. où ce Héros fait d'ailleurs tant de merveilles. Dioméde (*L.* 5. *p.* 213.) voyant
» Hector accompagné du Dieu Mars,
» fut saisi de frayeur ; comme un hom-

me fans expérience forti, pour la pre- «
miere fois de fon pays , & qui après «
avoir traverfé de vaftes campagnes , «
trouve tout à coup un fleuve , qui «
roulant fiérement fes flots tous blancs «
d'écume , porte le bruit de fes eaux «
à l'Ocean , s'arrefte tout étonné , & «
retourne fur fes pas ; le fils de Tydée «
fe retire de même , & en s'adreffant «
aux troupes , il leur dit : ce n'eft pas «
fans raifon , mes amis , que nous fom- «
mes effrayez de la valeur du grand «
Hector ; il a toûjours prés de luy quel- «
qu'un des immortels qui le protege, «
& qui éloigne de luy tous les dan- «
gers. A l'heure que je vous parle, il «
eft accompagné du terrible Dieu des «
batailles , fous la figure d'un mortel. »
Je conçois que Mars peut infpirer de
la crainte , & la retraite la plus prompte n'eft pas toûjours digne de blâme :
mais pourquoi fe fervir des mots deftinez de tout temps à exprimer la plus
parfaite lâcheté, *faifi de frayeur, effrayé
de la valeur du grand Hector.* Pourquoi
aggraver tout cela par une comparaifon trés-ignominieufe pour un Héros,
& entiérement oppofée au mérite de la
guerre ; *Un homme fans expérience, forti
pour la premiere fois de fon païs ?* Mais

admirez la convenance des idées d'Ho.
mére. Dioméde tremble & fe retire à
l'afpect de Mars, Dieu fubalterne, repréfentant le vice ; & fans Neftor il
n'auroit jamais fuï devant Jupiter le
plus grand des Dieux, & repréfentant
le vray Dieu.

Homére a un autre moyen de rendre
honnefte la fuite de fes Héros, c'eft de
fuppofer que Jupiter a verfé la terreur
dans leur ame. Ajax même fert de but
à cette fantaifie d'Homére. Jupiter du
» haut des cieux verfe la terreur dans le
» cœur du fils de Telamon (*L.* 1 1. 1ɔ9.)
Mᶜ D. dit là-deffus, (2. 5 14.) Que n'au-
» roit point fait Ajax, fi Jupiter ne s'é-
» toit oppofé à fon courage, & s'il n'a-
» voit verfé la terreur dans fon cœur?»
C'eft-à-dire, quelle hardieffe n'auroit-
il point euë, s'il n'avoit eu peur ? Au
refte, fi Homére vouloit eftre utile aux
Grecs, je dis même pour la guerre ; il
ne devoit point fournir cette idée de
terreur verfée dans l'ame par Jupiter;
prétexte bien plus pernicieux pour des
troupes que celuy du tonnerre, regardé
même comme un augure finiftre : car
enfin le tonnerre eft quelque chofe de
fenfible qu'on ne peut alléguer à faux;
mais des Soldats n'auront qu'à prétex-

ter la terreur que Jupiter verſe dans
leur ame, & ils ſe croiront en droit de
fuïr : cependant Homére met lui-même
dans la bouche d'Uliſſe une ſentence
déciſive contre ceux qui écoûtent cette
terreur. Car Uliſſe parle ainſi (L.11.191.)
voilà Jupiter qui verſe la terreur dans «
le cœur de tous les Grecs : n'importe, «
& je me reproche d'avoir délibéré. «
Ne ſuffit-il pas de ſçavoir qu'il ny a «
que des lâches qui fuïent, & que tout «
homme qui a du courage doit combat- «
tre de pied ferme, & ne pas conſidé- «
rer le danger? » Mᵉ D. ne manque pas
de remarquer ſur cela (2.510.) qu'on
ne ſçauroit mieux peindre tout ce «
qu'un homme d'un grand courage «
doit penſer & dire dans un ſi grand «
danger. » Mais Uliſſe qui brave ici la
terreur verſée dans l'ame, craignoit
fort le tonnerre ; car au L. 8. (p. 40.)
Dioméde lui crie de toute ſa force : où «
fuïez-vous, fils de Laërce? Quoi ! vous «
tournez le dos : ne craignez vous «
point que quelqu'un ne vous perce «
dans voſtre fuïte ? quelle honte pour «
vous ! arreſtez, & faites ferme, afin «
que nous ſauvions le ſage Neſtor des «
mains d'un cruel ennemi. Il dit, & «
ſes paroles ne ſont point entenduës :

» Ulisse *emporté par la frayeur que luy*
» *causoit un coup de tonnerre qu'il ve-*
» *noit d'entendre*, gagne les Vaisseaux. »
Homére, comme vous voyez, n'est pas
un vent moins favorable pour précipiter la fuite de ses Héros, que pour se-
conder leur ardeur , selon l'expression
de Longin chap. 7. Mᵉ D. (3. 410.)
» dit au sujet d'Ajax qui cedoit aux
» Troyens & à Jupiter, que pour mé-
» nager ce Héros, Homére mesure ses
» termes , & ne dit pas : il se retira, il
» s'enfuit, mais il s'éloigna des traits. »
Pourquoi donc ne pas ménager un peu
les autres Héros dans une semblable
circonstance ? il adoucit (3. 4; 8.) la
fuïte de Ménélas : pourquoi n'adoucit-il
pas celle d'Ulisse bien supérieur à Ménélas?

A tout prendre il paroît que Mᵉ D.
panche pour le courage contre Jupiter
même : car je trouve cette remarque
sur le L. 15. (2. 608.) Homére, pour
» relever la valeur d'Hector, lui a don-
» né Neptune pour antagoniste, & pour
» relever celle d'Ajax, il lui a déja op-
» posé Hector soûtenu par Apollon,
» & voilà qu'il lui oppose ici Jupiter
» même, ce sont là des traits d'un grand
maistre. » Pourquoi donc Mᵉ D. dans

fon livre de la Corruption du goût p.
552. défend-elle Ajax d'avoir fait un
défi à Jupiter. Il eſt vrai que les paroles
d'Homére, *fais nous périr*, n'expriment
point ce défy ſi nettement que celle de
Mr Deſpreaux & de Mr de la Mothe, *&*
combats contre nous : mais la penſée d'A-
jax, quoique foiblement exprimée «
dans le Grec, va ſi naturellement au «
défy, que Longin même a crû l'y voir; «
puiſque dans ſa paraphraſe alléguée «
& traduite par Mc D. (3. 453.) il dit, «
que pourvû que le jour paroiſſe, Ajax «
eſt trés-aſſûré de faire une fin digne «
de ſon grand cœur: *quand Jupiter luy-* «
même viendroit s'oppoſer à ſes efforts. »
Mais un grand inconvénient qui arrive de cette oppoſition des hommes
aux Dieux, eſt qu'en preſtant aux hommes une grandeur chimérique, elle donne aux Dieux une véritable petiteſſe.
Voyez l'ignominie de Mars fuïant devant Dioméde au L. 5. & diſant à Jupiter, (*p.* 234.) ma viteſſe & ma légéreté
ne m'ont ſauvé qu'à peine. » Le P. Rapin a avoûé ſur cet endroit-là qu'Homére feroit pitié, ſans le reſpect dont «
on eſt prévenu pour la grandeur de ſon «
genie. » Mr D. fait remarquer, (1. 456.)

a *Comparaiſon d'Homére & de Virgile.*

que la pitié n'eſtoit point le caractere de
Mars. La fuite étoit-elle ſon caractere?
Pour moi, quand je trouve dans l'Iliade Achille [a], Ajax [b], Hector [c], s'avancent ſemblables au terrible Mars ; je
dis toûjours ; ils vont donc fuïr comme
leur Patron, & ſouvent je devine juſte.
Les Dieux mêmes inſpirent la lâcheté
aux Héros qu'ils favoriſent. Hector au
L. 20. (p. 198.) étoit prêt de faire des
merveilles ; il diſoit à ſes Soldats : quand
„ les mains d'Achille ſeroient comme
„ le feu, & ſon courage comme l'acier
„ embraſé, je ne laiſſerois pas de le
„ chercher & de le combattre. Dans ce
„ moment, *continue le Poëte*, Apollon
„ s'approche d'Hector, & lui dit : Hec-
„ tor, ne combattez pas ſeul à ſeul con-
„ tre Achille à la teſte des troupes, con-
„ tentez-vous de réſiſter à ſes efforts au
„ milieu de vos bataillons ; vous eſtes
„ perdu s'il vous approche. Hector re-
„ connoît la voix du Dieu, & ſaiſi de
„ frayeur il ſe retire au milieu de ſes
„ Phalanges. „ Ainſi Mᵉ D. a quelque
raiſon de dire (2. 501.) que la retrai-
„ te des Dieux tourne à la gloire des
„ Héros ; „ car ſi Apollon s'étoit retiré,

a L. 22. p. 259.   c L. 11. 183.
b L. 7. p. 14.

Hector

Hector. auroit beaucoup mieux fait.
Toute l'Iliade eſt pleine de ces exemples qui ont tous quelque ridiculité
particuliere ; mais la matiére qui m'ac-
cable me réduit à avertir ſeulement les
Lecteurs d'y prendre garde, quand ils
réliront Homére après ma Critique.

A l'égard des combats ſinguliers, nous
avons diſcuté dans la ſeconde Partie de
cet Ouvrage celui d'Ajax & d'Hector ;
nous avons dit quelque choſe de celui
d'Hector & de Patrocle, qui n'eſt un
véritable combat, que dans la comparaiſon que le Poëte y joint : tel qu'un
Lion, dit Homére (*L.* 16. *p.* 51.) qui
aprés avoir traverſé des montagnes «
brûlées par l'ardeur du ſoleil, ſans «
trouver le ſécours d'une eau ſalutai- «
re, rencontre tout à coup prés d'une «
ſource un furieux Sanglier, qui la «
gueule beante & encore teinte du ſang «
des beſtes qu'il a dévorées, cherche «
auſſi à étancher ſa ſoif ; la ſource eſt «
trop petite pour les déſalterer tous «
deux ; ils ſe chargent avec une égale «
furie, & enfin le Lion aprés divers aſ- «
ſauts terraſſe ſon ennemi, tel Hector «
ſe jette ſur le fils de Menœtius. » Mais
ne vous fiez point à cette comparaiſon,
qui vous feroit croire qu'Hector & Pa-

IV. Partie. P

trocle s'étoient chargez vigoureuse-
ment, & avoient fait l'un contre l'autre divers assauts. Voici comment la
chose s'étoit passée. Patrocle (*ib. p. 49.*)
» dont la fureur croissoit à tous mo-
» mens, pareil au Dieu Mars, s'étoit
» mêlé par trois fois avec les ennemis,
» & en avoit fait un horrible carnage.
» A chacune de ces charges il avoit tué
» de sa main neuf Héros. Enflé par ce
» succez & insatiable de sang, il en
» faisoit une quatriéme : & alors, géné-
» reux Patrocle, *dit le Poete en l'apostro-*
» *phant,* la fin de vôtre vie commence
» à se faire voir. Le terrible Apollon
» marche contre vous à travers les Pha-
» langes, sans estre vû, car il étoit en-
» veloppé d'un épais nuage, il s'arrête
» derriere Patrocle, & du plat de sa
» main il le frappe derriere le dos entre
» les deux épaules. Un ténébreux ver-
» tige s'empare en même-temps de lui;
» ses yeux sont obscurcis ; Apollon dé-
» lie son casque qui roule aux piez des
» chevaux, la pique de Patrocle, toute
» forte, toute pesante, & toute garnie
» d'acier qu'elle étoit, se rompt entre
» ses mains ; son bouclier qui le cou-
» vroit tout entier se détache, & tom-
» be à ses pieds ; & Apollon lui-même

lui délie sa cuirasse. Alors l'étonne- «
ment & la frayeur lui glacent les es- «
prits, ses forces l'abandonnent, il «
demeure immobile. Un Dardanien, «
profitant de ce moment, s'approche «
& lui donne un coup de pique entre «
les deux épaules : c'étoit le fils de «
Panthoüs, le vaillant Euphorbe, qui «
en force, en courage, en adresse à me- «
ner un char, & en vitesse surpassoit «
tous ses compagnons, & dont les pre- «
mieres armes étoient célébres par la «
mort de vingt guerriers qu'il avoit «
précipitez de leurs chars dans la mê- «
lée. Ce fut lui, généreux Patrocle, «
qui vous blessa le premier ; mais il «
n'eût pas la gloire d'achever de vous «
vaincre, action trop au-dessus de ses «
forces ; car retirant promptement sa «
pique il regagna son bataillon, & «
n'eût pas la hardiesse d'attendre Patro- «
cle nû & désarmé. » Me D. dit là-dessus. (3. 431.) Le Poëte releve la valeur d'Euphorbe, pour faire plus «
d'honneur à Patrocle : il n'y avoit «
qu'un Héros qui eût osé l'approcher. »
Nos simples soldats ne souffriroient
point aujourd'huy parmi eux un Héros, qui n'auroit pas osé attendre un
homme nû & désarmé. Le fils de Me-

nœtius, *continue Homére*, qui se sentit
» dompté par la main d'Apollon, & af-
» foibli par sa blessure, tâche pour évi-
» ter la mort de regagner le gros de ses
» Thessaliens, Hector voyant ce Héros
» se rétirer du combat, & dangereuse-
» ment blessé, traverse tous les rangs, &
» s'approchant le perce de sa pique, Pa-
» trocle tombe avec grand bruit, &
» plonge tous les Grecs dans le deüil &
» dans les regrets d'une si grande per-
» te. „ Voilà la belle maniére dont Patrocle est tué par Hector, & que Patrocle lui reproche à merveille en ex-
pirant (*p.* 53.) le fils de Latone secon-
» dé par mon cruel destin m'a ôté la vie;
» Euphorbe est venu aprés lui, & tu
» n'es que le troisiéme. „ C'est pourtant
à quoi Homére applique sa comparaison du Lion & du Sanglier qui combattent long temps auprés d'une source; en indiquant Hector par le Lion,
& Patrocle par le Sanglier, malgré
toute la supériorité de courage que Mᵉ
D. (3. 432.) donne à Patrocle sur Hector; mais il faut dire à l'avantage d'Homére, que l'erreur d'histoire naturelle
sur le Sanglier qui a dévoré des bestes,
n'est pas dans le texte; & qu'elle n'est
dûe qu'au soin que Mᵉ D. a pris par tout

d'étendre & d'orner le ſtyle d'Homére.

Je placeray icy la derniere cenſure
du combat d'Achille & d'Heĉtor, qui
eſt le plus long & le plus vicieux de
tout le Poëme. Cependant je commen-
ceray cette cenſure par une juſtification
d'Homére, ſur ce qu'Achille pourſuivant Heĉtor défend aux Grecs de tirer
ſur ſon ennemi : mais cette juſtification
aura cela de particulier, qu'au lieu que
Mᵉ D. croit-elle même juſtifier ſur ce
point Homére contre les modernes, je
vais le juſtifier contre Ariſtote & contre
elle. Ariſtote allégué par Mᵉ D.(3.553.)
parle ainſi : il faut jetter le merveil- «
leux dans la Tragedie : mais plus en- «
core dans l'Epopée, qui va en cela «
juſqu'au déraiſonnable : car comme «
dans l'Epopée on ne voit pas les per- «
ſonnages qui agiſſent, tout ce qui «
paſſe les bornes de la raiſon eſt trés- «
propre à y produire l'admirable & le «
merveilleux. Par exemple, ce qu'Ho- «
mére dit d'Heĉtor pourſuivi par Achil- «
le, ſeroit ridicule ſur le Théatre ; car «
on ne pourroit s'empêcher de rire, de «
voir d'un côté les Grecs debout ſans «
faire aucun mouvement, & Achille «
de l'autre qui pourſuit Heĉtor, & qui «

» fait figne aux Troupes de ne pas tirer;
» mais c'eft ce qui ne paroît pas dans
l'Epopée. » Je foûtiens fur cela, que ni
dans la Tragedie, ni dans aucun autre
Poëme, nous ne trouverions point ridicule qu'Achille fit figne aux Troupes
de ne pas tirer fur Hector qui eft hors
de la mêlée, & qui fe trouve avec lui
dans les termes d'un combat fingulier:
au contraire nous trouverions infame
qu'Achille permit aux Grecs de l'aider
en un combat où il a par lui-même, &
par le fécours de Minerve tant de fupériorité fur fon ennemy abandonné des
Dieux & des hommes : ma juftification
d'Homére contre Ariftote & contre Me
D. confifte donc à dire qu'ils font tort
à Hom.re d'appeller merveilleux déraifonnable un trait conforme aux plus
communes loix de la bien-féance ; &
même de le juftifier fur un point qu'il ne
pouvoir pas traiter autrement , & fur
lequel je ne crois pas qu'il ait jamais eu
d'autre objection que celle qu'il leur
plaît de forger. Ainfi quand Me D. dit
fur cét endroit. (3. 554.) que ce qu'on
» traite aujourd'hui de ridicule & d'ab-
»furde dans Homére ; eft traité d'ad-
» mirable & de merveilleux par Arifto-
»te, qui en dit même la raifon. » Je ne

fçai point qui elle a en vûë, & je ne me
foucie guére de le fçavoir, car ce né
peut être qu'un infenfé. Tout ce que je
fçai eft que les Poëtes Epiques ont imité
en ce point Homére, & que perfonne
ne les en a blâmez. Virgile (*L.* 10.)
fait prendre la même précaution à Turnus lorfqu'il va attaquer Pallas.

Ut vidit focios ; tempus defiftere pugna,
Solus ego in Pallanta feror, folus mihi
    Pallas
Debetur.

& au (*L.* 12.) lorfqu'il va attaquer
Enée,

Parcite jam Rutuli, & vos tela inhibete
    Latini.

Dans le Taffe même qui eft un moderne, Tancrede fe préparant à combattre Argant. *Canto* 19. *ft.* 5.)

    Si volge a i fuoi,
    E fa ritrargli da l'offefa.

Mais dans ce dernier Poëte, qui a
porté au plus haut point la nobleffe des
caracteres, Tancrede fait moins cela
par un mouvement d'orgüeil comme
Achille & Turnus, que par un fentiment d'honneur qui lui défend d'attaquer fon ennemi avec le moindre avantage, & qui lui fait jetter fon bouclier,
(*ib. ft.* 9.) quand il voit qu'Argant n'en

a point. Ce qui me furprendroit un peu
plus eft que les Troyens ne tirent point
fur Achille, pour défendre Hector qui
n'avoit pas refufé leurs fecours. Au refte
fi le déraifonnable dont il eft parlé dans
le paffage d'Ariftote, régardoit moins la
défenfe qu'Achille fait de tirer, que
l'énorme fuite d'Hector ; j'avoüerois en
ce cas que le déraifonnable de l'Iliade eft
ici pouffé à fon dernier excés, foit par
rapport à la bien-féance du caractere,
foit par rapport à la poffibilité du fait,
& je conviens que les modernes traitent
cette fuite de ridicule & d'abfurde, malgré toutes les raifons d'Ariftote.

Mais ce qui détruit toute la gloire
qu'Achille à pû s'acquerir par la défenfe
qu'il a faite aux Grecs de tirer fur Hector, c'eft le fecours qu'il accepte de la
part de Minerve. Nous avons remarqué
ailleurs, que ce fécours ne confifte
qu'en fourberies, & qu'ainfi Homére
avilit les Dieux dans la protection même qui eft le plus beau de tous les actes
de fupériorité : je ne prens ici ce fecours
que du côté d'Achille qu'il déshono-
re comme Héros. Le P. le Boffu a defti-
né tout le fixiéme Chapitre de fon 5. L.
à juftifier cette fiction. Me D. adopte fa
Doctrine, & en donne tout le précis

dans la remarque du Vol. 3. (*p. 556.*)
Achille, *dit-elle*, a refufé le fecours «
des Troupes pour vaincre Hector ; «
mais il ne refufe pas celui de Miner- «
ve : Homére a voulu faire entendre «
par-là que toute la force des hommes «
vient de Dieu , que leur courage fe «
perd quand il les abandonne , & que «
le fecours d'un Dieu , bien loin de «
déshonorer le Héros qu'il favorife, «
reléve autant fa gloire que celui des «
hommes la détruit. „ Mais fi cela eft,
pourquoi eft-ce que fur un endroit du
L. 5. (*p. 171.*) où Minerve s'éloigne
des Grecs Me D. dit (1. 438.) qu'Homére reléve leur gloire , en faifant «
voir que même fans le fecours des «
Dieux ils fçavent vaincre ? „ Pourquoi
prend-elle tant de peine à faire fentir
l'égalité qu'elle veut qu'Homére ait
mife entre Achille & Hector , en faifant
tomber entre les mains d'Hector les
premieres armes d'Achille , qui ayant
été faites par un Dieu, étoient impénétrables auffi-bien que les fecondes ? fans
cela dit-elle , (3. 438.) on auroit pû
dire qu'Achille n'auroit tué Hector , «
que parce qu'il avoit des armes fai- «
tes par la main d'un Dieu , & qu'Hec- «
tor n'en avoit que de main d'homme ; «

» au lieu qu'en ayant tous deux de la
» main de Vulcain, la victoire d'Achil-
» le sera complette & dans tout son lus-
» tre. ,, A cette objection Me D. auroit
repondu que ces armes divines données
à Achille seul, marquent que toute la
force des hommes vient de Dieu, &
que ce secours surnaturel releve la gloire d'Achille, bien loin de la détruire.
Mais enfin nous-mêmes qui sommes
choquez de l'avantage qu'Achille tire
du secours de Minerve, pourquoi som-
mes-nous charmez, dans l'Opéra de
Persée, de voir les differens secours que
les Dieux donnent à ce Héros, pour le
faire triompher de Méduse ? la raison
en est évidente ; c'est que ces exploits
sont par eux-mêmes au-dessus des forces humaines, & que l'attention des
Dieux pour ce Héros marque en effet
son mérite & sa vertu, selon les Vers
de l'Androméde de Corneille alléguez
par le P. le Bossu. C'est Cassiopée mere
d'Androméde qui parle à Phinée rival
de Persée.

Le Ciel, qui mieux que nous, connoît ce
     que nous sommes,
Mesure les faveurs au mérite des hom-
     mes :
Et d'un pareil secours vous auriez eu
l'appui;

S'il eût pû voir en vous mêmes vertus
  qu'en luy.

Ce sont graces d'en haut rares & singuliè-
  res,

Qui n'en descendent point pour des ames
  vulgaires.

Achille, qui est un scelerat & un fou,
méritoit-il cette protection de la part
de la sagesse même ? d'ailleurs ces secours des Dieux ne font pas que Persée
ne dût encore s'armer d'une valeur ex-
traordinaire, pour venir à bout de son
entreprise. Cela est trés-bien exprimé
par le discours de Mercure à ce Héros
dans l'Opéra de Quinaut.

Je vous laisse au milieu d'un péril redou-
  table ,

Je ne puis plus rien pour vos jours :
Cherchez vostre dernier secours,
Dans un courage inébranlable.

Il n'y a rien de semblable à tout
cela dans le combat d'Achille & d'Hector. La superiorité naturelle & ordinaire du premier sur le second est si
excessive, que pour faire quelque plaisir au Lecteur, il auroit fallu mettre
tout le secours du côté d'Hector contre Achille seul, je dis même nud &
sans armes.

Ceux qui voudront défendre Ho-

P vj

mere d'une maniere plus sensible que
ne fait Me D. diront peut-être que si
Achille a Minerve pour lui, Apollon
combat aussi pour Hector. Mais Homére anéantit encore cette apologie par
la nature du secours qu'Apollon donne
à Hector : Celui-ci , *dit le Poete*,
» (*L.* 22. *p.* 263.) auroit-il pû résister
» si long-temps, & éviter la mort qui
» le menaçoit , si Apollon pour la der-
» niere fois ne se fût approché de luy,
» n'eût augmenté ses forces , & ne luy
eût donné de nouvelles aîles ? » Me D.
(3. 553.) dit sur cet endroit : Homère
» prévient ici l'objection qu'on pouvoit
» lui faire , comment Hector qui n'est
» pas si dispos & si vif qu'Achille, &
» qui a encore de plus grands tours & dé-
» tours à faire, peut échaper à son en-
» nemi , qui avec sa legereté naturelle,
» a encore des armes divines qui le ren-
» dent plus leger ? C'est qu'Apollon
» vient pour la derniere fois à son secours. » Ce qu'il y a de plaisant en cette
explication d'Homére, c'est qu'il ne la
donne que quatre pages entieres aprés
qu'on a vû cette fuite qui a fait naître si naturellement l'objection : Et
il n'avoit qu'à suivre le sens le plus
commun, & à penser, comme les au-

tres hommes, pour la prévenir. En
un mot, ce n'eſt pas la fiction du ſecours des Dieux que nous condamnons
dans Homére, c'eſt le tour groſſier &
& rebutant qu'il lui donne, & par lequel
il deshonore en même temps & ſes Dieux
& ſes Héros. En effet, pour appliquer
icy une ſolution qui convient à pluſieurs
autres endroits, c'eſt en vain qu'on nous
allegue des traits des autres Poëtes, ou
même des faits hiſtoriques, qui ſemblent juſtifier certaines idées d'Homére.
Je trouve au contraire que rien ne luy
fait plus de tort ; car ſi ces traits de
Poëſie ou ces faits hiſtoriques ſont
agréables dans les autres Auteurs, Homére eſt bien malheureux de les avoir
rendus déſagréables dans ſon ouvrage.
Mais tout eſt permis aux Ecrivains ſenſez, & tout eſt défendu à celui qui ne
l'eſt pas.

Aprés les combats vient la dépoüille
des morts. Me D. ſur un endroit du
L. 11. où Diomede eſt bleſſé, en ar-
rachant la cuiraſſe d'Agaſtrophus, dit
aprés Euſtathe (2. 508.) qu'Homére
pour enſeigner qu'il n'y a rien de plus «
mal à propos que de s'amuſer à dé- «
poüiller les ennemis dans le combat, «
feint que tous ces Héros qui s'arrê- «

»tent ainsi à enlever les armes à ceux
» qu'ils ont tuez, sont blessez pour l'ordinaire dans cette occupation. » Si c'é-
toient d'autres Auteurs qu'Eustathe &
Me D. qui parlassent ainsi, je croirois
qu'ils n'auroient jamais lû Homére:
car il n'est rien de plus marqué dans
ce Poëte que la gloire que les Héros attachent à dépoüiller les vaincus
de leurs armes. Le même Diomede au
L. 5. (*p.* 200.) se jette sur Enée, dans
» le dessein de le dépoüiller de ses ar-
» mes: au *L.* 11. 186. il dépoüille les
» deux fils de Merops des leurs : Aga-
» memnon L. 11. (*p.* 180.) dépoüille
» Iphidamas, & porte en triomphe
» ses belles armes : Ulisse dans le même
» L. (*p.* 193.) dit à Socus : Pluton aura ton ame, & moi tes armes. » Enfin,
Achille au L. 22. (273.) dépoüille
Hector qu'il vient de tuer. Ce n'étoit
pas seulement l'occasion qui les dé-
terminoit à cela, ils s'en faisoient une
regle. Hector au L. 7. (*p.* 6.) dans la
proposition qu'il fait d'un combat singulier, convient que le vainqueur aura
les armes du vaincu. Idomenée au L.
13. (*p.* 269.) dit à Merion : Vous trou-
verez plusieurs piques dans ma tente,
vous y verrez briller ces armes Troyen-

nes que j'ay prifes aux ennemis tuez
de ma main. Car j'ofe me vanter que
je n'ay pas accoûtumé de combattre de
loin, & que je fçay joindre l'ennemi :
voilà pourquoi ma tente eft fi riche en
piques, en boucliers, en cafques, &
en cuiraffes, dont l'éclat éblouït les
yeux. » Le Poëte lui-même parle de cet
exploit en termes avantageux a ; Mufes
qui habitez le haut Olympe, dites-moi
qui fut le premier des Grecs qui orna
fon bras des fanglantes dépoüilles de
fon ennemi ? En un mot, il étoit alors
auffi glorieux d'enlever les armes aux
ennemis, qu'il eft glorieux aujourdhui
de leur enlever leurs drapeaux. L'exemple de Diomede bleffé ne détruit donc
point cette obfervation generale. Quoi!
parce qu'Homere fuppofe qu'un homme
eft bleffé en faifant une action perilleu-
fe, le Poëte enfeigne qu'il ne faut pas
la faire ? Quel enfeignement & quelle
maniere d'enfeigner ? En verité, fi l'on
m'en croit, nous ne recevrons comme
d'Homere que ce qu'il aura énoncé en
termes formels, de peur de luy faire
dire quelque chofe de plus mauvais encore que ce qu'il dit. Je fçay qu'en quelques endroits de l'Iliade on défend de

a L. 14. 340.

dépoüiller les morts. Au L. 6e (*p.* 242.)
Neſtor éleve ſa voix, & dit aux Grecs:
« Héros de la Grece, favoris du Dieu
« des combats, qu'aucun de vous ne s'a-
« muſe à ramaſſer les dépoüilles pour en
» remplir ſes vaiſſeaux : Ne penſons qu'à
» vaincre, aprés la victoire vous aurez
» tout le loiſir de dépoüiller les morts.
Au L. 15. (*p.* 366.) Hector crie de
toute ſa force aux Troyens de quitter
le pillage, & de fondre ſur les vaiſſeaux. » Il y a ſans doute des occaſions
où il eſt plus avantageux de pouſſer la
victoire que d'enlever les armes ou
les drapeaux des vaincus, & il paroît
par le texte d'Homére, que c'eſt ſur des
occaſions de cette nature que tombe la
défenſe de Neſtor, & celle d'Hector:
mais d'ailleurs, enlever des armes dans
le ſens des anciens Héros, & des drapeaux dans le nôtre, eſt une choſe trés
différente du pillage, qui a fait quelquefois manquer de grandes entrepriſes, & perdre même le fruit des bat-
tailles qu'on avoit gagnées, ſelon la remarque trés-vraye de Me D. (1. 493.)
J'avoüe enfin qu'Homére n'a pas toûjours aſſez marqué cette difference.
Agamemnon, par exemple, au Liv. 11.
(*p.* 169.) aprés avoir tué le Roy Bie-

nor & fon Ecuyer Oilée , les depoüille «
tous deux de leurs armes & de leurs «
habits , & les laiffe là tout nuds ; » c'eft-
à-dire , qu'Homere choifit le General
des Grecs pour luy attribuer une action
qui ne convenoit qu'au dernier goujat
de l'armée ; ou fi c'étoit là les mœurs du
temps d'Homére , elles eftoient bien
horribles , & elles meritent bien peu
qu'on les préfére aux nôtres.

CHAPITRE III.

DES DISCOURS.

JE croi qu'il est inutile d'avertir que par les discours j'entends tout ce qu'Homére fait dire à ses personnages ; c'est ce qu'Aristote appelle le Dramatique, qu'il loüe ce Poëte d'avoir beaucoup employé dans son ouvrage. Si Homére s'est avisé le premier de cette forme de peinture poëtique, comme Aristote nous l'assure, en ajoûtant même qu'il étoit encore le seul qui s'en fût servi dans l'Epopée, c'est sans doute une trés-grande loüange pour ce Poëte ; car outre que les discours varient & animent extrêmement la Poësie, ils sont d'ailleurs singulierement propres à caractériser les personnages : mais si Homére a inventé cette partie de l'art, il l'a laissée dans une grande imperfection, & les discours de l'Iliade péchent en bien des manieres que nous allons examiner. Nous commencerons par les discours qui tiennent de plus prés aux combats qui ont fait le sujet du chapi-

re précédent : les exhortations se prefentent les premiéres. Pour faire fervir
Homére même à fa critique, nous alleguerons d'abord une de ces exhortations que nous avoüons être excellente en elle-même, & par fa brieveté,
mais dont l'oppofition condamnera ter-
riblement les autres. Au L. 5. (*p.* 208.)
Agamemnon dit à fes foldats : Mes
amis, montrez-vous des hommes d'un «
courage intrépide, & que le refpect «
que vous vous devez les uns aux au- «
tres dans la fanglante mêlée vous obli- «
geà faire vôtre devoir. Dans une ar- «
mée de vaillants hommes, il s'en fau- «
ve toûjours plus qu'il n'en perit, au «
lieu que les lâches, non feulement «
n'acquierent point de gloire, mais en- «
core leur lâcheté leur ôtant la force, «
ils deviennent la proye de leurs en- «
nemis. » Le refpect que vous vous devez les uns aux autres eft une des belles chofes qui fe puiffe dire, & qui
autorife mieux tout ce que nous avons
établi jufqu'à prefent de l'honneur &
& de la dignité qu'un Poëte doit conferver à tous fes perfonnages : mais
par tout ailleurs les exhortations qu'Homére fait faire par les Héros ou par
les Dieux, deshonorent ceux à qui el-

les s'adreſſent. Au Livre 10. (*p.* 135.
Dioméde dormoit dans le milieu de l
nuit, tous les Poſtes étant en bon éta
(*ib.* 137.) Neſtor & Uliſſe envoyez pa
Agamemnon, vont éveiller tous le
Chefs avant l'heure ordinaire. Le Poë
« te dit (135.) qu'ils trouverent Dio
» mede couché devant ſa tente tout ar
» mé, ſes compagnons à terre, autou
» de luy, la tête ſur leurs bouclier
On ne ſçauroit porter plus loin l'au
terité de la diſcipline militaire ; auſſ
Me D. obſerve-t-elle fort judicieuſe
ment à ce propos (2. 482.) qu'Ho
» mére releve toûjours le caractére de
» Diomede par des traits qui marquent
» un grand guerrier. Dioméde voïant les
» ennemis ſi prés, couche tout armé &
hors de ſa tente. » A quoi croyez-vous
que mene tout ce détail, à un éloge de
la part de Neſtor & d'Uliſſe ? C'eſt tou
le contraire : Neſtor s'approche, l
pouſſe du bout du pied, & l'éveille
» en lui diſant : Levez-vous, fils de Ty
» dée, n'avez-vous point de honte d
» dormir ſi tranquillement toute la nuit
Ce qu'il y a ici de plus ridicule, e
qu'Agamemnon dans le même Livre &
quatre ou cinq pages plus haut, dor
nant à Menelas pour un autre quarti

e l'Armée le mesme ordre que Nestor
Ulisse executent dans celui-ci, lui a
it formellement : (*p.* 129.) Appellez
hacun par son nom, traitez-les tous «
onorablement, en les comblant de «
oüanges. » Voilà l'attention qu'Homére a apportée à l'assemblage de ses
parties, & à l'union de ses couleurs.
J'ay parlé en un autre endroit des
exhortations insultantes que Glaucus
& Sarpedon font à Hector. Sarpedon
auquel je m'arrête icy, dit à Hector.
(*L. 5. p.* 203.) Fils de Priam, que font
donc devenus cette force & ce cou- «
rage que vous aviez autrefois ?..... «
Vous vous tenez-là sans action, & «
vous n'allez pas par-tout exhorter les «
troupes à faire ferme, de peur que «
vous ne deveniez la proye de vos en- «
nemis........ Voilà les soins qui doi- «
vent vous occuper jour & nuit ; voi- «
là vôtre devoir ; nul repos, nulle re- «
lâche ni nuit ni jour. » Me D. fait là-
dessus cette remarque (1. 466.) Plus
un homme a de courage, plus il de- »
meure muet à un reproche qu'il a me- «
rité ; Hector n'a rien à répondre à Sar- «
pedon ; il faut qu'il se justifie par des «
actions, & non par des paroles, & «
» c'est ce qu'il fait ; Au reste, *continue-*

» t - elle , on doit remarquer dans Ho
» mere , que tous les reproches & tou-
» tes les remontrances qu'il fait faire
» ont toujours leur effet , comme dit
» fort bien Euftathe : Hector tance Pa-
» ris , & Paris qui fuyoit retourne au
» combat ; Sarpedon reprend Hector,
» & Hector fait des exploits merveilleux.
» Le Poëte veut enfeigner par là qu'il
» n'y a rien de plus utile que de repren-
» dre les hommes, pourvû qu'on le faffe
» à propos : mais outre que les exhortations d'un fubalterne à un General, qui
ne doit fouffrir que les confeils , font
abfurdes , par le feul renverfement de
l'ordre ; Sarpedon viole icy la dignité
d'Hector , en le taxant de peu de courage , reproche qu'un Poëte qui a du
fentiment, ne fait jamais adreffer à un
homme dont il a fait un Héros , &
fi Sarpedon ne bleffe pas auffi là vérité par ce reproche , c'eft la faute d'Homere ; qui ne devoit jamais faire commettre de lâcheté à Hector.

Les Dieux de l'Iliade font fujets à
faire des exhortations auffi peu convenables que celles des hommes. Junon & Minerve (L. 5. p. 227.) arri-
vant enfemble au lieu où étoit le plus
fort du combat , elles trouvent une

grande partie des plus braves guerriers de l'Armée assemblez autour du grand Diomede, semblables aux plus fiers « lions qui ne respirent que le carnage, « ou aux plus terribles sangliers dont la « force & la fureur étonne les chasseurs « les plus déterminez. Là Junon s'ar- « rête, & prenant la ressemblance & la « voix de Sentor .... Quelle honte, s'é- « crie-t-elle, & quelle indignité, timi- « des Grecs, qui n'avez que l'appa- « rence de guerriers ! „ Me D. ne dira pas icy que Junon reprend les Grecs à propos, si l'on s'en rapporte aux deux comparaisons du Poëte. Junon devoit parler en cette occasion comme Patrocle au L. 16. lorsqu'animant les deux Ajax dans la mêlée, il leur dit[a] : Voicy une affaire qui ne demande rien « moins que des hommes tels que vous; « soyez ce que vous avez été dans les « occasions les plus perilleuses, ou re- « doublez même, s'il se peut, vôtre valeur. «

Minerve qui encherit toûjours sur les sottises des autres Dieux, fait encore bien pis que Junon. Elle s'approche du fils de Tydée (*L. 5. 228.*) qu'elle « trouve prés de son char & de ses che- « vaux : ce Héros s'étoit retiré un peu à «

a *p. 36.*

,, l'écart, pour reprendre haleine , &
,, pour rafraîchir un peu la plaïe que Pen-
,, darus luy avoit faite ; car sous la pe-
,, sante & large courroye qui suspendoit
,, son bouclier, il étoit tout en sueur,
,, & n'avoit plus la force ni de se soûte-
,, nir ni de porter ses armes. Ayant donc
,, relevé cette courroye , il lavoit
,, avec de l'eau sa blessure , & en es-
,, suyoit le sang. La Déesse s'appuye
,, sur le joug de ses chevaux, & lui par-
,, le de cette sorte : en verité Tydée a
,, eu un fils qui ne lui ressemble guére.
,, Tydée n'étoit pas d'une taille avan-
,, tageuse comme lui, mais il ne respi-
,, roit que la guerre. Je me souviens
,, que lorsque les Grecs l'envoyerent
,, seul en Ambassade vers les Thebains,
,, qui étoient en grand nombre ; quoi-
,, que je lui eusse défendu de se battre
,, contr'eux , & de les insulter avec cet-
,, te fierté qui lui étoit si naturelle ; &
,, que je lui eusse ordonné de se mettre
,, à table avec eux , & de n'avoir que
,, des paroles de paix ; mes ordres & mes
,, défenses ne pouvant retenir son cou-
,, rage indomptable , il défià ces or-
,, güeilleux descendants de Cadmus, &
,, les vainquit tous sans peine : car je lui
,, prêtai mon secours. Je ne fais pas

moins

moins pour vous que j'ai fait pour «
lui., je me tiens toûïours à vos côtez , «
je vous protege , je vous défends ; & «
lorfque je vous ordonne de combat- «
tre contre les Troyens, je vous trou- «
ve ou accablé de laffitude , ou faifi «
de crainte. Non , vous n'eftes point le «
fils de ce brave Tydée dont je ne pou- «
vois retenir la valeur. „ Les remarques
de Me D. ne font pas moins importan-
tes que le texte. Elle dit d'abord (1.48 1.)
avec quel art Homére garde les «
bien-féances ! pour la converfation «
que Minerve a ici avec Dioméde, il «
prend le temps que ce Héros retiré du «
combat , & hors d'haleine, eft occupé «
a rafraichir fa playe , fur le bord du «
Simois. „ Il n'y a jamais eû qu'Homére
qui ait pû eftre loüé de bienféance pour
avoir introduit une Déeffe qui va chercher un homme bleffé, non pour lui donner aucun fecours , mais pour le quereller. En éffet , que peut-on imaginer
de plus odieux que de prendre le temps
où un homme de guerre porte fur lui la
marque encore fanglante de fon courage & de fes efforts , pour lui dire qu'il
dégénere de fon pere ! Mais ce qui eft
véritablement capable de mettre hors
de lui-même un honnefte homme ; elle

lui fait d'un ton doucereux les reproches les plus injuftes qu'on puiffe entendre : *Non, dit-elle, vous n'eftes point*
le fils de ce brave Tydée dont je ne pou-
vois retenir la valeur. C'eft pourtant fur
tout cela que M.ᵉ D. a la bonté de nous
donner l'inftruction fuivante : Je ne puis
m'empêcher, *dit-elle*, (481.) de dire
„ ici un mot pour faire fentir à ceux qui
„ ont encore befoin de fecours, la force &
„ la beauté du paralelle offençant que
„ Minerve fait de Dioméde & de Ty-
„ dée fon pere ; car je fuis perfuadée que
„ ces fortes de remarques peuvent eftre
„ plus utiles que toutes celles qu'on
„ peut faire fur des points d'antiquité.
„ Tydée feul dans une Ville ennemie
„ combattit contre les Cadméens, mal-
„ gré la défenfe de Minerve, & les
„ vainquit ; & Dioméde à la tefte de fes
„ Troupes ; au milieu d'une grande ar-
„ mée, & avec des ennemis fort infé-
„ rieurs en nombre, refufe de combat-
„ tre, quoique Minerve le lui ordonne.
„ Tydée defobéit à cette Déeffe pour
„ combattre, & Dioméde défobéit pour
„ ne pas combattre ; & il défobéit aprés
„ avoir éprouvé en mille occafions le
„ fecours de cette Déeffe. Voilà de ces
„ tours que Démofthene paroît avoir fi

bien étudiez, & qu'il a imité en tant "
de rencontres. Aussi Démosthene est "
le plus homérique de tous les Ora- "
teurs, & je croi qu'on pourroit ex- "
pliquer son art par celuy d'Homére. »
Je croy que les tours d'Homére imitez
par Démosthene, sont les figures que
les enfants voyent dans les nuées. En
tout cas Démosthene met ses pensées ou
ses raisonnemens dans leur jour, & n'a
pas besoin d'un Commentateur qui les
développe. En effet, un Commentateur
est bon pour exposer des faits d'où dépend l'intelligence de son Auteur, &
pour expliquer des expressions qui ne
sont pas si claires aujourd'huy qu'elles
l'étoient autrefois : mais il est honteux
à quelque Auteur que ce soit, ancien ou
moderne qu'un Commentateur soit
obligé de lui aider à penser ou à parler.
Outre cela Démosthene étoit fondé en
raison dans les invectives qu'il faisoit
aux Atheniens, sans cela son éloquence
auroit été d'autant plus ridicule, qu'elle
auroit été plus forte. En un mot, je ne
vois aucun rapport entre les harangues
du plus sensé & du plus éloquent des
Orateurs Grecs & le discours de Minerve, où je ne sçaurois appercevoir que
du travers d'esprit. Je ne puis même

m'empêcher de plaindre le pauvre Dioméde qui fait dans l'Iliade de plus grands
exploits qu'Achille même, & qui est
en bute à des reproches perpetuels de
lâcheté. Avant celui de Minerve nous
avions vû celui d'Ulisse ; & l'on peut
se ressouvenir que dans le Chapitre du
caractere d'Agamemnon, nous avons
remarqué que ce Général le rabaisse
encore en comparaison de Tydée, par
la même histoire des Thébains, de telle
sorte que si l'on enlevoit de l'Iliade les
actions de Dioméde, & qu'on n'y laissât
que ce qu'on lui dit, il passeroit pour
le plus insigne poltron de tout le Poëme.

   Il y a dans l'Iliade des exhortations
d'une autre espece ; ce sont celles qui
portent à la fuite : nous en avons vû
plusieurs de la part des Dieux & de la
part des Héros dans cet Ouvrage, je
n'alléguerai plus que celle-ci ; elle est
de Sténélus à Dioméde. Sténélus fils de
Capanée qui venoit de repousser si vivement (L. 4. p. 157.) l'injuste reproche qu'Agamemnon fait à Dioméde
à côté duquel il se trouvoit ; voyant au
L. 5. (p. 186.) Pandarus & Enée venir
à Dioméde, deux adversaires qu'il devoit méprifer, & par rapport à Diomé-

de, & par rapport à lui-même, s'avise de dire : mon cher Dioméde je vois « deux vaillants hommes qui pleins « d'ardeur s'avancent pour combattre « contre vous ; ils ont tous deux une « force & un courage invincible ; l'un « c'est Pandarus qui n'a point son pareil « à tirer de l'arc ; l'autre c'est Enée qui « se vante d'estre fils de la belle Venus « & du magnanime Anchise : allons « donc, montez sur ce char, retirons « nous. „ Mais pourquoi, dira-t-on, cette contradiction de caractere, cette absurdité de poltronerie dans Sténélus ? c'est uniquement pour donner lieu à une réponse courageuse de Dioméde qui le regardant (*p.* 187.) avec des yeux pleins de colére, lui dit d'un ton « terrible : ne me parle point de fuïr, « tes conseils sont ici superflus. Quel « art ! „

Aprés les exhortations nous placerons les conversations qui se tiennent dans le fort de l'action générale, & celles qui précédent ou suspendent les combats particuliers. Ces conversations sont presque toûjours vicieuses, par le temps & par le lieu indépendament de ce qu'elles contiennent. Ce sont quelquefois les combattans d'un même parti qui les

ont entr'eux ; telle eſt la converſation
d'Enée & de Pandarus au Liv. 5. Enée
(*p.* 181.) voyant les ravages que le
„ redoutable Dioméde faiſoit dans tous
„ les rangs , ſe jette au milieu de la ba-
„ taille à travers les piques & les jave-
„ lots, pour voir s'il ne trouveroit point
„ le vaillant Pandarus fils de Lycaon:
„ dés qu'il l'eût apperçû il le joignit. „
Le Poëte raſſemble lui-même avec un
extrême ſoin toutes les circonſtances des
perſonnes , des temps, & des lieux qui
peuvent le condamner : c'eſt Dioméde
qu'il faut arreſter , il eſt actuellement
dans ſa plus grande fureur , & dans ſes
plus grands ſuccez ; Enée & Pandarus
ſe rencontrent dans le tumulte de deux
armées entiéres qui ſe chocquent ; c'eſt-
là qu'Homére place un entretien dé cinq
grandes pages dans le François , & de
ſoixante & dix vers dans le Grec. Enée repreſente à Pandarus les exploits de
Dioméde , & l'invite à ſe ſervir contre
lui de ſon arc, qui le met au-deſſus de
tout ce qu'il y a de grands Capitaines
dans l'armée Troyenne ; en voilà pour
une page. Pandarus répond qu'il a déja
tiré inutilement une fléche contre cet
homme qui reſſemble à Dioméde , mais
qui pourroit bien eſtre un Dieu ; ou tout

au moins un homme affiſté d'un Dieu,
puiſqu'il n'eſt pas mort du coup : le
malheur veut d'ailleurs qu'il n'ait ny
ſes chevaux ny ſon char ; mais il a onze
chars en Lycié, il en fait la deſcription,
& parle de leurs remiſes ; ſon pere lui
avoit conſeillé d'en prendre un avec
deux chevaux ; mais il a eu peur que
ſes chevaux toûjours bien nourris ne
ſouffriſſent dans une Ville remplie déja
de tant de cavalerie ; il s'eſt contenté de
ſon arc & de ſes traits , qui au lieu de
tüer les gens les rendent plus furieux :
mais aſſurément dés qu'il ſera de retour
chez lui, il les brûlera, aprés les avoir
mis en piéces : tout cela remplit trois
autres pages. Dans la cinquiéme Enée
offre à Pandarus ſon char tiré par les
chevaux de Tros excellens, pour les re-
mener à Troye, ſi Dioméde a l'avantage ; Pandarus accepte l'offre, & pendant qu'il attendra Dioméde avec ſa
lance, il conſeille à Enée de tenir les
rênes de ſes chevaux qui n'obéïroient
pas à une main étrangere, ſi par malheur
il falloit s'enfuïr. Voilà le canevas de
la converſation d'Enée & de Pandarus,
& qui plus eſt le modele de la plûpart
des Diſcours qu'Homére fait tenir à ſes
Héros dans les combats.

On trouve au 13ᵉ Livre une converfation d'Idómenée & de Mérion. Ceux-cy fe rencontrent (*p.* 268.) hors de la mêlée , dont ils étoient fortis pour venir chercher de nouvelles armes. Idomenée en particulier, arrangeant mal fa phrafe même , (270.) fait une parenthefe d'une demie page , pour débiter des lieux communs fur la valeur. Auffi aprés avoir fini , voici ce qu'il ajoûte avec une ingenuité incomprehenfible de la part du Poëte : (*p.* 271.) mais ne par-
„ lons pas davantage de nos proüeffes
„ comme de jeunes fanfarons ; de peur
„ que quelqu'un ne nous entende , &
„ ne fe mocque de nous de ce que nous
„ nous amufons à parler lors qu'il faut
„ agir. „ Mᶜ D. elle-même abandonne cette converfation , (2. 554. 555.) & croit que c'eft un des endroits où H
mére s'eft endormi, fuivant l'expreffion d'Horace : c'eft enfin le feul qu'elle condamne dans toute l'Iliade en le fuppofant véritablement de ce Poëte : mais ce n'eft pas la natüre de la faute, c'eft l'aveu du Poëte même qui la guide dans cette condamnation ; fi elle fe confultoit elle-même, elle fentiroit que la converfation d'Idóménée & de Merion eft beaucoup moins vicieufe que celle d'E-

née & de Pandarus, foit parce qu'elle
eft moins puerile en elle-même, foit
parce qu'elle eft plus courte d'un grand
tiers, foit enfin parce qu'étant faite à
l'écart, elle n'a pas l'incongruité d'un
entretien réglé dans un lieu, & en un
temps ou l'on peut à peine fe faire entendre par les plus grands cris ; car, felon Euftathe qu'elle rapporte, (2. 393.)
la voix n'étoit pas fuffifante parmi le tumulte & le bruit des combatants.

Mais tout cede pour le ridicule aux
converfations entre ennemis, c'eft-à-
dire, aux queftions, aux réproches, aux
railleries que les combattants des partis contraires fe font les uns aux autres.
Le premier, & en même-temps un des
plus finguliers exemples de cette ridiculité, eft la converfation de Dioméde
& de Glaucus au 6ᵉ Livre. On a parfaitement bien remarqué avant moy ᵃ la
faute de Dioméde, qui au lieu de profiter de l'imprudence d'Hector qui va
à Troye dans le fort du combat, en
commet un autre en s'amufant fort
long-temps à faire, & à écoûter des
hiftoires. Dioméde demande d'abord à
Glaucus qui il eft (p. 246.) en inferant
dans fon interrogation même l'hiftoire

ᵃ *Monfieur de la Mothe.*

Q v

de Bacchus. Glaucus répond à Dioméde : (247.) Magnanime fils de Tydée,
pourquoi me demandez-vous qui je
fuis ? telles que font les feüilles dans les
Forefts, tels font les hommes fur la furface de la terre : les feüilles qui font au-
,, jourd'hui l'ornement des arbres font
,, abbatuës par les vents , & la Forefl
,, qui reverdit en pouffe de nouvelles,
,, quand toute la nature eft ranimée par
,, le Printemps ; il en eft de même des
» hommes , une génération paffe,& une
,, autre fleurit. ,, Que dites-vous de ce
lieu commun ; qu'il eft difficile même
de lier avec la queftion de Dioméde?
mais cela n'eft rien en comparaifon de
l'hiftoire de Bellerophon que Glaucus
entreprend de raconter, parcequ'il eft
petit fils de ce Héros. Cette hiftoire
remplit 5. pages entieres de la Traduction Françoife ; & quelque longue
quelle foit , Glaucus y omet une circonftance , faute de laquelle on ne comprend rien au caractére de Bellerophon,
qui à la p. 248. eft donné pour un homme plein de pieté & de fageffe , & qui à
la page 251. a attiré fur lui la haîne des
Dieux , on ne fçait comment : de forte
que Me D. eft obligée d'avoir recours à
une de fes moralitez dévinées : ce Poëte,

dit-elle, (1. 501.) veut il faire entendre qu'il fut plus aifé à ce Prince de conferver fon innocence, pendant qu'il fut malheureux & perfecuté ; qu'après qu'il fut heureux & placé fur le Trône ? A la fin de cette hiftoire, Dioméde reconnoît qu'il a avec Glaucus une liaifon d'hofpitalité par fes ayeux ; il raconte les prefents qu'ils fe font faits ; & pour les imiter, voyant que Glaucus avoit des armes d'or, il lui propofe de les troquer contre les fiennes qui n'étoient que d'airain, & qui, felon le Poëte, valoient plus de dix fois moins. Glaucus à qui Jupiter, felon le fens naturel du texte, ôte l'efprit, accepte fur le champ une propofition fi impertinente de la part de Dioméde, qui par ce moyen gagne prefque autant que s'il avoit tué fon homme, & qu'il l'eût dépouillé. Mais nous parlerons ailleurs du terme Grec ἐξέλετο, qui fait une difficulté dans cét endroit.

Nous joindrons à la converfation de Dioméde & de Glaucus celle d'Achille & d'Enée, qui l'égale prefque en longueur, mais qui la furpaffe de beaucoup par la difconvenance des difcours. Achille (L. 20. p. 187.) demande d'abord à Enée, à quel deffein il s'eft avan-

ccé pour le combattre ? & entrant dans
le ſecret de l'état & de la ſucceſſion de
„ Priam, il lui dit, eſtes-vous dans l'eſ.
„ perance que le Roi Priam vous choi.
„ ſira pour ſon ſucceſſeur, & qu'aprés
„ lui vous regnerez à Troye ? mais
„ quand même vous vous ſignaleriez
„ par ma mort, jamais Priam ne paye.
„ roit de ce prix un ſi grand ſervice, car
„ il a des enfants, & ſon eſprit n'eſt pas
„ aſſez foible & aſſez baiſſé pour lui
„ inſpirer un parti ſi injurieux à ſa fa.
„ mille. Quoi donc les Troyens vous
„ ont-ils aſſigné une certaine enceinte
„ de terres, & doivent-ils vous en faire
„ preſent, comme à un Héros, aprés que
„ vous m'aurez vaincu ? j'eſpere que
„ vous ne viendrez pas ſi facilement à
„ bout de cette entrepriſe. „ Là - deſſus
il le fait reſſouvenir qu'il avoit un jour
attaqué ſes troupeaux ſur le mont Ida,
qu'il l'avoit mis en fuite lui-même, &
que le pourſuivant juſqu'à Lyrneſſe il
avoit ſaccagé cette Ville, par le ſecours
de Minerve, & l'auroit tué lui-même
s'il n'avoit été ſauvé par Jupiter. Il faut
ſçavoir que par le peu d'adreſſe d'Homére à ménager ſes récits, & par ſon
peu d'attention à ménager la patience
de ſes Lecteurs ; cette avanture du

mont-Ida avoit été racontée six pages plus haut (*p.* 182.) par Enée même, en autant de Vers précifément dans le Grec, & en trois lignes de plus dans le François : voici pourtant la remarque de Mᵉ D. fur cette répétition (3.515.) Achille détaille ici un peu plus l'hiftoi- « re dont Enée a déja dit un mot : Ho- « mére ménage fi bien fes récits, qu'il " ne tombe jamais dans aucune redite. „ Enée répond ici à Achille, que s'il vou-loit il diroit des injures comme un au-tre : Achille n'en a dit aucune, & il a même tenu un difcours trop doux pour fon caractére : Enée continuë & traite, non fans raifon, de puérilités tout ce qu'Achille lui a dit ; mais il qualifie du même nom le récit de fa propre généa-logie que lui-même Enée a commencé, & qu'il va pourfuivre : il la fait remon-ter à Jupiter pere de Dardanus ; il con-te les jumens & les poulains de ce Hé-ros, il rapporte la Fable de Borée qui aima ces jumens , & qui en eût douze cavales dont il explique les propriétez, il fait enfuite une longue généalogie ; pour ne rien exagérer ; elle eft compo-fée de feize noms , dont quelques - uns même font répétez depuis Jupiter juf-qu'à Enée qui eft le dernier. Aprés cela

il revient à l'article des injures dont
nous croyons eftre quittes, & il le traite, finon avec une baffeffe de termes
dont on nous défend d'accufer Homére, du moins avec une baffeffe de fens
que rien n'a jamais égalée : ne perdons
pas, dit-il, (191.) le temps davantage
,, en vains difcours, au milieu des deux
,, armées ; on ne manque jamais d'in-
,, jures ny de reproches quand on veut,
,, il y en a tant, que fi on les vouloit
,, écrire, un Vaiffeau à cent rames fuf-
,, firoit à peine à les porter ; car il n'y a
,, rien qui ait tant de volubilité que la
,, langue, elle trouve toûjours de quoi
,, s'exercer ; on a de part & d'autre un
,, vafte champ de paroles, où les ar-
,, mes ne manquent jamais, & on peut
,, toûjours rendre injure pour injure. Ne
,, faifons donc pas comme les femmes
,, qui fe querellent dans les ruës & dans
,, les places publiques, & qui fe repro-
,, chent tout ce qu'elles fçavent, & tout
,, ce qu'elles ne fçavent pas ; car la co-
,, lére les domine. ,, Voilà un aveu dé-
cifif, & la condamnation d'Homére eft
fortie de fa propre bouche. Il confeffe,
fans y penfer, que lorfque dans le premier Livre il a fait dire par Achille à
Agamemnon des injures qui n'avoient

pas même de fondement, il lui a fait
imiter les femmes qui fe querellent dans
les ruës & dans les places publiques, &
qui fe reprochent tout ce qu'elles fçavent, & tout ce qu'elles ne fçavent pas ;
& qu'ainfi il a traité la colére de fon
Héros comme celle d'une harangere :
il a fenti, je ne dis pas l'inutilité & le dé-
placement de fes difcours, mais ce qui
m'étonne davantage, leur puérilité même, qui fembloit plus attachée à fon fiécle, & qui devoit par confequent lui
eftre plus imperceptible ; il a été fur les
bienféances naturelles, comme fur les
premieres idées de la Divinité & de la
Morale, il a connu les unes & les autres,
& il n'a pas eû le courage de les fuivre :
c'eft un des plus forts arguments qu'on
puiffe faire, non-feulement contre fon
Ouvrage, mais encore contre fon efprit. Cependant il faut entendre Me D.
fur cette converfation d'Achille & d'E-
née, voicy comme elle parle. (3. 5. 18.)
Euftathe dit fur cela qu'Homére fe «
plaît fouvent à furprendre fon Lec- «
teur, en lui donnant toute autre chofe «
que ce qu'il avoit attendu ; il s'atten- «
doit ici à voir un furieux combat fe «
terminer par la mort de l'un des Hé- «
ros, & il voit ces Héros fe retirer fans «

» bleſſure ; aprés une converſation fort
» tranquille, ſuivie d'un léger combat.„
Pour moi il me ſemble qu'un Poëte
doit ſurprendre par le merveilleux, &
non par l'abſurde ; mais Homére, *con-*
» *tinuë Euſtathe cité par* Me D. nous
» dédommage avantageuſement de ce
„ qu'il nous fait perdre ; & les amateurs
„ de ce Poëte gagnent ici, outre beau-
„ coup de beautez poëtiques, une fou-
„ le d'hiſtoires anciennes dont la con-
„ verſation de ces Héros eſt remplie.„
En un endroit du même L. 20. (*p.* 185.)
& qui précede immediatement la converſation d'Achille & d'Enée, Neptune
& les autres Dieux amis des Grecs vont
s'aſſeoir dans un lieu appellé le retranchement d'Hercule. Me D. nous apprend
là-deſſus (3. 514.) l'origine de ce re-
» tranchement & la cauſe de ſon nom ;
» *& elle ajoûte,* qu'Homére ne ſuccom-
„ be point à la tentation de racônter
„ cette hiſtoire ; car, *dit-elle ,* la ſitua-
„ tion preſente ne lui en donne pas le
„ temps. „ On pourroit dire en général
qu'il ne faut point exciter la curioſité
du Lecteur ſur des choſes qu'on n'a pas
le temps de lui expliquer ; mais enfin
ſi l'on a recours au texte, (*p.* 185.) on
verra que non-ſeulement le combat

n'eſt point encore commencé du côté des Dieux, mais que les Dieux délibeſent encore dans la page ſuivante 186. ſ'ils le commenceront ; leur délibéraſtion n'eſt terminée que par l'ordre de Jupiter. Ainſi le Poëte qui n'eſt pas lui-même ſur le champ de bataille, & qui compoſe dans ſa chambre, trouve que la ſituation d'un combat qui n'eſt point encore reſolu, ne lui permet pas de faire l'hiſtoire du retranchement dont il s'agit ; & lorſque le combat eſt commencé, Achille & Enée qui en ſont les Acteurs, trouvent qu'il leur eſt permis d'avoir un entretien des plus longs & des plus ſots qui ſoient dans toute l'Iliade.

Aprés tout j'admire le ſoin que Mᵉ D. prend quelquesfois de faire obſerver qu'Homére ne place ſes diſcours que dans des occaſions où l'on a le temps de les faire. Au 5ᵉ L. (*p.* 207.) les Soldats d'Enée ſont tranſportez de joye " de le voir guéri ſubitement d'une bleſ- " ſure qu'il venoit de recevoir : mais, " *dit le Poëte*, ils ne l'interrogerent " point ſur cette ſurprenante avanture, " comme ils l'auroient ſouhaité ; car " le combat qu'Apollon, l'inſatiable " Mars, & l'implacable Diſcorde avoient "

„ rallumé ne leur en donnoit pas |
„ temps. „ Ce seul passage devroit suffi-
„ re, dit là-dessus Me D. (1. 468.) pou
„ faire voir que lors qu'Homére fai
„ parler un peu longuement ses Héros
„ c'est que l'occasion n'est pas fort pre
„ sante, & qu'elle lui en donne le temps
„ car pour peu que l'action soit viv
„ il sçait fort bien retrancher tous le
„ discours qui seroient superflus ou ma
„ placez. „ Quelle pensée ! ce qu'Ho
mére fait en un endroit suffit pour faire
voir ce qu'il fait par tout ailleurs
lorsqu'on voit par tout ailleurs , qu'i
viole grossiérement sa propre regle
mais de plus Eustathe le loüe encore
plus grossiérement de l'avoir violée
Au L. 21. (p. 220.) Achille dans le for
de son ardeur vient de tüer Astéropée
& il va tüer Tersiloque , Mydon , Asty
pyle , &c. dans cet instant il place ur
discours d'une page entiére , où il in
fere ce trait adressé au corps d'Astéro
„ pée. Tu te glorifiois d'estre descend
„ du fleuve Axius , & moi je me glori
„ fie d'estre descendu de Jupiter même
„ car Pélée qui regne sur tous les Thes
„ saliens m'a donné la naissance, & il e
„ fils d'Eacus issu de Jupiter. „ il faut bie
„ remarquer , dit là-dessus Me D. citan

Euſtathe (3. 532.) avec quelle adreſſe
Homére mêle la ſimplicité des récits "
généalogiques , parmi la plus grande "
vivacité de l'action, pour jetter de la "
diverſité dans ſa Poëſie , & pour dé- "
laſſer ſon Lecteur. „ C'eſt - là , comme
vous voyez , une occaſion preſſante , où
neanmoins on loüe Homére d'avoir
donné une généalogie au Lecteur pour
le divertir. C'eſt comme dans le dénombrement du L. 2e à la teſte duquel
Mr D. remarque (1. 359.) que pour
ſuppléer à l'action qui eſt l'ame du "
Poëme , & pour corriger l'ennui que "
peut donner la quantité de noms pro- "
pres dont ce dénombrement eſt rem- "
pli , le Poëte l'a admirablement varié "
par des hiſtoires anciennes. „ Cependant au milieu du même dénombrement
(p. 80.) à l'occaſion des enfans d'Oenée
Roi de Calydon, Mr D. dit , (p. 368.)
qu'Homére n'eſt point tenté de ra- "
conter une hiſtoire où il y avoit bien "
du tragique , parceque ce n'en étoit "
pas le lieu. „ S'il l'avoit pourtant racontée , la loüange étoit toute prête ;
ç'auroit été pour ſuppléer à l'action,
& pour corriger l'ennui. Mr D. fait par
tout à Homére un dilemme d'admiration , *quidquid dixeris admirabor* , quel-

que parti qu'il puisse prendre, il est toûjours sûr d'un éloge.

Outre ces conversations d'éclaircisse-
ment entre ennemis , il y en a qui ne
sont que de reproches. Et si les Héros
d'un même parti ne gardent point de
mesure entr'eux dans leurs assemblées
ou peut bien juger que ceux d'un parti
different en garderont encore moins
dans les combats. Je m'arreste aux reproches que Tlepoleme fils d'Hercule
fait à Sarpedon fils de Jupiter avant
que de l'attaquer. Homére semble avoir
eu dessein dans tout son Poëme, de relever Sarpedon, qui indépendamment de
sa naissance paroît le plus illustre des
Capitaines alliez des Troyens : il lui
donné la plus grande part à l'attaque
des retranchements au L. 12e, sa mort
qui arrive au 16e est le plus grand exploit de Patrocle, & Jupiter prend un
soin particulier de son corps. Ce Héros
entre en action au 5e Liv. & voici selon
la bonne coûtume d'Homére , la pre-
miére idée qu'en reçoit le Lecteur par
la bouche de Tlepoleme (*L. 5. p.* 216.)
» Sarpedon qui commandes les Lyciens,
» quelle necessité que tu vinsses ici
» montrer ton peu de courage, & faire
» voir que tu n'és pas né pour les com-

bats. Ceux qui te difent fils du grand "
Jupiter, te flattent & veulent nous en "
impofer : il y a trop de difference "
de toi à ces grands perfonnages , à "
qui ce Dieu donna autrefois la naif- "
fance. De ce nombre étoit certaine- "
ment mon pere , infatigable dans les "
travaux , invincible dans les combats , "
& d'une valeur à toute épreuve : on "
l'a vû venir autrefois en ce pays pour "
les chevaux de Laomedon. Il y vint "
avec fix Vaiffeaux feulement, & peu "
de Troupes ; & cependant il ne laiffa "
pas de ruiner la Ville d'Ilion , & de "
faire de fes places un affreux défert. "
Pour toi tu n'es qu'un lâche , & tu "
laiffe périr ici tes Troupes malheu- "
reufement. Je ne penfe pas que ton "
voyage de Lycie à Troye foit d'un "
grand fecours aux Troyens , non , "
quand même tu ferois un prodige de "
valeur ; car abbatu par ma lance, tu "
vas defcendre dans le fombre Royau- "
me de Pluton. ,, Au lieu que les autres
Poëtes cherchent ordinairement à foûtenir le fabuleux ou le merveilleux
qu'ils introduifent dans leurs Poëmes,
Homére ébranle d'abord l'origine de
Sarpedon qu'il a donnée plus haut.
D'ailleurs fi Sarpedon n'eft pas fils de

Jupiter, n'eſt-il pour cela qu'un lâche, comme Tlepoleme le lui reproche? Enfin quel honneur reviendra à Tlepoleme de tuer un lâche ? au fond il eſt aſſez bien puni de ſa ſottiſe ; car c'eſt lui-même qui le moment d'après eſt tué par Sarpedon, d'un trait qu'il reçoit au milieu du col (*p.* 218.) Mais avant que de le frapper, Sarpedon lui répond ainſi (*p.* 217.) Tlepoleme, il eſt vrai, qu'
» Hercule ruina autres fois la Ville de
» Troye par la faute & par l'impruden-
» ce du grand Laomedon, qui lui re-
» fuſa ſes chevaux qu'il lui avoit pro-
» mis, & pour leſquels ce Héros étoit
» venu de fort loin. Ce Roi parjure ne
» ſe contenta pas même de les lui re-
» fuſer, il le traita indignement, quoi
» qu'il en eût reçû de trés-grands ſer-
» vices : pour toi, je te prédis que tu
» n'auras pas le ſort de ton pere ; ta
» derniere heure t'attend ici ; & terraſ-
» ſé par cette pique, tu vas me cou-
» vrir de gloire & enrichir d'une ombre
» l'empire du Dieu des enfers. ,, Me D.
dit là - deſſus. (1. 473.) Sarpedon ne
» peut pas nier qu'Hercule n'ait pris
» Troye, mais il tâche de diminuer cét
» exploit, en diſant qu'il étoit moins
» dû à la valeur d'Hercule qu'à l'injuſti-

e de Laomedon. Mais que devien- «
ront donc les Troyens ? *continue* Mᵉ «
p. l'injustice de Priam & de ses Prin- «
és ne leur sera-t-elle pas encore plus «
unesse ? Sarpedon sent bien cette «
onsequence, c'est pourquoi il n'in- «
siste point, & va tout d'un coup à la «
menace ; *Ta dernière heure t'attend* «
y, &c. „ voilà comme il faut creuser
sour trouver des beautez dans Homé-
Je dirai neanmoins pour les Lecteurs
qui auront la patience de se mettre au
sait de tout cela, qu'un Poëte ayant le
choix des discours qu'il fait tenir à ses
personnages, n'en est pas quitte pour
eur faire éluder les repliques ou les
rétorsions ausquelles il les expose ; &
qu'il devoit leur avoir fait prendre d'autres tours. Sarpedon, par exemple, devoit particulierement insister sur sa naîs-
sance qu'on lui a disputée, & dont Homere l'auroit rendu trés-jaloux, s'il
avoit fait la moindre attention à la nature : il l'auroit au contraire rendu trés-
indifferent sur le fait de Laomedon,
qui ne lui importe de rien : & par là il
auroit sauvé à son discours ce vice d'in-
conséquence, l'ἀνακόλουθον des Grecs,
d'où les personnages de l'Iliade ne sor-
tent point.

Mais ce qu'il y a de plus horrible
dans les discours d'Homére , & par
rapport au bon sens , & par rapport aux
bonnes mœurs , ce sont les railleries
adressées aux blessez, & souvent aux
morts. Il y en a qui sont pueriles, ou
dans lesquelles , pour mieux dire, Homére donne un tour puérile aux choses
qui sont les plus graves ; telle est l'insulte d'Ulisse à Socus au 11e Livre.
» Fils du vaillant Hippasus , luy dit U-
„ lisse, (p. 194.) tu attendois ton sa-
„ lut de ta fuite , mais tu es un méchant
„ coureur, & la mort a été plus dili-
„ gente : elle t'a bien-tôt atteint, mal-
„ heureux, ton pere & ta mere n'au-
„ ront pas la consolation de te fermer
„ les yeux, mais les oyseaux de proye
„ te dévoreront , & se battront sur ton
„ cadavre ; au lieu que lorsque je seray
„ mort, tous les Grecs me feront des
„ funerailles , & m'honoreront d'un
magnifique tombeau. „ Telle est encore
cette mauvaise pointe de Polydamas,
qui dit d'un trait qu'il vient de lancer
contre un Grec, qu'il lui servira de
bâton , pour descendre aux enfers,
(L. 14. p 338.) On peut voir l'éloge
que Me D. en fait dans ses Remarques. (2. 592.).

Il

Il y a d'autres reproches qui font plus fanglants. Nous avons parlé ailleurs de cet Othryonée qui étoit venu à Troye pour demauder Caffandre en mariage ; & qui, pour la mériter, s'expofoit à tous les perils ; ce qui fait d'abord une image noble & gratieufe. Il eft tué au Liv. 13e par Idomenée : Et Homére qui ne manque jamais de gâter fes plus beaux endroits par quelques traits défagréables, comme je crois l'avoir remarqué ailleurs, fait infulter enfuite ce malheureux amant par fon vainqueur, qui lui dit, en le voyant tomber (*p.* 277.) Othryonée, vous ferez le plus brave de tous les hom-"
mes, fi vous tenez la parole que vous "
avez donnée à Priam : ce bon Roy, "
pour vous engager à la tenir, vous "
a promis fa fille ; mais nous fommes "
plus en état de vous fatisfaire que le "
Roy Priam : Nous allons faire venir "
d'Argos la plus plus belle fille d'Aga- "
memnon, & nous vous la donnerons "
en mariage, à condition que vôtre "
rare valeur nous rendra maîtres de "
Troye : Venez donc fur nos vaiffeaux, "
afin que nous dreffions les articles : "
Nous ne fommes pas indignes d'avoir "
un gendre comme vous. „ Fut - il ja-

mais une raillerie plus fade, plus injuste, & plus mal placée ! Qu'est-ce qui
porte Idomenée, qui n'est ni rival ni
ennemi particulier d'Othryonée, à a-
joûter au coup qui donne la mort à ce
jeune Prince, une ironie qui lui fait une
playe encore plus cruelle ? Les vrais
Héros ne se réjoüissent de la victoire,
qu'en regrettant en quelque sorte le
sang des ennemis mêmes, qui en est le
prix ; parce qu'au fond la veritable bra-
voure est toûjours jointe à l'humanité,
& ne se fait point un badinage de la
mort des hommes qu'elle n'immole
que par contrainte. Mr D. convient elle-même de ce principe, & sur un endroit du 3e Livre elle dit, (p. 388.) que
,, Menelas est touché non seulement des
,, maux que souffrent les Grecs, mais
,, aussi de ceux que souffrent les Troïens:
,, Voilà, *continuë-t-elle*, le caractére
,, d'un Prince juste & d'un homme de
,, bien ; il sçait distinguer parmi ses ennemis les innocens des coupables.,,Mais
sans aller à des sentimens si parfaits, il
n'est point d'homme de guerre un peu
bien né qui ne parle avec estime de
ceux qui sont morts en braves gens
dans l'autre parti, bien loin de les railler dans la mort même. Voici pourtant le

jugement que M⁼ D. porte fur l'endroit
d'Othryonée. (2. 560.) Homere a mêlé icy, avec beaucoup d'art, des railleries qui partent d'un courage heroï-
que, & qui font trés-capables d'allumer
le courage des combattans qui les entendent, & de divertir le Lecteur tran-
quile qui les lit. Et c'eft là-deffus qu'elle
dit aprés Euftathe, (2. 559.) qu'Homere eft auffi le pere de la Comedie :
cependant malgré le divertiffement que
M⁼ D. prend à ces fortes de railleries;
Homére lui-même les condamne. Merion au Liv. 16ᵉ n'avoit dit que deux
mots à Enée, en l'attaquant (p. 397.)
Enée, quelque brave que tu fois, il "
eft difficile que tu te défaffes de tant "
d'ennemis qui viennent t'affaillir. "
Quoique fils de Déeffe, tu n'es pas "
plus immortel que moy : Fais feule- "
ment bonne contenance ; ce javelot "
fera plus heureux que le tien, & Plu- "
ton & moy nous allons faire un beau "
partage, il aura ton ame, & moi la "
gloire de t'avoir tué. Patrocle qui "
l'entendit ne put s'empêcher de le re- "
prendre avec aigreur : Quoy ! Merion "
lui dit-il, un homme de courage s'a- "
mufe à des difcours ? Ce n'eft point par "
des railleries que nous repoufferons "

„ les Troyens , & que nous les oblige-
„ rons à s'éloigner du corps de Sarpe-
„ don, mais en faisant mordre la pouſ-
„ ſiere aux plus braves de leurs Chefs.
„ Les conseils veulent des paroles, & la
„ guerre demande des actions , il n'eſt
pas icy queſtion de parler mais d'agir.„
C'eſt donc vainement que Mr D. dit
dans ſes Remarques ſur la Poëtique
d'Ariſtote (p. 440.) qu'il eſt naturel à
des hommes qui ne ſont pas encore
corrompus de s'entretenir de ſang froid
avant que de ſe battre : Patrocle dans
Homére a tourné ce naturel en ridicule. Mais ce qui me confond pour les
admirateurs de ce Poëte, ce même Patrocle qui vient de donner à ſon compa-
gnon une leçon ſi judicieuſe , tuë Cébrion quelques momens aprés. Celuy-
cy (L. 16. 47.) tombe de ſon char la
tête la premiere, comme un plongeur ;
Patrocle s'écrie avec un ris amer : Bons
„ Dieux , que voilà un Troyen qui eſt
„ diſpos,& qu'il plonge de bonne gracce!
„ c'eſt dommage qu'il ne ſoit plus voi-
„ ſin de la mer ; qui diroit qu'il y eût
de ſi bons plongeurs à Troye ? „ Cela
eſt ſuffiſamment mauvais , cependant
la raillerie a été extrêmement abregée
dans la traduction. Mr D. nous la rend

toute entiere dans ses Remarques, (3. 429. la voici : C'est dommage "
qu'il ne soit plus voisin de la mer, il "
fourniroit les bonnes tables d'excel- "
lentes huîtres, & les tempêtes ne lui "
feroient pas peur. Voyez comme pour "
se tenir en haleine, il s'exerce, & "
plonge du haut de son char dans la "
plaine : qui diroit qu'il y eût de si bons "
plongeurs à Troye ? Cela me paroît un "
peu long, *dit sur cela* Me D. & si ce "
passage est veritablement d'Homere, "
je dirois presque que ce Poëte semble "
avoir voulu faire sentir par là qu'un "
grand Guerrier peut être un assez "
mauvais railleur. Mais je doute fort "
qu'il en soit : il y a beaucoup d'appa- "
rence que ces cinq derniers vers ont "
été ajoûtez par quelqu'un des anciens "
Critiques, dont Homére a essuyé les "
caprices ; ou peut - être même par "
quelqu'un des Rapsodes, qui en reci- "
tant ses vers, y faisoient des addi- "
tions à leur fantaisie, pour plaire à "
leurs Auditeurs. Et ce qui me le per- "
suade, c'est qu'il n'est nullement vrai- "
semblable que Patrocle qui vient de "
blâmer Merion de la petite raillerie "
qu'il a faite à Enée (*p.* 40.) & de lui "
dire que ce n'est point par des raille- "

„ ries ou des invectives qu'ils repouſ-
„ feront les Troyens, mais à coups d'é-
„ pée, que les confeils veulent des pa-
„ roles, & que la guerre demande des
„ actions ; il n'eſt nullement vrai-ſem-
„ blable, dis-je, que ce même Patro-
„ cle oublie ſi-tôt ce beau précepte, &
„ & qu'il s'amuſe à plaiſanter, ſur tout
à la vûë d'Hector. „ Quoy qu'en diſe
Me D. ce n'eſt point là une raiſon d'ô-
ter ces vers à Homére. Son Poëme
nous preſente aſſez d'autres perſonnages qui blâment dans les autres ce
qu'ils font eux-mêmes. Achille à qui
les injures coûtent ſi peu, & qui ne
devoit pas avoir oublié celles qu'il
avoit dites à Agamemnon, voit Ajax
& Idoménée qui prennent querelle au
23e Livre, en regardant les Jeux, il leur
dit ſans honte: (p. 318.) Ajax & vous
„ Idoménée, ne continuez pas une diſ-
„ pute ſi meſſéante à des hommes com-
„ me vous. Si vous en voyiez faire au-
„ tant aux moindres Officiers de l'Armée, vous leur impoſeriez ſilence. „
Ainſi, je ne ſuis nullement ſurpris que
Patrocle qui condamne les railleries
dans Merion, en faſſe lui-même de plus
ridicules : mais je le ſuis extrêmement
que Me D. par ſa Remarque donne

droit à chaque Lecteur de retrancher de l'Iliade ce qui ne luy paroîtra pas raisonnable. Si l'on s'en rapportoit au goût de certaines gens, cette ouverture de Critique réduiroit les deux Poëmes d'Homére à trés-peu de chose.

Mais il est temps de passer aux discours qui se tiennent en d'autres rencontres que dans les combats : Nous en avons allegué dans le cours de cette Critique un grand nombre auquel nous ne toucherons plus : voici à peu prés ce qui nous reste, en suivant l'ordre même de l'Iliade. Au 1er Liv. (p. 17. & 18.) Nestor entreprend de calmer Achille & Agamemnon qui se querelloient, & dans ce discours qu'il est inutile de rapporter au long, Homére commence à donner le caractére d'un vieux babillard, conteur infatigable des exploits de sa jeunesse, & qui veut toûjours, comme les admirateurs de l'antiquité, que les hommes du temps passé valussent mieux que ceux du teins present. C'est là, dira-t-on, le caractére des vieillards, & Homére est admirable de l'avoir si bien representé. Je tombe d'accord que par ces sortes de traits Homére a fait connoître qu'il entrevoyoit la nature des caractéres & l'u-

ſage qu'on en pouvoit faire dans la
Poëſie : mais il s'en faut bien qu'il eût
fait encore toutes les réflexions neceſſaires ſur un article ſi important. Il pé-
che ici pour n'avoir pas diſtingué entre tous les traits dont on peut peindre
un vieillard, quels étoient ceux qui con-
venoient au Poëme Epique. Le P. le
Boſſu à la fin du 8ᵉ chapitre, & dans
tout le 9ᵉ de ſon 4ᵉ Livre, enſeigne
qu'entre les circonſtances d'un caractére qui peuvent être au choix d'un
Poëte, il doit prendre celles qui ſont
les plus propres à rendre ſon perſonnage agréable. Pour faire voir que je
je profite avec plaiſir des lumieres du
P. le Boſſu, & que je ne cherche qu'à
conduire au vrai l'eſprit de ſes Lecteurs
& des miens ; j'applique ſa regle au caractére d'un vieillard pris en general, &
je dis : un vieillard conſideré comme tel,
& gardant ce qui eſt eſſentiel à cette
idée, peut-être babillard, conteur de
ſes propres faits, ſot admirateur du
vieux temps ; ou bien il peut eſtre un
homme d'un grand ſens, d'une grande
experience, d'une grande moderation.
Homére devoit donc prendre Neſtor
par ces bons endroits, ſans les mêler
avec les mauvais. Mais quand il auroit
eu beſoin, par rapport à ſon ſujet, de

donner quelques défauts à Neſtor, ce
qui ne paroît point du tout, il devoit
choiſir entre les défauts des vieillards
ceux qui ne les tournent point en ridicules, comme la trop grande circonſ-
pection, ou la trop grande condeſcendance, & il devoit éviter le trop grand
babil. On peut même en accorder davantage à un Poëte ; il luy eſt permis
de dire que ſes Héros ont certains défauts, qui dans le fond vont au ridicule : mais la dignité du Poëme épique, en luy permettant l'énonciation
de ces défauts, ne lui en permet point
l'imitation. On peut me dire que Neſtor aimoit à parler : mais on m'affa-
dira, en me racontant ſes diſcours.
Rien ne me paroît plus propre à mettre ce principe dans tout ſon jour, &
à faire voir en même temps la vraye
maniere de traiter les défauts des Héros, que ce bel endroit de Telemaque.
Adraſte, qui répandoit l'argent à plei- «
nes mains, pour ſçavoir le ſecret de «
ſes ennemis, avoit appris leur reſo- «
lution : car Neſtor & Philoctéte, ces «
deux Capitaines d'ailleurs ſi ſages & «
ſi experimentez, n'étoient pas aſſez ſe- «
crets dans leurs entrepriſes. Neſtor «
dans ce déclin de l'âge, ſe plaiſoit «

» trop à raconter ce qui pouvoit lui at-
» tirer quelques loüanges, Philoctete
» naturellement parloit moins, mais il
» étoit prompt, & pour peu qu'on ex-
» citât fa vivacité, on lui faifoit dire ce
» qu'il avoit refolu de faire. Les gens
» artificieux avoient trouvé la clef de
» fon cœur. Pour en tirer les plus im-
» portans fecrets, on n'avoit qu'à l'ir-
» riter, alors fougueux & hors de lui-
» même, il éclattoit par des menaces,
» il fe vantoit d'avoir des moïens fûrs
» de parvenir à ce qu'il vouloit : pour
» peu qu'on parût douter de ces moïens,
» il fe hâtoit de les expliquer inconfi-
» derément, & le fecret le plus intime
» échapoit du fond de fon cœur : fem-
» blable à un vafe prétieux, mais fêlé,
» d'où s'écoulent les plus délicieufes li-
» queurs, le cœur de ce grand Capitai-
» ne ne pouvoit rien garder. Les trai-
» tres corrompus par l'argent d'Adrafte
» ne manquoient pas de fe joüer de la
» foiblefse de ces deux Rois ; ils flat-
» toient fans cefse Neftor par de vaines
» loüanges, ils lui rappelloient fes
» victoires pafsées, admiroient fa pré-
» voyance, & ne fe lafsoient jamais de
» l'applaudir. D'un autre côté ils ten-
» doient des piéges continuels à l'hu-

meur impatiente de Philoctéte ; ils ne "
lui parloient que de difficultés , de "
contretemps , de dangers , d'inconve- "
nients , & de fautes irremediables. "
Auffi-tôt que ce naturel prompt étoit "
enflâmé , fa fageffe l'abandonnoit ; & "
il n'étoit plus le même homme ; mais
il n'eft aucun befoin de raifonnement
ni d'exemple , pour prouver le ridicule
de Neftor dans fes frequens narrez qu'il
fait de fes anciennes prouëffes ; Mᵉ D.
nous dit elle-même , aprés *le bon Arche-*
vêque de Theffalonique, (1. 3 I I.) qu'il
n'eft pas ridicule aux femmes de fe vanter de leurs bonnes actions , parce
qu'elles en font trés - rarement , mais
que cela eft trés-ridicule à un homme
à qui les bonnes actions doivent eftre
plus familieres.

Au 2ᵉ Livre toute l'armée qui fe dif-
pofoit à partir fur l'ordre fimulé d'A-
gamemnon, s'étoit renduë aux exhortations d'Uliffe , & ne fongeoit plus
qu'à demeurer. Le feul Therfite (p. 5 5.)
parlant fans mefures & fans bornes "
faifoit un bruit horrible , il ne fçavoit "
dire que des injures , & toutes fortes "
de groffiéretez , il s'attaquoit inceff- "
famment aux Rois avec infolence , "
& difoit tout ce qui lui venoit dans "

„ la bouche. „ Dans l'épisode de Thersite, qui n'est comme tous les autres
qu'un long discours, le Poëte, selon
Me D. (1. 344.) instruit son Lecteur,
„ en lui presentant le caractere d'un
„ homme qui a beaucoup d'esprit, &
„ qui n'en est que plus impertinent &
plus ridicule. „ Me D. donne libérale-
ment de l'esprit à tout ce qui appartient à l'antiquité ; car on n'en accorderoit pas aujourd'hui à un homme qui
ne sçauroit dire que des injures, & toutes sortes de grossiéretez ; Homére
„ peint Thersite, *continuë-t-elle*, avec
„ des couleurs si vives & des traits si
„ marquez, que les anciens frappez de
„ cette peinture, on dit qu'Homére a
„ donné dans son Poëme les idées de
„ tous les genres de Poësies ; & que cét
„ endroit, par exemple, est un modéle
„ parfait de silles ou de la satyre : mais,
„ dira-t-on, est-il bien de placer dans
„ un Poëme héroïque un personnage si
„ vicieux ? rien n'en empêche, *répond*
„ *Me D.* & je ne connois aucune regle
„ qui excluë du Poëme épique ces sor-
„ tes de caracteres : car ce Poëme peut
„ employer tout ce qui arrive dans la
„ nature, & tout ce qui est ordinaire
„ dans la vie civile. „ A entendre ce

difcours de Mr D. croiroit-on que fur un endroit du 1er Livre elle eût fait cette remarque? (326.1327.) Vulcain qui boitoit des deux côtez, ne pouvoit « eftre fi empreffé fans faire une figure « fort plaifante ; mais Homére fe con- « tente de dire que les Dieux rioient de « fon empreffement, fans expliquer la « véritable caufe de leurs ris ; il la fu- « prime , comme dit Euftathe , afin « qu'il ne paroiffe pas tomber mal-à- « propos , & hors de faifon dans le gen- « re fatyrique , & dans les filles, ,, ἵνα μὴ δοκοίη σιλλαίνειν ἀκαίρως. De ces deux re- marques contradictoires c'eft cette der- niere qui eft la bonne. Car le Poëme épi- que reçoit à merveille toutes fortes de fêtes , de réjoüiffances , le Paftoral mê- me ; mais le fatyrique & le comique le défigurent. En un mot, ni les fottifes des naturels emportez , comme Ajax, (3.580.) ni les mauvaifes railleries des grands guerriers , comme Patrocle , (3.429.) ni les groffiéretez des gens de beaucoup d'efprit comme Therfite, (cy-deffus.) ne peuvent jamais fervir d'objet aux peintures d'un Poëme hé- roïque, qui felon Mr D. même a doit imiter ce qu'il y a de plus excellent , «

a Poëtique 433.

» & plûtôt ce que la nature eſt capable
» de faire que ce qu'elle fait.

Je paſſe d'ici au Liv. 9ᵉ où eſt la fa-
meuſe Ambaſſade faite à Achille. Ce
Livre, dit Euſtathe, cité par Mᵉ D
(2. 430.) eſt trés-vif, plein d'action,
» & renferme une force d'éloquence
» admirable pour le genre judiciaire,
» dans tout ce que les Ambaſſadeurs di-
» ſent à Achille, & dans tout ce qu'A-
» chille leur répond ; & jamais Homére
» n'a mieux fait voir que dans ce Livre
» la force de ſon art merveilleux dans
» les diſcours politiques. ,, Tous les
diſcours des Députez d'Agamemnon ne
contiennent que des lamentations ſur
l'état de l'armée Grecque, & des ſup-
plications qu'on fait à Achille de venir
la ſecourir ; ainſi de ce côté-là il n'y a
déja aucune ombre de diſcours judiciaire ni politique, pour ceux du moins
qui ont quelque ſentiment de la propriété des termes. Veut-on des exemples de diſcours judiciaires dans les Poëtes ? c'eſt dans Virgile le conſeil des
Dieux au 10ᵉ Livre de l'Enéïde, ſur la
fortune d'Enée ; c'eſt dans Corneille
l'accuſation & la défenſe de Rodrigue
ou d'Horace. Veut-on des diſcours politiques ? c'eſt dans le Taſſe la harangue

de l'Ambaſſadeur du Roi d'Egypte au
Chant 2. pour propoſer la Paix à Godefroy, & le refus de ce Général ; la
propoſition de rendre ou de défendre
Jeruſalem, diſcutée par Orcan & par
Solyman au Chant 10ᵉ ; d'une maniére
toute autre que celle de reſtituer ou de
garder Helene, ne l'eſt par Antenor &
par Paris au 7ᵉ L. de l'Iliade. C'eſt dans
Corneille l'examen de la queſtion qu'-
Auguſte propoſe à Cinna & à Maxime,
s'il conſerveroit ou s'il dépoſeroit la
ſouveraine puiſſance ; ou la délibéra-
tion ſur le parti que l'on doit prendre
au ſujet de Pompée abordant au Port
d'Alexandrie ; lors qu'on peut

*Le ſervir, le chaſſer, le livrer vif ou
    mort.*

Mais enfin de quelque genre que
ſoient les diſcours des Ambaſſadeurs
d'Homére, ſi d'ailleurs on paſſe à ces
Ambaſſadeurs, la baſſeſſe de leur déſolation, & au Poëte la fauſſeté de ſa ſuppoſition ſur le beſoin qu'on avoit d'A-
chille ; les diſcours d'Uliſſe & d'Ajax
ſont parfaitement beaux. Uliſſe neanmoins fait une repetition trés-longue
des propres paroles d'Agamemnon qui
rempliſſent prés de la moitié de ſon diſcours ; mais comme nous devons exa-

miner à part les répétitions d'Homére,
& que d'ailleurs ces répétitions ne gâtent point le discours d'Ulisse pris en
lui-même & séparément, nons n'en dirons rien ici. J'omets aussi toute la réponse d'Achille qui est encore fort belle, à cela prés qu'il parle d'Agamemnon d'une maniére outrageante, que les
Députez Grecs ne devoient jamais souffrir, & dont neanmoins ils ne font pas
la moindre plainte. Mais Phenix voyant
qu'Ulisse a été cruellement refusé, prend
la parole ; & son discours est une des
plus monstrueuses choses qui ait jamais
été mise sur le papier. Premierement,
Phenix Gouverneur d'Achille, & in-
violablement attaché à sa personne,
comme Phenix même le dit (*p.* 104.)
s'étoit trouvé dans le camp d'Agamemnon actuellement ennemi d'Achille,
lors qu'on a songé à l'ambassade, & il
se charge de la conduire. Voilà des bienséances finement observées. Me D. a
senti elle-même ce défaut, mais elle
en fait un éloge ; Phenix, *dit-elle*,
(2. 445.) se trouvoit alors heureuse-
» ment dans le camp des Grecs, où il
» étoit allé sans doute pour voir le suc-
» cèz du dernier combat, & pour rap-
» porter à Achille l'état de l'armée, &

des retranchemens qu'on venoit de «
faire devant le camp ; mais Homére «
ne s'amuse pas à expliquer cette cir- «
constance qui ne fait rien à son action. „
Je suis d'un avis bien different de celui-
là : car s'il y avoit dans toute l'Iliade
quelque chose d'important à dire , je
tiens que c'étoit la cause qui avoit fait
aller Phenix au camp des Grecs pendant la colere d'Achille. Ces supléments
de Mᶜ D. sont insupportables à l'égard
d'un Poëte qu'elle vante en cent endroits , de dire tout avec la derniere
exactitude, (1 . 302. & al.) & qui réellement est rempli de toutes sortes de
superfluitez. Il est merveilleux qu'Homére, selon qu'il lui plaît, puisse omettre
les éclaircissemens les plus necessaires ,
& les plus courts ; ou faire les contes
les plus longs , & les plus éloignez de
son sujet. Quoiqu'il en soit Phenix
commence , (p. 104.) & dit à Achille
qu'il ne le quittera point s'il s'en retourne en Phtie, comme il vient de ménacer les Grecs qu'il le feroit dés le jour
suivant : mais comme Homére a envie
de placer ici l'histoire de la jeunesse de
Phenix , qu'Achille devoit lui avoir entendu conter mille fois ; quelle transition croyez-vous qu'il prenne ? la sup-

position chimérique que les Dieux vou-
lussent lui rendre sa premiere jeunesse.
Je ne me consolerois pas, dit il, (105.)
„ mon cher enfant de cette cruelle sé-
„ paration quand Dieu lui-même des-
„ cendu du ciel me promettroit de chan-
„ ger ma vieillesse en une jeunesse flo-
„ rissante, & de me mettre dans l'âge
„ où j'étois, quand je quittai la Grece
„ pour me mettre à couvert des em-
„ portemens d'Amyntor mon pere,
„ qu'une cruelle jalousie avoit mis en
„ fureur contre moy. „ Il n'est rien
qu'Homére n'eût dû faire pour éloigner
de l'esprit du Lecteur l'histoire de la
jeunesse de Phenix, & il se tourmente
pour la faire venir ; Phenix, qui, selon
les premiers élemens de la Rhétorique,
devoit en commençant se concilier
l'estime de ses auditeurs, les avertit
d'abord que son pere, sa mere, & lui
composoient une famille pleine de dé-
sordres honteux, & de dissentions mortelles. Mon pere, *dit-il*, aimoit éper-
„ dûment une jeune personne dont il
„ n'étoit point aimé ; & il méprisoit si
„ fort ma mere qu'il ne la pouvoit souf-
„ frir. Ma mere, pour se venger, étoit
„ tous les jours à me persecuter de de-
„ venir le rival de mon pere, de m'at-

tacher à cette femme, & de le préve- «
nir, ne doutant point que je n'en fuſſe «
bien-tôt écoûté, & que mon pere, qui «
étoit âgé & mal reçû, ne lui devînt «
encore plus inſupportable. Enfin je lui «
obéïs. Mon pere, qui s'apperçût auſſi- «
tôt de mon attachement, s'emporta à «
un tel excez, qu'il fit les plus horribles «
imprécations contre moi, & qu'il in- «
voqua les terribles furies, les conju- «
rant que je ne pûſſe jamais faire aſ- «
ſeoir ſur ſes genoux un fils ſorti de «
moi. Ces formidables Déeſſes avec le «
Dieu des enfers, & la cruelle Proſer- «
pine, ont exaucé ſes imprécations. «
J'avoüe que dans ce moment la dou- «
leur & le déſeſpoir penſerent me fai- «
re commettre le plus grand de tous «
les crimes; je me vis ſur le point d'al- «
ler plonger un poignard dans le ſein «
de mon propre pere; mais quelque «
Dieu ſecourable me retint au milieu «
de ma fureur, en me remettant de- «
vant les yeux les reproches éternels «
que j'allois m'attirer, & les noms «
odieux d'impie & de parricide dont «
j'allois me noircir. „ Là-deſſus il prit le
parti de s'enfuir pour n'eſtre pas expoſé, dit-il, au reſſentiment de mon Pere,
au lieu de dire, *de peur d'accomplir le*

crime dont j'étois tenté. Quand il a fait
le détail de toutes les peines qu'il eût
à s'échapper, il dit à Achille qu'il le
regardoit comme son fils , d'autant
plus qu'il n'en pouvoit point avoir
d'autre ; ce qui fait le seul rapport convenable de l'histoire de sa jeunesse avec
Achille , rapport qu'il falloit ne marquer qu'en général, en en supprimant les
causes aussi odieuses qu'inutiles : je puis
« dire , divin Achille , continuë - t - il ,
» (*p.* 107.) que ce sont mes soins qui
» vous ont rendu tel que vous estes. „
Il a bien là de quoi s'applaudir. Me D.
elle - même , qui a été véritablement
trompée par Homére , comme nous
l'avons remarqué ailleurs , & qui revient toûjours à admirer Achille , cét
homme fougueux, déraisonnable , injuste , brutal , & fou ; dit ici, (2. 464.)
» tel que vous estes , c'est-à-dire, le plus
» grand des Héros , un homme égal
» aux Dieux. Il faut bien remarquer,
ajoûte-t-elle , plus bas (465.) combien
» Homére donne à l'éducation. Achille
» à beau estre fils d'une Déesse , ce sont
» les soins de Phenix qui l'ont rendu tel
» qu'il est ; & en verité quand l'éduca-
» tion manque , la plus heureuse nais-
» sance ne va guére loin. „ Mais en vé-

rité , malgré cette naissance & cette éducation , je ne souhaitterois point à Mᵉ D. un fils semblable à Achille ; & j'ai pour elle en particulier le sentiment général qu'exprime Erasme lors qu'il dit d'Homére: *Tales finxit Deorum filios, ut nemo sanus Paterfamilias similes sibi liberos velit obtingere* ᵃ. Phenix fait ensuite à Achille de tendres reproches (108.) sur les peines qu'il a eûes à l'élever : c'est-là qu'il dit d'abord : soit que vous allassiez à quelque festin , ou que « vous mangeassiez dans vôtre apparte- « ment , il falloit que je vous eusse toû- « jours sur mes genoux , & que je vous « fisse moi-même manger & boire ; car « vous ne vouliez rien recevoir que de « ma main : „ aprés quoi il ajoûte dans le Grec traduit par Mᵉ D. dans ses remar- ques , (2. 465.) pendant cette premie- re enfance toûjours trés-difficile , vous « avez souvent inondé mes habits du « vin que je vous donnois à boire , & « que vous rejettiez. „ Mᵉ D. a bien vou- lu supprimer dans son texte une cir- constance qui fait soûlever le cœur ; mais ce n'est pas sans médire de la déli- catesse de nôtre siécle , de la foiblesse de nôtre imagination , & du malheur de

ᵃ *In vita D. Hieron.*

nôtre langue. (p. 465). Nous nous défen-
drons ailleurs aux dépens d'Homére de
ces vaines accusations. Me D. dit,
(2. 460.) qu'Homére a supprimé la
circonstance du séjour d'Achille dans
le Palais de Lycomede, parceque cette
circonstance n'a rien de grand ; trouve-
t-elle quelque chose de plus grand dans
la circonstance du vin rejetté ? mais
d'ailleurs le Poëme épique ne reçoit-il
pas le gratieux aussi-bien que le grand ?
elle veut qu'il reçoive le comique & le
satyrique, pourquoi en exclut-elle
l'histoire d'Achille caché parmy les filles de Lycomede, qui est une des plus
charmantes fictions de toute l'ancienne
Fable, & qui peignant à merveille d'un
côté les précautions d'une mere timide,
comme Thétis, fait d'ailleurs beaucoup
d'honneur à Achille, & lui donne même du grand par la maniere dont il est
reconnu ? Phenix aprés tous ses préam-
bules vient au fait : » Domptez vôtre colére, mon cher Achille, dit-il, (108.)
» il ne convient pas à un homme tel
» que vous d'avoir une haine implaca-
» ble, & un cœur endurci. „ Mais comme il ne peut pas estre un moment sans
conter, il propose à Achille la Fable
ou la parabole de l'injure & des priéres,

qui ne seroit pas tout à fait claire sans
les remarques de Mr D. Il represente
ensuite à Achille les presens infinis
qu'Agamemnon lui offre ; & passant incessamment d'un conte à l'autre, il entre dans l'histoire de Meleagre très-
longue, & même très-mal contée ; car
les noms & quelques avantures d'Idas,
de Marpesse, de Cléopatre, & d'Al-
thée qu'il jette au milieu de sa narration, l'embroüillent tellement, que j'ose
défier les Lecteurs les plus attentifs de
l'entendre à la premiere, ni même à la
seconde Lecture. Avant que d'y entrer
il dit, (p. 111.) je vais vous la conter;
car je parle ici au milieu de mes amis;
parenthése inepte, qui auroit été mieux
placée avant l'histoire fâcheuse de sa
jeunesse, qu'avant un conte auquel il
n'avoit aucun interest personnel. Quoiqu'il en soit, toute l'affaire de Meleagre, qui tient cinq pages, ne paroît
avoir le moindre rapport au fait de
l'ambassade, que par la circonstance de
la derniere ligne ; sçavoir, que Meleagre ayant servi les Etoliens trop tard,
& après avoir refusé son pere même,
qui se mettoit à genoux devant lui, n'a-
voit point eu le present que les Etoliens lui avoient offert ; d'où Phenix

conclut qu'Achille pourroit bien fe reconcilier un jour avec moins de profit
qu'à prefent , & ne plus trouver les
Grecs dans une difpofition auffi favorable que celle où ils font aujourd'hui.
Ce trait particulier, ou, pour mieux dire,
toute l'hiftoire qui y aboutit , fait voir
malgré Mr D. (2. 469. 471.) combien
Phenix appuyoit fur l'intereft , & combien eft jufte le reproche que lui en fait
Platon au 3e Liv. de la Republique.

Achille répond à Phenix en l'appellant fon pere , & lui donnant d'autres
épithétes honorables , qu'il trouve
mauvais qu'il parle ainfi pour Agamemnon fon ennemi. Cependant ébranlé par
fon difcours, il dit qu'il délibérera , au
lever de l'aurore, s'il doit partir ou demeurer ; (p. 118.) il fait figne enfuite
aux Ambaffadeurs de prendre leur con-
gé. La-deffus Ajax (ib.) fait un difcours trés-beau, qnand ce ne feroit que
par fa briéveté , de forte qu'Achille per-
fiftant dans fon refus , ne laiffe pas de
fe rapprocher encore , & dit : (120.)
» allez, & pour toute réponfe dites aux
» Grecs que je ne prendrai les armes,
» & ne paroîtrai dans les combâts, que
» le fils de Priam, le divin Hector, aprés
» avoir couvert de morts tout ce rivage,

ge, & mis la flotte en feu, ne vienne «
ménacer les Tentes & les Vaiſſeaux «
des Theſſaliens.,, Ce progrez d'adou-
ciſſement dans Achille fait ſans doute
une peinture trés-heureuſe, & Mᵉ D.
la relevé trés-judicieuſement, lors qu'elle dit: (2. 474.) aprés le diſcours d'U-
liſſe, Achille a dit qu'il va partir dés «
le lendemain; aprés celui de Phenix, «
il n'eſt plus ſi déterminé au départ, «
ce départ eſt incertain; & aprés celui «
d'Ajax, il ne parle plus de partir, au «
contraire il paroît diſpoſé à prendre «
les armes; mais il ne ſe diſpoſe à les «
prendre que quand le danger menace- «
ra ſes Vaiſſeaux. Ce caractere d'Hom- «
me inéxorable eſt conduit avec un art «
merveilleux.,, Mais Homére ne fait
faire lui-même aucune attention à ce
progrés: bien plus, il détruit dans la
ſuite la remarque de Mᵉ D. car Uliſſe,
rendant compte de l'ambaſſade à Agamemnon, (p. 121. 122.) ne lui rapporte que la premiere réponſe d'A-
chille qui lui a été adreſſée, & dans
laquelle il a marqué la reſolution de
partir; ce qui met une eſpece de
faluité dans Uliſſe, comme s'il com-
ptoit pour rien ce qu'Achille a dit aux
autres, lors qu'il ne falloit appuyer

IV. Partie.   S

au contraire que fur ce qu'il avoit dit
à Ajax, auquel il avoit parlé en dernier
lieu, & qui avoit mieux réüifli que lui.
Mais ce qu'il y a en cela de plus abfurde, c'eft que rapportant fort mal fon
ambaffade, il eft affez téméraire pour
prendre Ajax & les deux Hérauts à témoin de fon rapport, & qu'Ajax & les
deux Hérauts font affez ftupides pour ne
pas le contredire. Homére a encore ici
un grand befoin de Mr D. qui vient auffi
à fon fecours avec fa remarque de la
(p. 475.) on demande ici, *dit-elle*, pour-
» quoi Uliffe ne parle que de la réponfe
» qu'Achille lui a faite d'abord, & ne dit
» rien de la difpofition où l'avoient mis
» enfuite les difcours de Phénix & celui
» d'Ajax? il eft aifé de répondre à cette
» demande, c'eft parceque Achille eft
» obftiné dans fon reffentiment, & que
» fi dans la fuite un peu attendri par
» Phénix, & ébranlé par Ajax, il a pa-
» rû difpofé à prendre les armes, ce
» n'eft nullement par rapport aux Grecs,
» mais feulement pour fauver fa flotte,
» quand Hector aprés avoir paffé les
» Grecs au fil de l'épée, viendra l'in-
» fulter. Ainfi cet infléxible ne rabat
» rien de fa colére. Il eft donc de la pru-
» dence d'Uliffe de faire ce rapport à

Agamemnon , afin que défabufé du «
fecours dont il fe flattoit, il prenne , «
avec tous les chefs de l'armée , les «
mefures neceffaires pour fauver fes «
Vaiffeaux & fes Troupes. „ Quand nous
accepterions cette précaution d'Uliffe,
précaution défenduë à un Ambaffadeur
qui eft réponfable de la vérité pure à
celui qui l'envoye , il falloit du moins
que les quatre perfonnages, avant que
d'aborder Agamemnon , convinffent
entr'eux de la diffimulation dont ils al-
alloient ufer. Sans cette précaution
Uliffe s'expofoit à recevoir un démenti
de leur part.

Dans le 11e L. le Roi Macaon Medecin fameux venoit d'eftre bleffé , &
mis hors de combat (197.) par Paris
d'un coup de fléche à l'épaule ; Achille
(104.) voit de la poupe de fon Vaiffeau
un homme que Neftor ramenoit fur fon
char ; il envoye Patrocle pour s'infor-
mer fi ce n'étoit pas véritablement Macaon fils d'Efculape, comme il le foup-
çonnoit. Patrocle part pour executer cet
ordre , Neftor & Macaon arrivez dans
leur quartier , étoient defcendus de leur
char, (ib.) & pendant qu'Eurime-
don le dételloit , ils s'étoient tenus «
quelques momens fur le rivage à fe «

» délasser, & à se rafraichir aux douces
» haleines du vent, qui séchoit la sueur
» dont ils étoient couverts. Aprés s'être
» un peu rafraichis ; ils étoient entrez
» dans la Tente de Nestor, & s'étoient
» assis, la belle Hecamede leur avoit
» préparé du miel nouveau ; de la fleur
» de farine, & des oignons trés-pro-
» pres à irriter la soif, ,, plaisant regime pour un homme blessé qui d'ailleurs
est Medecin ! Ici Homére que Mᵉ D.
vante souvent de ne point s'arrêter à
des descriptions dans les occasions pres-
santes, comme s'il étoit lui-même un
personnage de son Poëme, ou que l'on
ne pût rien faire pendant qu'il parle,
Homére prend son temps, pendant que
le sang de Macaon coule toûjours, pour
décrire les meubles de Nestor, sa table
d'un bois prétieux ; & soûtenuë par un
pied d'un bleu celeste ; & sa coupe à
deux fonds qu'aucun homme ne pouvoit porter quand elle étoit pleine ; parce qu'elle contenoit apparemment quinze ou vingt pintes d'eau ou de vin, qu
augmentoient furieusement le poids du
vase : cependant Nestor la soûtenoit facilement, lui qui se plaint par tout de
son âge & de sa foiblesse, & qui a besoi
d'estre remplacé de son vivant mêm

par cinq Lieutenans. (1. 421.) Neſtor
& Macaon, aprés avoir étanché leur ſoif
s'entretenoient enſemble (206.) malgré
la bleſſure du dernier. Là-deſſus Patrocle arrive, Neſtor le veut faire aſſeoir,
mais Patrocle le refuſe : divin vieillard,
lui dit-il, (ib.) je n'ai pas le temps de
m'aſſeoir ; ne me retenez pas, je vous «
prie, je dois ce reſpect à celui qui «
m'a envoyé de ne pas le faire atten- «
dre, il a de l'impatience de ſçavoir «
qui eſt celui que vous avez ramené «
bleſſé, & je vois que c'eſt le grand «
Macaon : permettez donc que j'aille «
lui rendre réponſe, vous connoiſſez, «
ſage Neſtor, le caractere de ce Hé- «
ros, il eſt violent & emporté ; & l'ex- «
cuſe la plus-legitime ne met pas toû- «
jours à couvert de ſa colére. „ Sur cette
excuſe Neſtor commence un diſcours
de dix mortelles pages dans le François,
& de 150. Vers dans le Grec, le ſang
de Macaon coulant toûjours ; il s'attache particulierement à l'hiſtoire des
Epéens, encore plus mal contée que celle de Meleagre. Pour le faire conjectu-
rer à ceux mêmes qui ne la liront pas,
je n'ai qu'à dire que Me D. a été obligée à deux choſes ; l'une d'ajoûter au
Texte vers la troiſiéme page, cette liai-

son ou plûtôt cette interpretation (208:)
,, mais il faut vous expliquer la source
,, & la premiere cause de cette guerre
,, vous sçaurez donc, &c. ,, Sans quoi
le Lecteur ne sçauroit où il va ; & l'autre de faire cette remarque. (2. 518.)
,, Homére suit dans cette histoire la
,, même methode qu'il a suivie dans
,, son Poëme, de commencer par la fin
,, & de revenir ensuite au commence-
,, ment. ,, Homére, comme je l'ai dit
ailleurs, n'a point suivi cette methode
en regardant la colére d'Achille comme
le vrai sujet de l'Iliade ; mais quand il
l'auroit suivie dans un Poëme qui reçoit
des récits épisodiques, convient-elle à
une histoire qui doit estre racontée dans
l'espace de quelques moments ? quoiqu'il en soit, la longue harangue de
Nestor à besoin d'une apologie, & par
rapport à Patrocle qui est pressé de s'en
retourner, & par rapport au sang de
Macaon qui coule toûjours. Voici ce que
Me D. répond à la premiere difficulté,
Patrocle, *dit-elle*, (2. 517.) vient de
,, dire à Nestor qu'il n'a pas le temps de
,, s'asseoir, qu'il est pressé d'aller rendre
,, réponse à Achille qui l'attend avec
,, impatience ; cependant voici Nestor
,, qui commence un discours assez long,

& Patrocle l'écoûte. J'ai veu des gens "
qui reprochent cela à Homére com- "
me une faute ou comme un petit ou- "
bli ; mais ils se trompent : Patrocle ne "
s'assied point en effet, & il écoûte ce "
discours debout. Nestor étoit un Prin- "
ce si considerable & si respectable, "
que Patrocle ne pouvoit ni ne devoit "
l'interrompre pour le quitter, & ce "
discours est si serieux, si important, il "
touché de si prês Patrocle, & a un si "
grand rapport à Achille & aux affai- "
res presentes ; que Patrocle n'a pas à "
craindre d'estre blâmé de ce petit re- "
tardement. „ Cependant ce discours de Nestor si serieux & si important est traité de conte deux pages aprés par Me D. au reste dit-elle, (519.) ce conte est placé ici avec beaucoup d'art ; car le "
but de Nestor est de retenir Patrocle "
jusqu'à ce qu'il ait vû de ses yeux la "
déroute des Grecs ; afin que cette vûë "
si touchante le dispose à aller faire son "
rapport à Achille, & à interceder "
pour eux auprés de lui. „ Sur cette derniere raison je demande comment Homére est assez peu soigneux de son honneur, assez ennemi de lui-même, pour ne pas dire en deux mots : Nestor qui vouloit que Patrocle eût le temps de

voir le mauvais état de l'armée Grecque,
l'arrêta par ce difcours. L'omiffion d'un
préambule fi aifé, & en même-temps fi
neceffaire dans l'intention que l'on prête
au Poëte, ne fuffit-elle pas pour faire
voir qu'il ne s'eft jetté dans ce narré,
comme dans la plûpart des autres, que
par fon importune démangeaifon de
parler? Pour la feconde difficulté qui
vient de la bleffure de Macaon, cet
homme qui felon le texte même, (p. 198.)
,, vaut mieux que des bataillons entiers ,,, & dont par confequent on devoit prendre un trés-grand foin, Me D.
difculpe ainfi Homére. On doit fe fouvenir, *dit-elle*, (2. 516.) que Macaon
,, n'étoit pas fi bleffé qu'il dût obferver
,, un regime different de l'ordinaire…,
,, auffi vient-on de voir qu'il s'eft ar-
,, rêté fur le rivage à fe rafraichir, &
,, Homére dit que Neftor & lui s'entre-
,, noient de chofes agréables ; un hom-
,, me bien bleffé ne s'amufe point à fe-
,, cher la fueur à l'air, & n'a pas de con-
,, verfations fi longues. ,, Ainfi Me D.
avoüera que toute cette conduite d'Homére eft de la derniere abfurdité, s'il fe
trouve que Macaon foit dangereufe-
ment bleffé. Cherchez donc L. 11. p.
198. lig. 3. vous y lirez ces mots *les*

*Grecs voyant Macaon dangereusement
blessé*, & plus bas, p. 219. Eurypile dit
que Macaon blessé dans sa tente a besoin lui-même d'un habile Médecin :
mais d'ailleurs n'est-il pas absurde que
Nestor & Macaon s'entretiennent de
choses agréables pendant la déroute des
Grecs ? Cependant le Poëte qui décrit au
long dans ce même endroit (*p.*218.219.)
la manière dont on traite Eurypile blessé
à la cuisse, personnage bien moins considerable en toute maniere que Macaon,
ne fait plus aucune mention de celui-ci.
L'inatention du Poëte va même si loin,
que Patrocle qui n'a rendu aucune réponse à Achille avant le L. 16e en lui
faisant dans ce Liv. (*p.* 3.) le dénombrement des blessez, nomme Dioméde,
Ulisse, Agamemnon, Eurypile, & oublie Macaon pour lequel seul Achille
l'avoit envoyé? Homére a fait des fautes plus considérables que celle-là, mais
il n'y en a guére qui le caracterise
mieux.

Au Liv. 14e dans une espece de conseil qui se tient au moment que les
Grecs étoient actuellement poussez jusques dans leurs vaisseaux ; après six discours assez longs d'Agamemnon, de
Nestor & d'Ulisse, Diomede prend la

parole, (*p.* 316.) & dit à Agamemnon
qui avoit conseillé la fuite pour la
troisiéme fois dans le Poëme : Voici un
» meilleur conseil que le vôtre, si vous
» voulez l'entendre, & qu'un dépit
» secret de voir que ce conseil vient
» d'un jeune Homme, ne vous porte
» pas à le rejetter. Issu du sang du grand
» Tydée, qui aprés avoir fait des ex-
» ploits immortels, trouva son tom-
» beau sous les murs de Thébes, je
» puis aussi parler dans une assemblée
» de Princes & des Rois. Porthée eut
» trois fils, Agius, Melas & Oenée,
» tous trois dignes du sang dont ils sor-
» toient ; ils habitoient les Villes de
» Pleuron & de Calydon, mais mon
» pere fut obligé de se retirer à Argos ;
» ainsi l'avoient ordonné Jupiter & les
» autres Dieux ; là il épousa la fille du
» Roy Adraste qui le combla de riches-
» ses, & le retint auprés de lui. Il pos-
» sedoit beaucoup de terres, des enclos
» d'une grande étenduë, & de nombreux
» troupeaux ; & il n'y avoit point dans
» toute la Grece de guerrier qui l'é-
» galât en réputation : mais toutes ces
» choses vous sont connuës ; c'est pour-
» quoi ne me regardez pas comme un
» homme sans nom & sans naissance, &

ne méprifez pas l'avis que je vais vous «
donner. Allons tout bleffez que nous «
fommes, allons foûtenir nos trou-«
pes, & rétablir le combat. » Mᶜ D. juftifie ainfi cette digreffion. (2. 5 8 o.)
Diomede aprés avoir dit un mot de fa «
naiffance, pour autorifer la liberté «
qu'il prend, propofe fon avis. ». Ce
mot eft un peu long, mais il eft plaifant que Diomede attende la dixiéme
année du fiége, & le 14ᵉ Liv. d'un
Poëme où il a déja parû cent fois pour
parler de fa naiffance aux Princes Grecs;
& il eft encore plus plaifant qu'aprés
la leur avoir expofée fort au long, il
leur dife qu'elle leur étoit déja connuë.
Dans le 19ᵉ Livre où fe fait la reconciliation d'Agamemnon & d'Achille,
aprés le difcours du Roi que nous avons
examiné dans la 2ᵉ partie de cet Ouvrage, & la réponfe d'Achille qui veut
qu'on aille au combat dés ce moment
même, Uliffe prend la parole, (p. 159.)
& dit à Achille : Divin fils de Pelée,
quelqu'impatience que vous ayez d'al- «
ler au combat, ne menez pas vos trou- «
pes à jeun attaquer l'ennemi, car l'af- «
faire ne fera pas fi-tôt décidée .... «
c'eft pourquoi ordonnez aux Grecs «
d'aller repaître fur leurs Navires : le «

» pain & le vin font la force & le cou-
» rage du foldat, il eft impoffible qu'un
» homme qui n'a pas mangé, combatte
» toute une journée, depuis le lever du
» foleil jufqu'à fon coucher ; car fi fon
» courage ne l'abandonne pas , fes for-
» ces l'abandonnent . . . . au lieu que ce-
» lui qui a pris de la nourriture , com-
» bat tout le jour, fes forces répondent
» à fon courage , & s'il arrive enfin qu'il
» tombe en défaillance, ce n'eft qu'a-
» prés que le combat eft fini. Voilà bien
des paroles pour peu de chofe, & Mᵉ
D. ne pourra pas dire ici comme fur un
endroit trop concis du 1ᵉʳ Liv. qu'il y a
toujours dans Homere plus de fens que
de mots. (1. 303.) Agamemnon qui
entre dans l'avis d'Uliffe , propofe à
Achille d'affermir leur reconciliation
par un facrifice folemnel , en attendant
que les troupes prennent quelque nourriture. Achille (L. 19. 162.) veut qu'on
remette toutes ces cérémonies à un autre temps ; & lui qui fort frais de fa
tente, où il s'eft repofé dix-huit jours, &
qui n'a dans la tête que la vengeance de
Patrocle fans aucun autre interêt, veut,
comme un fol qu'il eft, que les Grecs
fatiguez & abbattus entrent dans fa
paffion , & commencent à jeun le combat. Ce foir, dit-il, aprés le foleil

couché, ils auront tout le loifir d'être «
à table . . . . Avant ce temps-là je ne «
puis ni manger ni boire. » Cela conclut
beaucoup pour toute une armée : auffi
Uliffe reprend fa pointe fur la neceffité
de repaître, & fait un affez long difcours dans le goût du Chanoine Evrard
du Lutrin, excepté qu'il y infere (163.)
une comparaifon vague & hors d'œu- «
vre des épis de bled, qui ne tombent «
pas plus épais fous la faucille dans le «
temps de la moiffon, que les hommes «
tombent fous l'épée, dés que Jupi- «
ter qui dans les batailles eſt l'Arbi- «
tre de la vie & de la mort des com- «
battans, a fait pancher fes fatales «
balances, & alors les reftes font bien «
petits. » Il ajoûte à cela que ce n'eft
point en jeûnant qu'on honore les
morts, qu'il faut les enterrer & fe con-
foler ; mais que ceux qui font échapez
du combat doivent prendre de la nourriture ; & il s'agit icy d'en prendre avant
que d'aller au combat ; inconfequence
perpétuelle. Mais d'ailleurs une chofe
fi claire & fi commune meritoit - elle
qu'Homere en fift la matiere de trois ou
quatre difcours ? Achille ne veut pas
non plus qu'on faffe le facrifice propofé,
Uliffe ne devoit-il pas infifter plûtôt fur

ce point ? Le sujet n'est-il pas en même
temps & plus noble & plus moral.

Les derniers Livres de l'Iliade sont
pleins des honneurs qu'Achille rend au
corps de Patrocle, & nous venons de
voir son empressement à le vanger. Cependant, comme il ne faut pas que dans
Homére les morts soient plus raison-
nables que les vivans, Patrocle appa-
roît à Achille. (*L. 23. p. 290.*) & luy
dit : Tu dors, Achille, *c'étoit sur le ri-*
vage qu'il dormoit, accablé de douleur
» *& de lassitude.* (*Ib.*) *mais n'importe*
» tu dors, Achille, & tu m'as oublié,
» ce n'est pas un ami vivant que tu negli-
» ges, c'est un ami mort : enterre - moy
» sans aucune remise, & les portes des
» champs bien-heureux me seront ou-
vertes. » Achille avoit il besoin qu'on
luy apprît ces premiers élemens de la
croyance des Payens, lui qui au 24e L.
(383. 384.) dit à Priam de si belles
choses, selon Me D. (3. 603.) sur les
tonneaux des biens & des maux. En un
mot, si Achille sçavoit la peine où étoit
l'ame de Patrocle, il a eu tort d'aller
tuer Hector avant que de faire les funerailles d'un homme pressé de son en-
terrement : mais s'il n'a usé de tous ces
délais que pour rendre plus remarqua-

bles les funerailles de fon ami , felon la doctrine de fon temps , & l'ordre même de fa mere, (*L. 19. p. 149.*) Patrocle a tort de fe plaindre.

Nous avons un autre exemple de ces documens élémentaires donnez à des perfonnages de l'Iliade par d'autres ; c'eft Neftor qui voyant fon fils Antiloque prêft à entrer en lice dans la courfe des chars qui fe fait au 23e Livre , s'approche de lui ; & quoiqu'il reconnût en luy beaucoup de prudence & de fageffe, (*p. 306.*) il ne laiffe pas de lui donner les confeils fuivans : Mon fils , *luy dit-il*, Jupiter & Neptune t'ont regardé favorablement, malgré ta grande « jeuneffe , & t'ont fi bien appris à me- « ner un char , & à conduire toutes for- « tes de chevaux , que tu es un des meil- » leurs Cavaliers de toute la Grece; c'eft « pourquoi tu n'as pas befoin de beau- « coup d'inftruction : mais tu as des « chevaux bien pefans , & qui n'ont pas « beaucoup de force ; » Là deffus il avertit fon fils , le meilleur Cavalier de toute la Grece, de ne pas pouffer imprudemment de côté & d'autre des chevaux pefans & fans force ; Armetoi de toute ton adreffe, *continuë-t-il*, l'adreffe fait fouvent plus que la force, «

» c'eſt moins par ſa force que par ſon
» adreſſe qu'un charpentier réüſſit dans
» ſon art, c'eſt par ſon adreſſe & non
» par ſa force qu'un pilote ſauve ſon
» vaiſſeau, au milieu des plus grandes
tempêtes. » ... Comparaiſons qui allon-
gent inutilement une inſtruction déja
inutile : Celuy qui a du jugement, *pour-*
» *ſuit-il*, ne perd jamais de veuë la bor-
» ne, il y va par le chemin le plus droit
» & le plus court. ...... pour la borne,
» fais-en approcher tes chevaux le plus
» prés qu'il te ſera poſſible. Pour cet
» effet toûjours panché ſur ton char,
» gagne la gauche de tes rivaux, & en
» animant ton cheval qui eſt hors de la
« main, lâches-luy les rênes, pen-
» dant que le cheval qui eſt ſous la
» main, doublera la borne de ſi prés,
» qu'il ſemblera que le moyeu de la
» roüe l'aura raſée : mais prends bien
» garde de ne pas donner contre la pier-
» re, de peur de bleſſer tes chevaux,
& de mettre ton char en pieces. » Si
Antiloque a beſoin de ces leçons, il
n'eſt pas prêt de gagner le prix. Me D.
dit ici : (3. 577.) Ceux qui prendront
» la peine de lire la deſcription que So-
» phocle dans ſon Electre a fait des
» courſes, où il feint qu'Oreſte fut tué,

reconnoîtront aisément que ce Poëte « tragique a bien sçu profiter de cet en- « droit d'Homere. » Mais il y a bien de la difference de l'un à l'autre. Le gouverneur d'Oreste raconte un fait, dans lequel les circonstances les plus communes peuvent & doivent entrer, mais elles n'entrent pas pour cela dans les instructions données à un habile homme, telles que sont celles de Nestor à son fils.

La mort d'Hector donne lieu dans l'Iliade à plusieurs lamentations. Andromaque en fait deux ; l'une au 22e Liv. en voyant de dessus les murailles le corps de son époux traîné par les chevaux d'Achille, & l'autre au 24e Liv. sur le corps même de son époux, lorsqu'il a été rapporté par Priam. La premiere est d'une moitié plus longue que la seconde, ce qui est déja contre la nature ; parce que le premier aspect du corps d'un époux si indignement traité, devoit ôter à Andromaque la faculté même de se plaindre : au lieu qu'aprés une espace de douze jours, comme celui qui s'est écoulé de l'une à l'autre de ces deux lamentations, cette Princesse moins accablée de son malheur, mais plus éclairée sur les suites qu'il

alloit voir, devoit former des plaintes
plus éloquentes & plus étenduës. Au
reſte rien n'eſt plus ingénieux que la maniére dont Me D. a déguiſé dans ſa traduction la baſſeſſe que le texte du premier diſcours rendu litteralement pa-
roiſtroit avoir. Elle ne la découvre pas
même toute entiére dans ſes remarques, où elle nous avertit ſeulement
aprés Euſtathe, (3. 561.) qu'on avoit
voulu retrancher neuf Vers qui repreſentent Aſtyanax à la veille de mener
la vie d'un véritable gueux. Un orphe-
lin, *dit Homére que je traduis à la lettre,*
» s'adreſſe à tous les amis de ſon Pere,
» il tire l'un par ſon manteau, & l'autre
» par ſa robbe : ſi quelqu'un d'eux tou-
» ché de compaſſion lui preſente ſa
» taſſe, c'eſt pour moüiller ſeulement
» ſes lévres, ſans moüiller ſon Palais,
» Un jeune homme qui a ſon pere & ſa
» mere le chaſſe du feſtin en le frappant
» avec la main, ou en l'outrageant de
» paroles : ſors d'ici, car ton pere ne
» mange point avec nous, & cét enfant
» revient en pleurant vers ſa mere veu-
» ve. „ Voilà des mœurs qui pour eſtre
fort ſimples n'en ſont que plus inhumai-
nes. Mais enfin, pour le dire encore une
fois, une femme frappée comme d'un

coup de foudre de la vûë de son mari
traîné la tête en bas dans la poussiere,
est absolument incapable d'un pareil détail. Homére a trés-sagement évité ce
défaut dans la seconde lamentation, qui
d'ailleurs même est beaucoup plus belle
que la premiere.

Nous avons excusé ailleurs certains
traits extraordinaires de l'affliction de
Priam : mais elle lui fait tenir au 24.e L.
des discours que l'on ne sçauroit excuser. Tous les Troyens s'étoient assemblez dans son Palais, pour prendre part
à son affliction. Malgré tous les déguis-
sements de la traduction de M.e D.
(p. 364.) il leur dit à la lettre. Sortez
d'ici infâmes, scelerats, n'avez-vous «
pas assez de vôtre deüil domestique, «
sans venir augmenter le mien?..vous «
sentirez bien - tôt la perte que vous «
avez faite, & en même temps il court «
aprés eux avec son sceptre.

H, καὶ σκηπανίω δίεπ' ἀνέρας ὡ. 247.
& les met hors de chez lui. Dans cet
instant de fureur il appelle ses fils, 365.
& entr'autres Helenus *qui étoit devin*,
& *que cette qualité rendoit trés - consi-*
dérable dans sa famille. (1.493.)& blessé de la lenteur avec laquelle ils execu- «
tent ses ordres, il s'écrie : ne vous dé-

» pefcherez - vous point , lâches que
» vous eftes ? plût aux Dieux que vous
» fuffiez tous péris fur le rivage prés des
» Vaiffeaux des Grecs , au lieu de mon
» cher Hector ; ah ! quelle eft la cruau-
» té du deftin qui me perfecute ; tous
» les braves enfans que j'avois je les ay
» perdus . . . . l'impitoyable Mars me
» les a ravis , & il m'a laiffé ces lâches
» adonnez au menfonge , plus propres
» à danfer toutes les nuits avec des fem-
» mes qu'à combattre les ennemis. M^r
D. dit ici (3. 597.) qu'Homére peint
» bien ici les défordres de jeunes Prin-
» ces débauchez , à qui la caducité de
» leur pere donne toute forte de licen-
» ce , parce qu'il n'a pas la force de les
» reprimer. „ Et moi je dis , qu'Homére reprefente bien ici un Poëte qui
s'égare ; en effet, le P. Rapin blâme trés-
judicieufement Priam qui fouhaite de
voir tous fes enfans morts au lieu d'Hector. Il y avoit, dit ce fage critique, d'autres expreffions à donner à fa douleur.

Priam arrive dans la tente d'Achille,
& ces deux perfonnages tiennent enfemble des difcours , où l'on voit affu-
rément plufieurs traits de beauté ; mais
ils ne font pas fans défauts. Priam , par
exemple , commence fort bien par rap-

peller à Achille l'image de son pere Pelée dont il doit se ressouvenir en le
voyant ; mais sur la fin de son discours
il repete la même pensée. Je me souviens que les Commentateurs des lettres de Ciceron à Atticus dont un homme d'un trés-grand mérite vient de donner la traduction ne manquent jamais de
séparer une lettre en deux, dés qu'ils
trouvent deux fois la même chose. Cette regle de critique ne vaudroit rien à
l'égard des discours d'Homére. Achille
est touché de voir Priam prosterné devant lui : il le releve, & lui fait un trés-
long discours de consolation. C'est-là
qu'il expose, (383) d'une maniere assez obscure pour avoir trompé Hesiode
même, la parabole theologique des trois
tonneaux selon Hesiode, ou dés deux
seulement selon Eustathe & Mᶜ D.
(3. 603.) L'un est rempli de biens &
l'autre de maux. Jupiter puise dans l'un
& dans l'autre, pour ceux qui passent
une vie mêlée, comme à l'ordinaire, de
bonheur & de malheur ; mais il y a des
hommes pour qui il semble que Jupiter
n'ait puisé que dans le tonneau des
maux. La loi de l'énumération vouloit
qu'Homére parlât de ceux pour qui Jupiter n'a puisé que dans le tonneau des

biens , Homére l'a oublié : Me D. y
fupplée par cette phrafe entierement
ajoûtée , le tonneau de délices eſt re-
fervé pour les Dieux. (*p.* 384.) Elle
allegue même dans ſes remarques la raifon de ſon addition : j'ai crû, *dit-elle*,
(3. 604.) devoir ajoûter ces deux lignes
» pour faire la liaiſon ; car Achille ne
» peut paſſer ſans aucun milieu, de ceux
» à qui les Dieux ne verſent que la
» coupe de malediction,à ſon pere Pélée
» dont la vie eſt mêlée de biens & de
» maux. „ Si Me D. juge qu'Homére
avoit fait de cela un Vers , parce qu'il
feroit raiſonnable ; j'oſe dire qu'elle ne
connoît pas mieux l'eſprit de ce Poëte
que ceux qui ont crû devoir effacer d'autres Vers , parcequ'ils ſont horribles:
Pour moi,ſi je trouvois dans l'Iliade un
diſcours de trente Vers qui fût juſte
dans toutes ſes parties , qui fût tellement adapté au caractere de celui qui
parle, & au ſujet dont il s'agit , qu'il ne
pût être repeté ailleurs ni par le même perſonnage ni par un autre, dans lequel enfin je ne viſſe aucune omiſſion, ni
aucune ſuperfluité, je le retrancherois
de l'Iliade comme ſuppoſé.Priam (386.)
remercie Achille de ſa conſolation , &
ce remerciment qui n'a que dix ou dou-

ze lignes est d'une beauté parfaite: mais à ces mots, c'est-à-dire, à ce remerciment très-sensé & très-tendre, le terrible Achille, les yeux pleins de fureur (*ib.*) lui dit: vieillard n'excitez point ma colére, „ & le reste qui n'a ni fon- « dement ni suite. Cependant Achille va prendre lui-même dans le char de Priam toute la rançon d'Hector , ne laissant qu'une tunique & deux voiles pour envelopper son corps : aprés quoi il vient dire à Priam , vôtre fils vous est rendu : & devenant conteur sur la fin du Poëme , il recite à Priam la très-vieille & très-connuë histoire de Niobe, qui ne laissa pas de manger, quoi qu'elle eût perdu ses enfans ; d'où il conclut que Priam doit prendre aussi de la nourriture. Et à vrai dire il en avoit besoin, aprés avoir passé douze jours entiers sans mettre dans sa bouche aucun aliment. (*p. 392.*) Mais enfin Homére oublie à tout bout de champ le caractere du personnage qui parle , pour faire lui-même son métier de Poëte discouteur ; ou plûtôt il n'introduit presque jamais ses personnages que pour leur faire débiter ses contes. C'est même peu pour lui , que de violer le caractere general de ses personnages dans ses dif-

cours. Il y insere des choses contraires
à la passion actuelle de celui qui parle,
& à la possibilité du discours même. Je
m'explique par des exemples. Dans le
premier Liv. (*p.* 16.) Achille au plus
fort de son emportement contre Aga-
» memnon , lui parle ainsi : mais j'ai
» une chose à te dire , & je te la confir-
» merai par serment. Je te jure donc
» par ce sceptre qui , depuis qu'il a été
» séparé du tronc de l'arbre qui l'a pro-
» duit sur les montagnes , ne pousse plus
» de feüilles ni de rameaux , & ne re-
» verdit plus , depuis que le fer l'a dé-
» pouillé de ses feüilles & de son écorce:
» je te jure , dis-je , par ce sceptre que
» portent presentement dans leurs mains
» les Grecs , à qui Jupiter à confié les
» loix & la justice ; & c'est le plus grand
» serment que je puisse faire ; qu'un jour
» viendra que les Grecs auront grand
» besoin d'Achille , & que tu ne pour-
ras les secourir. „ Voilà dans le discours
d'un homme en fureur une description
& six parentheses qui font une peinture
déplacée , & une mauvaise phrase. Au
L. 12. (*p.* 232.) Asius se voyant re-
» poussé dans un combat, en soûpire de
» rage , & frappant la terre , il dit avec
» une douleur mêlée d'indignation ;
grand

grand Jupiter, vous eftes donc devenu «
un Dieu menteur comme les autres ; «
car je ne m'attendois pas que les «
Grecs réfiftaffent à cette attaque, & «
qu'ils échappaffent aujourd'hui de nos «
mains : cependant, comme des abeil- «
les qui ont bâti leurs ruches fur une «
roche efcarpée, & qui fe voyant affail- «
lies par des chaffeurs, n'abandonnent «
pourtant point leurs maifons, & dé- «
fendent courageufement leurs trefors «
& leurs familles ; de même les Grecs, «
quoiqu'ils ne foient que deux contre «
ce grand nombre, ne veulent point «
abandonner le paffage, jufqu'à ce «
qu'ils ayent perdu la vie, ou qu'on «
les ait fait prifonniers. „ Voilà une
comparaifon bien convenable dans le
difcours d'un homme au defefpoir. Homére infere quelquesfois de femblables
parenthefes jufques dans des cris, où
elles font comme impoffibles. Reprefentez - vous Ménelas, qui au Liv. 17.
(p. 73.) fe met à crier de toute fa for- «
ce pour eftre entendu de toute fon «
armée, & qui dit : Princes & Chefs «
qui recevez d'Agamemnon & de Me- «
nelas la recompenfe de vos fervices, «
& qui commandez chacun vos Trou- «
pes ; parceque Jupiter vous en a don- »

IV. Partie.   T

» né le commandement; car c'est de lui
» que viennent la dignité & la gloire;
» le combat est si allumé de tous côtez
» que je n'ai pas le temps de vous appel-
» ler tous les uns après les autres., que
» chacun vienne de lui-même faire son
» devoir.,,

La plûpart des exemples précedents
frappent les yeux par quelque absurdité sensible ; mais presque tous les discours de l'Iliade ont un défaut plus imperceptible en lui-même, & qui neanmoins étant remarqué, contribuera beaucoup plus à faire connoître l'esprit
d'Homére. Ce défaut consiste en ce que
ses personnages ne disent presque jamais ce qu'ils doivent dire par rapport
à l'occasion presente ; c'est ce que nous
appellons en François discours mal *dia-*
loguez ; c'est-à-dire, qui se lient mal
au fait dont il s'agit, ou à la chose
que l'on a dite, je ne parcourrai pas toutes les fautes de cette espece ; mais le
peu que j'en vais alleguer, éclairera le
Lecteur sur une infinité d'autres semblables. Au 1er Liv. (*p.* 11.) Achille
reprochant à Agamemnon qu'il n'est
venu à cette guerre que pour l'amour
de lui, s'exprime ainsi : Je n'ai aucun dé-
« mêlé particulier avec les Troyens, ils

ne m'ont jamais offenfé, ils n'ont em- «
mené ni mes bœufs ni mes haras, & «
ils n'ont jamais ravagé les fertiles «
plaines de Phtye: » Ce n'étot point là
non plus le fujet de la guerre qu'A-
gamemnon & Ménélas venoient faire
aux Troyens, & les deux freres ne fe
plaignoient point que les Troyens euffent emmené leurs bœufs & leurs haras, ou ravagé leurs Provinces. Il s'a-
giffoit de l'enlevement d'Héléne; ainfi,
pour bien entrer dans le fait, Achille
devoit dire là, comme fur le Théâtre
François :

Et jamais dans Lariffe un lâche raviffeur
Me vint il enlever ou ma femme ou ma
fœur ?

Mais la fuite de la phrafe d'Homére eft
encore plus plaifante. Entre les champs
d'Ilion, dit Achille, & les campagnes «
de Lariffe, il y a trop de montagnes, «
de forêts & de mers.»Ne croiroit-on pas
fur cela que Lacedemone où les Troïens
étoient allez enlever Héléne, devoit être
tout auprés de Troye. Cependant il
y avoit prés d'une moitié plus loin de
Troye à Lacedemone, que de Troye à
Lariffe. Je n'ai pas examiné fi la Theffalie enfermoit plus de montagnes & de
forefts que le Péloponéfe, mais je fçai.

bien que pour venir de la Phrygie dans
le Péloponnéfe, il y avoit une fois plus
de mer à traverfer que pour venir dans
la Theffalie.

Le même Achille répondant à la menace qu'Agamemnon lui a faité de lui enlever Briféïs, dit (*p.* 1 2.) Quand
» nous avons faccagé quelques Ville des
« Troïens, jamais ma récompenfe n'a été
» égale à la vôtre...... & il faut que je
» me contente de ce qu'il y a de moins
confiderable. » Eftoit-ce là en verité le
fujet de fa plainte, lui qui a pour cap-
ive Briféïs, une Princeffe (3. 501.) qu'il
trouve fi belle, & qu'il aime comme fa
femme ? Homére lui-même a fenti cette
incongruité, cette inconféquence ; & il
à tâché de fe remettre dans lefil de fa
matiere par une épithéte fi ridicule, que
Me D. l'a fupprimée. Je reviens fur mes
vaiffeaux, dit-il dans le grec, n'aïant qu'un
prefent mince & chéri : ὀλίγον τε φίλον τε
« 167. Je croy auffi-bien que Me D.
qu'il valoit mieux laiffer la faute que de
là reparer de cette maniere.

Au L. 2. (*p.* 67.) Agamemnon préparant fes troupes au combat, leur dit :
» Qu'on fe mette en état de foûtenir les
» travaux de cette journée, car il n'y
» aura pas un moment de relâche, juf-
» qu'à ce que la nuit vienne arrêter la

fureur des combattans. La fueur per- «
cera aujourd'huy jufqu'aux boucliers, «
les mains feront fatiguées de donner «
des coups de pique, & les chevaux «
feront hors d'haleine de traîner fi «
long-temps les chars au milieu des «
morts & du carnage. » Agamemnon
détaille icy les circonftances d'un combat futur, comme s'il étoit paffé, & il
femble qu'il veüille décourager fes troupes : mais d'ailleurs fe tenant fûr de la
promeffe que Jupiter lui a fait faire par
le fonge, fur quoy juge-t-il que les
Troyens fe deffendront jufqu'au foir ?
il parle même comme fi le combat encore indécis devoit eftre interrompu par
la nuit. Enfin, qui luy a dit que les
Troyens fortiront de leurs murailles, &
ne l'attendront pas fur leurs remparts,
comme ils ont fait jufqu'à prefent ?
Compte-t-il déja fur la fatuité générale
du Poëme, felon laquelle de cent mille
Grecs Achille feul eft à craindre pour
les Troyens ?

Au 24ᵉ Livre, Priam s'étant mis en
chemin pour aller racheter le corps de
fon fils, trouve hors des portes de la
Ville Mercure fous la figure d'un mortel, qui luy demande s'il fort d'Ilion,
comme défefperant de s'y defendre de-

puis la mort d'Hector ? Là deſſus Priam
demeure étonné que cet homme ſçache
la mort d'Hector arrivée depuis douze
jours. (375.) Qui eſtes-vous donc, *luy*
dit-il, vous qui paroiſſez ſi bien infor-
mé du malheureux ſort de mon fils ?

Il en eſt à peu prés de même des diſcours des Dieux. Apollon dans le même
Livre 24e ſe plaignant des indignitez
qu'Achille exerçoit depuis douze jours
ſur le corps d'Hector, reproche formellement aux Dieux aſſemblez,(*p.* 351.)
qu'ils condeſcendent à tous les emportemens d'Achille, & à la fin du même
diſcours (352.) il dit : Mais qu'il
» prenne garde de ne pas attirer ſur ſa
tête le courroux des Dieux : » Comment
l'attireroit-il par des emportemens auſquels ils condeſcendent tous ?

Le Poëte luy-même fait quelquefois
dans ſon narré des contradictions avec
les diſcours de ſes perſonnages;au L. 21
(*p.* 238.) il eſt dit qu'Apollon ayant re-
fuſé le défi de Neptune, tourne ſes pas
ailleurs ; car la honte & le reſpect l'em-
pêchoient d'en venir aux mains avec le
frere de ſon pere ; & dans l'inſtant même ſa ſœur Diane lui reproche de s'ê-
tre vanté au milieu de l'Aſſemblée des
Dieux, qu'il combattroit contre Neptu-

ne, & que tout le ciel feroit témoin de
fes grands exploits : voilà un Dieu bien
refpectueux pour le frere de fon pere.
Ces dernieres objections paroîtront
fans doute legeres , & même frivo-
les à des Lecteurs prêts de juftifier Homére fur les fautes les plus énormes.
Mais en verité, fuis - je obligé de ne
remplir ma Critique que d'exemples
groffiérement vicieux ? L'expofition de
ces fortes d'exemples a une utilité de
Philofophie, parce qu'elle fert à faire
connoître la mifere de l'efprit des hommes dans leurs préventions , & fur tout
dans leur admiration. Mais quelques
remarques un peu plus fines peuvent
avoir une plus grande utilité de poëtique, en établiffant cette juftefle de
penfée & d'expreffion dont le défaut eft
le vrai caractere d'Homere. Car fi le
rideau de la prévention étoit une fois
tiré , on trouveroit toutes fes pages
remplies de la derniere efpece de fautes que nous venons de remarquer ,
fans parler de toutes les autres. Le
P. Rapin s'en étoit parfaitement apperçû , lorfqu'il oppofe aux écarts
d'Homére ce bon fens exquis qui re- «
gnoit à Rome du temps d'Augufte , «
& qui étoit le caractére de tous les «

» habiles gens qui écrivoient alors, &
» que nous regardons comme les seuls
» modeles de la justesse du discours, &
» de cet art admirable d'écrire qui regne
aujourd'huy parmy nous ª. » Mais
nous parlerons exprés de la composition
& du stile d'Homere dans le dernier
chapitre de cet Ouvrage.

ª Comparaison d'Homere & de Virg. in 4. p. 42

CHAPITRE IV.

Des Sentimens & des Moralités.

NOus joignons les sentimens aux moralités, parceque les sentimens étant les affections que le Poëte ou les personnages expriment à l'égard de quelques objets, sont presque toûjours conformes ou contraires à quelque regle de morale. Je commencerai neanmoins par les sentimens d'Homére qui ne me paroissent vicieux que du côté de l'esprit, ou par défaut de justesse. Au Liv. 17. (*p. 69. 70.*) il est dit qu'Hector prit les armes immortelles du fils de « Thétis, que les Dieux qui habitent « le haut Olympe avoient données à Pe- « lée, & dont il avoit fait present à son « fils. Mais le fils, *ajoûte le Poëte*, n'eût « pas le bonheur de vieillir comme lui « sous cette armure. „ Qu'importe qu'il vieillisse sous celle-là, s'il en doit avoir une plus belle avant sa mort? en effet, il n'auroit pas vieilli sous cette pre- miere, quand il auroit vêcu cent ans. Ce trait n'échappe pas neanmoins à l'ad-

T v

miration de Mr D. Homére, *dit-elle*,
» (3. 440.) ne manque jamais de faifir
» les fentimens tendres que les fujets
» qu'il traite peuvent fournir ; & cela
» fait un effet charmant dans fa Poë-
» fie. »

Le fecond exemple d'un fentiment
faux ou pris à gauche, eft encore plus
remarquable : Enée au L. 20. (*p*. 192.)
porte un grand coup de pique fur le
bouclier d'Achille ; Achille étonné,
épouvanté ταρβήσας *v*. 263. de la vio-
» lence du coup, avance le bras pour fe
» mettre hors d'atteinte ; car il ne dou-
» toit point que la pique d'Enée ne per-
» çât d'outre en outre le bouclier ; im-
» prudent, *ajoûte le Poëte*, il ne fit pas
» réfléxion que les prefens des Dieux ne
» cedent point à toutes les forces des
» hommes. » Cet épiphonême, pour être
fenfé, devoit être appliqué à Enée ; im-
prudent, qui ne fçavoit pas que fon
coup feroit inutile, & que les armes
d'un Dieu réfiftent aux efforts des hommes. Car du côté d'Achille, outre la
frayeur qui lui eft imputée fort inju-
rieufement, il eft abfurde de fuppofer
qu'il oublie fi-tôt la propriété de fes armes ; ou enfin fon imprudence qui eft
heureufe pour lui, & qui le trompe en

bien , ne mérite point ce ton compa-
tissant que prend Homére.

A ce propos je me souviens d'un trait
du 17e L.(*p.* 71.)où le Poëte dit qu'Hector nouvellement revêtu des armes d'A-
chille , se met à la tête des Troupes al-
liées , qui le voyant couvert de ces armes éclatantes, le prennent pour Achille , il assemble tous les Chefs , &c. Je
ne décide rien sur ce sentiment qui est
d'un goût ambigu , car si d'une part il
fait quelque honneur à Achille , il semble d'un autre côté que les Troyens devoient fuir à la premiere apparence
d'un homme dont la voix seule les met
en désordre (*L.* 18. *p.*) 121. Mais un sentiment fort plaisant au sujet d'Achille ,
est celui d'Agenor (*L.* 21. *p.* 245.) qui
ne peut se resoudre à prendre la fuite ,
sans s'estre mesuré auparavant avec le
redoutable Achille : comme si la fuite
par laquelle il a dessein de finir , ne devoit pas effacer toute la gloire de son
attaque.

Ce n'est pas seulement dans les actions
périlleuses qu'Homére prête à ses Héros des sentimens bas ou équivoques ;
il abandonne leur honneur en toute occasion. Ajax & Ulisse combattent dans
les Jeux du 23e Liv. (*p.* 533.) Ils sou-

baittent ardemment de vaincre , non
pour la gloire d'avoir abbatu un adverfaire illuftre, comme l'auroit dit un autre Poëte, mais pour emporter le beau
trépié. On répondra que le trépié eft le
figne de cette gloire : & je repliquerai
que le Poëte peche du moins par le
choix du tour & de l'image.

A l'occafion des combats des jeux, je
placerai ici une critique qui fera voir
qu'Homére choque quelquesfois les
fentimens qu'il a fait naître lui - même
dans fes Lecteurs , au fujet de fes Héros. Dans la lecture entiére de l'Iliade,
on ne prend pour aucun des perfonnages qui y paroiffent autant d'eftime que
pour Ajax : Hélene dit de lui au 3e Liv.
(p. 112.) qu'il eft un prodige de valeur,
& un des plus forts remparts des Grecs.
Pour moi je vais plus loin ; & fur fon
caractere général , je le regarde comme
un homme de guerre plein de probité,
de bon fens , & de courage, en un mot,
comme le perfonnage le plus eftimable
du Poëme. Cette idée que j'ai d'Ajax
tourne à l'avantage d'Homére, & marque qu'il a donné en général une ame
& des entrailles à fes perfonnages : puifqu'on ne critique certains traits qu'il
leur prête , que parce qu'ils font con-

traires à la notion générale qu'on a prife
d'eux dans fon Poëme. Voici, par exemple, au fujet d'Ajax un incident qui bleffe
en même-temps & la vrai-femblance
de la chofe , & l'inclination du Lecteur. Dans les jeux du 23ᵉ Liv. Ajax
fait l'honneur à Achille de fe prefenter
à trois differens combats. Dans le premier , il a affaire à Ulifse , & paroît
vaincu par lui : puis qu'Ulifse le fait
tomber, au grand étonnement des fpectateurs. (*p.* 334.) On répondra fans doute à cela que le Poëte donnant l'avantage à Ulifse fur Ajax , a voulu marquer l'avantage de l'adreffe fur la force.
Je ferai toûjours fâché qu'Ajax ait été
choifi pour l'exemple défavantageux de
l'apologue ; dautant que je préfere de
beaucoup la noble & courageufe fimplicité d'Ajax, à la prudence ambiguë &
fufpecte d'Ulifse. Je ne dis rien du fecond
combat où Dioméde (*p.* 340.) met Ajax
en péril de fa vie , quoique le Lecteur
eût fouhaité de voir jufqu'au bout la
balance égale entre ces deux Héros :
mais je ne puis retenir mon indignation,
quand je vois Ajax vaincu par Poly-
pœte,(*p.* 342.) un des hommes les plus
inconnus de tout le Poëme. C'eft un
manque de varieté d'avoir introduit

trois fois de suite le même personnage ; mais c'est un manque de goût & de
fentiment, d'avoir introduit une feule
fois un tel perfonnage pour être vaincu.

Le Poëte prefente quelquefois les
fentimens des Dieux fous un afpect auffi
défavantageux que ceux des hommes.
Au 24e Liv. Priam veut faire prefent
d'une coupe à Mercure qui s'offroit à
lui pour guide, fous la figure d'un jeune
Officier de l'armée d'Achille. Mercure
luy répond (*p.* 376) Vous voulez me
tenter, Seigneur, parceque vous me
voyez jeune ; mais n'efperez pas de me
perfuader ; je ne recevrai point ce riche
prefent en l'abfence d'Achille : je connois mon devoir, je crains & je ref-
pecte trop mon Roi pour le voler fi indignement. Mercure porte ici la fidéli-
té jufqu'au fcrupule ; mais auffi-tôt
après il ajoûte : Achille ne manqueroit
pas de me punir d'une avarice fi for-
dide : voilà le difcours d'un Prince bien
né finiffant par le trait d'un vil efclave,
& des principes d'honneur changez tout
d'un coup en la crainte des étrivie-
res.

Homére a encore moins d'égard aux
bienféances qu'à l'honneur dans les fen-

timens de fes perfonnages. Le combat
fingulier de Paris avec Menelas étant refolu, on entend les Grecs & les Troyens
qui difent à haute voix *a* : Puiffant Jupiter, qui avez un Temple fur le «
Mont Ida, & qui eftes environné de «
majefté & de gloire, faites que l'au- «
teur de cette funefte guerre & des «
maux qu'elle a déja caufé aux Grecs «
& aux Troyens, tombe fous les coups «
de fon ennemi, qu'il défcende dans «
le Royaume de Pluton ; & qu'aprés «
fa mort nous puiffions faire une paix «
folide & durable. „ Que deviendra en
vérité le pauvre Paris, en fe voyant ainfi
chargé des imprécations des deux armées ! je ne conçois point comment il
peut fe refoudre à combattre. Les
Troyens font même par cette priere
une infulte griéve à Priam qui vient de
marquer (*même p. 117.*) la tendreffe
qu'il avoit pour fon fils : il y auroit eu
fans contredit plus de bienféance & plus
de délicateffe dans la peinture, fi le
Poëte avoit dit que les Troyens faifoient
dans le fond de l'ame le même vœu que
les Grecs, quoiqu'ils ne le prononçaf-
fent point, par confideration & par refpect pour leur Roi.

a. Au livre 3. page 117.

D'autres fois Homére fait dire des duretés en maniére de carefles. Au 21 Liv. Junon parlant à Vulcain lui dit à la lettre levez-vous mon boiteux mon fils, ὄρσεο κολλυπόδιον, ἐμὸν τέκος. Φ. 331. Mᵉ D. rapporte là-deffus une réflexion de Plutarque, qui dit que Junon appelle fon fils *boiteux* pour le careffer; & qu'Homére a voulu par là fe moquer de ceux qui ont honte de tels défauts; n'eftimant ni reprehenfible ce qui n'eft point honteux, ni honteux ce qui ne vient point de nous, mais de la fortune: cependant je n'ai ofé, *ajoûte-t-elle*, conferver cela dans la traduction, „car nôtre mot, *boiteux*, & le terme „Grec κολλυπόδιον font deux termes bien „différents: cela eft fenfible à l'oreille „la moins délicate.„ J'aurois juftifié cet endroit d'Homére en alleguant la liberté d'une mere à l'égard de fon fils; liberté qui marque même ici un tendre fouvenir de ce que ce fils n'eft devenu boiteux, que pour avoir voulu la défendre. Mais Plutarque & Mᵉ D. ont jugé à propos de faire de cette liberté une loi générale qui eft abfolument fauffe; car bien qu'on n'ait pas lieu de rougir des défauts corporels, & qu'il faille les fupporter de bonne grace; cependant comme par eux-mêmes ils sont affligeants, la politesse fondée sur l'humanité veut qu'on n'en rappelle point inutilement l'idée à ceux qui les ont. Le beau son du mot Grec κολλυποδίων permettoit peut-eftre à Homére de l'employer en parlant lui-même, comme il l'a fait au 18e Livre (σ.) ; 71. mais ce n'étoit pas une raison de le faire dire par un de ses personnages à un autre.

Voici encore un endroit d'Homére, où l'un de ses personnages, c'est Agamemnon, voulant marquer à Neftor un sentiment de reconnoissance, lui dit une chofe incongrue en elle-même, & désobligeante à l'égard de Neftor. (*L. 2. p. 66.*) Agamemnon ayant goûté differens avis que Neftor lui avoit donnez pour l'attaque qu'on méditoit, lui dit : fage Neftor, vous surpassez affu- « rement tous les Grecs dans la science « de bien parler, plût au grand Jupiter, « à Minerve, & à Apollon que j'eusse « dans mon armée dix hommes comme « vous pour le conseil, la Ville de Priam « tomberoit bien-tôt. Là-dessus Me D. « fait cette remarque : (350.) Agamem- « non ne desire pas dix Achilles, ni dix » Ajax ; mais dix Neftors ; tant il met la « prudence au-dessus de la valeur & de «

la force. „ Pour moi, je fais une remarque toute contraire à celle-là ; & je prétends qu'Agamemnon devoit souhaitter
dix Achilles & dix Ajax, & ne devoit
souhaitter qu'un Nestor. Je sçai fort
bien qu'en général, & quand il s'agit
de gens ordinaires, dix conseils valent
mieux qu'un, mais je sçai aussi qu'une
bonne tête est capable de conduire seule des milliers d'hommes ; & qu'au
contraire le plus vaillant homme du
monde ne peut rien tout seul pour une
bataille ou pour un siége. Mais quoi
qu'il en soit du fond de la chose, je
soûtiens que c'est mettre un discours
grossier & désobligeant dans la bouche
d'un Roi, que de lui faire dire à un sage
Ministre, qui vient de lui donner d'excellens conseils : Plût à Dieu que j'eusse
auprès de ma personne dix hommes
comme vous, puisque le remerciement
convenable en cette occasion, est de lui
marquer plûtôt qu'il croiroit n'avoir
besoin que de ses lumiéres, pour gou-
verner le monde entier. Au contraire
rien n'est plus gratieux pour un soldat,
ou pour un officier regardé seulement
comme homme de main, que de s'entendre dire par son Prince : plût à Dieu,
que j'eusse dans mon armée dix hom-

mes ou même dix mille hommes comme vous ; parceque le brave soldat ou
le brave officier ne prétend pas suffire
seul pour une expedition militaire. Le
Tasse a imité cet endroit au Chant 7e,
mais par la loi de changer tout ce qu'on
emprunte d'Homére, il fait tomber sur
la valeur ce que Homére fait tomber
sur la prudence. Et Godefroy dit à Re-
mond Cant. 7. st. 69.

O pur haveſſi fra l'Etate acerba,
Diece altri di valore al tuo ſimile.

Enfin on ne peut souffrir la loüange
que Me D. donne ici à Homére de préferer la prudence à la valeur ; puisque
le Poëme entier est fait pour mettre la
valeur ou plûtôt la brutalité d'un seul
fou au-dessus de la prudence de Nestor,
& de tous les Chefs de l'armée Greeque:
car enfin les conseils de ce Héros ne
procurent point aux Grecs une victoire
attachée au seul bras d'Achille, par la
supposition ridicule & pernicieuse que
nous avons assez combattuë.

Voici d'autres exemples de sentimens où le cœur a plus de part que
l'esprit, & qui ont un rapport sensible
à la morale. Achille au 19e L. (p. 169.)
dit au sujet de Patrocle mort ; ah quel

» coup funefte ! jamais je ne pouvois
» recevoir une plus mortelle douleur,
» non pas même quand on m'auroit an-
» noncé la mort de mon pere, qui dans
» fon Palais à Phtie fe laiffe peut-être
» confumer au regret de ne m'avoir pas
» auprés de lui . . . . . mon cher Patrocle,
» je n'aurois pas été plus fenfible à la
» perte de mon fils, fi tant eft que mon
» cher Neoptoleme vive encore. „ Il
n'eft point d'homme doüé de quelques
mœurs, que cette double comparaifon
ne revolte. Me D. en prend neanmoins
la défenfe ; mais ce n'eft plus en difant
qu'Achille eft un fou, un homme vicieux qui ne connoît ou qui ne fuit aucun ordre ou aucune regle dans fes fentimens, non plus que dans fes actions,
ou du moins en l'excufant par l'excez
de la douleur qui ne garde pas toûjours
de juftes mefures. Elle prétend foûtenir le fond de la chofe. Achille, *dit-elle*,
(3. 502.) préfere donc ici fon ami, non-
» feulement à fon fils, mais auffi à fon
» pere : on peut aimer un ami plus qu'un
» fils, *continuë t-elle*, mais il eft dé-
» fendu de l'aimer plus ou même au-
» tant qu'un pere. „ Me D. me permettra de l'arrefter fur la premiere partie
de fa propofition ; & de lui dire que

dans l'ordre de la charité, nous fommes obligez d'aimer les hommes, à
proportion qu'ils nous font plus étroi-
tement liez par le fang, préferablement
à ceux même qui vaudroient mieux
qu'eux : *charitas magis debet haberi ad
propinquiores quàm ad meliores* [a]. Et bien
loin qu'il foit permis d'aimer un ami
plus qu'un fils ; on doit à fon fils, dans
l'état ordinaire des chofes, la préferen-
ce des foins fur fon propre pere, auquel
on doit cette préférence dans le cas unique de l'extrême necessité [b]: mais on n'apprend pas ces diftinctions là dans Homére. M. D. qui le prend pour fon Cafuifte,
en fçait beaucoup plus que lui ; puifque
dans la feconde partie de fa propofition
qui eft vraïe, elle avoüe qu'il eft défendu
d'aimer un ami plus, ou même autant «
qu'un pere ; pendant qu'Homére nous «
fait voir fon Héros égalant Patrocle «
à fon pere aussi nettement qu'à fon «
fils. Ce n'eft pas dit M. D. (*ib.*) qu'il «
nous donne Achille pour un fils déna- «
turé ; mais fon pere eft accablé d'an- «
nées, Patrocle étoit jeune ; il auroit «
fervi de pere à Neoptoleme, Homére «
eft admirable pour fes fentimens, & il «

[a] *D. Th. fec. fec. q. 26. art.* 7.
[b]. *Id. ib. art.* 8. & 9.

fuit toûjours la nature. ,, Après une défenfe comme celle-là, je fuis trés-per-
fuadé que le difcours d'Achille paroîtra beaucoup plus mauvais qu'áupara-
vant.

Mais d'où vient que M.ᵉ D. qui eſt
ſi relâchée à l'égard d'Achille, eſt ſi ſévére à l'égard de ſes captives qui étoient
en pleurs autour du corps de Patrocle?
,, Sous pretexte de le pleurer , dit Ho-
,, mére L. 19. (p. 168.) elles pleuroient
leurs propres malheurs. ,, Selon mon
goût particulier , voilà le trait le plus
fin qui ſoit dans toute l'Iliade ; rien n'eſt
plus naturel que l'image que le Poëte
nous preſente de ces pauvres filles , qui
ſe trouvant depuis aſſez long-temps
entre les mains d'un vainqueur , re-
nouvellent leurs larmes à l'occaſion des
nouveaux objets de triſteſſe qui les en-
vironnent , quoiqu'elles y priſſent peu
de part. Quel tour donne à cela M.ᵉ D?
,, Elle dit (3. 501.) qu'Homere ajoûte
,, ce trait pour relever le caractére de
,, Briſéïs , & pour faire ſentir la diffe-
,, rence qu'il y avoit d'elle aux autres
,, captives. Briſéïs, comme une Prin-
,, ceſſe bien née , pleuroit veritable-
,, ment Patrocle par reconnoiſſance ; &
,, les autres , en faiſant ſemblant de

» pleurer , ne pleuroient que par interest. » Quoi ! ces captives étoient obli-
gées de pleurer sincérement un homme
qui avoit aidé Achille à massacrer leurs
parens , & à leur ravir leur virginité !
C'est Briséis qui oublie ce qu'elle doit
au souvenir de sa Patrie , & qui a,
pour pleurer Patrocle , l'interêt visible
& illicite qu'elle vient d'exprimer , en
disant qu'il lui promettoit de lui faire
épouser Achille. Me D. en convient
elle-même par cette étrange remarque.
(3. 500.) On s'étonnera peut-être
qu'une Princesse bien née comme Bri-   «
séis, le jour même que son pere, ses   «
freres & son mari furent tuez par A-   «
chille , se laissât consoler , & même   «
flatter par l'esperance de devenir l'é-   «
pouse de leur meurtrier. Mais telles   «
étoient les mœurs, comme l'histoire   «
ancienne en fait foy, & un Poëte les   «
represente telles qu'elles sont : Mais   «
s'il falloit les justifier , on pourroit   «
dire que l'esclavage étoit alors si dur,   «
qu'en verité une Princesse comme Bri-   «
séis étoit pardonnable d'aimer mieux   «
devenir la femme d'Achille que son   «
esclave. » Quelle grandeur , des sentimens contraires à ceux-là n'ont-ils
pas donnée à l'Andromaque de Racine ?

Nous avons commencé ce chapitre
par les sentimens détachez des moralitez ; nous l'avons continué par les sentimens mêlez aux moralitez ; nous le
finirons par les moralitez qui n'ont pas
de rapport aux sentimens. Il ne s'agit
point ici de la morale qui est répanduë dans tout le Poëme, ou qui re-
sulte de sa constitution ; cette matiere a
été amplement traitée dans la troisiéme
partie de cet ouvrage ; je ne parlerai
que de quelques points de morale qui
sont exprimez en divers endroits de
l'Iliade, ou que Mᶜ D. en tire par interpretation.

Il y a dans l'Iliade des maximes ou
des sentences qui sont bonnes. Quel
que soit ce mérite, il ne faut pas le re-
fuser à Homere. Le bon avis, dit Nestor à Agamemnon Liv. 9. (*p.* 80.) dés
« que vous l'aurez suivi, deviendra le
» vôtre, & vous fera autant ou plus
» d'honneur qu'à celui qui l'aura donné.
« C'est souvent une marque de gran-
» deur & de force que de changer, dit
» Iris à Neptune au Liv. 15. (*p.* 357.)
» C'est un grand avantage, répond Neptune à Iris, L. 15. (*p.* 358.) quand
» ceux qui nous portent des ordres, sont
» capables de nous donner en même
temps

temps de fages confeils. » C'eft ainfi
que devroient être toutes les moralitez d'Homére, claires, fenfées & bien
prifes dans le fujet à l'occafion duquel
il les dit : mais c'eft ce qui leur manque prefque toûjours. Je n'en veux
pour preuve que les maximes mêmes
que je viens de rapporter, qui étant
claires, fenfées & propres au fujet dans
la traduction ornée de Me D. n'ont
point ces qualitez dans le texte. La
premiere,

σέο δ'ἔξεται ὅ, τli. κέν ἀξχὴ s. 102.

Tuum erit, quodcumque quis inceperit.
a jetté les Scoliaftes en differentes interpretations, dont la plus naturelle me
paroît être celle-cy. C'eft pour vôtre
avantage que l'on aura parlé. La feconde,

στρεπlαì μέν τε φρενές ἐσθλῶν ο. 203.

Mutabiles quidem mentes bonorum.
fignifie à la lettre, les efprits des bons
font changeans, ce qui dans cet énoncé
eft une fauffeté pernicieufe. La troifiéme enfin,

ἐσλòν καὶ τὸ τέτυκται, ὅτ' ἄγγελος
αἰσιμα εἰδῇ. ο. 207.

*Benè ve ò id agitur, cùm nuncius aqui-
tatem novit.*
c'eft un grand bonheur lorfqu'un en-

IV. Partie. V.

voyé connoît ce qui eſt juſte, n'eſt
qu'une propoſition vague qu'on peut
appliquer à tout.

Homére a d'autres maximes qui étant
bonnes en elles-mêmes, ſont gâtées par
l'application qu'il en fait. Cette application rend quelquefois la maxime pernicieuſe, comme la condeſcendance
mutuelle que Junon propoſe à Jupiter
au L. 4. condeſcendance loüable en general, mais trés-vicieuſe, en l'appliquant aux deſſeins injuſtes de l'un & de
l'autre : Nous en avons parlé ailleurs.
D'autres fois l'application rend ſeulement la maxime fade ; telle eſt cette
ſentence d'Antiloque au ſujet d'Eumelus, dont le char s'étoit briſé dans les
Jeux du 23e L. Que n'adreſſoit-il ſes
» prieres aux Dieux immortels, il ne ſeroit pas arrivé le dernier : (p. 322.) Mc
D. dit là-deſſus, (3. 581.) Ce paſſage eſt
« remarquable, car Homére y enſeigne
» bien formellement que les hommes
» ne peuvent réüſſir dans leurs deſſeins
que par la priere. » Cela eſt fort bien
dit en general ; mais par rapport à
l'occaſion preſente, j'en concluérois
que ſi tous les combattans avoient ad-
dreſſé leurs prieres aux Dieux immortels, aucun ne feroit arrivé le dernier,

ce qui eſt ridicule : il faut avoir bien
plus de ſens qu'Homére, pour parler
de la priere en termes juſtes. Me D.
établit (1. 283.) que les prieres raiſonnables ne ſont jamais rejettées dans
Homére ; ce Poëte voulant enſeigner
par là que Dieu ne refuſe d'exaucer
que ceux qui luy adreſſent des prieres
injuſtes : cependant ce Poëte donne
comme trés-juſte la priere que les Grecs
& les Troyens font contre Paris, au
moment qu'il va combattre Menelas :
Que l'auteur de cette funeſte guerre... «
deſcende dans le Royaume de Pluton, «
& qu'aprés ſa mort nous puiſſions «
faire une paix ſolide & durable. » Cette
priere qui n'eſt nullement exaucée, &
pluſieurs autres ſemblables, font voir
qu'Homere ne veut rien enſeigner, ou
qu'il n'enſeigne rien, & que c'eſt bâtir ſur un ſable mouvant, que d'établir quelque principe de morale ſur la
conſtitution de ſon Poëme, ou ſur les
faits particuliers qu'il y fait entrer.

Homére s'entend encore moins à recommander la juſtice que la priere. Dans
un feſtin des Dieux dont il eſt parlé au 15.
L. (p. 350.) Junon ne reçoit la coupe
que de la main de Themis : Homere
voulant faire entendre par cette fiction,

» dit Me D. (2. 597.) que de toutes
» les vertus celle qui convient le plus
» aux Rois, & qui eſt d'un plus grand
» uſage dans toutes les occaſions, c'eſt
la juſtice. » C'eſt une choſe aſſez remarquable, *continue Me D. (ib.)* Homere
» feint que Themis préſide aux feſtins
» des Dieux, pour faire entendre qu'à
» plus forte raiſon doit-elle préſider aux
feſtins des hommes. » Pourquoy *à plus
forte raiſon*, eſt-ce que les hommes doivent être plus juſtes que les Dieux?
Mais c'eſt une choſe fort remarquable ſans doute, qu'Homere qui dépoüille
de toute juſtice les actions des Dieux &
des hommes dans tout ſon Poëme, ne
lui laiſſe de place que dans les feſtins ; la voilà plaiſamment refugiée.
Aprés tout, ce n'eſt là qu'une interpretation de Me D. & le texte d'Homere
ne fournit pas abſolument cette idée,
qui ne lui feroit pas beaucoup d'honneur. Me D, lui en prête d'autres qui
lui feroient veritablement tort, s'il les
avoit euës. Au Liv, 9. (*p.* 84.) Agamemnon dit en parlant de pluſieurs
» Villes qu'il promettoit à Achille ſes
» peuples gouvernez juſtement ſous ſon
« ſceptre, lui payeront avec joye de riches tributs » Sur qnoi Me D. fait cette

remarque : (2. 444.) Voici un grand
Roy qui reconnoît que les tributs «
que les peuples païent aux Rois, font le «
prix de la juftice que les Rois rendent «
aux peuples, & c'eft pourquoi les Grecs «
appelloient ces tributs θέμιστας, com- «
me qui diroit les prix de la Juftice. »
Rien n'eft moins convenable que de
regarder les tributs comme le prix de la
juftice que les Rois doivent à leurs peuples. Les Rois auffi-bien que les Ma-
giftrats, doivent rendre la juftice fans
intereft, & elle n'eft point à prix d'argent. Le nom de θέμιστας qu'on a donné aux tributs, marque qu'il eft jufte
de les payer au Prince, *quæ funt Cæfa-*
ris, Cæfari : c'eft pour cela que nous les
appellons encore les droits du Roy :
mais cela ne dit point qu'ils foient le
prix du droit ou de la juftice que le
Roy fait exercer, l'un eft bien différent de l'autre. Agamemnon même en
difant que des peuples gouvernez juf-
tement payent le tribut avec joye, ne
dit point du tout que les tributs foient
le prix de la juftice ; l'un ne fuit point
de l'autre.

Mais enfin Me D. repare amplement
le tort qu'elle fait à Homére, lorfqu'elle
luy prête de mauvaifes maximes auf-

quelles il n'a point pensé, en luy en
prêtant bien plus souvent de bonnes
ausquelles il a pensé encore moins,
comme lorsqu'au L. 6. (*p.* 243.) Helenus charge Hector de dire à Hécube
qu'elle choisisse dans son Palais le tapis
le plus grand, le plus magnifique &
le mieux travaillé pour l'offrir à Minerve. Le Poëte nous enseigne par là,
„ *dit M*^c*D.* (493. 494.) que lorsqu'on
„ offre quelque chose à Dieu, il faut
„ que ce soit non seulement ce qu'on
„ a de meilleur & de plus beau : mais
„ ce qu'on aime le plus, & qu'on le
„ prenne non chez les autres, mais
„ chez soy ; c'est pourquoi il a dit *qu'elle*
choisisse dans son Palais. „ Si cette derniere circonstance nous est suffisam-
ment enseignée par là ; la même morale se tirera de tous les récits d'of-
frandes, où les Auteurs auront employé par hazard ou autrement le pro-
nom possessif *son sa ses.* Si Homére
avoit eu la pensée que M^c D. lui donne, & qu'il eût voulu l'exprimer par un
exemple ; je crois en vérité qu'il auroit
été assez judicieux pour supposer qu'un
present pris ailleurs que dans la maison
de celui qui l'offre, auroit été refusé
par la divinité invoquée ; au lieu qu'ici

il eſt marqué formellement (*p. 259.*) que
Pallas rejetta la priere que la grande
Prêtreſſe lui fit de la part d'Hecube ;
quoique ſon preſent eût été pris chez
elle, & non chez les autres. On pourroit faire reſſouvenir Mᵉ D. en bien des
occaſions de ce qu'elle dit elle-même
d'une certaine interprétation d'Euſtathe qui lui a paru forcée : une marque «
ſure, *dit-elle*, que ce ne peut eſtre «
la penſée d'Homére , c'eſt qu'il faut «
faire une extrême violence au texte «
pour l'y trouver. „

En général , il ne faut point chercher
une morale bien profonde dans les premiers Auteurs de l'antiquité profane.
La morale eſt une des ſciences qui doit
le plus au progrez des temps , non par
rapport à ſes premiers principes que
le Créateur a gravé dans le cœur de
l'homme en le formant ; mais par rapport à ſon détail & à ſa fineſſe. Ainſi
on ne doit point eſtre ſurpris de trouver
dans les plus anciens Grecs une morale
ſi nuë, & ſi bornée. Il falloit poſer alors
ces fondemens qui ne nous paroiſſent
aujourd'hui que des lieux communs ;
& ils ſuffiſoient d'ailleurs pour des
hommes auſſi ſimples dans leurs vertus,
que groſſiers dans leurs vices. Mais

d'un autre côté nos Ecrivains ne doivent
pas s'en tenir aux feuls principes des
anciens. La difference des temps demande que les Ecrivains modernes fourniffent des conseils plus fins pour des
cas plus difficiles. C'eft un des endroits
par lefquels nôtre Tragedie s'eft infiniment élevée au-deffus de la Grecque,
fur tout dans les Tragedies de Corneille, qui ayant tiré fes beaux fujets de
l'hiftoire Romaine, y a fait entrer une
Politique abfolument inconnuë à la premiere antiquité. La naiffance de cette politique n'eft peut-eftre pas un avantage
pour le genre humain ; mais c'eft une
gloire pour certains Auteurs de l'avoir
connuë, & fur tout d'avoir fourni des
regles, foit pour la rectifier, foit pour
s'en défendre.

✶✤✤✤✤✤✤✤✤✤✤✤✤✤✤✤✤✤✤✤

CHAPITRE V.

DES COMPARAISONS.

ON n'a jamais vû de Poëme plus rempli de comparaisons que l'Iliade : c'est un de ses principaux agrémens, disent quelques-uns. Je le veux ; mais c'est à mon sens une tres-mauvaise marque pour un Poëme, lorsque l'abondance de comparaisons fait un de ses principaux agrémens. Si la Fable étoit heureusement imaginée, la narration trés-interessante, & les sentimens bien étalez, au lieu de trouver les comparaisons si agréables, on souffriroit impatiemment d'estre détourné sans cesse par des images étrangeres. En lisant le 4e Livre de l'Eneïde , l'infortune de Didon m'occupe tellement , & je me sens entraîné avec tant de force vers la fin de son histoire, que je n'aime point à y trouver certaines comparaisons que Virgile paroît n'avoir données qu'à l'imitation d'Homére ; comme celle d'une Biche, qui a été blessée par un Chasseur, celle d'une Bacchante agitée par

V v

le Dieu qui la poſſede. Dans Homére
au contraire comme ſon Poëme eſt fort
long pour ſon ſujet , que l'on ne ſçait
pour qui s'y intereſſer , & que l'ennuyeux objet des combats s'y preſente
par tout, on accepte volontiers les comparaiſons ; elles délaſſent, elles amu-
ſent , elles brillent même , & on eſt
porté à les préferer au fond & à l'eſſentiel du Poëme.

Mᶜ D. (1. 327.) obſerve aprés un
Scoliaſte que des 24. Liv. de l'Iliade,
le premier eſt le ſeul où il n'y a pas la
moindre comparaiſon. Cela prouve,
continue-t-elle , qu'Homére a cru que
» les commencemens du Poëme épique
» ne ſçauroient eſtre trop ſimples , &
» que les grandes figures ne ſont de ſai-
» ſon , qu'aprés que le fait eſt bien ex-
» poſé & le Lecteur inſtruit. Cependant,
» *ajoûte-t-elle*, Virgile n'a pas ſuivi cet-
» te methode ; il n'a pas fai difficulté
» de jetter dans ſon premier Livre de
» l'Enéïde trois ou quatre belles com-
» paraiſons. Mais ce qui me perſuade
» que la ſimplicité d'Homére eſt préfe-
» rable , c'eſt qu'il ne s'en eſt pas éloi-
» gné non plus dans ſon Odiſſée, où le
» premier Livre n'a pas une ſeule com-
» paraiſon ; il n'y a qu'une ſeule image

paſſée en trois mots comme dans le «
premier Livre de l'Iliade. Cette con- «
duite, *conclut-elle*, pourroit peut-être «
tenir lieu d'un précepte. „ A ce précepte
de prévention j'opoſe une maxime de
raiſon : il vaudroit beaucoup mieux
qu'il y eut dans un premier Livre quelques comparaiſons bien placées, que d'en
charger tellement les Livres ſuivants,
qu'elles y énervent la narration, & y
étouffent le ſujet principal.

Cependant quoiqu'il y ait dans Hô-
mére un trés-grand nombre de comparaiſons, les ſujets dont il les tire ſont
extrêmement bornez ; car la chaſſe d'u-
ne part, & les orages de l'autre les four-
niſſent preſque toutes. Dans la chaſſe je
fais entrer le Lion, le Sanglier, & le
Taureau furieux, où pourſuivis par les
Chaſſeurs, où faiſant fuir les Bergers ;
ſans oublier l'Aigle & le Vautour qui
ſe jettent ſur leur proye. Sous les orages, je comprens les vents & leurs effets, comme les tempeſtes, & même
les incendies : j'y joints les neiges
amoncelées, les fleuves enflez, & la
mer irritée : ces objets qui ſont fort
bons à peindre une fois ou deux dans un
grand Poëme, étant d'eux-mêmes fort
chargez & fort confus, augmentent quel-

quéfois au lieu de diminuër l'ennuy
des combats à l'occafion defquels Homére nous les prefente.

Les comparaifons dans tout Ouvrage
férieux doivent avoir deux qualitez ; la
Juftesfe & la Noblesfe. La premiere eft
la plus indifpenfable , & elle fournit
feule le plaifir propre qu'on attend d'u-
ne comparaifon. Mᶜ D. l'attribue principalement à celles d'Homére. Voilà,
» *dit-elle*, pour faire fentir la juftesfe
» d'Homére ᵃ , cette comparaifon eft
» trés - jufte ᵇ , cette comparaifon eft
» fort vantée à caufe de fon exacte juf-
» tesfe ᶜ. „ Tout cela prouve que nous
ne fommes point , nous autres modernes , fi extraordinaires & fi ridicules,
quand nous demandons de la juftesfedans
les comparaifons ; Mᶜ D. a là-desfus les
mêmes principes que nous. Il eft vray
qu'on trouve ausfi dans Mᶜ D. (3. 436.)
» que lors qu'Homére fait des compa-
» raifons imparfaites , c'eft à-dire , qui
» ne conviennent qu'à un feul égard ;
» ce n'eft pas qu'il manque de genie &
» de force pour en trouver d'entiere-
» ment juftes ; mais c'eft que celles-là
» ont ausfi leur beauté : „ ainfi comme

a 1. 392.　　　　│　c 2. 541.
b 1. 334.

on ne peut point s'arrester au témoignage de Mᵉ D. qui a deux poids &
deux mesures en faveur d'Homére, c'est
à nous à examiner le fait en lui-même.
Je n'ay pourtant pas envie de parcou-
rir toutes les comparaisons de l'Iliade ;
& avoüant d'ailleurs qu'il y en a de
trés-heureuses, je vais prouver seulement qu'en ce genre, Homére n'a pas
l'esprit plus juste qu'en tout autre.

Quand Homére se jette dans une
comparaison, il oublie souvent à quel
titre il reçoit dans son Poëme l'objet
dont il la veut tirer, & il allonge tellement la description de cet objet, que
le point de la comparaison demeure
totalement confondu & enseveli dans
les circonstances de la description.
Nous ne recevons point là-dessus la justification de Mʳ Despreaux [a], qui dit,
que dans l'Epopée les comparaisons «
ne sont pas seulement mises pour é- «
claircir & pour orner le discours, mais «
encore pour amuser & pour délasser «
l'esprit du Lecteur, en le détachant «
de temps en temps du principal su- «
jet, & en le promenant par d'autres «
images agréables. » Malheur au Poëme, comme nous l'avons déja dit, qui

a. *Reflex. 6. sur Longin.*

ne trouvera pas ce secours dans son
propre fond & dans ses Episodes naturels:
ainsi je soutiens que les comparaisons
ne doivent servir qu'à éclaircir & à orner le discours. Mettez dans tout leur
jour les circonstances d'une comparaison qui ont du rapport à la chose
comparée ; mais éloignez toutes les autres : on dit tous les jours à des esprits pointilleux qu'il ne faut pas examiner à la rigueur toutes les parties du
sujet d'où l'on tire une comparaison,
parce qu'en ce sens toute comparaison
boite : combien donc est ridicule un
Poëte qui me presente lui-même ces
parties de rebut qui font boiter sa comparaison ? Le défaut d'Homére à cet
égard paroît sur tout dans ces comparaisons, où l'exposition remplit sept ou
huit Vers plus ou moins, & où l'application n'en tient qu'un ; parceque de
toutes les circonstances de la comparaison, il n'y en a qu'une qui convienne
à son dessein. En voici un exemple.
(L. 5. p. 207.) Les deux Ajax, Ulisse
» & Dioméde , exhortent les Grecs.
» Toutes ces Troupes pleines d'ardeur
» & de courage, ne redoutent ni les for-
» ces des Troyens, ni leurs cris, ni leurs
» bravades ; elles les attendent de pied

ferme ; semblables à ces gros nua- «
ges que le fils de Saturne assemble «
quelquesfois , & retient sur les cimes «
des montagnes, pendant que les souf- «
fles du violent Borée & tous les au- «
tres vents orageux sont endormis: «
car aprés leur réveil , leurs horribles «
sifflements ont bien-tôt écarté & dissi- «
pé cet amas de nuées obscures; tels les «
Grecs attendoient de pié ferme le choc «
des Troïens.» Me D. prend un tour particulier pour justifier ce détail inutile ;
c'est de l'appliquer à ce qui arrivera
dans la suite du Poëme. Cette image est
belle & noble, *dit-elle* , sur l'exemple precédent (1. 468.) & on la trouve d'autant plus juste dans la suite «
qu'on voit qu'elle a annoncé la fuite «
des Grecs , & que les Troyens sont «
comparez au Borée & aux autres «
vents orageux qui dissipent les nuages.
Mais il arrive quelquefois à Homére
de charger ses comparaisons d'un détail non-seulement inutile , mais faux ,
& contraire à l'évenement futur. Au L.
4. par l'exemple (*p.* 159.) le Poëte dit ,
comme lorsque le violent Zephyre
exerce sa tirannie sur la vaste mer, on
voit d'abord les flots s'amoncéler , au
milieu de la plaine liquide , & venir

les uns sur les autres se briser contre le
rivage avec de longs mugissements ; ou
luttant contre un orgüeilleux rocher
qui s'oppose à leur furie , & s'élevant
comme des montagnes , on les voit
enfin vaincre ses efforts , & les couvrir
d'algue & d'écume : telles on voyoit
s'avancer les nombreuses Phalanges des
Grecs qui marchoient au combat.» M^e
D. apprendra au lecteur le défaut de
cette comparaison en la loüant. Voicy,
» dit - elle , (1. 428.) une comparaison
» bien singuliere : Homére compare les
» Troupes Grecques aux flots qui pouf-
» fez par le vent du couchant s'amon-
» celent au milieu de la mer , & vont
» se briser contre le rivage : & comme
» cette image donne une idée défavan-
» tageuse , & qui ne répond pas à l'é-
» venement , car les Grecs pouffent les
» Troyens , il la corrige & la releve en
» ajoûtant que ces mêmes flots lut-
» tant contre un orgueilleux rocher ,
» font enfin les plus forts , & s'élevant
» au-deffus le couvrent d'algue & d'é-
» cume ; qui font comme les trophées
» qu'ils dreffent de fa défaite & de leur
„ victoire. Dans les comparaisons or-
» dinaires , c'est le rocher qui furmonte
„ la fureur des flots , & dans celle-cy,

ce font les flots qui viennent à bout «
de la réfiftance du rocher : cette idée "
eft grande & noble, & peint bien le "
fuccez du combat qui va fe donner. „
La feule difficulté de démêler tout cela
rend la comparaifon vicieufe ; mais en
le démêlant on apperçoit qu'elle prefente deux faces, dont la premiere eft
abfolument contraire au fait que le
Poëte va décrire, & qui a befoin d'être
changée en la feconde.

Du refte, on ne prend point communément une comparaifon fur le pied
d'une prophetie ; ceft Mᵉ D. ou plûtôt
Euftathe, qui nous jette malgré nous
dans de pareilles fpéculations ; il fuffit
que la comparaifon s'accorde avec le
fait prefent, fans aller plus loin : mais
c'eft cela même qui manque fouvent à
celles d'Homére. Au Liv. 20.(*p.* 186.)
le fils d'Anchife & le fils de Pelée s'a- «
vancent entre les deux armées pour «
fe charger. Enée la pique à la main s'a- «
vance le premier avec une démarche «
fiere & menaçante, & tout couvert «
de fon bouclier : le terrible Achille va «
à fa rencontre comme un lion qui dé- «
fole tout un Pays, & autour duquel «
tous les Villages des environs fe font «
aſſemblez pour en délivrer la contrée. «

» D'abord ce fier animal marche fans
» fe hâter, comme méprifant fes enne-
» mis ; mais fi-tôt que quelqu'un des
» Chaffeurs l'a bleffé, il fe détourne la
» gueule béante & remplie d'écume, &
» le cœur enflammé de colere, il fe bat
» les flancs de fa queuë pour s'exciter
» au combat, & les yeux étincelans il
» fe jette au travers de toute cette jeu-
» neffe, pour affouvir fa vengeance,
» ou pour mourir percé de tous leurs
» épieux. Tel Achille plein de force &
» de courage, marche contre le magnanime Enée. » A quoy revient la circonftance du lion qui marche d'abord
fans fe hâter, & qui dés qu'il a été
bleffé par un Chaffeur, fe détourne la
gueule béante & les yeux étincelans,
& fe jette à travers cette jeuneffe qui
l'attaque ? Achille n'a point encore été
bleffé, & ne le fera point en cette occafion ; il ne fe jette point à droite &
à gauche, à travers les Troyens, il
va droit à Enée, entre les deux armées
qui paroiffent leur faire place. Mais
voici où la comparaifon du lion va
veritablement échoüer. Ce courage menaçant aboutit à cette longue & ridicule converfation que nous avons examinée dans le chapitre des difcours ;

de forte que Mᵉ D. parle ainfi elle-mê-me fur ce fujet. (3. 517.) Que devient la fureur d'Achille, s'eft-elle éteinte « tout d'un coup ? Quand il prend fes « armes , on entend le grincement de « fes dents, fes yeux jettent des éclairs « il dévore déja les ennemis, & dés « qu'il approche Enée, tout cela s'éva- « noüit. Euftathe dit fur cela qu'Ho- « mére fe plaît fouvent à furprendre « fon Lecteur , en luy donnant toute « autre chofe que ce qu'il avoit atten- « du ; il s'attendoit ici à voir un furieux « combat fe terminer par la mort de l'un « des Héros, & il voit ces Héros fe re- « tirer fans bleffure , aprés une conver- « fation fort tranquille, fuivie d'un le- « ger combat. »

Homére entaffe quelquefois fur le même fujet plufieurs comparaifons qui font voir qu'il ne fe foucie pas luy-même que l'on en fente la jufteffe ; car il ne porteroit pas fi brufquement l'ef-prit du Lecteur de l'une à l'autre. Comme lorfqu'au Liv. 15. (p. 383.) il dit qu'Hector tout éclatant de feu, fe « jette fur les Grecs , comme un épou- « ventable flot foûlevé.» L'idée du flot ne fert qu'à éteindre icy celle du feu qui la précéde immédiatement. C'eft ain-

fi que la chofe comparée eft fouve[n]
chez luy entre deux comparaifons tou[]
tes differentes , dont l'une précéde
& l'autre fuit : Comme on voit, dit-il
» au Liv. 5. (*p.* 210.) deux jeunes lion[s]
» que leur mere a élevez au carnag[e]
» dans le fond d'une foreft, fe jetter fu[r]
» les troupeaux , & aller jufques dan[s]
» les bergeries porter l'horreur & l'ef[]
» froy , laiffant par tout des mar[]
» ques de leur furie, jufqu'à ce qu'en[]
» fin ils tombent eux-mêmes fous le[s]
» efforts des Pafteurs ; de même on voi[t]
» ces deux jeunes guerriers, aprés avoi[r]
» par tout femé le carnage, fuccombe[r]
» fous les coups d'Enée, & tomber [à]
» terre , femblables aux plus hauts fa[]
» pins des montagnes que les vents on[t]
abbattus. » Avec quelle adreffe , *dit l[à]*
» *deffus M[c] D.* (1. 470.) Homére paf[e]
» d'une image à un autre ! Aprés avoi[r]
» donné par cette comparaifon de deux
» lions , une idée de courage de ces deux
» freres ; il donne une idée de leur tail[]
le par cette image des fapins. » Il me
femble fur cette derniere application
que je devois déja être averti de la
taille de ces deux freres , pour pou[]
voir juger de la comparaifon.   C'eft
comme au Liv. 16. où le Poëte dit (*p.* 1.)

Patrocle fe prefenta devant Achille; "
fes yeux, pareils à une fource qui du "
haut d'un rocher efcarpé roule conti- "
nuellement fes eaux, inondoient fon "
vifage d'un torrent de larmes : „ c'eft
la grande taille de Patrocle, dit là-deffus Mᵉ D. (3. 405.) qui a donné cette
idée à Homére, & où eft-elle marquée
cette grande taille de Patrocle ? l'idée
même en eft détruite dés l'inftant fuivant par une autre comparaifon d'A-
chille. Mon cher Patrocle vous pleu- "
rez comme un jeune enfant qui fuit "
fa mere, & qui la regardant toûjours "
avec des yeux baignez de pleurs, l'ar- "
rête jufqu'à ce qu'enfin il l'ait obligée "
à le prendre entre fes bras. „ Patrocle
avec fa grande taille entre les bras de
fa mere fera un joly effet ; ou bien il
nous fera permis de dire que cette feconde idée d'Homére marque la petite
taille de Patrocle.

Ménélas cherchant Antiloque au 17ᵉ
livre, dans le deffein de l'envoyer à
Achille pour lui apprendre la mort de
Patrocle, (p. 100.) eft comparé à un
Aigle qui a les yeux plus perçants que "
tous les oifeaux du ciel ; & à la vûë "
duquel, lorfqu'il femble perdu dans "
les nuës, un liévre tapi fous le plus "

„ épais feüillage ne fçauroit fe dérober
„ car il fond fur lui comme un trait, &
„ l'enleve dans fon aire ; tel divin Mé-
„ nélas, vous promenâtes vos yeux fur
„ toute l'armée pour découvrir le fils
„ de Neftor. Enfin il l'apperçût à l'aîle
„ gauche qui rallioit fes compagnons.,,
Je ne dis rien de Ménélas cherchant un
ami, comparé à un Aigle qui fond fur
fa proye, ni de l'impoffibilité de joindre
un homme dans la mêlée avec la rapidité d'un Aigle qui defcend des nuës;
je fuis moins chocqué de ces premieres
difparitez que d'un afpect d'horifon
confondu fi groffiérement avec un afpect de vol d'oifeau. Cette negligence
marque un Poëte qui a peu de goût pour
les beaux arts d'où cette difference eft
tirée, & qui n'en a aucun pour la juftefle
des idées & des images.

La comparaifon précedente étoit prife à gauche, en voici une directement
contraire à la chofe comparée. On fe
fouvient qu'Homére, felon Me D. même
(1. 383.) fait honneur aux Grecs en
oppofant leur maniére d'aller au combat à celle des Barbares ; ceux-ci marchent avec un bruit confus, & les Grecs
dans un profond filence. En effet, le
Poëte au L. 3. (p. 97.) dit : les Troyens

s'avancerent avec un bruit confus, & "
des cris perçants; comme des oiseaux, "
& tels que les gruës sous la voute du "
ciel ; lorsque fuiant l'hiver & les pluies "
du Septentrion, elles volent avec de "
grands cris vers le rivage de l'Ocean, "
& portent la terreur & la mort aux "
Pygmées , sur lesquels elles fondent "
du milieu des airs. Mais les Grecs, "
pleins d'une fureur martiale , mar- "
choient dans un profond silence : „
mais que direz-vous, si cette comparaison des gruës jointes même à d'autres oiseaux encore plus criards, est appliquée aux Grecs ? je ne dis pas dans
une circonstance semblable, mais dans
la même numériquement ; le Poëte ne
s'étant distrait que par le dénombrement des Troupes ; le lieu, le temps, &
le fait demeurant les mêmes. Voici
comme il avoit parlé sur ce sujet dans le
livre 2. (*p.* 7 1.) Telles qu'on voit dans les
prairies d'Asius, sur le rivage du Caïs- "
tre , de nombreuses troupes d'oyes "
sauvages , de gruës, ou de cignes fon- "
dre du haut des cieux ; & battant des "
aîles s'abbattre & se poser à terre les "
unes devant les autres, avec de grands "
cris qui font retentir toute la prairie, "
tels on voyoit les escadrons & les ba- "

„ taillons s'avancer hors des Tentes &
„ des Vaiſſeaux, vers la plaine qu'arro-
„ ſe le Scamandre. Tell es s'avançoient
„ contre les Troyens les Phalanges
„ Grecques avides de ſang & de carnage. „ Nous reſpectons Homére, mais ſi
un moderne étoit tombé dans une pareille contradiction, nous lui dirions
qu'il eſt plus étourdi & plus babillard
que les oyes & les grües dont il nous auroit parlé.

Je ſuis particulierement bleſſé dans
Homére de certaines comparaiſons qui
preſentent à l'eſprit une ſituation toute
oppoſée à celle de ſes perſonnages. Au
L. 16. (p. 47.) Patrocle bien ſain a bleſſé
Cébrion; & il s'élance ſur lui comme
un Lion qui a reçû une bleſſure. Au 22ᵉ
L. (p. 270.) Hector vient de fuir devant
Achille; & d'abord aprés il ſe jette ſur
Achille comme ſur un liévre. Au 24ᵉ L.
(p. 379.) Priam a perdu ſon fils par les
mains d'Achille; & il entre chez Achille, comme un homme qui a lui-même
fait un meurtre. On me dira que la
comparaiſon tombe ſur l'action, & non
ſur l'état des perſonnes; je répondrai
que ſi la comparaiſon n'eſt pas toûjours
propre à exprimer la ſituation des perſonnes, ce qui ſeroit le mieux; au moins
n'en

n'en doit-elle pas écarter si prodigieusement l'esprit du Lecteur, qu'il éprouve
un sentiment tout autre sur la comparaison que sur la chose comparée : puis-
je, par exemple, estre affecté de la même maniére à l'égard d'un pere, à qui
l'on vient de tuer un fils le soûtien de
sa maison, qu'à l'égard d'un meurtrier
qui évite la justice qui le poursuit? Quand
le hazard presente à Homére quelques-
unes de ces comparaisons qui mettent
véritablement l'esprit dans le sujet, on
sçait si bien l'en loüer : pendant qu'A-
chille, dit Mᶜ D. (3. 529.) sur un endroit du L. 21ᵉ ; combattant sur ter- "
re, renverse les Troyens dans le Xan- "
te, Homére le compare au feu qui "
chasse les sauterelles, & les oblige de "
se précipiter dans l'eau : mais dés "
qu'Achille est dans l'eau comme les "
Troyens, alors il le compare à un "
prodigieux Dauphin qui poursuit des "
bandes de Poissons. Cette remarque, "
continue Mᶜ D. qu'Eustathe rapporte "
des anciens interpretes d'Homére, sert "
à faire sentir la justesse de ce Poëte "
dans ses images, „ & moi je dis que la
justesse de cette image sert à faire sentir
la fausseté de la plûpart des autres.
    Au reste nous n'improuvons d'autres
IV. Partie.   X

differences dans le sujet de la comparaison, & dans la chose comparée,
que celles qui détournent l'impression
que le Poëte avoit interêt de faire dans
l'esprit du Lecteur ; car pour les autres
differences il n'y auroit jamais de comparaisons, si l'on se faisoit une loi de les
proscrire. Mᵉ D. refute parfaitement
bien aprés Eustathe la vaine critique de
quelques anciens, sur la comparaison
qu'Homére fait (*L. 22. p. 263.*) d'A-
chille poursuivant Hector sans pouvoir
l'atteindre, à un homme qui court en
songe aprés son ennemi. Ces Auteurs
trouvoient la comparaison vicieuse, en
ce qu'elle represente une course trés-
vive & trés-grande par une inaction &
par un repos ; car il n'y a rien de plus
tranquille, disoient-ils, qu'un homme
qui dort : mais, comme répond trés-
judicieusement Mᵉ D. (3. 552.) Homére compare la course de ses deux
Héros, n'ont point au repos d'un homme qui est dans son lit, mais à la course
qui se passe dans son imagination. Ainsi
cette contrarieté de situation ne nuit
point à la comparaison. Mais, cette peinture d'un songe qui n'est qu'ébauchée
dans Homére, a été finie par Virgile
au 12ᵉ Livre de l'Enéide, lorsqu'il re-

prefente Turnus qui commence à fentir
fon infériorité dans le combat où il s'eft
engagé contre Enée.

Sous le poids meurtrier d'une pierre ef-
  froyable,
Qu'il souleve d'un bras par la rage af-
  fermi,
Turnus croit déja voir tomber fon enne-
  my.
Mais éprouvant bien-tôt un fecret ad-
  verfaire,
Il fent éteindre en lui fa vigueur ordi-
  naire;
Il fait pour avancer des efforts fuper-
  flus,
Son cœur découragé ne fe reconnoift plus.
La pierre cependant au coup abandonnée,
Tombant prefque à fes pieds demeura loin
  d'Enée:
Comme lors qu'un vain fonge agitant nos
  efprits,
De la courfe en champ clos nous difputons
  le prix:
Dans ce projet flateur nôtre ame eft toute
  entiere,
Et dévore d'abord la poudreufe carrie-
  re,
Mais bien-tôt nous fentons nos genoux
  chancelans,
Un obftacle inconnu refifte à nos élans,

Et fermant même en nous le paſſage à la
    plainte,
Nôtre langue eſt liée , & nôtre voix
    éteinte :
Ainſi de ce Héros la valeur ſans eſ-
    poir,
Du Dieu qui la retient ſent partout le
    pouvoir.

C'eſt-là véritablement ce qui arrive
dans les ſonges, qui provenant de quelque embarras du cerveau , preſentent
ſouvent à l'eſprit des choſes pleines
de difficultez. C'eſt à cet effet ou à ce
déſordre de la nature qu'il faut avoir
beaucoup d'égard , quand on veut faire
entrer des ſonges dans le diſcours. Car
ſi d'un côté il n'eſt pas permis de placer
dans un Livre ces rêveries creuſes , &
ces chiméres inutiles qui ſont les plus
communes dans le ſommeil , & que les
gens ſenſez banniſſent de leur converſation même ; il me paroît encore plus
froid & plus abſurde de preſenter des
ſonges reguliers , comme celui de Sci-
pion , dont Ciceron a fait un entretien
auſſi continu , & auſſi ſérieux qu'on
l'auroit pû tenir dans un cabinet où l'on
ſe ſeroit enfermé pour ce deſſein. La
ſeule longueur d'un ſonge en oſte la
vrai-ſemblance ; & je n'approuve point

dans les anciens & dans les modernes
certaines fictions qu'ils nous ont présentées sous le nom de songes, & aufquelles cette supposition convient d'autant moins, qu'elles font d'ailleurs plus
suivies & mieux soûtenuës.

Mais la nature n'a peut-estre jamais
été si bien representée en ce genre que
par Ronsard, en un endroit de la Fran-
ciade qu'on me permettra de rapporter
ici, à cause de sa brieveté, quoiqu'il
ne s'agisse pas de comparaison. Le Poëte suppose que Francion se trouvant
chez un Roi de Crete, les deux filles du
Roi conçûrent un violent amour pour
lui. L'aînée moins heureuse que la ca-
dette ayant fait déclarer sa passion au
jeune Prince par sa confidente, en fut
rebutée avec une dureté extrême. Là-
dessus elle fut livrée à des tourmens secrets, qui dans la suite se terminerent
à sa mort ; mais auparavant le Poëte
décrit ainsi les songes qui l'agitoient
pendant la nuit.

Aucunes fois elle songeoit errer,
Par les forefts, & seule s'égarer,
Entre rochers, rivieres, & bocages,
Sans compagnie, entre bêtes fauvages ;
Et que Francus amoureux étranger,
Le fer au poing la fauvoit du danger :

X iij

Aucunes fois aprés l'avoir vengée,
L'offroit lui-même afin d'eſtre mangée ;
Puis des lions my-morte la ſauvoit,
Et ſon ſecours luy nuiſoit & ſervoit.

Homére tire quelquefois ſes comparaiſons de choſes qui n'arrivent jamais dans la nature. Au Liv. 4. par
exemple, (*p.* 134.) Minerve deſcend des
„ ſommets de l'Olympe, avec la mê-
„ me rapidité que celle d'un aſtre que
„ Jupiter envoye pour un ſigne fatal
„ à des flottes au milieu des mers, où
„ à des armées de terre, & qui ſe dé-
„ tachant du haut de la voute celeſte,
„ tombe au milieu des airs ; & aprés
„ avoir parcouru un eſpace immenſe,
„ ſe partage en mille & mille feux étin-
„ celans : telle la Déeſſe ſe lance à terre
au milieu des deux armées. „ Voilà un
Phenomene abſolument inconnu ſous
le nom d'aſtre, tel que le donne Homére ; mais je veux qu'il ait parû quelquefois comme Meteore, quoique je n'en
aye aucune connoiſſance ; ce partage
même du Météore en mille & mille
feux, nuit à la comparaiſon ; car eſt-ce
que Minerve ſe partageoit en mille &
mille pieces ſur les deux armées ?

D'autres fois Homére préſente des
choſes qui n'arrivent preſque jamais,

comme fi on les voyoit tous les jours ;
c'eft ainfi qu'il compare les foupirs
d'Agamemnon (*L.* 10. *p.* 125.) aux
éclairs qui fe fuivent fans relâche, & qui
traverfent les cieux , lorfque le temps
fe difpofe à la neige. Le P. le Boffu juftifie Homére fur cette propofition ex-
traordinaire , par le tonnerre qui tomba une certaine année au mois de Jan-
vier , fur la fléche de l'Eglife de Châ-
lons , & fur celle de l'Abbaye de Châ-
ly. Je veux qu'Homére ait vû par hazard un fait femblable : mais par le tour
de fa phrafe il devoit marquer qu'il
le regardoit lui-même comme rare.
L'allegation d'un fait rare prouve que
l'on connoît les particularitez de la nature ; mais c'eft fe moquer de fes Lecteurs , que d'avancer fans reftriction
que les éclairs fe fuivent fans relâche , & traverfent les cieux , lorfque
le temps fe difpofe à la neige.
Cette même neige qu'Homére fait fervir plus d'une fois à répréfenter la multitude des traits qui tombent fur des
combattans , comme au Livre 12^e
(*p.* 231. 240.) fe trouve emploïée
au Livre 3e (*p.* 42.) à exprimer l'a-
bondance & la rapidité des paroles d'U-
liffe : ce n'eft pas l'efprit de jufteffe qui

X iiij

rassemble de pareils objets ; mais d'ailleurs rien n'est de plus mauvais augure pour un Orateur, que d'être comparé à la neige; Eustathe l'avoüe sur cet endroit même [a] ; & autant que je puis m'en ressouvenir, il y a eu un Orateur grec que sa froideur fit surnommer neige *par dérision.*

La Noblesse est la seconde qualité que le Poëme Epique demande dans les comparaisons. Je pourrois autoriser cette regle par autant d'endroits où Me D. vante la noblesse des comparaisons d'Homére, que j'en ai allegués où elle vante leur justesse. Quelle grandeur dans cette image, *dit-elle*, (2. 392.) Voicy une comparaison trés - noble. (2. 552.) Ce Poëte releve la Majesté d'Agamemnon par deux comparaisons; *l'une des Dieux, & l'autre d'un Taureau,* dont la premiere est pour les esprits sublimes, qui sont capables de sentir la finesse de l'allégorie ; l'autre est pour ceux qui n'ayant pas cette élévation, ont besoin qu'on leur presente des images tirées d'un objet sensible, mais toûjours grave & noble. (1. 357.) Il est vray aussi que Me D. dit (2. 513.) qu'on se trompera le plus souvent,

a *p.* 408. *Edit Rom.*

lorſque pour juger d'une comparaiſon, on ira examiner ſi le ſujet dont on l'emprunte eſt noble ; c'eſt l'épée à deux tranchans avec laquelle Mᵉ D. défend Homére, & qui ſert ſouvent à le percer luy-même. Ainſi, comme Mᵉ D. ne cherche point la verité dans ſes Remarques, nous n'y chercherons point la regle de nos Jugemens. Mais voici ce que je crois que la raiſon répondra à ceux qui l'interrogeront.

Premierement, la perfection conſiſte à raſſembler la juſteſſe & la nobleſſe dans une même comparaiſon : & à ce propos je hazarderay une critique que je ne donne pourtant pas comme déciſive, & que j'abandone abſolument au Lecteur. Homére, pour faire concevoir le progrés des eaux du Scamandre qui s'enfle & fait déborder ſes eaux pour ſubmerger Achille, employe une comparaiſon fine dans ſon choix, & qui dans un ſens a plus de juſteſſe qu'aucune autre qui ſoit dans l'Iliade. Comme lorſqu'un Fontainier, dit-il, (*L. 21. p. 224.*) « conduit dans ſes jardins, autour de ſes « plantés une ſource, & que le hoyau à « la main il applanit & détourne tout « ce qui s'oppoſe à ſon cours : les eaux « dociles ſuivent le bras qui les guide, «

X v

» & se précipitant avec un murmure
» qui s'entend de loin, dans la douce
» pente qu'il a sçû leur donner, elles
» entraînent tous les cailloux qu'elles
» rencontrent, & devancent même ce-
» luy qui les conduit ; tels les flots du
» Xante suivent Achille, & le prévien-
» nent, de quelque côté qu'il porte ses
» pas : car les Dieux sont toujours plus
puissans que les hommes. „ Cette comparaison ne laisse pas d'avoir, ce me
semble, deux défauts considerables :
l'un est d'estre plus petite que la chose
qu'elle represente, & l'autre qui suit du
premier, est de ne point exprimer le
peril. Ces deux défauts ne rendroient
pas toûjours une comparaison vicieuse,
mais ils rendent celle-cy vicieuse, à mon
sens, parce qu'il y a dans la nature
quelque chose de plus grand, & en même temps de plus juste ou de plus propre à exprimer l'action du Scamandre,
& la situation d'Achille : c'est le flux de
la mere sur une gréve de hauteur iné-
gale : ce qui trompe quelquefois des
voyageurs, qui, croyant tenir le haut
du rivage, se trouvent malheureusement gagnez & entourez par les eaux
qui montent toujours, & dont ils ont
bien de la peine à se sauver. On peut

répondre à cela que les Lecteurs Grecs
connoiſſant peu le flux & le reflux de
la mer, qu'on ne voit bien que ſur les «
coſtes de l'Ocean, Homére ne devoit «
pas tirer une comparaiſon d'un fait «
étranger pour eux: mais connoiſſoient- «
ils mieux le tonnerre en temps de nei- «
ge, & ſur tout l'aſtre qui ſe partage «
en mille & mille feux ? Outre cela
rien n'eſt plus beau que de prendre occaſion d'une comparaiſon, pour apprendre au Lecteur un fait curieux de
la nature, pourvû qu'on établiſſe &
qu'on explique bien le fait, avant que
d'en faire la comparaiſon.

Secondement, quoy que le Poëme
Epique demande en general de la nobleſſe dans ſes comparaiſons, je crois
qu'il l'exige avec moins de rigueur,
qu'il n'exige la juſteſſe. Il y a même des
comparaiſons qui ſont vicieuſes, ſi je
l'oſe dire, par le trop de nobleſſe, c'eſt-
à-dire, qui ſont tellement ſupérieures
à la choſe comparée, qu'on a de la
peine à en rapprocher les idées : telle
eſt la comparaiſon que nous avons déja
citée du Liv. 10. (p. 125.) Lorſque le
Maître du Tonnerre ſe prépare à inon- «
der la terre d'un déluge de pluyes, ou «
à la couvrir de grêle ou de monceaux «

« de neige qui la dérobent aux yeux des
» mortels , ou qu'il eſt prêt à ſouffler
» les guerres funeſtes ; on voit les é-
» clairs ſe ſuivre ſans relâche , & tra-
» verſer les cieux ; les ſoupirs qu'Aga-
» memnon pouſſoit ſans ceſſe du fond
» de ſon cœur ſe ſuivoient de même,
» & il étoit dans une continuelle agita-
tion. » Laiſſant à part la difficulté des
éclairs en temps de neiges , puiſque
nous en avons déja parlé , je dirai ſeulement ici que la comparaiſon appliquée aux ſoupirs d'un homme, eſt ridiculement outrée , & qu'il eſt impoſ-
ſible de trouver dans toute la nature
des objets plus éloignez & plus différens.

Troiſiémement , les choſes les plus
ſimples peuvent fournir des comparaiſons tres-heureuſes , pourvû que leur
ſimplicité ſoit relevée par le choix des
termes , & par l'élegance de l'expreſſion dont le Poëme Epique n'eſt jamais diſpenſé. Ainſi , j'approuve auſſi-
bien que Mᵉ D. toutes les comparaiſons tirées de l'Agriculture & de la Vie
Paſtorale, ou même Ruſtique, quand
la peinture en eſt tracée correctement,
& avec grace : mais je crois auſſi que
les comparaiſons tirées des ſujets ſimples n'ont droit d'entrer dans les Poë-

mes férieux qu'à titre de plus grande
juftefle. J'accepte, par exemple, cette
comparaifon d'Homére au 11e Livre
(p. 167.) Telle que deux troupes de
moiffonneurs rangez aux deux bouts "
d'un vafte champ, où Cérés étale tou- "
tes fes richeffes, s'avancent à l'envi "
l'une contre l'autre, & font tomber "
à droit & à gauche des braffées d'é- "
pis; tels les Troyens & les Grecs fe "
chargent avec furie, & fément la terre "
de morts. „ Mais je ne fçaurois accepter celle du Liv. 5. (p. 205.) comme
dans une aire fpacieufe, lorfque la "
blonde Cerés affemble des Moiffon- "
neurs, qui fecondez par les fecoura- "
bles haleines des Zephirs, vannent "
fous fes yeux les précieux dons que "
cette Déeffe fait aux hommes, & fé- "
parent le grain d'avec la paille;on voit "
des monceaux de cette paille tout "
couverts & blanchis de poudre : tels "
on voyoit alors les Grecs courir au "
combat tout blancs de la pouffiere, "
qui s'élevoit des pieds de leurs che- "
vaux, & voloit à gros tourbillons "
jufqu'aux nuës. „ Cette comparaifon eft
d'abord un peu embroüillée, & Mᵉ D.
l'explique adroitement dans fes remarques, en ne faifant femblant que de la

loüer. Homére a recours, *dit-elle*,
(1. 466.) à une comparaison tirée d'u-
„ ne aire, où des vanneurs vannent du
„ bled ; car alors le vent qui emporte la
„ paille menuë, en fait çà & là mille pe-
„ tits monceaux, qui paroissent tout
„ blancs de la poudre dont ils sont cou-
„ verts par le même vent qui les assem-
„ ble. „ Mais comment ces petits monceaux de paille posez à terre, & dont
la plûpart n'ont pas la hauteur de trois
doits, me représenteront-ils des combattans qui se jettent les uns sur les autres ?

Il en est à peu prés ainsi d'une comparaison du Liv. 13. Helenus (*p.* 290.)
tire une fléche, & Ménélas lance un
Javelot : la redoutable fléche du fils de
Priam donne au milieu de la cuirasse du
fils d'Atrée, mais elle rejaillit sans aucun effet : comme on voit au milieu
d'une aire spacieuse le grain rejaillir
dans les airs du fond d'un van qui les
repousse, pour les exposer aux douces
haleines des Zephirs ; de même la terrible fléche, repoussée par la cuirasse du
vaillant Ménélas, rejaillit dans les airs
& vole fort loin de lui. Il n'y a personne qui ne voye la disconvenance du
rejaillissement d'un seul trait lancé ho-

tiſontalement contre un bouclier immobile, avec le ſaut que font dés milliers de grains frappez & pouſſez en
haut par le van même. Me D. a bien
ſenti la miſere de cette comparaiſon ;
car elle en fait une apologie plus ſérieu-
ſe que d'aucune autre, & ſon admiration s'aigrit vivement contre nôtre Langue ; c'eſt ſa reſſource ordinaire pour
ſauver Homére ſur les endroits qui nous
déplaiſent. Je me ſuis ſouvent étonnée,
dit-elle, (2. 564.) que nos Zoïles, qui
ont pris à tâche de faire paroître Homé- "
re ridicule, n'ayent profité de cet en- "
droit ; car aſſurément rien ne le ſe- "
roit davantage en François que de "
dire : *comme on voit des pois & des fé-* "
ves ſaut:r en l'air. La plûpart de ceux "
qui ne ſçavent pas le Grec y ſeroient "
trompez, & admireroient ces grands "
Critiques ; mais ceux qui connoî- "
troient Homére, verroient bien qu'il "
n'y auroit là de ridicule que la Tra- "
duction, & mépriſeroient beaucoup "
celui qui n'auroit pas ſenti la differen- "
ce infinie de ces expreſſions bâſſes & "
triviales, à celles dont ce Poëte s'eſt "
ſervi, & qui marquent parfaitement "
le pouvoir enchanteur de la Poëſie, "
qui dit noblement les plus petites cho- "

„ ſes , & qui employe les termes les
„ plus communs avec tant d'art & d'in-
„ duſtrie, qu'elle les rend nobles & har-
„ monieux. „ Nous traiterons cette
queſtion dans le Chapitre ſuivant :|mais
ici il ne s'agit point de la baſſeſſe des
termes ; je n'ai point critiqué la comparaiſon ſur *féves & pois* , puiſque Mᵉ
D. ne les a pas employez dans ſa Traduction que j'ai alleguée ; nous n'avons
pas trouvé cette comparaiſon meilleure ſous le mot de grains ; parce qu'en
effet elle peche par défaut de juſteſſe:
lequel défaut eſt plus ſenſible dans les
comparaiſons tirées des ſujets ſimples ,
& qui par eux-mêmes ne répondent pas
à la dignité du Poëme épique. C'eſt par
ce principe que je condamnerai auſſi la
comparaiſon que Virgile fait d'une Rei-
ne agitée avec un Sabot à joüer ; parceque le rapport des deux objets n'eſt point
aſſez heureux pour réparer la ſimplicité, ou pour franchir le mot, la baſſeſſe de la comparaiſon dont les enfans mêmes ſont choquez.

Quatriémement il y a des comparaiſons dont la juſteſſe, quoique parfaite,
ne repare point la baſſeſſe. Telle eſt à nôtre égard du moins, celle d'un Héros
avec un Ane. On la trouve dans le 11ᵉ

de l'Iliade. Mr D. l'a traduite avec beaucoup d'art (*p.* 200.) Comme on voit
l'animal patient & robuſte , mais lent «
& pareſſeux , entrer dans une piece de «
bled malgré les efforts des enfans qui «
la gardent , & malgré les coups qui «
tombent ſur lui de tous côtez ; il s'en- «
fonce dans cette moiſſon , & abba- «
tant une infinité d'épis à droite & à «
gauche , il y fait un affreux dégât. «
Les enfans ont beau le ſuivre, & l'envi- «
ronner , il ſe mocque de leurs for- «
ces unies , & ne daigne pas même «
hâter le pas ; ils ne le chaſſent qu'avec «
peine , & qu'aprés qu'il s'eſt raſſaſié : «
on voit de même le grand Ajax envi- «
ronné de tous les Troyens , & de tous «
leurs alliez qui le preſſent , & qui font «
pleuvoir ſur lui une grêle de traits , «
ceder à peine à leur violence. „ Homére va plus loin , & gâte ſon application, en repreſentant Ajax qui jette
l'éfroy parmi ſes ennemis en arreſtant
leurs Phalanges ; ce que ne fait point
l'Ane. Mais juſques-là ſa comparaiſon
eſt d'une juſteſſe extrême, & de plus je
la crois hors d'atteinte dans Homére,
quoi qu'elle ne fut pas tolérable dans
un Poëte moderne. Mr D. a marqué ju-
dicieuſement cette difference en ces ter-

mes que Mᵉ D. rapporte (*Vol. 2. p. 513.*)
„ Du temps d'Homére les Asnes n'é-
„ toient pas méprisez, comme ils le sont
„ aujourd'hui , leur nom n'avoit pas
„ été converti en injure, & c'étoit la
„ monture des Princes & des Rois. Ho-
„ méré a donc pû sans bassesse comparer
„ Ajax à cet animal , sur tout lorsqu'il
„ n'est question que de faire paroître
„ son obstination , sa force , & sa pa-
„ tience ; „ je souscris jusques-là à Mr
D. mais sur ce qu'il ajoûte qu'on ne
peut se mocquer de cette comparaison
sans impieté , parce que Dieu l'a mise
dans la bouche de Jacob benissant ses
enfans ; je renvoie le Lecteur au dernier Chapitre de la troisiéme partie de
cet Ouvrage. Nonobstant toutes ces au-
thoritez, Mᵉ D. dit (514.) qu'elle n'a
osé hazarder le nom propre dans sa Traduction , & qu'elle a eu recours à la pé-
„ riphrase : car, *dit-elle* , il faut toû-
„ jours s'accommoder , sur tout pour
„ les expressions , aux idées & aux usa-
„ ges de son siécle, même en les condamnant. „ Elle a trés-grande raison de s'accommoder aux usages de son siécle, mais
elle a trés-grand tort de les condamner
en ce point ; car les Anes étant dans nôtre climat aussi méprisables qu'ils le

font , fans qu'il y ait de nôtre faute ;
nous fommes auffi loüables de les ex-
clure de la grande Poëfie , qu'Homére
a pû l'eftre de les y introduire, écrivant
dans un païs où ils étoient eftimez. Mᶜ
D. ne prend donc pas le fil du raifonnement de Mʳ fon Epoux , lorfqu'elle
ajoûte à la reflexion que je viens de citer de lui , qu'on fe trompera fouvent ,
lors que pour juger d'une comparaifon ,
on ira examiner fi le fujet dont on l'emprunte eft noble ; car felon Mʳ D. l'Ane
eft un animal trés-noble chez les Orientaux ; fans quoi Homére ne l'auroit pas
employé , felon d'autres témoignages
de Mᶜ D. même , puifque felon elle , les
comparaifons qu'il adreffe aux efprits
même de la moyenne élevation font tirées d'objets fenfibles, mais toûjours graves & nobles.

Pour reprefenter les vieillards de Troïe
à qui l'âge (*L. 3. p. 107.*) avoit donné une
grande facilité de bien parler, & qui dé-
liberoient au haut de la Tour fur les
moyens de faire ceffer les malheurs qui
les accabloient , Homére les compare à
des Cigales denuées de chair & de fang,
ainfi que ces vieillards ; & chantant au
haut des arbres comme ces vieillards
parloient au haut d'une Tour, felon l'ex-

plication de Me D. (1. 391.) Cette
comparaison tourne véritablement ces
vieillards en ridicules , comme ils méritent de l'estre pour raisonner si long-
temps sur une difficulté trés-aisée à resoudre , puisqu'il ne s'agissoit que de
rendre Helene aux Grecs. Me D. tâche d'écarter ce ridicule , en disant
que l'on ne sçauroit accuser Homére
d'estre tombé dans une comparaison
basse , parce que les Cigales étoient si
estimées en Grece dans les premiers
temps , que les Atheniens portoient des
Cigales d'or dans leurs cheveux, pour
marquer qu'ils n'étoient pas étrangers.»
Les Cigales ne font point une idée basse
dans le genre pastoral, & je ne décide
rien à leur égard dans le genre épique.
Mais je dis que cet usage des Atheniens
ne décide point pour la noblesse de la
comparaison ; car nos Dames mettent
sur leur visage *un ajustement des mou-*
ches emprunté , selon que la mouche s'en
vante elle-même dans la Fontaine ; &
cela ne la rend pas plus noble.

Cependant Homére a un goût particulier pour cet insecte , il en tire d'abord
au L. 16. (*p.* 41.) une comparaison
pour exprimer l'action des deux armées
qui s'assemblent sur le corps de Patro-

cle, l'une pour l'enlever, & l'autre pour
le défendre : mais au L. 17. (*p. 93.*)
il dit, que Minerve remplit Ménélas «
de force , & lui inspire l'audace & «
l'opiniâtreté d'une mouche , qui s'a- «
charnant sur un homme ne se rebutte «
jamais , & toûjours chassée revient «
toûjours à la charge , jusqu'à ce qu'el- «
le se soit rassasiée du sang dont elle «
est avide ; telle est l'audace que la «
Déesse inspire à Ménélas, qui d'abord «
couvre le corps de Patrocle, & lance «
son javelot contre les ennemis. „. Cette
comparaison , pour estre plus juste , devoit estre appliquée aux Troyens achar-
nez sur ce corps , & non à Ménélas qui
en est le défenseur ; ou plûtôt il ne falloit point l'employer dans deux Livres
consecutifs , & sur le même sujet.

La mouche vient, ce me semble, encore plus mal au L. 4. le Poëte apostro-
phe Ménélas contre lequel Pandarus
venoit de lancer un trait , & lui dit,
(*p. 137.*) Minerve prit soin d'en empêcher l'effet , & de l'éloigner autant
qu'une mere pleine de tendresse , qui
voit dormir son enfant d'un sommeil
tranquille , éloigne de lui une mouche
opiniâtre , de peur qu'elle ne l'éveille
en le picquant de son aiguillon. Elle

„ conduisît le dard à l'endroit où les
„ agraffes d'or qu'attachent le baudrier
„ se joignent, & font comme une dou-
„ ble cuirasse. La redoutable fleche per-
„ ça ees agraffes & la cuirasse, & sa
„ force n'étant pas entierement amor-
„ tie, elle perçâ aussi la lame qui étoit
„ dessous, & qui ne laissa pas d'affoi-
„ blir encore le coup ; en sorte que la
„ fléche presque mourante n'entra que
„ peu avant dans la chair ; aussi-tôt le
„ sang coule de la playe. „ J'avoüe d'a-
bord que je ne puis lier le mouvement
instantanée qui pare un trait avec l'assiduité qu'il faut avoir pour éloigner une
mouche qui s'opiniâtre sur quelque endroit : mais d'ailleurs Minerve est à mon
sens assez mal adroite de laisser blesser
Ménélas, quoi qu'en une partie moins
dangereuse ; & un enfant à qui sa mere
laisseroit piquer la main au lieu du visage par une guespe, me paroîtroit assez
mal soigné. Cela a fort besoin d'estre
relevé par un éloge ; voicy celui de M.
D. (1. 414.) Cette comparaison me
„ paroît charmante & par la justesse, &
„ par la douceur de l'image qu'elle pre-
„ sente. Le trait qui avide de sang vo-
„ le .... est comparé à une mouche :
„ Ménélas, qui se confiant au traité est

dans la tranquillité & dans l'innocen- "
ce & comme endormi, est comparé à "
un enfant plongé dans un sommeil "
tranquille ; & Minerve à cause du soin "
constant & assidu qu'elle prend de Mé- "
nélas ; est comparé à une mere qui "
chasse une mouche de-dessus son en- "
fant, de peur qu'en le piquant elle "
ne l'éveille. Comme cette mere se "
contente d'éloigner cette mouche "
des endroits découverts, & la laisse "
promener sur les langes, & par tout "
où elle ne peut pas faire grand mal, "
de même Minerve se contente d'éloi- "
gner la fleche des endroits mortels, & "
la laisse tomber sur la partie du corps "
la plus couverte. ,,

Je ne dis rien de la crainte qu'A-
chille L. 19. expose à sa mere sur les
mouches qui vont s'attacher aux larges
playes du corps de Patrocle, & y en-
gendrer la corruption. Tout cela nous
paroît hideux par rapport au cadavre
de Patrocle. Mais les grands égards
que l'on avoit pour les corps morts
que l'on ensevelit aujourd'huy plus
promptement, corrigeoit beaucoup
l'horreur naturelle qu'ils sont capables
de causer. Je n'en veux qu'aux mouches,
que ce trait même fait regarder comme

un insecte odieux, & trés - indigne par
conséquent d'entrer dans les comparaisons d'un Poëme héroïque. La mouche dans la Physique est un animal
importun qui se nourrit dans la pour-
riture, ou qui la porte avec luy ; &
dans la morale elle a toûjours esté le
symbole de l'inutilité & de la vanité.
Les Auteurs d'Apologues ne l'ont employée que dans ce sens-là. Si ceux
d'entr'eux qui ont été Poëtes ont an-
nobli la mouche par leurs expressions,
comme le dit Mᵉ D. (3. 451.) c'est à
eux une élégance loüable dans le moïen
genre de Poësie qu'ils ont choisi.,, Mais
cela ne lui donne pas entrée dans le
genre héroïque.   Si Mr de la Fontaine
l'a appellée fille de l'air, comme Mᵉ
D. le remarque au même lieu ; c'est
une preuve que nôtre Langue a des manieres trés - heureuses de parler même
des choses basses , malgré tant d'inju-
stes reproches que Mᵉ D. luy fait sur
ce sujet ; mais cela ne rend point la
mouche digne que l'on luy compare des
Héros ; On peut dire que le jugement
de nôtre goût sur le noble ou sur le
bas , est encore plus fier que celuy des
oreilles ne l'étoit chez les anciens :
mais il est ordinairement beaucoup
mieux

mieux fondé, car on trouvera presque
toujours la cause de nôtre dégoût en la
cherchant:celle qui nous rend la mouche
désagréable nous fait honneur, en ce
qu'elle est particulierement tirée de l'oi-
siveté & du vain bruit de cet insecte.
En effet, ce dégoût cesse sur les abeilles,
dont le nom seul embellit parmi nous
toute sorte de Poësie. Homére qui n'a
ni justesse ni bien=séance, s'est attiré
la correction de Mc D. même, en employant au Liv. 16. (*p.* 18.) les Guêpes
au lieu des Abeilles. Il y a dans le
texte des guêpes, *dit = elle*, (3. 418.) «
Mais j'ai mis des Abeilles, parce que «
cette image est plus agréable en nôtre «
langue, & qu'elle me paroît mieux «
convenir à des troupes disciplinées. »
Nous recevons aussi les fourmis qui ont
encore moins d'apparence que les
mouches, parce qu'elles sont le symbole de la vigilance & du travail; ainsi
Mc D. se trompe, pour le jugement
du goût, quand elle dit, (3. 451.)
qu'un Héros peut être comparé à une
mouche, comme un sage est comparé
à une fourmi. En tout cas, si nous sommes blessez de la comparaison de la
mouche, nous ressemblons aux Atheniens, ce peuple si merveilleux pour

IV. Partie.   Y

l'efprit, & qui étoit de je ne fçai combien plus fort & plus fçavant que nous,
felon tant de témoignages de Mr D.
Dans fes remarques fur Platon, il nous
avertit (*vol.* 2. *p.* 51.) que quand Socrate dit qu'on trouvera ridicule fa comparaifon de la mouche , c'eft pour fe
moquer des oreilles trop délicates des
Atheniens ; puifque cette comparaifon
eft de Jérémie. » Nous fommes même
bien plus équitables que les Atheniens;
car nous fouffririons trés-bien le nom de
la mouche dans des difcours de Morale , tels qu'étoient ceux de Socrate,
ou même ceux de Jérémie ; nous en
fouffririons même l'éloge dans des
jeux d'efprit, comme celuy de Lucien
que Mr D. prend au ferieux (3. 451.)
& que nous renvoyons avec les éloges
de l'aragnée , de l'efcarbot , de la fié-
vre quarte , de la famine , de l'yvreffe,
de la folie , & autres femblables que
Dornavius a recüeillis.

Enfin , Homére avoit luy-même une
idée trés baffe de la mouche , puifqu'il
fait une injure de fon nom , ce qui, felon le témoignage de Mr D. allegué ci-
deffus au fujet de l'afne , indique la
baffeffe du terme ;

καὶ ὀνείδειον φάτο μῦθον

τίπτ᾽ αὖ, ὦ κυνόμυια θεοὺς ἔριδι ξυνελαύεις Φ. 394.

& probosum dixit verbum ;
Cur rursus , ô canina musca, Deos prælio
committis ?

C'eſt Mars qui apoſtrophe Minerve, &
qui luy dit cette parole *injurieuse* :
pourquoy , chienne de mouche, mets-
tu la diſſention parmi les Dieux ? Vingt
vers aprés Junon ſe ſert de la même
expreſſion, en parlant de Venus (*ib.* 421.)

Καὶ δ᾽ αὖθ᾽ ἡ κυνόμυια ἄγει βροτολοιγὸν Ἄρηα.

En rursus illa canina musca ducit pernicio-
sum Martem. Je ne crois pas d'ailleurs
que la beauté du terme grec, ſur laquelle Mᵉ D. ſe rejette ſi ſouvent, faſſe
beaucoup ici ; car enfin, le mot françois *chienne* me paroît auſſi beau que
le mot grec κύων , mouche que μυία ,
& chienne de mouche que κυνόμυια , &
cependant Mᵉ D. n'a pas crû pouvoir
propoſer en François de pareilles expreſſions à d'honnêtes gens. Pour Homére,
il ne craint point de caractériſer les
diſcours de ſes Dieux par les injures de
la plus vile & de la plus brutale populace qui donne à tout le mot de
chien pour épithete ; mais l'a-t-on jamais lié d'une maniere plus diſcordante
qu'en le mettant avec une mouche,

une chienne de mouche, ou une mouche de chien ? J'attends que Mᶜ D. m'apprenne ce que c'eſt que *plattitude*, baſſeſſe, infamie, ſi ce n'en eſt pas là un exemple.

Nous finirons l'article des comparaiſons baſſes & tout ce chapitre par le corroyeur. Comme lorſqu'un Corroyeur, dit Homere Liv. 17. (*p.* 82.) » a donné à des hommes forts & ro-» buſtes la peau d'un énorme taureau, » pour l'étendre en la tirant, aprés l'a-» voir abreuvée d'huile, ils la prennent » chacun de leur côté, & à force de » bras, ils l'étendent, & font ſortir l'hu-» midité qui fait place à l'huile qui la » pénétre ; de même dans un trés-petit » eſpace les deux armées font tous leurs » efforts pour s'arracher le corps de Pa-troclé, & pour l'enlever. » La com-paraiſon eſt dégoûtante à faux, parce qu'elle donne lieu de croire qu'on avoit fait ſortir les entrailles du corps de Patrocle, à force de le tirer, ce qui n'eſt pas : ainſi, loüange ſûre de la part de Mᶜ D. Une comparaiſon plus » rélevée, *dit-elle*, (3. 446.) n'auroit » pû ſi bien exprimer l'action qu'Ho-» mere veut peindre de pluſieurs guer-» riers qui ſe diſputent un corps mort,

& qui veulent chacun l'emporter de «
leur côté. Les anciens ont donné de «
grandes loüanges à l'évidence & à l'é- «
nergie de cette image. Si elle ne nous «
paroît pas aujourd'hui auffi belle qu'el- «
le eft, *continuë Me Dacier* ; c'eft d'un «
côté la faute de nôtre efprit , qui «
a bien de la peine à s'abaiffer à ce «
qui n'eft fimplement que naturel , & «
de l'autre côté auffi c'eft la faute de «
nôtre langue , qui n'ayant que des «
mots fimples pour exprimer ces ima- «
ges empruntées des arts, ne peut les «
relever & les annoblir par le ftile. » A
l'égard de nôtre efprit, Me D. ne s'étant
point tournée du côté des fciences naturelles , & n'y ayant point acquis
cet efprit philofophique & géométrique qui fe répand enfuite fur tout, &
qui eft feul aujourd'hui en honneur,
ne connoît point l'efprit de nôtre fiecle, & y participe encore moins. De
quoi même accufe-t-elle nôtre efprit,
de ne pouvoir s'abaiffer à ce qui n'eft
fimplement que naturel ? En partageant toute la litterature entre ceux
qui admirent Homére , & ceux qui ne
l'admirent pas ; la plus noble & même
la plus nombreufe partie , felon elle,
qui eft celle des admirateurs , appa-

remment goûte fort le naturel d'Homére : & pour nous autres, vil & petit
nombre, qui avons la foibleſſe d'eſtre
bleſſez & ſcandaliſez de la plûpart de
ſes images ; c'eſt principalement parce qu'elles s'éloignent trop du naturel.
Ne nous reproche t-on pas ſans ceſſe
que nôtre imagination ni nôtre langue
ne peuvent s'élever au ſublime de la
Poëſie d'Homére ? n'eſt-ce pas le goût
que nous avons pour le naturel qui nous
a fait condamner les allégories fauſſes,
& les idées chimériques du Poëte ;
les interpretations alambiquées & les
loüanges creuſes de ſes commentateurs ? n'eſt-ce pas le même goût qui
nous a fait rejetter le merveilleux déraiſonnable, & exiger que les fictions
mêmes priſſent la nature pour fondement & pour modéle. En approfon-
diſſant les choſes, il ſe trouvera que le
ſeul naturel auquel nous ne puiſſions
nous abbaiſſer dans Homére ; ſeront
les groſſiéretez, les indignités, les or-
dures des Dieux, des Héros, & du
Poëte.

Pour la ſeconde raiſon de Me D. qui
eſt priſe du mauvais effet des termes
qui expriment en François les choſes
ſimples, nous y ſatisferons dans le

Chapitre ſuivant, où j'entre avec une
véritable impatience de venger nôtre
langue de l'injuſtice des reproches
qu'Homére lui a attirez.

CHAPITRE DERNIER.

DE LA COMPOSITION
ou du ſtile d'Homére.

MOn deſſein n'eſt pas ici de diſputer à la langue Grecque ſes
avantages. Au contraire j'en remarque-
rai d'abord un auquel je ſuis peut-eſtre
plus ſenſible que nos adverſaires : c'eſt
la facilité & la grace particuliere de
cette langue pour la compoſition des
mots ; ce qui la rendoit ſingulierement
propre aux ſciences qui reçoivent ac-
croiſſement par les nouvelles découvertes. Cela eſt ſi vrai que dans toutes les
ſciences naturelles nous tirons encore
du Grec les noms d'une infinité d'in-
ventions que les Grecs n'ont jamais connuës , Logarithmes , Teleſcope , Ba-
rometre , & ſemblables. : ſans parler
des ſciences mêmes qu'ils n'avoient
point , comme Loxodromie , Pyrothec-
nie , Analyſe ſignifiant l'Algebre:Nous
empruntons même quelquefois leurs
mots ſimples comme dans Chymie, ſe
lon quelques-uns, dans Acouſtique, &c
  La langue Grecque a une autre pro-

prieté ; c'eſt ſon harmonie. Mais cette
propriété avantageuſe ſans doute à cette langue , a été trés-dommageable à
l'eſprit des Grecs. Ils ſe ſont livrez ſi
pleinement au ſon de leurs mots , & à
la cadence de leurs phraſes , que la plûpart de leurs Auteurs , je dis même Auteurs en Proſe , Philoſophes & Hiſtoriens n'ont preſque fait aucune attention ni à la ſolidité des penſées , ni à la
vérité des faits. Les Latins eux-mêmes
ont bien ſçû leur reprocher l'un & l'autre : il feroit aiſé de prouver qu'ils ont
regardé la Grece comme la mere & la
nourice du ſophiſme & du menſonge ,
& s'il s'agiſſoit de traiter ce point , le
recüeil des témoignages qui ſont échap-
pez aux Latins contre les Grecs feroit
plus ample que l'on ne penſe. Mais
ſans qu'il ſoit neceſſaire de les alléguer,
Platon lui - même a reconnu que les
Atheniens étoient plus curieux des mots
que des choſes. *(de Leg.* 1.) & M^r D.
ſouſcrit à cette accuſation , lorſque dans
les notes ſur l'Eutyphron de Platon il
dit *(p.* 472.) que Socrate reproche aux
Atheniens qu'ils aimoient les beaux par-
leurs , & qu'ils ne ſe mettoient nullement en peine de la vérité des choſes.
Il eſt aſſez triſte que Mr D. nous pré-

fere fans ceffe des hommes de ce caractere.

Mᶜ D. nous a fait voir en fa perfonne un exemple fenfible du foible des
Grecs fur l'harmonie du ftile , lors
qu'elle parle ainfi dans fa Préface fur
Homére. (*p.* 30.) qu'on ne dife point
„ ici que c'eft une erreur de vouloir
„ faire valoir des penfées & des chofes
„ par le choix , par le fon , & par l'har-
„ monie des mots. Car fans entrer dans
„ la difcuffion , fi c'eft raifon ou erreur,
„ il fuffit que cela eft ; & que l'harmo-
„ nie produit cet effet fur tous les hom-
„ mes. Des paroles nobles , harmo-
„ nieufes , & bien cadencées , quoique
„ dénuées de vérité & vuides de fens , fe
„ feront écoûter avec plus d'empire que
„ les chofes les plus raifonnables , dites
„ durement & avec des fons défagréa-
„ bles. L'oüie eft le plus fin ; le plus dé-
„ licat , & le plus fuperbe de tous les
„ fens ; & c'eft celui dont il faut le plû-
„ tôt fe rendre maître , fi l'on veut re-
„ gner fur l'efprit : „ & alleguant là-
deffus la Poëfie de Lucréce , quoique ce
ne foit qu'un Auteur Latin : qu'on dé-
monte , *dit-elle* , les Vers de ce Poëte,
„ & qu'on dife platement & groffiére-
„ ment ce qu'il débite fur la nature de

l'ame & fur la maniére dont fe fait «
la vûë, il n'y a perfonne aujourd'hui «
qui ait la patience de l'entendre, tant «
fes principes paroiffent abfurdes & «
oppofez à la vérité : qu'on prononce «
les Vers de ce grand Poëte, il n'y a «
point d'oreille qui charmée par leur «
harmonie, ne fe laiffe aller à ce doux «
attrait, & l'oreille charmée furprend «
bien-tôt la raifon. ,, Ce feroit un bien
pour les Auteurs & pour les Lecteurs
fujets à une pareille féduction, que les
mots ne fuffent qu'un pur figne, ou
comme un corps aërien de la penfée,
de forte qu'elle parut à nû fous ce voile, & telle qu'elle eft en elle - même :
les raifonnemens faux, & par confequent les beautez fauffes, n'auroient
pas été fi loin, fur tout chez les Grecs ;
& ces grands maîtres n'auroient pas
été expofez à la honte que les traductions ont fait à quelques - uns d'entre-
eux, lorfque dépoüillez de l'harmonie de leur langue, on a vû le fond de
leurs penfées. Il leur eft arrivé ce qui
arrive aujourd'hui à quelques - uns de
nos Orateurs qui, ayant réüffi dans la
déclamation, s'avifent de faire imprimer des pieces, dont la lecture fait découvrir tout le foible. Mais on juge dès

uns & des autres d'une maniére bien
differente : car à l'égard de nos Orateurs
échoüez fur le papier, on rabaiffe leur
compofition, & on rit de ceux à qui des
fons de voix ou des mouvemens de corps
ont fait porter un faux jugement fur la
piece même : au contraire quand il s'a-
git des Auteurs anciens échoüez en nôtre langue, on fe rejette fur la beauté
du Grec, & on en appelle à leurs contemporains comme à des Juges irré-
prochables. Cependant les Auteurs
Grecs folidement bons n'ont rien perdu
dans nos traductions Françoifes ; je ne
dis pas feulement les Hiftoriens que les
faits foûtiennent, mais les Auteurs de
fatyre ou de raillerie, comme Lucien. Si
l'on répond à ce dernier exemple que
le Traducteur a rendu à Lucien harmonie pour harmonie, cette réponfe tourne à l'avantage de nôtre langue dont il
ne s'agit pas encore : mais d'ailleurs
l'harmonie de nôtre langue ne va guére
à faire paffer pour vrai ce qui eft faux,
ni pour bon ce qui eft mauvais.

Outre cela il ne faut pas croire que
les Grecs ayent été exempts de prévention fur le fait de leur langue. Comme
l'harmonie du ftile, quoique fenfible
en general, ne laiffe pas d'être arbi-

traire & douteufe dans un grand nombre de cas ou d'exemples particuliers,
il a plû fouvent aux Grecs de trouver
dans quelques-uns de leurs Auteurs une
harmonie qu'ils n'auroient pas voulu
trouver en d'autres qui auroient eu la
hardieffe d'écrire comme les premiers.
Je fuppofe, par exemple, un Grec dont
toute la réputation eût été à faire, &
qui auroit afpiré à la loüange d'écrire
avec harmonie, & je demande fi on
luy auroit confeillé de faire un gros
volume de dialogues fur des matieres
trés-abftraites, ou dont le tour rendroit
abftraites les matieres les plus communes; en lui enjoignant fur-tout que
fes dialogues réduits, autant qu'il fe
pourroit à la même forme, fuffent
compofez prefque tout entiers d'inter-
rogations infatigables de la part du
principal interlocuteur, & de réponfes
en *oüi* & *non* de la part des autres; luy
permettant feulement de varier fes *oüi*
& fes *non* par d'autres termes de même
valeur, *ouy-da*, *fans doute*, *c'eft cela:
point du tout, rien moins, nullement:*
Voilà le portrait du Héros de l'harmonie greque en profe: or quoique la
langue greque appartienne aux Grecs,
qu'ils en foient les Juges naturels, &

que nous autres François, admirateurs ou philosophes, nous connoissions peu sa veritable harmonie, puisque nous disputons de sa prononciation même; Je crois voir pourtant que le stile de Platon auroit perdu tout autre Auteur. Lucien l'a crû aussi, lorsque dans la double accusation, parlant du dialogue de la maniere dont Platon l'a traité, il dit, par rapport au stile, que le Dialogue étoit un mélancolique sec & décharné qui faisoit horreur par ses frequentes découpures ; » & par raport à la matiere, il fait raisonner ainsi le Dialogue même : N'ay-je pas lieu de me » plaindre de Lucien, qui de grave & de » serieux que j'étois, qui ne parlois que » de Dieu & des principes, m'a habillé » en ridicule, & m'a fait passer du stile de Platon à celui d'Aristophane. *Lucien* » *répond*:Le Dialogue est en colere de ce » qu'il ne vole plus dans les cieux, & » qu'il ne s'informe plus combien Dieu » mêla de la substance pure & celeste » parmi la matiere terrestre, il n'est cu-» rieux que de ce qu'il n'entend point, » il ne sçait que ce qui se passe sur la » terre, & il veut parler des choses du ciel. » Je me sers ici, à peu de chose prés, de la traduction de Mr d'Ablancourt qu'on trouvera fidelle, en consultant le grec & les Commentaires. En effet, au lieu que le veritable Socrate, celui de Xenophon, par exemple, ou de Diogéne Laerce avoit fait descendre la philosophie du ciel en terre ; celui de Platon la fait remonter de la terre aux nuës. Malgré cela pourtant je ne nie point que dans des morceaux de discours suivis, Platon n'ait écrit avec beaucoup d'élégance : mais c'est là aussi qu'il a tellement donné à l'harmonie du stile, que pourvû que la phrase affirmative soit aussi sonore que la negative, on diroit qu'il les prend quelquefois l'une pour l'autre; c'est aprés la *sophistiquerie* une des principales causes des fréquentes contradictions de cet Auteur.

A l'égard d'Homére, je me réduis à quelques remarques de fait sur sa versification, par laquelle je commence : & je dis d'abord que bien que les Poëtes posterieurs à lui ayent toujours conservé le même degré d'estime pour sa versification ; ils ont été persuadez que pour leur usage & pour leur interest particulier, ils devoient en faire de plus correcte. Car enfin, toutes ces negligences que les Grammairiens nous

donnent, comme la pratique générale
des Poëtes Grecs ; je veux dire les éli-
fions arbitraires, les bréves employées
pour les longues, le manque de cefure,
& ce qui eft encore pis, ces mots, &
fur tout ces épithétes de quatre fylla-
bles qui ne font mifes que pour finir
le vers, & qui en gâtent la fin ; tout
cela eft devenu plus rare dans les fiécles fuivans. Ce progrés de correction
fe fait déja fentir dans Héfiode. Les
plus fçavans Critiques, comme Saumai-
fe & Mr Kufter alleguent pour preuve
de l'antériorité d'Homére à Héfiode,
que celuy-ci eft d'un ftile plus agréable, plus orné & plus arrondi : *Longè
fuavior Hefiodus , & comptior , eoque
minus antiquitatis redolens* , dit Sau-
maife [a]. *Comptior enim Hefiodus & ro-
tundior*, dit Mr Kufter [b]. Une preuve
de l'antériorité d'Homére fur Héfiode,
plus forte pour moy, c'eft que bien
qu'Homére eût beaucoup plus de génie & de talent qu'Héfiode, la morale
d'Héfiode eft plus faine, & fes penfées font plus regulieres, effet naturel
du développement de l'efprit humain,
par la fuite des temps : cependant il

a *Plinian. exercit.* p. 867.
b *Hift. Crit. Hom.* p. 11.

eſt certain auſſi que les vers d'Héſiode ſont moins chargez de licences que ceux d'Homére, ou que ceux qui en ſont encore chargez reviennent plus rarement que dans Homére. Il ne nous eſt pas reſté de Poëtes en vers hexamé-tres, depuis Héſiode juſqu'au regne de Ptolomée Philadelphe, époque heu-reuſe & memorable pour les Lettres. Sous lui fleurirent divers Poëtes, & entr'autres Callimaque auquel je me tiens, parce que d'ailleurs il a choiſi des ſujets graves : c'eſt particuliere-ment en ce dernier que la verſification greque paroît plus exacte ; on voit mê-me ſur la fin de ſon hymne ſecond, qu'il ſe faiſoit une loy de châtier ſes vers, & de les rendre corrects. Il me ſemble en effet que Callimaque a don-né à ſa Poëſie à peu prés la même ca-dence que les Latins perfectionnez ont donné à la leur, & qu'il y a la même difference de ſes vers à ceux d'Homé-re, par rapport à leur forme, que de ceux d'Ovide, par exemple, à ceux de Lucrece.

Je comprends encore dans cette correction le retranchement, ou du moins la diminution de ce privilege, dont Mr D. (*Poët.p.* 353.) vante la lan-gue greque ; ſçavoir, d'allonger, de

racourcir , & de changer les mots. Les
» différens dialectes, *dit* Mr D. (p. 352)
» qui étoient proprement les ufages des
» differens Pays de la Gréce, donnoient
» aux Grecs la liberté de fe férvir de
toutes ces façons de parler.» Nos Trou-
badours faifoient la même chofe des
jargons de leurs temps (*Rech. de Paf-*
quier L. 7. c. 4.) Ainfi tout cela ne doit
paffer que pour les incertitudes d'une
langue qui croît encore. La Greque
paroît plus fixe au fiécle de la florif-
fante Athénes, où les Poëtes comme Sophocle & Euripide , ont ufé
trés-fobrement de ce privilege prétendu. Ainfi, quand Mr D. avance que
ces differens dialectes étoient permis
non feulement aux Poëtes, mais aux
Orateurs, aux Hiftoriens, & aux Phi-
lofophes ; Il abufe un peu du credit que
lui donne fon érudition , & il ne croit
pas que fes Lecteurs foient en état de
fe convaincre par eux-mêmes qu'He-
rodote s'eft borné à la dialecte ionique,
Thucydide, Demofthene & Platon à
l'Attique, & qu'enfin tous les Auteurs
plus recens que ceux-là, comme Poly-
be , Diodore, & Denis d'Halicarnaffe
fe font réduits à la commune.

A l'égard des Poëtes , nous ne voyons
en aucun autre qu'Homére ce mêlange

perpetuel de dialectes. Il eft vrai que
long-temps aprés luy Theocrite prefque
contemporain de Callimaque, a choifi
la dialecte dorique : mais outre qu'il fe
tient à celle-là feule, du moins dans
la même piece ; d'ailleurs, en une
efpece d'avertiffement intitulé Γένος Θεο-
κρίτου, qui, je crois, ne fe trouvera entier qu'en l'édition de ce Poëte par
Alde Manuce en 1495. on voit que
Théocrite a pris le Dorique nouveau
plus doux que l'ancien, qui étoit rude,
enflé & obfcur. κέχρηται... Δωρίδι τῇ νέᾳ
δύο γάρ εἰσὶ, παλαιὰ τραχεῖα τίς ἐστι, καὶ
ὑπέρογκος, καὶ οὐκ εὐγόντος. ἡ δὲ νέα μαλθα-
κωτερα, ce qui fait voir qu'au jugement
du Grec Anonyme Auteur de cet Avertiffement, la langue Grecque avec le
temps a cru en douceur, & par confequent en harmonie. En un mot quand
on voudra fuivre les differents âges de
la langue Grecque, on y remarquera
les mêmes progrez ou des progrez de
même efpece que dans la langue Latine & dans la nôtre ; c'eft-à-dire, qu'à
proportion que toutes ces langues fe
font enrichies de mots propres, d'expreffions fines, de tours heureux ; elles
fe font retranché les négligences & les
licences, & ce qui eft fort oppofé à la
penfée de Mr D. elles fe les font retran-

chées par la raifon même de l'harmonie. C'eft donc en vain que Me D. allegue a l'ancienneté de la langue Grecque à laquelle elle donne mille ans au
temps d'Homére, comme une preuve
de la perfection ou elle étoit déja par-
venuë. La langue des Lapons a peut-
eftre aujourd'hui quatre mille ans, &
n'en eft pas pour cela plus avancée : en
effet, une langue ne croît point chez
des Peuples encore barbares, qui ne
s'en fervent que pour exprimer les bé-
foins de la vie animale. Elle ne commence, pour ainfi dire, à fermenter que
lors que les efprits commencent à prendre le goût des fciences ou des beaux
arts ; parce que ceux qui en veulent
raifonner en cette langue, cherchent
des expreffions nouvelles, mais conformes aux idées déja reçûës, & aux
termes déja ufitez parmi leurs compa-
triotes : ce n'eft que de ce point-là que
l'on doit datter l'accroiffement d'une
langue. Je ne dirai pas à quelle diftan-
ce Homér étoit de cette feconde naiffance de la langue Grecque, il me fuffit
d'avoir prouvé qu'elle a crû fenfiblement & vifiblement depuis lui. Mais
j'avoüerai ici deux chofes, la premiere
qui regarde la langue Grecque en ge-

a *Des caufes de la corrup. du goût. p.* 244.

neral , eſt qu'en elle-même & indépendamment des Auteurs qui l'ont cultivée
elle eſt la plus heureuſe de toutes les
langues ; & la ſeconde , qui regarde
Homére en particulier , eſt que comme
nous avons de vieux Auteurs François
fort ſupérieurs pour le ſtile à d'autres
Ecrivains trés-modernes ; j'accorderai
trés volontiers qu'Homére a mieux
écrit qu'Héſiode , Callimaque , & les
autres Poëtes Grecs de tous les ſiécles,
non par rapport à l'harmonie generale
de la verſification , mais par rapport au
genie de ſa langue , & à l'harmonie
même de pluſieurs Vers particuliers.

Mais tout cela ne fait point encore le
fond ou l'eſſentiel du ſtile : & pour remonter aux principes des choſes , je fais
conſiſter l'art de bien écrire en des qualitez ou conditions égales pour toutes
les langues , & indépendantes de tout
Idiome particulier. Je rapporte ces
conditions à trois. La premiere , eſt de
dire tout ce qui eſt neceſſaire ; la ſeconde , de ne rien dire de ſuperflu ; &
la troiſiéme , de donner de la choſe que
l'on veut dire l'image la plus propre
qu'on en puiſſe trouver dans ſa langue,
conformement au genre d'écrire que
l'on a choiſi. Cette derniere condition

dépend toute entiére de la vivacité de
l'imagination & de la juſteſſe de l'eſprit
de l'Ecrivain ; en y ajoûtant même une
aſſez grande connoiſſance de toutes les
ſciences , de tous les arts , & de toutes
les pratiques qui peuvenr fournir des
métaphores heureuſes, mais aſſez naturelles pour ne paſſer que pour des expreſſions. Ainſi au lieu que l'art d'écrire, en tant qu'il ne ſignifieroit que l'e-
xactitude de la ſyntaxe, l'arrondiſſement
& l'harmonie même des périodes , eſt
à la portée des eſprits médiocres qui
travaillent avec ſoin ; l'art d'écrire, ſelon nôtre troiſiéme condition, eſt leta-
lent des plus grands hommes. Mais,
comme la Critique que je pourrois faire
d'Homére , par rapport à cette condition du ſtyle , ſeroit ſujette à des difficultez interminables ; dans le deſſein
que j'ai de ne rien dire que d'évident
& de ſenſible , je remonte à la ſeconde condition qui conſiſte à ne rien jetter
de ſuperflu dans le diſcours.

Je tiens ici Homére par ſon défaut
le plus marqué & le plus reconnu , & je
pourrois nommer des hommes illuſtres
dans les lettres Grecques , Latines &
Françoiſes , eſtimateurs de l'antiquité,
& d'Homére même, qui trouvent pour-

tant que fon ftyle eft plein de *bourre*,
c'eft une expreſſion que je tiens d'eux.
Ils appellent ainſi principalement ces
épithétes qu'il applique ſi mal, & qu'il
repete ſi ſouvent qu'elles ne paroiſſent
que des chevilles de Vers, ou des formules de Diſcours. Tel eft le ſurnom
de *pied leger* qu'il donne à Achille
prefque par tout, & lors, même qu'il
s'agit de déliberer dans un conſeil comme dans le premier Liv. *a* 58. C'eft
ainſi qu'il proſtitue le titre de Héros ou
de grand Capitaine, à des gens mêmes
qu'il va accuſer de lâcheté un moment
aprés, comme aux deux fils de Darés,
Phegée & Idée. (*L.* 5·*p·* 170.) Le premier ayant été tué par Dioméde, le fecond qui eft Idée n'a pas le courage de
ſauver le corps de ſon frere, & prend
honteuſement la fuite .» Il en eft ainſi
de Piſandre, & de l'intrepide Hyppo-
lochus, qui eſtant attaquez par Agamemnon au Liv. 11. (*p·* 171.) ſe mettent à genoux ſur leur char, & les mains
jointes (*p·* 172.) lui demandent la vie.
C'eft ſur cela même que Mᶜ D. remarque (2.*p·* 503.) qu'Homére ne fait
jamais commettre par les Grecs des «
actions ſi lâches, & qu'il les donne «
toûjours aux Troyens, „ tels, par e-

xemple , que l'intrepide Hippolochus.

Il y a quelques endroits où l'epithete honorable eſt ſi proche de l'action honteuſe, que Mᵉ D. s'en eſt apperçûë. Elle dit alors que l'Epithete eſt donnée par ironie. Si vous eſtes fils d'Antimaque, *dit Agamemnon*, L. 11. (*p.* 172.) *à ces intrepides ſuppliants dont nous venons de parler*, de ce ſage & vaillant Héros qui » lorſque Ménélas & le prudent Uliſſe » allerent députez à Troye pour faire » des propoſitions de Paix, conſeilloit » aux Troyens de ne pas permettre » qu'ils retournaſſent à l'armée des » Grecs, & les preſſoit de les faire mou- » rir ; vous porterez tout preſentement » la peine dûë à l'injuſtice de vôtre pe- » re.,, Ce titre de ſage & vaillant Hé- ros, *dit là-deſſus Mᵉ D.* (2. 503.) eſt » une ironie ; car il n'y avoit ni ſageſſe » à empêcher les Troyens de rendre » Helene, ni valeur à leur conſeiller de » poignarder les Ambaſſadeurs des » Grecs.,, Maïs Mᵉ D. oublie qu'Ho- mére qualifiant Antimaque à la page precedente, lorſqu'il n'y avoit encore aucun lieu à l'ironie, l'a appellé lui- même le vaillant Antimaque.

Ce n'eſt pas là le ſeul endroit où Mᵉ D. de ſon autorité privée, tourne
en

en ironie des épithétes données de trés-
bonne foy par le Poëte, à des perſonnages quoi qu'indignes ; comme lors
qu'au Liv. 10. (*p.* 161.) Uliſſe rendant compte des exploits nocturnes
qu'il venoit de faire avec Dioméde,
dit, qu'il avoit tué un Eſpion que «
Hector & les Troyens, gens fort en- «
tendus dans les ruſes de guerre, en- «
voyoient dans le camp des Grecs. »
Quoy qu'en diſent Mᶜ D. & le Scoliaſte qui prennent ironiquement cet
éloge, il eſt de l'intereſt preſent d'U-
liſſe de relever l'habileté des Troyens
en fait de guerre, pour faire valoir la
ſienne & celle de Dioméde. Mᶜ D. dans
ſes remarques ſur ce même L. (2. 488.)
n'a-telle pas dit elle - même qu'Ho- «
mére, pour relever la prudence d'Hec- «
tor & ſa capacité dans l'art militai- «
re, lui fait tenir conſeil pendant la «
nuit , & imaginer la même viſite du «
camp ennemi que Neſtor avoit pro- «
poſée du côté des Grecs. „ Je ſçai bien
que cette habileté d'Hector détruit
l'imprudence dont Polydamas l'a ac-
cuſé, & le reproche que Mᶜ D. fait en
général aux Troyens de ſçavoir peu la
guerre. Mais ce n'eſt pas ma faute , ſi
l'Iliade & les remarques de Mᶜ D. font

un retour continu & un cercle parfait
de contradictions. Ce qui me furprend,
c'eft que Me D. ayant cette clé de l'i-
ronie, pour expliquer les épithétes
d'Homére abfurdes en fens direct, ne
s'en foit pas fervie fur l'endroit du 7e
Livre, où Priam rejettant l'avis d'Antenor qui confeilloit de rendre Helene,
& autorifant celui de Paris qui veut la
garder, eft appellé égal en fageffe aux
Dieux mêmes. (L. 7, p. 24.) Au lieu
d'employer fur cette épithéte infenfée
l'interpretation en ironie, Me D. dit,
avec un profond férieux (2. 405.)
» qu'Homére a voulu nous enfeigner ici
» que quand l'injuftice eft portée à un
» certain point, toute la fageffe s'éclipfe
» ou fi elle parle on ne l'écoute point.
Me D. vers le commencement de toutes
fes remarques (1, 352.) avoit dit qu'il
fuffit de rendre raifon une feule fois des
épithétes qu'Homére employe. Cela
fuffit en effet, en difant une fois pour
toutes que la néceffité du Vers ou la
commodité de la formule l'emporte
prefque toûjours fur ce qu'il doit dire
ou peut-eftre même fur ce qu'il veut
dire : mais quand on voudra le juftifier
il faudra chercher pour chaque épithéte
une chimére nouvelle.

Il faut pourtant convenir que la plûpart des épithétes d'Homére n'ont d'autres vices que l'inutilité, ou n'ont d'autre utilité que celle de foûtenir fon ftyle,
ou de relever des mots qui par eux-mêmes ne conviennent point au genre épique. C'eft par là que Me D. juftifie la
comparaifon des légumes au 13. Liv.
en admirant (2. 564.) la richeffe des
épithétes dont Homére les accompagne;
des légumes accompagnées d'épithétes
riches ! mais par là même, il eft inutile
de chercher , comme fait fi fouvent Me
D. des raifons naturelles, hiftoriques,
ou morales aux épithétes d'Homére. Au
fecond Livre, par exemple, il parle des
belliqueux Peræbes, qui cultivoient les
campagnes arrofées par le délicieux Titarefius ; un moment après il avertit
lui-même que le Titarefius étoit un
écoulement des eaux du Stix, & Strabon cité par Me D. (1. 372.) ajoûte
que la fource de ce fleuve étoit mortelle ; mais, dit Me D. Homére l'appelle «
délicieux par religion , d'autant que «
l'on juroit par fes eaux. „ Mais dans les
Vers fuivant je trouve que les eaux de
ce fleuve étoient belles καλίρροϊν ΰδωρ
(β. 752.) quoique Me D. ne l'ait pas traduit : & là-deffus je ne fçai plus fi je dois

regarder cette épithéte , ou comme une
marque de religion , ou comme l'indi-
cation d'une proprieté réelle , ou feulement comme une épithéte riche, dont
Homére accompagne des eaux noires,
puantes , ou du moins fi graffes, que felon l'énoncé du Poëte , elles nageoient
comme de l'huile fur les eaux du Pé-
née.

On eft en peine,dit Me D. (3. 444.)
de fçavoir , pourquoi Homére a donné
l'épithéte de célébre à la Ville de Pa-
nope , qui n'avoit pas neuf cent pas de
circuit , où l'on ne voyoit ni Palais , ni
Gymnafe , ni Théatre , ni Marché , ni
Fontaine ; c'eft à caufe des danfes que
des femmes Atheniennes y alloient fai-
re aux feftes de Bacchus , répond M^e D.
en citant Paufanias ; voilà une raifon
fçavante ; en voici une plus fimple , &
que je croi bien plus vraie : c'eft une épithéte riche dont Homére accompagne
une Bicoque.

Dans un article du dénombrement
(L. 1. p. 85.) il eft fait mention d'Eumelus fils d'Admete & de la divine Alcefte. Je fuis perfuadée,dit là-deffus M^e
D. (1. 371.) qu'Homére donne à Al-
» cefte l'épithéte de divine , parce qu'el-
» le aima fon mari jufqu'à mourir pour

lui fauver la vie. ,, Une épithéte moins
forte, par exemple, celle de génereufe
auroit fait plus d'honneur à Alcefte, parce qu'elle l'auroit mieux caractérifée :
car pour l'épithéte de divin ou de divine, elle fe trouve à toutes les pages de
l'Iliade : au 3e Livre fur tout, elle eft
donnée à Helene jufqu'à trois fois dans
la traduction même de M^e D^a. & là-
deffus il me prend envie de dire qu'-
Homére a donné à Helene l'épithéte de
divine, parce qu'elle aima fon galant
jufqu'à abandonner fon mari pour le
fuivre. Me D. s'étend de même fur un
difcours de Sarpedon au Liv. 12. Nous
fommes, dit-il, regardez comme des
Dieux, qu'y a-t-il de plus injufte, *dit-elle,*
que d'eftre honoré comme un Dieu «
quand on n'eft pas même un homme ? «
il faut eftre fuperieur en vertu quand «
on veut l'eftre en dignité. ,, Cette morale feroit fort bonne, fi Homére ne fe
faifoit pas une habitude vicieufe d'appeller Dieu ou égal aux Dieux le premier venu, lorfque l'épithéte ἰσόθεος eft
neceffaire à fon Vers.

Enfin pour faire voir que dans la Critique des épithétes d'Homére, nous ne
fuivons que le fens commun, M^r D.
^a *p.* 108. 110. & 124.

lui-même a été obligé de parler ainſi
(*Poët.* 351.) L'uſage qu'on doit faire des
épithétes ne laiſſe pas d'avoir ſes bornes
» & ſes loix. Si un Poëme eſt trop char-
» gé d'épithétes, il eſt froid, & ſi les épi-
» thétes ſont mal choiſies & peu conve-
» bles, il eſt ridicule & dégoûtant ; & le
» Poëte tombe dans le défaut qu'Ariſtote
» reprochoit à Clitophon , qui vouloit
» orner les moindres petites choſes , &
» qui s'exprimoit par tout auſſi ridicu-
» lement que s'il avoit dit des figues ve-
» nerables. „ Qu'eſt-ce donc que Mr D.
veut que nous diſions des épithétes
d'Homére , qui non-ſeulement ſont vaines, mais qui ſont contraires à la nature
de la choſe , & contradictoires au fait
à l'occaſion duquel il s'en ſert?

Les ſuperfluitez de la compoſition
d'Homére paroiſſent encore davantage
dans ſes repetitions. Il a porté ce vice
au-de-là de toute meſure & de toute
croyance. Car enfin il a repeté non-ſeulement les diſcours que ſes perſonnages
s'envoyent faire les uns aux autres, ou
qu'ils ſe dictent les uns aux autres pour
eſtre redits ſur le champ ; mais il repete
des diſcours de paſſion ; & ce qui eſt
plus ſurprenant, il met ces diſcours dans
la bouche de divers perſonnages dont

les caractéres font differents. L'on trouve plufieurs fois la même chofe dans le
même difcours ; il fait raconter à fes
Héros des faits qu'il a déja expofez lui-
même comme Poëte, des faits même
épifodiques & étrangers à fon fujet, il
employe les mêmes fictions, ou les mêmes évenemens en plufieurs endroits ;
il rappelle les mêmes defcriptions, les
mêmes comparaifons, les mêmes plai-
fanteries ; enfin, ce qui regarde plus
particulierement le ftyle, il repete fes
mots & fes expreffions ; la plûpart de fes
phrafes font ufuelles, & reviennent fans
ceffe aux oreilles ; il ne parle prefque
que par formule ; & dans un trés-grand
nombre de fes Vers le premier mot fait
deviner tous les autres.

La repetition des difcours que les
perfonnages s'envoyent faire les uns
aux autres eft celle qu'il eft le plus aifé
de juftifier ; elle marque dans l'envoyé
une fimplicité & une fidelité qui a fon
prix : mais premierement une regle qui
a dû eftre de tous les temps, eft que cette
repetition fût vrai-femblable ; c'eft-à-
dire, que l'inftruction fût affez courte
pour pouvoir eftre retenuë mot à mot
par un perfonnage humain. Selon cette
regle, on pourroit approuver tous les

difcours repetez par les Dieux qui ont
une memoire infinie ; mais comment
Ulifle, par exemple, a-t-il pû retenir
mot pour mot le long difcours dont
Agamemnon le charge pour Achille au
9e Livre ? Secondement on a fort bien
fait dans la fuite des temps, de varier
le difcours même de l'envoyé, non-
feulement à l'égard des hommes, mais
aufli à l'égard des Dieux ; parce que
cette varieté contribuë beaucoup à l'a-
grement du difcours. Rien n'eft fi beau,
par exemple, que la varieté des expreffions dont Virgile s'eft fervi dans l'ordre que Jupiter fait porter à Enée par
Mercure au 4e Liv. de l'Enéïde. Les expreffions de Jupiter font fi belles qu'elles paroiffent uniques ; & le Lecteur eft
charmé de voir redire les mêmes chofes
par Mercure avec de nouvelles expreffions, qui pour ainfi dire paroiffent aufli
uniques que les premieres.

Me D. qui donne des regles juftes ou
fauffes, à proportion qu'elle croit l'un
ou l'autre favorable à Homére, parle
ainfi (vol. 1. p. 332.) Je me contenterai
» de remarquer ici une fois pour toutes,
» qu'Homére fait toûjours repeter par
» les envoïez les propres termes dans
» lefquels on leur a expliqué leurs or-,

dres, cela eſt plus reſpectueux & plus «
décent. De quel droit un envoyé chan- «
ge-t-il quelque choſe aux termes de ſa «
miſſion ? Eſt-il plus habile, eſt-il plus «
grand que celuy qui l'envoye ? Un en- «
voyé doit toûjours dire ce qu'on lui «
a dit, comme on le lui a dit. » J'accepte cette maxime par rapport à tout
l'eſſentiel de la commiſſion, & je la
laiſſe paſſer par rapport aux termes
mêmes de celui qui envoye : mais je
m'inſcris en faux contre la ſuite de la
remarque de Me D. où elle dit : *Un envoyé peut ajoûter, mais il ne doit rien oublier.* Ou bien, pour être plus exact,
je vais diſtinguer, un envoyé peut ajoûter aux paroles de ſa commiſſion des
interprétations & des invitations : mais
tous les hommes d'état que Me D. voudra nommer, decideront entre elle &
moy s'il eſt convenable qu'un ſimple
envoyé par qui l'on fait faire des offres
à des ennemis, augmente ces offres
de ſon chef, ſur tout avant que les ennemis ayent rendu leur premiere réponſe. C'eſt pourtant ce que fait Idée
au 7e Livre. Car Priam ayant ordonné
qu'il portât aux Grecs l'offre de Paris,
qui promettoit de rendre Heléne, &
toutes les richeſſes qu'il avoit apportées

d'Argos. Idée promet de son chef toutes les richesses que Paris avoit apportées à Troye. C'est Mc D. elle-même
qui releve cette difference à laquelle on
n'auroit pas trop pris garde. Ce n'est
» pas, *dit-elle*, (2. *p*. 406.) ce que Pa-
» ris avoit dit, car Paris ne promettoit
» que de rendre celles qu'il avoit ame-
» nées d'Argos, exceptant par là celles
» qu'il avoit amenées de Sidon & d'ail-
» leurs: mais Idée, pour faire le party
» meilleur, offre généralement tout ce
» qu'il avoit amené à Troye ; car il
» étoit bien persuadé que si les Grecs
» acceptoient cette offre, il ne seroit
pas désavoüé.»

J'appelle discours dictez dans l'Iliade,
ceux qu'un personnage fait faire à un
autre, pour les repeter au même instant
& au même lieu : en voici un exemple
traduit litteralement , il est tiré du
quatriéme Livre: c'est Junon qui parle à
Jupiter, à l'occasion & dans le temps
de la tréve concluë entre les Grecs &
les Troyens, c'est-à-dire, dans le tems
où ils ne combattoient point, & qui
lui dit à la lettre: Commandez promp-
» tement à Minerve d'aller dans le com-
» bat terrible des Troyens & des Grecs.
ὦ Τρώων καὶ Ἀχαιῶν φυλόπιν αἰνήν. *δ*. 65. pour

faire en forte que les Troyens com- «
mencent les premiers, malgré les fer- «
mens, à offenfer les Grecs enorgüeil- «
lis; elle parle ainfi : Le Pere des Dieux «
& des hommes fe laiffa perfuader, & «
dit fur le champ à Minerve ces paro- «
les aîlées : Allez trés-promptement «
dans l'armée, au milieu des Grecs & «
des Troyens, pour faire en forte que «
les Troyens commencent les premiers, «
malgré les fermens, à offenfer les Grecs «
enorgüeillis. » Voilà le texte d'Homére en des termes François, qui n'ont,
ce me femble, rien de bas : mais voicy
la traduction de Me D. qui fera voir par
avance ce que j'expoferai bien-tôt plus
au long, c'eft-à-dire, l'adreffe avec
laquelle elle ajoûte, retranche & change des mots, pour nous rendre Homére
fupportable.   Ordonez donc tout pre-
fentement à Minerve d'aller à l'armée «
des Troyens & à celle des Grecs, & de «
mettre tout en œuvre pour obliger «
les Troïens d'enfraindre le traité qu'ils «
ont juré,& d'être les premiers à infül- «
ter les Grecs trop enorgüeillis de leur «
victoire.LePere desDieux & des hom- «
mes accorda cette demande à Junon, «
& fur l'heure même il donna cet or- «
dre à Minerve : Allez promptement «

Z vj

» à l'armée des Troyens, & faites tous
» vos efforts pour les obliger, malgré le
» traité, à infulter les Grecs trop fiers
» de l'avantage qu'ils viennent de remporter. »

On diroit même affez fouvent qu'Homére cherche le moyen de faire dire
une chofe deux fois. Dans le 24e Liv.
par exemple, Priam auroit pû s'avifer
de luy-même de la priere qu'il fait à
Jupiter avant que d'aller trouver A-
chille, fans qu'il fût befoin qu'Hecube la lui dictât. Mais le grand art du
Poëte, eft quand il peut aller jufqu'à trois fois; comme dans le menfonge que Jupiter dicte au fonge trompeur, que le fonge rapporte à Agamemnon, & qu'Agamemnon répéte
aux Grecs.

A l'égard des mêmes chofes répé-
tées dans un même difcours, j'ai cité
ailleurs le trait de Priam qui rappelle
deux fois à Achille la mémoire de fon
pere, à peu prés dans les mêmes termes. Cette faute, fi même c'en eft
une, eft trés-peu confiderable. Mais
je m'attache à une remarque de Me D.
fur un endroit du Liv. 1er Agamemnon,
» dit-elle, (1. 288.) redit plufieurs fois
» la même chofe, comme c'eft la coû-

tume des gens qui font en colere, ils « ne croyent jamais en avoir affez dit, « & veulent toujours encherir fur leurs « premieres penfées. „ Je réponds à cela que s'ils encheriffent effectivement fur leurs premieres penfées, ce n'eft ni une faute, ni même une répétition: mais s'ils ne font que les redire, la colére du perfonnage n'excufe point le Poëte. Car outre que la Poëfie n'admet pas des paffions brutes, telles qu'elles font fouvent dans les hommes, mais qu'elle les prend dans la belle nature; d'ailleurs la peinture de quelque paffion que ce puiffe eftre, ne doit point tourner à l'ennui du Lecteur.

Une des plus vicieufes répétitions d'Homére, eft lorfqu'il met un même difcours dans la bouche de differens perfonnages qui le prononcent en differens endroits du Poëme. Me D. n'a point fait d'autre apologie de cette étrange efpece de repetition, que de la fauver le plus qu'elle a pû, en variant dans fa traduction les termes du difcours repeté. Eft-il en effet quelque chofe de plus contraire, non feulement à la difference des caractéres qui fe manifeftent extrêmement par les difcours, mais même à la vray-femblance

& à la poſſibilité de la choſe, que de
ſuppoſer deux perſonnages, qui, ſans
eſtre convenus de rien, quelquefois
même ſans s'être entendus, diſent la
même choſe préciſément en mêmes
termes ? On voit un exemple de cette
répétition dans le 8e Livre où Minerve
parle ainſi à Jupiter (*L. 8. p. 36.*) Nous
» ſçavons tous que vôtre force eſt in-
» vincible, & que rien ne peut vous ré-
» ſiſter ; mais nous ne pouvons nous em-
» pêcher d'être touchées du ſort des
» Grecs, qui rempliſſant leur malheu-
» reuſe deſtinée, periſſent dans le com-
» bat : Nous nous abſtiendrons de com-
» battre, puiſque vous le commandez :
» mais nous inſpirerons aux Grecs des
» conſeils ſalutaires, afin qu'ils ne pe-
» riſſent pas tous par les funeſtes éclats
de vôtre indignation. »   Or ce dicours
eſt répété tout entier par Junon à Jupiter dans le même Livre, trente pages aprés (*p. 64.*) & l'on peut-eſtre ſûr
que dans le Grec il eſt rendu préciſément en mêmes termes : (θ. 32. & 463.)
Au 22. Liv. Jupiter touché de compaſſion pour Hector vouloit le ſauver, Minerve lui dit : (*p. 262.*) Quoi vous
» voudriez encore arracher des bras de
» la mort un mortel, un homme qui

eft livré depuis long-temps à fa defti- «
née, & dont le moment fatal eft arri- «
vé! vous le pouvez, mais tous les au- «
tres Dieux n'y confentiront jamais. »
Junon avoit dit à Jupiter la même chofe, & dans les mêmes termes Grecs, à
l'occafion de Sarpedon, au Livre 16e.
(p. 29.) & il ne paroît pas que Minerve fe fut trouvée là pour apprendre par
cœur ces paroles de Junon.

Nous avons dans le premier Liv. un
exemple remarquable des faits qu'Homére fait raconter par fes perfonnages,
aprés les avoir expofez lui-même comme Poëte. Thétis entendant les plaintes
d'Achille fur le bord de la mer, vient
à fon fils pour lui en demander la caufe. Achille lui fait dans l'original un
narré de 22. Vers, qui redit au Lecteur
non ce qu'il a vû depuis long-temps, &
qu'il pourroit avoir oublié dans l'inter-
vale de plufieurs Livres; mais ce qu'il
vient de voir, un fait dont à peine il eft
forti, en un mot tout ce qui s'eft paffé
depuis le commencement de l'Iliade jufqu'à l'enlevement de Briféïs, qui fait
le fujet des larmes d'Achille. Peut-eftre
étoit-il effentiel à la fuite du Poëme
qu'Achille apprit ce fait à un perfonnage qui ne le pouvoit fçavoir d'ail-

leurs ; & ainfi ce ne feroit qu'un petit
défaut d'intrigue : point du tout. Thétis fçavoit à fond tout ce que lui raconte Achille : il lui dit en commençant (*L. 1. p.* 24.) vous le fçavez. Pour-
» quoi vous redire des chofes qui vous
» font connuës? „ On n'ignore pas l'attention que nos Poëtes ont à trois regles dans les recits qu'ils mettent dans
la bouche de leurs perfonnages : la premiere êft de ne faire raconter que les
chofes que le fpectateur ne fçait point
encore ; la feconde de ne faire adreffer
ce narré qu'à des gens qui ne les fça-
chent point d'ailleurs ; & la troifieme,
qui eft la plus fine , eft que ce narré n'ait
pas dû eftre déja fait par les perfonnages converfans entr'eux. Homére ne
peche pas ici contre la derniere de ces
trois regles , comme au 9ᵉ Liv. ou Phœ-
nix fait à Achille un détail de fa vie,
auquel Achille devoit répondre ᵃ *millies
jam audivi* , vous me l'avez déja dit
mille fois : mais il peche contre les deux
premieres , en introduifant Achille , qui
raconte fort au long une chofe que le
Lecteur fçait , à fa mere qui la fçait
auffi , & voilà dit Mᶜ D. fur cet endroit,
le véritable modele à fuivre. (1. 311.)

a *Gnatho in Eun.*

Homére rappelle auffi des faits épifodiques, & la repetition en eft d'autant
plus ridicule qu'ils étoient inutiles à fon
fujet dés la premiere fois qu'il en a parlé. On rompt la tête à Dioméde des exploits qu'avoit fait à Thebes Tydée fon
pere, que l'on met injuftement au-deffus de lui. Agamemnon les lui oppofe
au Liv. 4ᵉ, & Minerve au Liv. 5ᵉ: il en
eft ainfi du combat d'Achille & d'Enée
fur le mont Ida raconté par Enée même au 21 Liv. (*p.* 182.) & reproché
par Achille au même Enée avec toutes
fes circonftances, cinq ou fix pages aprés
(*p.* 188.)

La repetition des mêmes évenemens
& des mêmes fictions dans l'Iliade, fait
la face entiere du Poëme, qui ne prefente prefque par tout que des combats
à peu prés femblables, & du côté des
hommes & du côté des Dieux. C'eft
principalement à cet égard qu'on peut
dire, que fi l'on retranchoit de l'Iliade,
outre les chofes qui y font repetées mot
pour mot, celles qui ont à peu prés la
même forme, on la réduiroit au quart.
Mais dans cette repetition generale il y
a un article qui me paroît plus remarquable que les autres. Au 3ᵉ L.(*p.* 101.)
Paris s'offre de combattre feul à feul,

contre Ménélas, à condition que le
fuccez de ce combat termine la guerre
entre les deux Peuples. Hector en perfonne vient porter cette propofition aux
Grecs ; ceux-ci fans aucune confideration pour le caractere du Héros Troyen
qui leur parle, lui répondent avec autant de groffiéreté que d'injuftice, que
tous les enfans de Priam étant des impies & des perfides (*p.* 104.) il faut faire venir Priam lui-même, & fceller le
traité par un facrifice folemnel. Tout
cela s'execute avec la plus attentive
précaution. Paris prêt à fuccomber eft
fouftrait par Venus à Ménélas vainqueur ; la Treve cependant fubfifte encore ; lorfque Pandarus, indignement
tenté par Minerve, tire fur Ménélas un
trait qui rompt l'alliance qui venoit
d'eftre jurée. Nonobftant tout cela Hector au Liv. 7. a l'affurance de venir faire aux Grecs une propofition nouvelle
de combat fingulier ; & les Grecs, fans
lui faire aucun reproche de ce qui étoit
arrivé aprés le premier combat, fe
croyent obligez d'accepter le fecond
femblable à l'autre, du moins en ce que
le perfonnage Troyen ne manque point
d'eftre vaincu.

On trouve dans l'Iliade des defcri-

ptions affez longues exactement repetées. Telle eft la defcription de Minerve
qui quitte fon voïle pour prendre fes
armes au L. 5. (*p*. 223. 224.) & qui
fort par les portes du ciel, qui étoïent
commifes aux heures. Cette peinture eft
trés-noble & trés-poëtique ; mais en
vérité quand on la retrouve au Liv. 8.
(*p*. 59.) avec peu de différence dans le
François, & en mêmes termes dans
le Grec ; non-feulement on en eft bleffé
à cette feconde fois, mais il femble que
cela faffe baiffer le prix de la premiere.

Nous avons affez parlé ailleurs des
comparaifons d'Homére, & en particulier de la reffemblance qu'elles ont
entr'elles ; mais de plus elles reviennent quelquefois en répétition exacte,
comme celle du Lion qui veut entrer
dans un Parc, & qui en eft écarté par
une troupe de Bergers armez de traits
& de torches ; elle eft employée au L.
11. au fujet d'Ajax qui s'éforce en vain
d'enfoncer un bataillon des Troyens,
& au Liv. 17. au fujet de Ménélas qui
quitte à regret le corps de Patrocle,
& dans l'un & l'autre endroit elle
remplit fix ou fept Vers exactement les
mêmes [a]. Les perfonnages s'affection-

[a] λ 548. & *p*. 658.

nent auffi quelquefois à une même
comparaifon ; ainfi Thétis au 18ᵉ Livre dit d'Achille à fes Nymphes, (*p.*110.)
qu'il a crû comme un Olivier, & qu'a-
prés l'avoir élevé comme une plante
que l'on nourrit, & que l'on cultive
dans le meilleur endroit d'un bon terroir, elle l'a envoyé à Ilion ; & vingt
pages aprés (*p.* 135.) elle repete à Vulcain, au fujet du même Achille, & en
mêmes termes Grecs fon olivier, fa
plante, & fon bon terroir.

On fçait de quelle délicateffe & de
quelle legereté doivent eftre des plai-
fanteries, pour prendre dans l'efprit des
Lecteurs : la moindre affectation leur
fait manquer leur effet, & les change
fubitement en difcours fades. Homére
repete plattement les fiennes, & entr'autres celle-ci qu'il met dans la bouche de Merion attaquant Enée au Liv.
» 16. (*p.* 40.) Pluton & moi nous allons
» faire un beau partage, il aura ton
» ame, & moi la gloire de t'avoir tué. »
Mᵉ D. nous avertit elle-même.(3. 427.)
Qu'Homére s'eft déja fervi ailleurs de
la même raillerie ; en effet, Uliffe l'a
employé au Liv. 11. contre Socus ; &
Sarpedon au Liv. 5. contre Tlepoleme;
afin qu'il ne foit pas dit qu'Homére

manque d'aucune espece de repetition que l'esprit humain puisse imaginer.

Mais que dirons nous des mots & des phrases qui reviennent incessamment dans Homére : comme le τον δ'απαμει-βόμενος auquel Martial a fait une allusion ironique dans une de ses épigrammes; insinuant qu'il ne lui coûteroit rien de faire de gros Livres, s'il lui étoit permis de repeter ses mots & ses phrases comme à Homére.

Edita ne brevibus pereat mihi charta libellis.

Dicatur potiùs. τον δ'απαμειβόμενος.

On n'a paslû quatre Livres d'Homére, que l'on connoît toutes ses façons de parler : il n'a jamais qu'une seule transition de ses faits à ses discours, & de ses discours à ses faits. Mais j'en veux particulierement à ses formules; j'appelle ainsi certaines phrases toutes faites dont Homére se sert en plusieurs endroits, où elles font des effets trés-differents. Au liv. 3. (*p.* 99.) Paris se retiroit effrayé à la vûe de Ménèlas, & Hector lui dit fort à propos. Malheureux Paris qui n'as que la beauté en parta- «
ge, & qui est possedé de la passion des «
femmes, perfide séducteur : car je rends «
ainsi,

Δύσπαρι, ἐῖδος ἄριστε, γυναιμανὲς, ἠπεροπευτὰ

par des termes que je crois plus fideles
pour la traduction , & plus honnêtes
pour le sens que ceux de Mᵉ D. qui dit,
(*L.* 3. *p.* 99.) *malheureux Paris qui
n'as qu'une mine trompeuse , & qui n'es
vaillant qu'auprés des femmes.* Mais à la
fin du 13. Liv. le même Hector (*p.* 302.)
rencontre le même Paris qui encoura-
geoit ses compagnons , & les obligeoit à
combatrre de pied ferme , & là-dessus
il lui repete précisement les Vers injurieux du Liv. 3ᵉ, parce qu'Homére ne
veut pas se donner la peine d'en faire
un autre pour la seconde occasion, quelque differente qu'elle soit de la premiere.

Ce qui me surprend encore davantage , c'est de trouver d'autres formules
qui sont veritablement absurdes , la
premiere fois qu'Homere les emploïe,&
qui ne sont à leur place qu'à la seconde
ou à la troisiéme répétition. En voicy
un exemple. Dans le conseil des Troïens
au 7ᵉ Liv. le sage Antenor (*p.* 23.)
propose l'avis sensé & naturel de rendre Héléne aux Grecs. Paris , à la
honte ou au mépris de la raison humaine , fait cette replique : Antenor ,
‟ dit-il , (*p.* 24.) Vous donnez là un

conseil qui ne m'est nullement agréa- «
ble, & vous pourriez, sans doute en »
donner un meilleur : que si vous pen- «
sez à ce que vous dites, il faut que les «
Dieux irritez vous ayent ôté l'esprit. »
Mais cette réponse étoit faite pour l'endroit du 12ᵉ Livre, où Hector (*p.* 236.)
la donne trés à propos à Polydamas,
qui luy conseilloit de se renfermer
honteusement dans Troye.

Au Livre 1ᵉʳ (*p.* 13.) Agamemnon
répondant à Achille qui faisoit valoir
ses services, luy dit : De tous les Rois
tu m'es le plus odieux, car tu ne res- «
pire que querelles, que guerres, & «
que combats. » Y avoit-il quelque chose
de plus utile pour Agamemnon dans
l'entreprise de Troye, qu'un homme qui
ne respire que guerres & que combats ?
ce reproche n'est qu'une formule plus
convenable dans l'endroit où Jupiter
l'employe contre Mars au 5ᵉ Livre
(*p.* 234.) quoiqu'à dire vrai, elle ait
encore mauvaise grace dans la bouche
d'un Dieu, qui se repaît ailleurs du
spectacle sanglant de tant de milliers
d'hommes qui tüoient, & étoient tuez.
(*L.* 11. *p.* 168.) ainsi cette formule
n'est bien placée ni dans la premiere
circonstance, ni dans la seconde.

Dans un endroit du 16ᵉ Liv. (*p.* 32.) Sarpedon blessé à mort par Patrocle, fort loin des vaisseaux, appelle Glaucus à son secours, & lui dit, selon le texte traduit litteralement par Mᶜ D. dans ses remarques : (3. 425.) Quelle » honte ne seroit-ce point pour vous, » si les Grecs me dépoüilloient de mes armes, au milieu des vaisseaux! » Les Commentateurs, selon que Mᶜ D. le rapporte elle-même, ont dit là-dessus que Sarpedon rêvoit, étant à l'article de la mort ; pendant que sur d'autres traits, comme sur Patrocle mourant qui prophétise, à la fin du même Livre, (*p.* 53.) ils disent, selon que Mᶜ D. le rapporte aussi (3. 432.) que l'ame dans le moment qu'elle va se dégager des liens du corps, lit sûrement dans l'avenir, & voit tout en Dieu. Ainsi, Homére n'a point d'autre raison pour faire dire à Sarpedon qu'il meurt au milieu des vaisseaux, quoiqu'il fût bien loin de là, sinon que c'est un vers tout fait, une formule employée au 15ᵉ Livre, au sujet de Caletor tué effectivement au milieu des vaisseaux νεὼν ἐν ἀγῶνι πεσόντα. ο. 428.

Mais quand l'absurdité ne seroit pas jointe à la répétition dans la plûpart de ces

ces formules, rien ne fait un si mauvais
stile, que les expressions usuelles, nous
distinguons sûrement par là les gens
d'un esprit ou d'une éducation mince,
d'avec les personnes de merite ou de
condition : & cette habitude dans un
Ecrivain est aussi vicieuse que la manière
l'est dans un Peintre.

Enfin, pour terminer l'article des répétitions par quelques réflexions générales,
l'Auteur de Telemaque a dit quelque part
que les paroles de Mentor avoient une «
vivacité & une autorité merveilleu- «
se, parce qu'il ne faisoit jamais de re- «
dites. » Ce sentiment me paroît exquis, & j'ay toûjours crû que les répétitions éteignoient toute la vivacité
du discours par l'air de négligence qu'elles portent avec elles ; & si que mar-
quant dans l'Orateur ou dans le Poëte
de la complaisance pour ses expressions,
ou du mépris pour ses Lecteurs, elles
lui ôtent même son autorité. C'est par
là que je combattrois une raison dont
Mr & Mr D. se servent dans leur Preface sur Marc-Antonin, pour excuser
certaines répétitions que ce grand Empereur, qui n'écrivoit que pour luy, a
laissées dans ses Réflexions Morales.
Etrange injustice des hommes, s'écrient

Mr & Me D. de vouloir retomber dans les mêmes fautes, & de ne vouloir pas qu'on répéte les mêmes censures ! Je réponds à cela, que les vices des hommes ne me donnent pas droit de mal écrire, & que si un Ecrivain profane est capable de corriger ses Lecteurs ; cet honneur sera bien plûtôt acquis à celui qui aura une attention raisonnable pour la forme, & même pour le stile de son Ouvrage, qu'à celuy qui tombera dans des répétitions plattes, ou en d'autres défauts grossiers du discours. Mais enfin, Mr & Me D. accordent dans la même Préface que ces répétitions, qui selon eux ne sont pas vicieuses dans un Ouvrage de Morale, le sont dans un Ouvrage d'agrément. Cela nous suffit contre Homére. Mais nous avons contre luy sur ce sujet des témoignages plus précis, celuy du P. Rapin, par exemple : Le caractére d'Ho-
» mere, *dit ce Critique si moderé* [a], est la
» prolixité à dire & à raconter les cho-
» ses : c'est le plus grand parleur de tou-
» te l'antiquité, & les Grecs mêmes,
» tous grands discoureurs qu'ils étoient,
» ont repris dans Homére cette intem-
» perance de paroles, comme un dé-

[a] *Comp. d'Hom. & de Virg.*

faut confiderable du difcours, il eft «
dans des redites, non feulement des «
mêmes paroles, mais auffi des mêmes «
chofes, & dans des répétitions perpe- «
tuelles. Il eft vrai qu'il parloit tou- «
jours naturellement, mais il parloit «
trop. Nous n'omettrons pas le témoignage du P. le Boffu, d'un plus grand
poids pour Me D. & plus formel dans
fon énoncé : on ennuye encore le Lecteur, dit, celuy-cy Liv. 3. chap. 16.
quand on luy raconte ce qu'il fçait déja : On ne trouvoit pas cela fi mauvais
au temps d'Homére. Virgile y eft plus
exact ; Venus au premier Livre ne laiffe
point faire à Enée le recit de fes malheurs, elle l'interrompt pour le confo-
ler ; & dans le troifiéme, quand la bienféance engageoit ce même Héros à raconter fon hiftoire à Andromaque,
Helenus furvient fort à propos, qui
l'en empêche. » Mais tout doit ceder
aux témoignages de Me D. dans fon
Homére même. Car pour combattre
ce Poëte, il ne faut déformais aucune recherche ; la Préface & les Remarques de Me D. font un arfenal iné-
puifable de tous les traits qu'on peut
lancer contre lui. Par exemple, fur un
endroit du L. 5. Me D. dit (r. p. 481.)

» Agamemnon a conté cette hiftoire
» dans le Livre précedent. Voilà pour-
» quoi Homére ne la touche qu'en paf-
» fant, parce qu'il fuppofe fon Lecteur
déja inftruit. „ Sur un autre endroit du
Livre 11. elle dit de même (*p.* 523.)
» Uliffe a déja rapporté au long les or-
» dres que le Roi Pélée donna à fon fils.
» Voilà pourquoi Neftor n'en dit ici
» que la fubftance qu'il met en un feul
» Vers. „ Eft-ce ici, où dans la repetition de vingt - deux Vers au Liv. 1er,
qu'Homére eft le vrai modele à fuivre?
enfin dans une remarque fur le Liv. 20e,
elle dit (*p.* 515.) Achille détaille ici
» un peu plus l'hiftoire dont Enée a déja
» dit un mot : Homére ménage fi bien
» fes récits qu'il ne tombe jamais dans
» aucune redite. „ Comment accorder
cette loüange, je ne dis pas avec ce qui
creve les yeux des Lecteurs, dans tout
le cours de l'Iliade ; mais avec ces paroles de Me D. fur la harangue d'A-
chille à Thétis. (1. *p.* 311.) Homére
» fait voir par là, *dit-elle*, qu'un Poë-
» te, & qu'un Orateur peuvent fort
» bien redire les mêmes chofes dans les
» mêmes termes, fans eftre blâmez ; &
» que ces repetitions, qui paroiffent
» aujourd'hui trop ennuyeufes à des ef-

prits trop délicats, ou plûtôt trop in- «
quiets, font trés-raifonnables : car il «
n'y a rien de plus ridicule que de chan- «
ger fans néceffité ; ce qui a été une «
fois bien dit. „ Me D. par le privilege
que lui donne Homére, fe repete elle-
même dans une remarque fur le Liv. 8e;
excepté que ne profitant pas de fon propre avis, elle change fes termes. Homére, *dit-elle*, vol. 2. (*p*. 426.) repete
ici dix ou douze Vers qu'il a em- «
ployez ailleurs ; ce qui lui eft affez «
ordinaire. Ce Poëte, comme Eufta- «
the l'a fort bien remarqué, veut faire «
voir par là que lorfqu'on a trouvé ce «
qui eft fort bien, il ne faut pas cher- «
cher autre chofe, ni éviter ces repe- «
titions. Nous avons aujourd'hui fur «
cela une délicateffe qui me paroît plû- «
tôt une maladie qu'une marque de «
bon goût : le bon goût reçoit avec «
plaifir deux ou trois fois la même «
image & dans les mêmes termes. „
Nous recevons non-feulement deux ou
trois fois, mais cent fois les mêmes
images, en revoyant une belle piece,
ou en relifant un bon Livre. Nous ac-
ceptons auffi les repetitions dans le même Ouvrage lors qu'elles font utiles,
& qu'elles fervent, par exemple, à faire

voir l'application d'un même principe
à diverſes conſequences ; mais la moindre repetition nous choque, lors qu'elle eſt une marque de ſterilité ou de negligence dans un Auteur , en un mot,
dés qu'elle eſt une faute : eſt-ce là une
ſi grande maladie ? Au reſte il étoit im-
poſſible que Mᵉ D. défendit conſtam-
ment le vice des repetitions ; la juſteſſe
naturelle de ſon eſprit devoit la ramener ſouvent au vrai : auſſi pour un endroit où elle authoriſe les repetitions,
on en trouve toûjours deux ou trois où
elle les condamne par la loüange du
contraire. Il eſt vrai que cette loüange
appliquée à Homére eſt trés - injuſte ;
mais par rapport à la choſe même, c'eſt
un hommage indélibéré que la prévention de Mᵉ D. rend à la raiſon. Au fond
tout Auteur qui heurtera des veritez
ſenſibles , telle qu'eſt la maxime qui
défend les repetitions & les redites , ſe
contredira neceſſairement ; parceque la
vérité ſenſible qu'il combat en quelques
endroits lui échapera, ſans qu'il y prenne garde en pluſieurs autres. Celui qui
dépoſe contre la raiſon , contre la nature, contre le ſentiment intérieur, ne
manque jamais de ſe couper. Et en vérité les purs admirateurs renoncent de

telle forte aux principes ordinaires du ra fonnement , que s'ils ne fe contredi- foient, on ne fçauroit par où les prendre.

Il n'eft pas nouveau de reprocher les fuperfluitez à Homére , mais comme perfonne ne lui a encore reproché les omiffions ; on fera peut-eftre furpris de trouver ce fecond vice de compofition auffi répandu & auffi marqué dans l'I- liade que le premier. Homére, par exem- ple, joint à fes faits certaines circonftan- ces inufitées , dont il ne donne ni l'ex- plication, ni la raifon. Telle eft cette bleffure incomprehenfible que Diomé- de fait à Pandarus. (*au L. 5. p. 190.*) Il lance fon javelot que la Déeffe Mi- « nerve conduifit entre l'œil & le nez « de Pandarus ; le trait entre jufques « dans la bouche, lui fracaffe les dents, « lui coupe la langue ; & la pointe du « fer va fortir prés de la gorge, fous le « menton. „ On demande ici , dit Me D. (1. 452.) comment Dioméde , qui eft à pied , peut faire un coup comme ce- « lui qu'Homére décrit ici ? car il pa- « roît impoffible. On répond premie- « rement, qu'Homére dit que Minerve « conduifit le trait ; & en fecond lieu, « que fans avoir recours au miracle, le « coup peut avoir été donné pendant «

» que Pandarus se baissoit ; ou bien en-
» core qu'un homme à pied pouvant
» prendre l'avantage du terrain , Dio-
» méde pouvoit estre monté sur quel-
» que éminence qui faisoit que Panda-
» rus sur son char , étoit pourtant au-
» dessous de lui. „ C'est en vérité tout
ce qu'on pourroit faire que d'accepter
de pareilles interprétations , quand le
Poëte les donneroit lui-même. Dans le
21. Liv. (*p.* 211.) Lycaon fils de
Priam fait couper un figuier sauvage
pour faire les jantes de son char. Mᶜ D.
remarque fort bien là-dessus (3.530.)
qu'un figuier sauvage n'est nullement
propre à faire les jantes d'un char ; mais
apparemment , *dit-elle* , les Troyens
» étoient reduits à cette necessité , par-
» ce que les ennemis, pendant une si lon-
» gue guerre , avoient coupé pour eux
» le bois le plus solide. „ Un Poëte qui
seroit jaloux de sa réputation sur la connoissance des arts , se reposeroit-il aujourd'hui sur l'esperance d'une semblable explication? Ce qu'il y a de plus plaisant est , que dés le feüillet suivant
(*p.* 532.) Mᶜ D. dit qu'Homére rend
raison de tout , & établit par tout la
vrai-semblance.

Il y a d'autres endroits dans Homére , où faute de s'expliquer, il tombe

dans une contradiction du moins appa-
rente. Le Poëte décrit au Livre 15e
(p. 367.) la destruction de la muraille
des Grecs par Apollon. Ce Dieu dit-il, «
abbat la muraille avec la même faci- «
lité qu'un enfant, qui se joüe sur le «
rivage de la mer, abbat & dissipe avec «
ses pieds & ses mains le petit édifice «
de caillou qu'il a pris tant de plaisir «
à élever : vous abbatites de même, «
divin Apollon, cette muraille qui «
avoit coûté tant de peines & de tra- «
vaux, & vous achevâtes de mettre les «
Grecs en fuite. „ Cette facilité est déja
contradictoire à la fatigue que Jupiter,
Neptune, & Apollon doivent se donner aprés la ruine de Troye, pour abbattre par un déluge & par le concours
de huit ou dix fleuves cette muraille a
qu'Apollon seul abbat dés aujourd'hui
d'un coup de pied. Mais outre cela, au
Livre suivant (L. 16. p. 33.) Glaucus
ne peut secourir Sarpedon, parce qu'il
a été blessé d'une fleche que Teucer lui
a tiré du haut de la muraille qui a été
abbatuë, au Liv. 15. Cependant comme
on peut répondre que cette fleche a été
tirée avant que la muraille fut détruite ; quoiqu'il n'y ait aucune apparence

a L. 12. 223.

A a v

que Glaucus blessé, *& sentant de vives douleurs*, soit demeuré depuis ce temps-là sur le champ de bataille, je m'appuye sur un autre endroit du même Liv. 16. où il est dit, (*p. 26.*) que Patrocle se place entre les vaisseaux, le simoïs & la muraille. Ne répondez pas que la muraille est prise là pour la ligne sur laquelle elle étoit bâtie ; car le Poëte lui donne ici même l'épithète de haute υψηλοιο. *v.* 397. qui a toûjours été fausse, mais qui seroit très-ridicule, s'il s'agissoit d'une muraille actuellement abbatuë. *Patrocle se place entre les vaisseaux, le Simoïs, & la muraille haute :* c'est-à-dire, la muraille qui ne subsiste plus. Aussi Me D. fournit-elle une autre réponse. La muraille des Grecs, *dit-elle,* (3 : 422.) abbatuë en plusieurs endroits, subsistoit encore en d'autres ; je le veux bien, mais il faut m'accorder aussi que si le reproche de contradiction est détruit, celui d'omission subsiste toûjours.

Homére rend quelquefois raison des circonstances extraordinaires qu'il avance ; mais il ne s'en avise que long-temps aprés qu'on en a été choqué. Nous avons remarqué ailleurs un exemple de ce délay, dans le secours qu'Apollon ne

donne à Hector qu'à la page 264. du L.
22. pour la course épouvantable qu'on
lui a vû faire autour des murailles de
Troye, dés la page 260. Il en est de même du soin que Venus prend du corps
d'Hector au Liv. 23. (*p.* 298.) en ver-
sant dessus un Baûme précieux & divin,
pour empêcher qu'en le traînant on ne
le mette en pieces. Mais dés le Liv. 22.
(*p.* 275.) c'est-à-dire, 23 pages auparavant il a été traîné à toute bride derriere le char d'Achille, depuis les murs de
Troye jusqu'aux vaisseaux ; on voit de
plus à la p. 287. qu'Achille l'a traîné
autour du lit de Patrocle & sur le bord
de la mer, & lui fait plusieurs autres
outrages (*p.* 288.) enfin, selon une remarque trés-profonde de M^c D. (3. 573.)
ces faits imaginez par le Poëte sont arrivez bien plus de fois que le Poëte ne le
dit. Ainsi le corps d'Hector devoit estre
en mille pieces avant le preservatif de
Venus.

Mais je passerois encore plus volontiers à un Poëte des faits mal circonstan-
ciez que des sentimens mal développez:
Homére nous fournira encore en ce dernier point des exemples remarquables
d'omission. Au Liv. 7e (*p.* 28.) pen- «
dant une Tréve, les Grecs & les «

» Troyens mêlez les uns avec les autres
» dans le champ de bataille , enlevent
» leurs morts .... chacun charge les
» fiens fur des chariots , en verfant des
» torrens de larmes ; mais le Roi Priam
» défend à fes troupes de pleurer.» Eſt-il
quelque chofe de plus fantafque & de
plus injuſte qu'une pareille défenfe, fur
tout de la part de Priam qui fera des lamentations fi outrées fur la mort de fon
fils? Encore fi Homére nous apportoit la
raiſon de cette défenfe; mais il en laiſſe la
recherche à Me D. qui nous dit(2.407.)
» que Priam défend à fes troupes de
» pleurer de peur qu'elles ne s'atten-
» driſſent trop, & que le lendemain el-
» les n'euſſent moins de force & de
» courage pour combattre. „ Si cela eſt,
Agamemnon devoit s'aviſer de la même chofe à l'égard des Grecs ; c'étoit
même là une précaution aſſez fubtile
pour leur en faire honneur préferablement aux Troyens , qui ne font pas fi
habiles qu'eux dans l'art de la guerre.

Au 21. Liv. (p. 245.) Agenor s'exci-
tant lui-même à combattre Achille, dit:
» les grands exploits qui le rendent fi
» éclatant ne font au fond que des fa-
» veurs de Jupiter qui le protege. „ En
vingt endroits de l'Iliade , & en parti-

culier dans le Liv. 8. les Héros justi-
fient leur frayeur & leur fuite par cette
consideration, que Jupiter protege leurs
adverfaires ; & Agenor s'en fert ici pour
s'encourager. Me D. trouve bien-tôt la
réponfe à cette difficulté , Agenor,
dit-elle , (3. 542.) veut dire que puifque ces grands exploits d'Achille ne «
viennent que de Jupiter, Jupiter peut «
auffi le fortifier , & lui donner la for- «
ce neceffaire pour vaincre Achille : car «
Jupiter favorife qui il lui plaît.„ Agenor a raifon en effet de compter fur la
variation fantafque de Jupiter ; & je
vois bien qu'il faut prendre ainfi fa penfée : mais que ne l'exprime-t-il nettement, & d'où vient qu'Homere ne donne pas à fes difcours l'étenduë neceffaire pour en écarter cet air de difconvenance & de contradiction, qu'ils fem-
blent porter avec eux ?

Me D. fait naître quelquesfois par
fa traduction des furprifes qu'elle diffi-
pe dans fes remarques. Au commencement du Liv. 2 1. (*p.* 209.) Junon couvre les Troyens d'un nuage épais pour
les dérober à Achille qui les pourfui-
voit. C'eft ainfi qu'elle traduit εϖϰεμεϳ.
ϕ. 7. On ne comprend rien à cela ; car
Junon étant favorable à Achille & en-

nemie des Troyens, devoit au contraire
arrester ceux-cy dans leur fuite pour les
livrer à l'épée d'Achille ; c'étoit même
le fens que quelques interpretes avoient
trouvé dans le paffage, & que j'y trouve en mon particulier : mais Me D. s'y
oppofe, & pour exercer le talent d'interpretation qu'elle a reçû dans un trés-
haut degré, *elle dit*, (3. 528.) Junon
» pour empêcher Achille de pourfuivre
» cette moitié de l'armée ennemie qui
» fuyoit vers la Ville, la couvre d'un
» épais nuage ; car ce Héros n'auroit
» pas manqué de donner de ce côté-là,
» pour tâcher d'entrer dans Troye avec
» les fuyards. Comme les deftins lui
» avoient refufé cette gloire, Junon
» l'empêche de perdre là fon temps, &
» l'oblige par là à pourfuivre l'autre
» moitié qui fuyoit vers le fleuve. „ Si
c'eft là l'intention du Poëte, plus elle
eft fubtile, plus il étoit obligé de la declarer. Car enfin, un Auteur qui fçait
compofer, n'allegue aucune action contraire à la conduite generale des hommes, ou au caractere particulier d'un
perfonnage, fans en exprimer la raifon :
en l'exprimant on offre un trait rare de
la nature, & en ne l'exprimant pas on
prefente une abfurdité. C'eft même par

l'expreſſion de ces ſortes de raiſons
qu'un Poëte remplit ſon ouvrage de
ſentimens. Homére à qui Mᵉ D. applique toûjours cet éloge, neglige toûjours
ces ſortes de traits. N'ayant pas pris
garde que les motifs qui font agir des
perſonnages ſont préferables dans la
Poëſie au corps de leurs actions, il ſemble qu'il ait abandonné ces motifs à ſes
Commentateurs, comme un Peintre
abandonne à ſes éleves les ornemens
d'un tableau dont il croit avoir fait le
principal. Et les remarques de Mᵉ D.
ſont pleines de penſées & de deſſeins qui
devroient eſtre dans le texte.

Je mets au rang des omiſſions d'Homére le défaut d'énumeration ou de diſ-
tribution exacte dans les cas où l'une ou
l'autre ſont neceſſaires, ou enfin le peu
de ſoin qu'il a de faire entrer dans ſa
phraſe tout ce que l'eſprit demande,
pour demeurer pleinement ſatisfait ſur
la choſe dont il s'agit. L'Iliade fourniroit un grand nombre de ces exemples;
je n'en alleguerai que deux, dont le premier eſt peu conſiderable en lui-même,
mais il eſt trés-propre à faire comprendre mon accuſation. Au commencement
du Liv. 4ᵉ (p. 128.) le Poëte dit: le
fils de Saturne voulant piquer Junon &

» lui dit avec une raillerie amere : Il y
» a deux Déeſſes qui ſont favorables à
» Ménélas , Junon qui eſt honorée à
» Argos , & Minerve que les Beotiens
» honorent ſi particulierement à Alal-
» coménes ; mais ces deux grandes
» Déeſſes ſe divertiſſent à voir de loin
» les combats. „ Il me ſemble que le
Poëte devoit dire *le fils de Saturne vou-*
lant piquer Junon & Minerve , puis qu'il
les raille également toutes deux , &
qu'elles fremiſſent toutes deux de douleur & de colere (*p.* 130.) Le ſecond
exemple eſt plus important , & je l'ai
déja allegué dans une autre vûë. Au L.
4. (*p.* 134.) Minerve deſcend du ſom-
» met de l'Olympe avec la même ra-
» pidité que celle d'un aſtre que Jupiter
» envoye pour un ſigne fatal à des flot-
» tes au milieu des mers , ou à des ar-
» mées de terre , & qui ſe détachant du
» haut de la voute celeſte tombe au mi-
» lieu des airs , & aprés avoir parcouru
» une eſpace immenſe, ſe partage en
» mille & mille feux étincellants : telle
» la Déeſſe s'élance à terre au milieu
» des deux armées , à ſa vûë les Grecs
» & les Troyens ſont ſaiſis d'étonne-
» ment , & ſe diſent les uns aux autres :
» ou nous allons voir encore une cruel-

le guerre, & des combats fanglants, « où bien le grand Jupiter, qui tire de « fes tréfors la paix & la guerre comme « il lui plaît, va faire naître la concor- « de entre les deux Peuples.,, Me D. a fenti que le Lecteur pourroit regarder comme un préfage ridicule cet aftre qui promet la guerre ou la paix; car il vaudroit autant qu'il n'eût point parû : c'eft pour cela qu'elle dit (*p.* 410.) ce paffage mérite d'eftre expliqué : car com- « ment cette exhalaifon, cét aftre peut- « il préfager deux chofes auffi contrai- « que la paix & la guerre ? car il faut « bien que l'un & l'autre préfage ayent « leur fondement. Par fes feux, il peut « eftre un figne de guerre ; & par fon « extinction, quand il fe plonge dans « l'air groffier, il peut eftre pris pour « un figne de paix.,, Si c'étoit l'idée d'Homere, il devoit partager la defcription de fon phénomene en deux membres bien diftinguez, pour appliquer aux deux l'un aprés l'autre, les deux pronoftics que les peuples tirent fucceffivement : cette exactitude eft la feule fource de cette juftefse de penfée & d'expreffion, que nos adverfaires confondent quelques fois très-mal à propos avec la pointe, & la feule qualité qui

puiffe rendre un Auteur agreable aux
efprits juftes. Mais je fçai auffi qu'il ne
la faut point demander à des temps
auffi fimples que ceux d'Homere , &
pour dire plus , elle n'a jamais été parfaitement connuë des Grecs.

Virgile & Racine ont porté cette
juftefle à fon plus haut point. Rien n'eft
plus curieux que le parallele qu'a fait
Jules Scaliger(*Poët. 5. c. 3.*)des endroits
d'Homere & de Virgile fur des fujets
femblables , & le foleil en fon midy
n'eft pas plus clair que la fuperiorité
des endroits de Virgile fur ceux d'Homére : le vrai tort de Scaliger en cette
matiére , fur laquelle des Auteurs fort
inferieurs à lui le traitent fi mal , eft
d'avoir attribué à l'ancien Mufée un
Poëme fait peut-eftre vers le temps de
l'Empereur Juftinien. Mr Defpreaux qui
appellant Scaliger le pere , un orgüeilleux fçavant, dit a que Dieu a permis
qu'il foit tombé fur ce fujet dans des
ignorances trés - groffiéres , tombe ici
lui-même dans une méprife dont il étoit
encore plus aifé de fe garantir : car il
dit , que Scaliger n'a parlé d'Homére
d'une maniére un peu profane, que dans
un Livre appellé *Hypercritique* par fon

a *Conclufion des ref. fur Longin.*

Auteur même , qui vouloit témoigner qu'il y paſſoit toutes les bornes de la critique ordinaire. Or il ne s'agit point d'Homére dans l'Hypércritique de Scaliger qui eſt ſon L. 6. où il ne parle que des Poëtes Latins. Son jugement ſur Homére eſt dans le Livre précedent appellé ſeulement Critique. A tout prendre neanmoins , de pareilles inadvertances ſont trés - excuſables dans les plus ſçavants hommes , & à plus forte raiſon dans Mr Deſpreaux , qui étoit plus ſçavant Poëte que ſçavant homme. Mais une erreur de plus grande conſequence que je ne lui paſſerai point, c'eſt d'avoir dit , que Jules Scaliger s'eſt attiré par cette mépriſe la riſée de tous les gens de lettres , & de ſon propre fils même. Mr Deſpreaux qui s'étoit imaginé que la queſtion d'Homére ne ſe devoit traiter que par invectives & par injures, & qui a donné ce mauvais exemple à Me D. auroit peut-eſtre été capable de railler publiquement ſon propre pere , ſur une queſtion de cette nature ; mais Joſeph Scaliger ne l'étoit point , & il ne s'écarte du ſentiment de ſon pere qu'avec des termes pleins de bienſéance. *Neq; in hoc ſequimur optimi parenti noſtri judicium* dit-il, *ep. 247. ad Salmaſ.*

A l'égard de Racine, il n'a d'imitation d'Homére bien marquée que dans
ſon Iphigenie. La principale eſt dans
la ſixiéme ſcéne du quatriéme acte, où
Achille & Agamemnon diſputent enſemble ſur le ſacrifice d'Iphigenie qui
vient d'être declaré. Elle eſt imitée du
premier Livre de l'Iliade, où les mêmes perſonnages s'injurient au ſujet
de Briſéïs ; voici l'original traduit en
ſtile auſſi françois & auſſi correct que
celui de Me D. mais où je ne veux ni
enfler ni embellir Homére ; en un mot,
j'eſſayerai d'attrapper cette ſimplicité
fidele que les plus ſçavans Traducteurs
de l'Ecriture Sainte ont crûe neceſſaire
pour lui conſerver ſa dignité en toutes
les langues. Nous verrons comment
Homére s'en trouvera. *C'eſt Achille qui
parle :* Je ne ſuis point venu combattre
» ici à cauſe des Troyens armez, puiſ-
» qu'ils ne ſont point coupables à mon
» égard ; ils ne m'ont jamais enlevé ni
» mes bœufs, ni mes chevaux, & ils
» n'ont point fait tort aux fruits de mes
» terres à Phtye *lieu* trés fertile & trés-
» peuplé, parce qu'entre eux & nous
» il y a un grand nombre de monta-
» gnes chargées de bois, & une mer

bruyante. Mai s nous vos fuivons , «
impudent, afin que vous vous repaif- «
fiez de la vengeance que nous voulons «
tirer des Troyens pour Menelas & «
pour vous , ô vifage de chien , nous, «
pour qui vous n'avez ni eftime ni at- «
tention , vous me menacez de m'en- «
lever un prefent pour lequel j'ai foû- «
tenu de grands travaux, & que m'ont «
donné les Grecs ; Je n'ai jamais eu de «
prefent égal aux vôtres , lorfque les «
Grecs ont détruit quelques Villes trés «
habitées des Troyens : cependant c'eft «
mon bras qui execute la plus grande «
partie de la guerre impétueufe, & lorf- «
que la diftribution eft venuë , le pre- «
fent le plus confiderable eft pour vous, «
& moi je reviens fur mes vaiffeaux «
avec un prefent mince & chéri , aprés «
avoir beaucoup fouffert en combat- «
tant. Mais je m'en retourne à Phtye , «
puifque c'eft le plus avantageux de «
beaucoup , nous nous en allons en nô- «
tre Patrie, avec nos vaiffaux arron- «
dis , & je ne penfe pas qu'ici mépri- «
fé , *comme vous l'êtes* , vous recüeil- «
lez des biens & des richeffes. Agamemnon le Roi des hommes lui répondit enfuite : Fuyez donc , fi vôtre efprit vous y
porte. Je ne vous prierai point de de- «

» meurer pour moi, il y en a d'autres
» auprés de moi qui m'honorent, &
» fur tout le prudent Jupiter : vous m'ê-
» tes les plus odieux de tous les Rois de
» celefte origine, vous aimez toûjours
» les querelles, la guerre & les combats.
» Si vous êtes trés-courageux, ce font
» les Dieux qui vous ont fait tel : Re-
» tournez chez vous avec vos compa-
» gnons & vos vaiffeaux, & regnez fur
» les Mirmidons ; Je ne me foucie point
» de vous, & je ne me mets point en
» peine de vôtre colere : mais je vous me-
» nacerai ainfi. Puifqu'Apollon m'en-
» leve Chriféïs, je la renverrai avec
» mon vaiffeau & mes compagnons :
» mais j'amenerai la belle Briféïs vôtre
» prefent, l'allant *chercher* moi-même
» dans vôtre tente, afin que vous fça-
» chiez combien je vaux mieux que vous
» & qu'un autre apprehende de fe dire
» mon égal, & de fe mettre en comparaifon avec moy. » Les Leƈteurs apper-
çoivent déja dans ces deux difcours l'i-
nutilité des épithétes qui fuivent toûjours les mots, & qui n'ont jamais aucun rappport aux circonftances, la grof-
fiereté des reproches dont quelques-
uns même ne font rien au fujet, le
mauvais arrangement des parties, la

foiblesse enfin de tout le tissu. Mais
quoy que tous ces défauts ayent été extrêmement déguisez dans la traduction
de Mᶜ D, on peut la lire, Liv. I. (*p,* 11.)
pour l'opposer à l'imitation de Mʳ Racine que voici :

ACHILLE.

Et que m'a fait à moy cette Troye où je
 cours ?
Au pied de ses remparts quel interest
 m'appelle ?
Pour qui sourd à la voix d'une mere
 immortelle,
Et d'un pere éperdu negligeant les avis,
Vay-je y chercher la mort tant prédite à leur
 fils ?
Jamais vaisseaux partis des rives du Sca-
 mandre,
Aux Champs Thessaliens oserent-ils des-
 cendre ?
Et jamais dans Larisse un lâche ravis-
 seur,
Me vint-il enlever ou ma femme, ou ma
 sœur ?
Qu'ay-je à me plaindre, où sont les per-
 tes que j'ai faites ?
Je n'y vais que pour vous barbare que
 vous êtes,

Pour vous à qui des Grecs moy seul je ne
   dois rien,
Vous que j'ay fait nommer & leur Chef &
   le mien,
Vous que mon bras vengeoit dans Lesbos
   enflammée,
Avant que vous eussiez assemblé vôtre
   armée.
Et quel fut le dessein qui nous assembla
   tous?
Ne courons-nous pas rendre Helene à son
   époux?
Depuis quand pense-t-on qu'inutile à moy-
   même,
Je me laisse ravir une épouse que j'aime?
Seul d'un honteux affront vôtre frere
   blessé,
A-t-il droit de venger son amour offensé?
Qu'il poursuive, s'il veut, son épouse
   enlevée,
Qu'il cherche une victoire à mon sang
   reservée;
Je ne connois Priam, Helene ni Paris,
Je voulois vôtre fille, & ne pars qu'à ce
   prix.

AGAMEMNON.

Fuyez donc, retournez dans vôtre Thessa-
   lie,

Moi-

Pagination incorrecte — date incorrecte

NF Z 43-120-12

Moi-même je vous rends le serment qui
   vous lie.
Assez d'autres viendront à mes ordres sou-
   mis,
Se couvrir des lauriers qui vous furent
   promis,
Et par d'heureux exploits forçant la De-
   stinée,
Trouveront d'Ilion la fatale journée.
J'entrevois vos mépris, & juge à vos dis-
   cours,
Combien j'acheterois vos superbes secours.
De la Grece déja vous vous rendez l'ar-
   bitre,
Ses Rois à vous oüir m'ont paré d'un vain
   titre,
Fier de vôtre valeur, tout, si je vous en crois,
Doit marcher, doit fléchir, doit trembler
   sous vos loix,
Un bien-fait reproché tint toûjours lieu
   d'offense;
Je veux moins de valeur, & plus d'o-
   béïssance:
Fuyez, je ne crains point vôtre impuissant
   couroux,
Et je romps tous les nœuds qui m'attachent
   à vous.

   Il n'y a rien là de défectueux ni de
superflu, & l'on doit sentir par ce paralelle combien la justesse du stile donne

de force au difcours , & de beauté à la
Poëfie même ; en un mot , quelque plaifanterie qu'on veüille faire des critiques philofophiques , nous ne demandons point dans les vers d'autre géomé-
trie que celle-là.

Racine dans fon Andromaque a fait
mention de l'adieu d'Hector : mais ce
qu'il y a d'étonnant , eft que le Poëte
François grand admirateur du Poëte
Grec , & qui ne cherchoit qu'à l'imiter , n'a pû employer un feul mot de
fon original dans un fait qu'il emprunte
de lui. La principale différence de l'un
à l'autre eft , qu'au lieu que dans le
premier Hector prédit baffement à fa
femme la ruïne de Troye , dans le fecond il dit raifonnablement.

J'ignore quel fuccés le fort garde à mes ar-
mes.

Je rencontre pourtant tous les jours
des gens qui font honneur à Homére
de cet endroit de Racine. Je n'entends
pas même ici un tas d'hommes ignorans & arrogans , qui dans la difpute
prefente parlent plus haut , & plus in-
jurieufement que les autres , quoiqu'ils
n'ayent lû Homére ni dans le grec qu'ils
n'entendent pas , ni dans le Latin qu'ils
n'entendent guére , ni dans le François

qu'ils entendent trop, & qui les dé-
goûte dés les premieres pages : Je
veux dire des hommes fages qui ont
lû veritablement Homére, & aufquels
en cet endroit, comme en plufieurs
autres, une fauffe reminifcence fait
croire qu'Homére a dit ce qu'il n'a
point dit, parce qu'il devoit le dire,
fuivant l'idée qu'ils fe font forméede
lui comme d'un grand Peintre, & d'un
Poëte trés-naturel : & pour achever
d'expliquer aux hommes prévenus leur
propre machine ; cette idée agit fouvent en eux dans la lecture actuelle,
& leur fait trouver dans Homére des
difcours ou des fentimens, dont il fournit à peine quelques mots ou quelques
traits, qui étant bien examinez, ont
quelquefois même un fens tout contraire à celui qu'ils admirent.

Le défaut de jufteffe dans Homére
produit quelquefois l'obfcurité ; il faut
avoüer d'abord qu'il n'y a pas dans toute l'antiquité un Auteur dont le tour
de phrafe foit plus clair : fon fens
ordinairement trés-dégagé porte rarement jufqu'à deux vers ; ainfi, l'obfcurité dont j'accufe Homére n'eft point
une obfcurité de conftruction, c'eft une
obfcurité d'omiffion : mais cette der-

niere regne souverainement dans celles
de ses descriptions qui demandoient de
l'exactitude. Le bouclier, par exemple,
n'est qu'un amas d'obscuritez ; on a
des doutes sur l'arrangement des mé-
taux qui le composent, sur sa figure
exterieure, sur la place du ciel, de la
terre, & de l'ocean, sur l'unité ou sur
la pluralité des tableaux, sur le repos ou
sur le mouvement des figures ; mais outre cela il est absolument impossible d'entendre l'article des deux armées. Mais
comme il faut loüer Homére de tout,
Eustathe trouvant dans le Livre 17ᵉ un
un endroit que Mᶜ D. appelle (3. 451.)
le plus embarassé & le plus obscur de
l'Iliade, dit qu'Homére a affecté cette
obscurité, pour proportionner sa diction
au désordre & à la confusion du combat dont il parle. Un Poëte à qui l'on
prépare de pareilles défenses, peut
écrire comme il lui plaira.

C'est à peu prés de la même maniere
que Mᶜ D. justifie un discours trés-em-
broüillé d'Achille aux Héraults qui
viennent enlever Briséis au Liv. 1ᵉʳ
(p. 22.) Achille, *dit-elle*, (1. 308.) s'explique ici un peu obscurément à des- «
sein. » L'embroüillement d'Achille en
cet endroit vient de ce qu'ayant assuré

les Heraults qu'il les tenoit innocens de
l'injure qu'il recevoit, & qu'Agamemnon en étoit feul coupable, il leur declare un projet de vengeance qui regarde beaucoup moins Agamemnon qui
eft le feul coupable, que tous les Grecs
qui font les innocens : je ne m'étonne
pas qu'entreprenant de dire une chofe fi
injufte, il ne fçache comment s'en tirer.

Il faut dire ici un mot des amphibolo-
gies ; la première & la plus confidérable
eft celle d'Agamemnon, mettant fes troupes en bataille au Liv. 4. (*p.* 150.)
à l'occafion de laquelle Me D. fait une
longue remarque que je prendrai la liberté d'apoftiller. Elle tombe fur ces
deux vers. δ. 306.

οὐδὲ κ' ἀνὴρ ἀπὸ ὧν ὀχέων ἕτερ' ἅρμαθ' ἵκηται
ἔγχει ὀρεξάσθω, ἐπεὶ πολὺ φέρτερον οὕτως.

*Ces endroit, dit Me D. (1. 422.) eft
remarquable par fon ambiguité. Euftathe
écrit que ces deux vers d'Homère peuvent avoir quatre fens differens, & tous
fort raifonnables ; le premier, que celuy
qui en combattant fur fon char, gagnera
un char des ennemis, continuë à combattre, & qu'il ne fe retire pas de la
mêlée, pour aller mettre fa proye en fûreté : ce premier fens ne fe peut tirer*

qu'à force de commentaire. *Le second*,
si quelqu'un estrenversé de son char, que
celui qui se trouvera le plus près de lui,
lui tende sa pique, pour lui aider à mon-
ter sur le sien. C'est le plus raisonnable
de tous sans comparaison, & le seul
qui puisse estre rendu en latin par le
même nombre de paroles, *qui à suo curru*
ad alienum transierit, hastâ sublevetur.
Le troisiéme est tout opposé au second,
quand quelqu'un renversé de son char,
voudra monter sur celuy d'un autre, que
cet autre le repousse avec la pique, & ne
le reçoive point, parce que cela rallen-
tit le combat. Ce troisiéme sens est horrible par rapport à l'inhumanité de repousser un ami ; & d'ailleurs la diver-
sion qui se feroit en s'occupant à le repousser, rallentiroit bien autrement le
combat. *Et le quatriéme, celui que j'ai*
suivi, c'est-à-dire, que ceux qui étant
renversez de leur char, monteront sur le
char de quelqu'un de leurs compagnons,
n'entreprennent point de conduire des che-
vaux qu'ils ne connoissent pas, & qu'ils
ne pensent qu'à combattre à coups de pi-
que. Ce n'est pas là traduire, c'est com-
poser. Eustathe, continuë M.e D. *ajoûte*
qu'Homére a quelquefois affecté de jetter
ainsi plusieurs sens dans ses vers, pour

montrer la force de son génie, & pour faire voir que même dans ses équivoques il est τετράγωνος ἄνευ ψόγου, *& que de quelque maniere qu'il tombe, il tombe toûjours sur ses pieds : mais il ne fait cela qu'à propos, & lorsqu'il s'agit de parler à une multitude,* dont une partie prenant l'ordre en un sens, & l'autre en un autre, jetteront dans leurs rangs la confusion d'une déroute dés le commencement du combat. *Quel avantage,* continuë pourtant Me D. *ne seroit-ce point de pouvoir dire par une seule expression quatre choses differentes, & toutes trés-bonnes ? Les hommes ont rarement trouvé ce secret, pour moi qui n'ai pû conserver cette heureuse amphibologie dans ma langue, j'ai choisi le sens qui m'a parû le plus naturel.* Nous avons vû que c'étoit le second, & non pas le quatriéme qu'il falloit prendre. Mais enfin, l'Academie Françoise a aujourd'hui des membres qui peuvent décider aussi sçavamment des difficultez de la guerre, que de celles de la langue : c'est à eux à qui je renvoye Me D. pour sçavoir si quatre sens ou differens ou contradictoires qu'un Général laisseroit dans un ordre donné sur le point d'une bataille, feroient honneur à sa prudence ou à son élocution. Ce n'étoit pas du moins la pratique de Telemaque, donnoit-il un ordre, c'étoit dans les termes les plus simples & les plus clairs, il le répetoit pour mieux instruire celui qui devoit l'executer ; il voyoit dans ses yeux s'il l'avoit bien compris ; il lui faisoit ensuite expliquer familierement comment il avoit pris ses paroles. *Telem. Liv.* 12.

Mais ne renvoyons Me D. qu'à elle-même : l'amphibologie est foudroyée par sa Remarque sur le Livre 17. où à l'occasion de l'article impénétrable des deux armées dans le bouclier, elle » dit (3. 48 1.) les anciens ont prétendu » qu'Homére s'est expliqué icy d'une » maniere si équivoque, que ce passage » peut recevoir trois explications tou- » tes différentes, qu'on peut voir dans » Eustathe (*p.* 1159.) Pour moi je trou- » ve que ce Poëte a parlé fort claire- » ment & fort naturellement ; ce n'est » pas le vice d'Homére que l'obscurité. Homére est obscur, comme je viens de le dire, dans toutes les descriptions qui demandent de l'exactitude, & il faut bien qu'il le soit en quelques endroits, puisque des Interprétes Grecs l'ont trouvé tel. Ce qu'il y a de certain, c'est que Me D. défendant Homére de l'amphibologie pour le défendre de l'obſcurité, reconnoît avec raiſon que la derniere eſt l'effet de l'autre.

Le ſecond exemple d'amphibologie ſera l'expreſſion greque du L. 6. Z. 234.

Γλαύκῳ Κρονίδης Φρένας ἐξέλετο Ζεὺς

dont ſe ſert Homére, pour exprimer le Jugement qu'il porte de l'échange que Glaucus fit de ſes armes, qui étoient d'or, avec celles de Diomede qui n'étoient que de cuivre. Le ſens naturel des paroles greques eſt, que Jupiter ôta le jugement à Glaucus. Ceux qui connoiſſent bien l'eſprit d'Homére, ſont intimément perſuadez qu'il n'a jamais voulu dire autre choſe ; & malgré l'interprétation de Porphyre, qui veut que le terme ἐξέλετο, ſignifie que Jupiter éleva l'ame de Glaucus, les anciens Lecteurs d'Homére n'y avoient vû que la premiere ſignification. Le proverbe χρύσεα χαλκείων tiré d'icy [a], qui a paſſé dans toute la Grece, & qui a été employé par Platon, par Ariſtote & par Ciceron même, a toûjours ſignifié un marché de dupe. Martial a eu la même idée, lorſqu'il a dit :

Tam ſtupidus nunquam, nec tu, puto, Glauce, fuiſti.

[a] Vid. Adag. Eraſmi. Chil. 1. cent. 2.

Porphyre au troisième siècle vient presenter une autre interpretation, qui a eû
même si peu de succés, que les Traducteurs Latins d'Homére sont revenus
au premier sens. Je ne prétends pas les
avoir tous lûs ; mais d'un assez grand
nombre qui m'ont passé par les mains ,
je n'ai trouvé que Spondanus qui ait
mis *mentem extulit*, tous les autres disent, *mentem ademit*. Les Traducteurs
mêmes qui se sont donné carriere , &
qui ont cherché des agrémens, n'ont pas
profité de celui-là ; car Laurent. Vall.
qui a traduit Homére en élegante prose
latine, dit : *Jupiter enim homini men-*
tem eripuit , & l'Allemand Eobanus
Hessus , à qui Mᵉ D. a donne des éloges
que tous les sçavans n'admettront pas ,
traduit ainsi en vers :

Jupiter hîc , animumque , & sana mentis
acumen.
Eripuit Glauco.

Ainsi Mᵉ D. favorise Homére , mais
elle ne le traduit pas , lorsqu'elle fait
entrer dans son texte l'interpretation de
Porphire , qui n'est qu'un effort d'esprit. Mais je veux que ce soit veritablement la pensée d'Homére , il reste
toûjours dans son expression une am-

a *Des causes de la cor. du goût. p. 334.*

phibologie trés vicieuse ; car il ne sert de rien de penser noblement pour soy, si l'on fait naître par ses termes des pensées basses dans l'esprit de ses Lecteurs. Je n'aurois pourtant rien à dire, si ce n'étoient que des Latins ou des François qui eussent pris l'ἐξέλετο d'Homére dans un sens fâcheux , car on pourroit me répondre que ce mot est peut-estre placé de maniere qu'il ne faisoit pas d'équivoque pour les Grecs. Mais cette défense s'évanoüit dés qu'on pense que ce sont des Grecs , qui ont reproché à Homére sa decision; jusquesla que Plutarque dit que Glaucus n'étoit point si sot , en donnant à son adversaire des armes d'or , pour d'excellentes armes de fer ou d'acier qui sont bien plus propres pour les combats.

Je me souviens à ce propos d'une Remarque de Mr D. sur cette stance du Poëme séculaire d'Horace.

Cui Trojanorum parti *per ardentem sine*
  fraude Trojam ,
Castus Æneas Patria superstes
Liberum munivit iter.

Voici là - dessus la Remarque de Mr Dacier. Servius sur le premier Livre de l'Eneïde , dit qu'Horace a mis icy ces mots *sine fraude*, pour excuser Enée

» du reproche qu'on lui faifoit d'avoir
» trahi fa patrie, pour avoir la liberté
» de fe fauver : mais ce fçavant Gram-
» mairien fe trompe affûrément; Horace
» étoit trop difcret & trop poli pour re-
» nouveller dans l'efprit des Romains
» un foupçon de cette nature, dans une
» occafion auffi folemnelle que celle-
» cy ; il fçavoit trop bien que cette ex-
» cufe n'auroit pas fatisfait Augufte, &
» que pour lui plaire il falloit ignorer
» qu'Enée eût été accufé d'une fi hor-
» rible lâcheté : *fine fraude*, eft donc ici
pour *fine noxa* en fûreté. » Cette remarque eft pleine de politeffe & de bienféance de la part de Mᵣ D. mais fi l'expreffion latine faifoit naître dans l'efprit des Latins la moindre idée de ce
reproche, la remarque tourne contre
Horace ; d'autant plus que dans Homére même Liv. 13. (*p.* 283.) il eft dit
» qu'Enée confervoit toûjours un fecret
» reffentiment contre Priam, de ce
» qu'il ne payoit fes fervices d'aucune
marque de confiance & de diftinction; »
ainfi il y a beaucoup d'apparence que
le *fine fraude* prefentoit ce mauvais fens
aux Latins mêmes. En effet, Servius
Homme Latin du quatriéme fiécle, l'y
a trouvé, ce qui prouve que les Poëtes

du temps d'Auguste, quelques polis
qu'ils fuſſent, ne l'étoient pas toûjours
autant que nos Commentateurs mêmes.

Je commence ici l'apologie de nôtre
langue contre le reproche que Mᵉ D.
lui fait de ne pouvoir rendre les beautez d'Homére, en rejettant ſur cette
impuiſſance le mauvais effet que la plus
grande partie de ſon Poëme fait en
François. Mᵉ D. dans ſa Préface re-
cüeille un certain nombre d'objections
capitales contre Homére, & ſur-tout
l'idée affreuſe & infame qu'il donne de
la Divinité: tout cela paſſe comme l'eau,
& elle répond à tout avec une facilité
merveilleuſe; mais voici pour elle l'endroit terrible; c'eſt la diction ᵃ: Le ſcru-
pule eſt ſans doute fort bien placé. Elle
le conſerve dans le cours de ſes remarques, qui reſpirent une modeſtie
& une humilité profonde, ſur ce qu'elle
ne parle que François. Je ne m'ac-
coûtume point, *dit-elle*, à l'avantage «
de mon original .... ou ma langue ou «
moi nous ne pouvons en approcher, «
(3. 565.) » D'autres fois prenant un
ton plus chagrin : ce ſont des outrages
formels : Nôtre langue, *dit-elle*, eſt quelquefois malheureuſement délicate, «

» (1. 283.) ce qui a de la grace en Grec
» n'en auroit point en François, où il
ne peut être dit que baſſement (3. 562.)
» Tous les mots propres en nôtre langue,
» ſur tout pour les arts, ſont ou bas ou
» d'un ſon trés-déſagrable, & elle n'a
» rien pour les ſoûtenir, ce qui ruïne
abſolument la Poëſie (3. 598. ») Mais
premierement ce n'eſt jamais aux Traducteurs à ſe plaindre de leur langue;
non ſeulement parce que perſonne ne
doit ſe rendre témoignage à ſoi-même
de connoître toutes les reſſources, toutes les fineſſes, & toutes les graces de
ſa langue, mais encore parce que toute
traduction eſt par ſoi-même un ouvrage
forcé. En effet, quoique les hommes
ayent à peu prés les mémes idées principales, la différence des temps & des
climats, & par conſéquent des objets
& des impreſſions, met une trés-grande
difference entre les métaphores inſenſibles, ou les images approchées qui expriment ces idées principales en différentes langues. Il ne faut donc point
s'étonner qu'un Traducteur (qui peut
toûjours faire paſſer d'une langue dans
une autre un ſentiment, ou une penſée
qu'il voit dans ſon Auteur) ne puiſſe
pas toûjours faire paſſer dans ſa traduc-

tion l'image approchée, la métaphore
infenfible, en un mot l'expreffion même de fon Auteur. C'eft là ce qui fait
la peine des Traducteurs, & le défa-
vantage des traductions, qui par rapport à l'expreffion ne peuvent donner
prefque jamais que des équivalents qui
affoibliffent ou détournent même la
penfée principale. Mais ce fera toûjours
une témérité injufte dans les Traducteurs, lors qu'au lieu de rejetter cet inconvenient fur la difference des deux
langues ou fur leur incapacité propre,
ils le rejetteront fur l'indigence de la
langue dans laquelle ils traduiront. Car
je foûtiens qu'on éprouveroit la même
difficulté, en traduifant de François en
Latin ou en Grec, qu'on éprouve en
traduifant de Grec ou de Latin en François.

Une des plus fortes preuves qu'on
croye aporter de l'inferiorité d'une langue par rapport à une autre, c'eft d'être
reduite à chercher des circonlocutions,
& des periphrafes dans la langue fubalterne, pour rendre une expreffion con-
cife de la langue fuperieure. Mr D. fait
valoir cette difference fur un trait d'Homere. Θεῖη δέ μιν ἀμφέχυτ᾽ ὀμφή B. 41.
Il lui fembla que la voix divine ré-

» panduë tout autour de lui , rétentif-
» foit encore à fes oreilles. ,, Ce qu'il
y a ici , *dit-elle* , (r. 3 3 3.) de bien merveilleux & de bien avantageux pour
Homére, c'eft que ce que je n'ai pû dire qu'en deux lignes , il l'a dit en trois
mots.»Or je prétends que tout bon Traducteur éprouvera la même impuiffan-
ce d'une langue à l'autre : & ma preuve
de fait eft que toute traduction faite
avec foin eft plus longue que l'original ; parceque le Traducteur ayant toûjours peur que fes équivalents ne rendent pas tout le fens de fon Auteur , eft
fouvent porté à mettre deux mots pour
un. Cet allongement des traductions fe
voit non-feulement dans les Ouvrages
Grecs & Latins mis en nôtre langue que
l'on croît inférieure à ces deux là ; mais
encore dans plufieurs Ouvrages qui ont
été mis de François en Latin , ou de Latin en Grec. Je ne me tiens pas à des
exemples en Vers , parceque les Vers fe
pouvant compter , les Traducteurs s'af-
treignent volontiers au nombre de l'o-
riginal , quoique j'en puffe citer quelques-uns qui ont paffé ce nombre , comme ceux qui ont traduit l'Ode de Na-
mur. Mais pour les Ouvrages en Profe ,
entre plufieurs verfions Latines plus

longues que l'original François , & qui
font toutes affez connuës ; je me borne
au Panegyrique du Roi fait par Mr Peliffon. Le Latin quoique de bonne main,
excede le François d'un tiers ; car je ne
parle point des verfions Italienne & Ef-
pagnole du même difcours plus longues
auffi que l'original.

Il en eft de même de quelques Ouvrages Latins mis en Grec, comme l'Eu-
trope de Pæanius dont il y a une trés-
belle Edition d'Oxford 1 7 0 3. on y
voit clairement que le Grec excede le
Latin. Cependant comme ce Traducteur eft infidelle & peu élegant, ainfi
que l'a remarqué Mr l'Evêque d'Avranches [a] ; je n'appuye pas fur fon exemple. Mais nous avons des Commentaires de Cefar en deux Colomnes, l'une
Latine & l'autre Grecque , ou la Grecque eft d'un caractere plus petit, & déborde fouvent fur la Latine. Jungerman
qui l'a fait imprimer à Francfort en
1606. attribuë cette verfion Grecque à
Planude plûtôt qu'à Theodore Gaza,
que quelques-uns en font l'Auteur. Mon
inclination me porteroit à en faire honneur au Maréchal de Strozzi qui en
avoit fait une excellente, au jugement

_____
[a] *Huetius de interpretatione* p. 133.

des fçavants de fon temps qui l'avoient vûë, comme le rapporte Brantome fort au long dans le Volume des Capitaines étrangers. Quoiqu'il en foit Theodore Gaza Grec d'origine, & un des plus habiles hommes de fon temps, a traduit en Grec le traité de Ciceron intitulé *de la vieilleffe.* Le Grec eft toûjours plus long que le Latin, de forte même que Theodore fait cinq Vers entiers des deux Vers & demi d'Ennius, qui font à la tefte de l'Ouvrage. Enfin le Pere Petau qui a fçû autant de Grec & de Latin que les plus fçavants entre les Grecs & les Latins naturels, à traduit en Grec le traité de l'Amitié de Ciceron ; & fon exactitude même a produit un peu plus de longueur dans le Grec que dans le Latin, par la raifon naturelle que nous avons d'abord apportée.

Mais la difficulté de faire paffer dans une autre langue toute la penfée d'un Auteur n'eft rien en comparaifon de la difficulté qui fe trouve à y faire paffer tous fes agréments ; car il arrivera trésfouvent que les agréments qui tiennent prefque toûjours à quelque élegance ou à quelque naïveté d'expreffion, ne trouveront rien dans la langue où l'on veut traduire, qui réponde à la place où

ils font dans l'originale. Sera-ce le défaut de la langue où l'on traduit ? Je ne
l'accorderai jamais du François en comparaifon du Latin ; car je tiens nôtre
langue infiniment plus gaye que la Latine : Je voudrois bien, par exemple,
que toute obfcenité & toute fatyre mife
à part, on traduifit en Latin Marot, la
Fontaine, Rouffeau. Il eft certain du
moins qu'aucune traduction des Auteurs d'agrément ou de plaifanterie n'a
parfaitement réüffi en nôtre langue, fi
ce n'eft celle de Lucien : cela vient en
partie de ce que le Traducteur qui n'ad-
miroit que raifonnablement, s'eft rendu maître de fon Auteur, pour changer ou pour retrancher des morceaux
entiers. C'eft la feule maniere de faire
lire un Livre d'agrément ou de plaifanterie, comme s'il avoit été écrit en nôtre langue. Laiffant donc à part les
Ecrivains qui traduiroient dans la feule
vûë de bien faire entendre à des com-
mençants les anciens Auteurs de toute
efpece, intention trés-loüable, mais à
laquelle ni d'Ablancourt, ni Mr D.
même ne fe font bornez ; je ne con-
feillerai à aucun homme qui n'aura pas
tout à fait renoncé à fon propre avantage, d'entreprendre d'autres traductions

que celles des hiſtoriens ou d'autres Auteurs curieux par les faits.

Aprés les Ouvrages d'agrément ou de plaiſanterie, ce qu'il y a de plus dangereux à traduire ce ſont les Poëtes ſerieux ou héroïques, ſur tout lors qu'on les veut traduire en Proſe. Je n'ai jamais trouvé perſonne qui ait goûté, ni même compris la maxime de Me D. dans ſa Préface (*p. 39.*) où elle dit qu'un Poëte traduit en Vers ceſſe d'eſtre Poëte : mais en voici une que tout le monde comprendra ; je me perſuade même que l'on avoüera que c'eſt la ſeule choſe qui ſe puiſſe dire ſur cette matiére : un Poëte traduit en Proſe ceſſe d'eſtre Poëte ; & traduit en Vers, il devient un autre Poëte, bon ou mauvais pour la verſification, ſelon le genie du Traducteur. Une des raiſons dont Me D. appuye ſa maxime eſt qn'on n'a point encore vû de bonne traduction d'Homére en Vers ; & croit-elle qu'on en ait vû de bonne en Proſe ? on en a vû de ſçavantes & d'utiles comme la ſienne ; mais elle ne ſçauroit pas ce qui ſe dit juſqu'à ſa porte, ſi elle croyoit avoir fait d'Homére un Ouvrage agréable comme le Lucien d'Ablancourt. Soyons équitables ; Me D. a un trés-grand ta-

lent pour la traduction, mais elle a eu
tort de choisir un Poëte dont elle devoit laisser & les beautez, & les défauts
éternellement ensevelies dans le Grec.
Sa traduction contribuëra plus à la chûte d'Homére que nos critiques, quelques efforts qu'elle ait fait pour le soûtenir, & même pour le relever par son
style. Bien loin qu'elle lui soit inférieure, dece côté-là comme elle s'en plaint,
elle l'a tellement paré, que cela va quelques fois jusqu'à l'addition des choses,
& à l'enflure du style ; témoin l'erreur
sur le Sanglier que j'ai remarquée dans
le Chapitre des combats ; & la maniére
dont elle rend un Vers du 23ᵉ Liv. au
sujet des jeux, où elle fait dire à Homére, &c. (*p.* 310.) que les chars volent
d'une telle impetuofité que tantôt ils
paroiffent s'élever dans les nuës, & tantôt fe précipiter dans les abîmes. » Ne
femble-t-il pas qu'on nous peint des
vaiffeaux battus par une tempeſte violente? Mᵉ D. dit, (3. 578.) qu'ils couroient par des chemins où il y avoit à
monter & à defcendre. A moins que ce
ne fuffent des montagnes & des vallées,
l'éxagération feroit exceffive ; mais de
plus Homére avertit qu'ils couroient
ἐν πεδίῳ ψ. 359. que Mᵉ D. tra-

duit elle-même (3. 310.) par rafe campagne ; & qui exactement pris fignifie
un terrain uni. Auffi Homére veut-il
feulement expofer ici un effet naturel
& ordinaire des corps traînez avec une
rapidité extrême ; fçavoir , qu'alterna-
tivement ils touchent & quittent la terre ; il ne veut dire que cela , & il le dit
parfaitement bien. ψ. 368.

ἄρματα δ' ἄλλοτε μὲν χθονὶ πίλνατο πουλυβο-
τείρῃ, ἄλλοτε δ' ἀΐξασκε μετήορα.

Currus verò interdum quidem terra ap-
propinquabant alma.
Interdum autem subsultabant sublimes.

Mais pour un petit nombre d'endroits
où fon zéle nuit à fon original , par tout
ailleurs , elle enrichit véritablement le
ftyle d'Homére , qui par lui-même eft
bien plus nû que ne le croyent ceux qui
ne connoiffent ce Poëte que par les éloges de Me D. Mr Defpreaux s'en étoit
apperçû lors qu'il a déclaré que dans
tous les paffages qu'il a traduits d'Homére, *il a plus fongé à encherir fur lui*
qu'à le fuivre fcrupuleufement à la pifte a.
Cependant comme le reproche que je
fais à Homére doit paroître nouveau à
bien des gens , je veux le prouver par
un exemple trés-marqué. Je choifis deux

a *Notes fur Longin.*

morceaux, tous deux du 13ᵉ Liv. de l'I-
liade. L'un commence dans le Grec au
Vers 126. & l'autre au Vers 339. Le
premier, est de 8 Vers, & le second,
de six, ils ont été joints ensemble dans
un petit Ouvrage Grec intitulé Αγων
Ομηρου και Ησιοδου, combat d'Homére &
d'Hésiode. L'histoire de ce combat,
écrite par un Auteur qui se dit lui-même posterieur au temps de l'Empereur
Adrien, est rejettée par la plûpart des
sçavants : mais elle prouve l'estime que
l'on a faite de ces deux morceaux de
l'Iliade, puis qu'on les a mis dans la
bouche d'Homére disputant à Hésiode
le prix de la Poésie. Je vais les traduire
encore en termes convenables & en
construction Françoise, mais sans aucun
autre changement que ceux qu'exige
la difference des deux langues : en un
mot, je vais présenter Homére, ensuite nous présenterons Mᵉ D. Autour des
deux Ajax étoient posées deux fortes
phalanges que Mars lui-même allant de
rang en rang n'auroit point repris, non
plus que la belliqueuse Minerve ; car
les plus braves attendoient l'élite des
Troyens, & le divin Hector ; joignant
la pique à la pique, & le bouclier au
bouclier. Ainsi l'écu soûtenoit l'écu,

le casque *soûtenoit* le casque, l'homme *soûtenoit* l'homme. Les casques
chargez de pennaches se touchoient
par leurs aigrettes brillantes au moindre mouvement de teste, tant les fi-
les étoient serrés. . . . . Le combat sanglant devenoit affreux par les longues
lances dont ils se perçoient, les yeux
étoient ébloüis d'un éclat d'airain que
jettoient les casques brillants, les cui-
rasses toutes neuves, & les boucliers
resplendissants qui se rençontroient &
se mêloient. Celui-là auroit eû l'ame
bien courageuse qui se seroit réjoüi en
voyant ce rude combat, & qui ne s'en
seroit pas attristé. » Voici maintenant
Me D. Liv. 13. (*p.* 261. & 274.) aussi-
tôt on voit les Phalanges se rallier autour des deux Ajax avec tant de fierté &
tant d'ordre, que ni Mars lui-même,
ni la guerrière Pallas en parcourant tous
les rangs n'auroient pû y trouver à reprendre ; les plus vaillants se mettent
à la teste, & attendent fièrement Hector & tous les Troyens : les rangs sont
si serrez, que les piques soûtiennent les
piques, les casques joignent les casques,
les boucliers appuyent les boucliers,
& que les brillantes aigrettes flottent
les unes sur les autres, comme les cimes.

mes touffuës des arbres d'une foreft,
quand agitées du vent elles fe mêlent &
fe confondent..... La mort regne dans
tous les rangs, l'horreur augmente ; &
ce grand nombre de cafques, de boucliers, de cuiraffes, d'épées, & de piques, qui fe mêlent & fe heurtent, jettent un éclat d'airain que l'œil ne peut
foûtenir : il falloit eftre d'un courage
bien intrépide pour conferver fa gayeté
ordinaire à la vûë d'un fi terrible combat, & pour n'eftre pas faifi de crainte.

Entre les corrections & les embel-
liffemens que l'on peut remarquer dans
ce parallele, je prie le Lecteur de faire
attention à la comparaifon des aigrettes avec les cimes des arbres, dont Homére ne fournit pas un feul mot. Ainfi
de cet échantillon joint aux deux autres qu'on a vû dans ce Chapitre même,
l'un de Jupiter, donnant à Minerve
l'ordre dicté par Junon, l'autre de la
difpute d'Agamemnon & d'Achille ; on
peut conclure fûrement que la traduction de Me D. trés-exacte pour le fond
des penfées, eft à l'égard de la compofition & du ftyle, la traduction la plus
differente de l'original & la plus trom-
peufe qui ait jamais été. Je fçai de plus
que Me D. qui a travaillé à fon Ho-

IV. Partie.   C c

mére bien des années , en avoit fait
d'abord une traduction simple & nuë
comme l'original ; mais le Poëme de
Telemaque ayant parû vers ce temps-là,
la grande réputation qu'il s'acquit dés
sa naissance, mit Mᶜ D. en crainte pour
son Homére , & l'engagea , à refondre
sa traduction , pour mettre l'Iliade dans
le style de Telemaque. Quoique je
tienne cette ancedote d'un ami de Mᵉ
D. je ne me croirois pas authorisé à la
reveler , si elle n'étoit à son avantage.
Car ce fait prouve qu'ayant senti son
Auteur incorrigible pour le bon sens &
pour les bonnes mœurs , elle a crû devoir lui donner quelque ressemblance
du moins par le style , avec le chef-
d'œuvre de la raison & de la morale
poëtique. Mais en même - temps quel
triomphe pour Telemaque , dont les
admirateurs de profession n'ont jamais
pû dire aucun bien , & qui a toûjours
été l'objet de leur haine secrette par
l'honneur qu'il fait à nôtre siécle , &
par la honte qu'il fait à Homére qu'il a
fallu rendre imitateur d'un moderne.
Cependant comme nous sommes dans
un siécle fort éclairé , qui donne le véritable prix & le véritable rang à chaque chose , & où le plus beau style ne

repare point le vice du fond ; Homére malgré l'adreſſe de Mᶜ D. demeure pour nous dans toute ſa laideur. La traduction de Martignac ſi froide, ſi languiſſante pour nos Dames, ne leur ôte point la bonne opinion qu'on leur a donnée de Virgile, & ne fournit pas contre lui trois ou quatre objections eſſentielles, au lieu que l'éloquence de Mᶜ D. ne ſert quelques fois qu'à mettre dans un plus grand jour le nombre innombrable des impietez & des abſurditez d'Homére. Ainſi je regrette encore la premiere traduction qui auroit été du moins plus curieuſe & plus divertiſſante par la peinture naïve d'Homére. A tout prendre neanmoins, comme Homére gagne un peu plus pour ſa répûtation propre, à paroître ennuyeux que s'il avoit paru ridicule, nôtre langue lui a fait plus d'honneur que de tort dans l'état où nous l'avons, & ſous la plume même d'une Dame qui ſemble n'avoir entrepris de le traduire que pour avoir lieu de décrier le François par des plaintes éternelles & des remarques injurieuſes. Ses reproches ſe réduiſent à deux chefs principaux ; l'indigence de nôtre langue, & ſon peu d'harmonie : c'eſt à quoi je vais ſatisfaire en terminant ce Chapitre & tout cet Ouvrage.

Je remarque d'abord que la véritable richeſſe d'une langue ne conſiſte
point à avoir pluſieurs termes, pour
exprimer une même choſe préciſement
ſous le même aſpect, ou ſous le même
rapport ; mais elle conſiſte à avoir des
termes propres & particuliers, pour
exprimer les ſenſations ou les affections
de l'ame ſelon leur moindres differences, ou leurs dégrez les plus inſenſibles:
comme contentement, gayeté, joye,
allegreſſe, raviſſement ; ou ennuy, chagrin, triſteſſe, abbatement, déſolation.
Ainſi quand les Grecs auroient plus que
nous de parfaits ſynonymes, c'eſt-à-dire de ces termes qui diſent préciſement
la même choſe dans le même ſens, l'eſprit de juſteſſe propre aux modernes,
nous fait eſtimer nôtre langue de ce
qu'elle n'a preſque que des termes uniques dans le point de leur ſignification ;
& nous n'attribuons la gloire de bien
écrire qu'aux écrivains qui ſentent ce
terme unique, & qui l'employent dans
ſa ſignification propre. J'avoüe que les
Poëtes ne ſont pas obligez ſur ce ſujet
à toute l'exactitude des Auteurs en Proſe ; & la contrainte du Vers leur fait
employer ſouvent des mots d'une ſigni-

fication aprochée.DansRacine par exemple , Hermione dit en parlant d'Orefte.

Quelle honte pour moi , quel triomphe pour luy ,
De voir mon infortune égaler fon ennuy !

Ennuy n'eft pas là le mot dont on fe ferviroit en Profe : mais quelque abondance qu'ait la langue Grecque , & quelque licence qu'Homére fe foit donné dans fa Poëfie , la neceffité ou du moins la commodité de fon Vers l'a jetté dans des confufions bien plus grandes : je n'en veux pour exemple que la fin de cette defcription de combat que nous avons allegué plus haut, où il dit : celui-là auroit eu l'ame bien courageufe « qui fe feroit réjoüi en voyant ce ru- « de combat , & qui ne s'en feroit pas « attrifté » ? γηθήσειεν, οὐδ ἀκάχοιτο. v. 344. Qui eft-ce qui penfe à fe réjoüir en voyant un combat ? & eft-ce d'un autre côté un objet de triftefle proprement dite ? il falloit mettre abfolument dans le premier membre , *qui feroit demeuré tranquille ?* & Mᶜ D. a fort bien corrigé le fecond, en difant *faifi de crainte.* Au fond il n'eft pas jufte qu'Homére foit plus exact daus fes verbes , & dans fes noms, que dans fes épithétes ; &

l'on peut juger fûrement de l'un par l'autre.

Je remarque en fecond lieu que les nouvelles découvertes de tant de fe-crets de la nature, le progrez qu'on fait en nôtre fiécle toutes les fciences qui dépendent de la Phyfique & de la Geométrie, enfin l'invention d'un grand nombre d'arts abfolument inconnus aux anciens, ont jetté dans nôtre lan-gue une infinité de termes que les Grecs n'ont jamais eûs. Il fera aifé de le ve-rifier par la collection immenfe qui re-fultera de la defcription particuliere de tous les arts, à laquelle l'Academie des Sciences travaille fans ceffe depuis fon renouvellement ; & dans laquelle n'entreront point les matiéres de re-ligion, de politique, de jurifprudence, de guerre, de commerce, ni toutes les efpeces de coûtumes, de pratiques, & d'exercices qui regardent l'efprit, les mœurs, & les affaires tant publiques que particulieres, & qui s'expriment toutes en François avec une abondance de termes propres qui eft inconcevable. Mais pour ne parler que de ce qui eft déja fait ; les feuls termes d'art mis à la fuite du Dictionnaire de l'Academie Françoife font autant de Volumes que

les termes de l'ufage commun. Il
n'appartient donc point à ceux qui
n'ont pas orné leur efprit des fciences
naturelles, & de tout ce qui dépend de
la Phyfique. tant Geométrique qu'ex-
perimentale, d'accufer de difette & de
pauvreté une langue dont ils ne connoiffent pas la plus abondante reffource : ou pour mieux dire, il faudroit tout
fçavoir pour poffeder une langue qui
dit tout avec la même facilité, la même
précifion, & la même grace. Ainfi re-
connoiffant les richeffes que nous avons
tirées de la langue Grecque, & de la
langue Latine ; je foûtiens que la nôtre
telle qu'elle eft aujourd'hui, & joignant
ce qu'elle tient des deux premieres à ce
qu'elle a acquis de fon propre fond, eft
plus riche que l'une ni l'autre, auffi-
bien pour les difcours de pur agrément
que pour expliquer les fciences & les
arts. Car il eft impoffible qu'il ne paffe
dans l'ufage commun plufieurs de ces
termes propres aux fciences & aux arts,
à proportion que ceux-ci deviennent
plus connus & plus familiers ; comme
on l'apperçoit aifément dans le P. Ma-
leb. dans Mr de Fontenelle & dans quelques autres Auteurs, qui ayant joint au
talent d'écrire, la connoiffance de la Phy-

fique & des beaux-arts, en tirent fans
cefle des expreffions & des images trés-
heureufes. L'exemple de ces Auteurs à
qui les mots propres, ou les métaphores auffi belles que les mots propres,
ne coûtent rien, ou paroiffent ne rien
coûter, met dans leur tort ces imita-
teurs, qui n'ayant jamais penfé que d'a-
prés autruy, & fur tout d'aprés les Auteurs d'une autre langue, ne peuvent
rien tirer de la nôtre.

Là-deffus je dirai qu'un des exercices
les plus avantageux qu'on puiffe faire
pour acquerir l'habitude d'écrire exactement, noblement, & aifément en François; c'eft de fe rendre affez habile dans
les fciences naturelles pour en expofer
differents points, avec intention de les
faire goûter à ceux même qui ne les ont
pas étudiées. La juftiffe, la clairté & l'é-
legance qu'il faut chercher pour venir
à bout de ce deffein, fait faire à l'efprit
des efforts, aprés lefquels toutes les autres matiéres ne font plus qu'un jeu
pour lui: & l'on n'entendra jamais dire
à un écrivain, qui s'eft tiré avec honneur de ces fortes d'épreuves, que les
termes propres ou les expreffions heureufes lui manquent fur d'autres fujets,
qui en comparaifon de ceux-là n'ont au-

cune difficulté. Il eſt certain du moins
que les Auteur qui joindront ces
connoiſſances & cet exercice au talent d'écrire qu'ils auront reçû de la nature, l'emporteront toûjours ſur les autres pour la préciſion des idées, pour le
choix des termes, & pour la clarté du
tour. Auſſi les plus grands écrivains de
nôtre langue, à s'en tenir à la Proſe,
ont dû eſtre, & ont été effectivement
des Geométres. Je fais cette remarque
ſans craindre que l'on me ſoupçonne de
parler de moi, car outre que je ne m'attribuë point le talent d'écrire, je ſuis
d'ailleurs le dernier des Geométres.

A l'égard de l'harmonie ſur quoi roule le ſecond chef d'accuſation que nous
ayons à réfuter, les maîtres de nôtre
langue, qui d'ailleurs ont été partiſans
des anciens, comme Déſpreaux & la
Bruyere, ont vanté cette harmonie dans
nos Vers. L'un en a marqué l'origine.
Enfin Malherbe vint, & le premier en
  France,
Amena dans les Vers une juſte caden-
  ce :
L'autre l'a reconnuë dans le plus par- «
fait de nos Poëtes : La verſification de «
Racine, *dit-il*, eſt correcte, riche «
dans ſes rimes, élegante, nombreuſe, «

C c v

»harmonieuſe. » Et comment n'y auroit-il pas de la grace & de l'harmonie
dans une langue qui eſt fournie des mots
de toutes ſortes de longueur , & de ter-
minaiſons ſi differentes , qu'on peut
s'engager à faire plus de deux cents Vers
ſans tomber dans la même rime. Mais
pour ſentir cette harmonie & pour tenir compte à nos Poëtes des ſoins qu'ils
prennent pour la donner à leurs Vers ,
il faut ſçavoir les prémieres regles de
nôtre Poëſie , & ne pas preſenter comme
Vers François.

Lydie vous dormez d'un paiſible ſom-
meil [a]:   Ou

Mon corps s'en eſt allé, & mon nom ſeul
me reſte [b].   Ou

Quand on y entre libre on n'eſt jamais eſ-
clave [c].

Si Mr D. qui dans ſes remarques ſur
Longin eſt parvenu juſqu'à ſcander la
Proſe de Demoſthene , avoit honoré
nôtre Poëſie de la moindre de ſes atten-
tions ; il ſçauroit qu'elle ne reçoit ni
hiatus ni é pur feminin ſans éliſion dans
le corps d'un Vers :

[a] *M. D. Trad. de l'Od. 25. du premier livre*
d'Homére.
[b] *Rem. ſur l'art Poëtiq.*
[c] *Traduct. de Platon Préface.*

Par rapport à la Profe même, Mr Defpreaux a remarqué que Balfac lui avoit donné fa cadence & fon harmonie : en effet, elle eft fenfible en plufieurs de nos Ouvrages ; tels que font entr'autres le fçavant & fublime difcours de Mr Boffuet fur l'hiftoire univerfelle ; les réfléxions de Mr Peliffon fur la Religion, les Oraifons funebres & les Panégyriques de Mr Flefchier. Je dirai plus, & les loüanges d'un adverfaire ont leur prix, le ftyle de Me D. me paroît trés - harmonieux, fur tout dans fes Préfaces, & celle qu'elle a mife à la tefte de l'Iliade eft en douceurde ftyle, & en érudition gratieufe, une des plus belles productions de l'efprit non geométrique.

Mais pour entrer dans quelque détail, Me D. accufe nôtre langue de n'avoir point de mots heureux, pour dire noblement les petites chofes. Mr Defpreaux plus croyable qu'elle en cette matiére en a jugé tout autrement ; & il a regardé l'art de dire noblement les petites chofes même en Vers François comme un art difficile, mais qu'on pouvoit attraper ; puifqu'il en parle ainfi dans l'Epître à fon Jardinier.

Antoine, de nous deux, tu crois donc, je le voy,

Que le plus occupé dans le Jardin, c'est
toy.

O *que tu changerois d'avis & de lan-*
gage,
Si *deux jours seulement libre du jardi-*
nage,
Tout à coup devenu Poëte & bel es-
prit,
Tu t'allois engager à polir un écrit,
Qui dit sans s'avilir, les plus petites
choses,
Fit des plus secs chardons &
Roses,
Et sçût même au discours de la rusticité
Donner de l'élegance & ...

Voilà en même temps un témoignage & un exemple contraires à l'avis de
M⁺ D. je trouve même en une Lettre de
M⁺ Despreaux addressée à M⁺ de Mau-
croix , & imprimée dans son Edition
posthume, que toute sa vie il avoit cherché l'art dont nous parlons , voici ses
» paroles. Quand je fais des Vers , je
» songe toûjours à dire ce qui ne s'est
» point encore dit en nôtre langue :
» c'est ce que j'ai principalement affecté
» dans une nouvelle Epitre que j'ai fai-
» te : c'est l'Epitre à ses Vers. J'y conte
» tout ce que j'ai fait depuis que je suis
» au monde, j'y rapporte mes défauts,

mon âge, mes inclinations, mes mœurs; «
j'y dis de quel Pere & de quelle mere «
je suis né ; j'y marque les dégrez de «
ma fortune , comment j'ai été à la «
Cour, comment j'en suis sorti, les in- «
commoditez qui me sont survenuës, «
les Ouvrages que j'ai faits. Ce sont «
bien de petites choses dites en assez «
peu de mots, puisque la piece n'a pas «
plus de cent trente Vers. Il me paroît «
que tous ceux à qui je l'ai recitée en «
sont aussi frappez que d'aucun autre «
de mes Ouvrages. Croyez - vous , «
Monsieur , qu'un des endroits où ils «
se récrient le plus , c'est un endroit «
qui ne dit autre chose sinon qu'aujour- «
d'hui que j'ay 57. ans , je ne dois plus «
prétendre à l'approbation publique. »

Mais aujourd'hui qu'enfin la vieillesse
   venue ,
Sous mes faux cheveux blonds déja toute
   chenuë ,
A jetté sur ma teste avec ses doigts pe-
   sants ;
Onze lustres complets surchargez de deux
   ans.

Il me semble que la Perruque est «
assez heureusement frondée dans ces «
quatre Vers. „ Il est certain que Mr Des-
preaux a exécuté parfaitement le des-

foin qu'il a toûjours eu de dire noblement en Vers François de petites choses : c'est même par là que ses Ouvrages frappent les enfans & les personnes
les moins propres d'ailleurs à la lecture ; ce qui est pour un Auteur la plus
grande marque qu'il a attrapé le naturel & le vrai. Car enfin j'honore avec
toute la France le talent de feu Mr Despreaux ; quoique je m'oppose à la plûpart de ses opinions qui n'étoient point
éclairées par la Philosophie dont la chaleur naturelle de son esprit le tenoit
fort éloigné, & qu'il n'avoit pas même
tâché d'acquerir par le secours des sciences exactes qu'il ignoroit parfaitement.

Nôtre langue est donc en droit de demander réparation à Me D. de l'injure
qu'elle lui a faite dans la remarque du
vol. 3. (p. 597.) où elle parle ainsi. C'est
» dans ces détails que nous trouvons
» aujourd'hui si petits, que la Poësie pa-
» roît avec le plus d'avantage ; car il
» n'y a rien de plus beau ni de plus
» grand, que de dire noblement les plus
» petites choses. C'est un bonheur de la
» langue Grecque, & que nôtre langue
» n'a point : car presque tous les mots
» propres, sur tout pour les arts, sont ou
» bas ou d'un son très-désagréable, &

elle n'a rien pour les soûtenir, ce qui «
ruine absolument la Poësie., Je ne sçaurois dire en verité si c'est faute d'équité
ou de connoissance que Mᵉ D. s'attaque
aux arts, qui, selon que je l'ai remarqué plus haut, sont précisément le fort
de nôtre langue. En effet, bien loin que
nos termes d'arts soient bas ou d'un son
désagreable, je soûtiens au contraire
qu'aucune langue ne s'exprime plus noblement & plus harmonieusement que
la nôtre sur ce sujet. En fait de peinture
& de sculpture, par exemple, il n'est
point de portraits ou de caractére dans
les Auteurs les plus polis, qui soient
écrits d'un style si parfait que les jugemens sur les Peintres qui sont à la fin du
Poëme de Dufrenoy traduit par Mr de
Pile. Le cours de Peinture du même Mr
de Pile, ses vies des Peintres, & sur tout
les entretiens de Mr Felibien sur le même sujet, sont des sources inépuisables
d'expressions également nobles, fines
& harmonieuses. Rien n'est plus propre
que ces sortes d'Ouvrages non-seulement à porter au beau l'esprit d'un jeune Ecrivain, mais encore à enrichir &
perfectionner son style. Voilà comme
les amateurs de nôtre Patrie, de nôtre
Siécle, & de nôtre Langue sont prêts

à croire que nous n'avons que des
mots bas & défagréables pour parler des
arts. La Poëfie même en tire quelquesfois fes plus précieux ornemens. Quelle
Scênes gracieufes & touchantes n'a point
fourni l'idée du Ballet des arts à Mr de
la Mothe ? avec quelle élegance Mr de
Fontenelle a-t-il touché l'origine de la
peinture dans l'Epître de Dibutadis à
Polemon ? Mais pour couronner tous
nos exemples qui ne finiroient jamais,
j'alléguerai la gloire du Dôme du Val de
Grace faite par Moliére, dans laquelle
il n'a pas omis un feul terme de peinture, & qui eft un excellent morceau de
Poëfie ; qu'on juge par la lecture de cette piece, fi nos termes d'arts font bas
ou défagréables, ou fi comme Me D.
nous en accufe auffi, nous ne fçavons
pas foûtenir par des épithétes, ou par
des tours de phrafe, ceux qui d'eux-mêmes ne feroient pas affez onores. Ainfi
quand nous ne chargeons pas nos Poëmes de defcriptions ou de minuties comme Homére, ce n'eft pas que les termes nobles & harmonieux nous manquent ; mais c'eft que nous donnons peu
dans les defcriptions des objets inanimez, à moins qu'elles ne prefentent à
l'efprit quelque chofe de particulier,

Nous suivons en cela le précepte de Mr
Despreaux qui nous dit :

Mais ne vous chargez point d'un détail
  ennuyeux ,

Nous évitons, conformément à son avis,
le ridicule de cet Auteur.

Qui compte des Plafons , les ronds , &
  les ovales ;

Ce ne sont que Festons , ce ne sont qu'Astra-
  gales a.

Festons & *Astragales* font de beaux
mots de nôtre langue , que nous rejet-
tons neanmoins, quand ils ne viennent
point à propos : mais d'ailleurs rien ne
releve plus le discours qu'un mot d'art
ou de science placé de telle sorte , que
sa place seule l'explique , & que le lecteur juge , par l'endroit où il est mis,
qu'il ne peut signifier qu'une telle chose.

Mais peut-estre qu'on nous passera
les termes tirez des beaux arts , & qu'on
restraindra le reproche de bassesse à ceux
qui sont pris des usages de la vie, dont
Homére est plein. Je répondrai d'abord
qu'il est faux que nous ne puissions souffrir les mots qui servent à la description
des sacrifices des anciens, quoique ces
mots ayent beaucoup de rapport aux
fonctions serviles de nos cuisines. Ainsi

a *Art. Poët. de M. Despreaux.*

nous dirons trés-noblement le fang, la graiffe, & les entrailles d'une victime égorgée. En effet, à l'égard des chofes même les plus viles, nous avons quelquesfois des maniéres d'en changer les termes bas en d'autres tout auffi propres, qui rendent la defcription, non-feulement fupportable, mais d'autant plus charmante qu'on apperçoit l'adreffe de l'Ecrivain, qui fait dire-trés-clairement tout ce qu'il veut à une langue trés-délicate. Me D. elle-même trouve parfaitement ces maniéres. Je n'en veux pour preuve que l'endroit de l'Iliade le plus marqué pour ces fortes de defcriptions. MeD. dans les remarques qui répondent à cet endroit, Vol. 3. (*p.* 470.) fe plaint trés-injuftement de fa langue dont elle a été fi bien fervie que c'eft un des morceaux les mieux écrits de fa traduction: il eft au Liv. 18e
» (*p.* 129.) Achille dit: & en même
» temps il ordonne à fes compagnons
» de faire chauffer de l'eau pour laver
» le corps de Patrocle, & pour ôter le
» fang & la pouffiere dont il eft couvert.
» Cet ordre eft auffi-tôt executé: on
» met un grand vaiffeau d'airain fur le
» feu, dans le moment les flâmes l'en-
» vironnent, l'eau fremit; on fe met à

laver le corps , on le parfume d'hui- «
les précieufes , on remplit fes playes «
d'un Beaume exquis , & aprés l'avoir «
mis fur un lit de parade , on le couvre «
d'une étoffe trés-fine, on étend pa- «
deffus un voile d'une éclatante blan- «
cheur ; & les Theffaliens veillent au- «
tour de lui, & le pleurent avec Achille. »

Aprés cela , je ne défends point nôtre
langue d'avoir des termes bas ; c'eft une
marque de fa délicateffe ; elle en a aufli
du moyen ufage , & tout cela contribuë
à caractérifer fes différens ftiles ; mais il
ne faut pas croire que cette difference
vienne du fon , comme Mᶜ D. le dit fi
fouvent. Elle vient, à l'égard de certaines chofes , comme des parties du
corps humain , de ce qu'entre des termes également ufitez , il y en a de plus
ou de moins vulgaires , de plus ou de
moins décens. Mais cette différence
vient encore plus fouvent d'une autre
raifon , que Mᶜ D. infinuë elle-même[a] ;
fçavoir , que certains offices comme
les apprêts des viandes font abandon-
nez aujourd'huy aux valets : & cette
raifon eft fi jufte , que fi nous parlions
grec en France , en confervant nos
mœurs préfentes, plufieurs termes d'Ho-

[a] Vol. 2. p. 448.

mére feroient devenus bas , & nous ne pourrions plus nous en fervir dans les difcours aufquels nous voudrions conferver de la dignité, puifque nous ne pourrions plus y faire entrer la chofe même. Homére n'avoit pas tort pour cela de s'en fervir, & les gens fenfez ne le condamneront jamais d'avoir décrit ces fortes de fonctions, dont les hommes du premier ordre ne fe tenoient point déshonorez de fon temps ; ou s'ils le condamnent, ce ne fera qu'autant que ces defcriptions feront répetées , ou qu'elles defcendront dans un détail de minuties, qui n'offre rien de particulier à l'efprit : & pour faire voir invincēblement que c'eft la difference de nos mœurs & non le fon de ces mots qui les rend bas , c'eft qu'ils font trés-nobles dans un autre fens ; j'avoüe que le mot *pois* fignifiant légume eft trés-bas, comme nous le reproche Me D. (2. 564.) mais il eft trés-noble dans cet autre fens ou l'employe Racine dans Mithridate.

Aprés cinq ans d'ennuy dont tu fçais tout
  le pois.
Quoy je puis refpirer pour la premiere
  fois.

  Au contraire, nous avons des mots trés-fonores, par le nombre & la va-

rieté de leurs fyllabes , & qui demeurent trés bas par leur fignification ,
comme *Cremaliere* & *Cafferole* , qui valent bien κυαμοι & ἐπεβινθοι que Me D. oppofe à pois & à féves , (*ib.*) & que
nous n'employerons neanmoins jamais
dans un difcours grave : mais entre un
petit nombre de mots rudes qui fe trouvent dans le François , comme dans le
Grec & dans le Latin , il n'en eft aucun
qui foit exclus de la grande Poëfie, par
la nature du fon ; d'autant qu'en nôtre
langue comme en toute autre, c'eft le
mêlange bien entendu des mots rudes
avec les doux , comme des mots courts
avec les longs , qui fait l'harmonie de
la phrafe entiere. Me D. a dit que l'on
change tant qu'on voudra le fens de *porc*,
jamais on n'en fera qu'une fyllabe dure & défagréable. J'avoüe qu'elle eft
dure , fans avoüer qu'elle foit défagréable pour cela : mais je foûtiens que
ce mot placé entre quelques autres qui
feroient plus doux , ne gâteroit un vers
que par fa fignification. Le mot de *Roc*
qui eft à peu prés de la même nature , a
été employé par Mr Defpreaux : Autant
qu'un homme , dit-il ^b, *Voit d'un roc élevé d'efpace dans les airs.* Pour ce qui

a *Des caufes de la corr.* p. 338.   b *Trad. de Long.*

eſt de *Bouvier* & de *Vache* que Mᵉ D.
nous allegue comme des mots rudes &
déſagréables par eux-mêmes ou par leur
ſon : j'aurai la hardieſſe de lui nier ſa
propoſition. *Bouvier* eſt compoſé de deux
ſyllabes trés pleines & trés-ſonores,
Vache ſonne un peu moins: mais s'eſt-on
jamais fait une peine d'employer dans
des vers le mot *cache* qui luy reſſemble parfaitement. C'eſt donc l'idée ſeule
de la ſignification qui exclut ces mots
de la grande & même de la moyenne
Poëſie : ceux de Paſteur & de Geniſſe
que Mᵉ D. a leur ſubſtitué comme plus
doux & plus beaux, leur ſont préférables, moins par le ſon que par une ſignification un peu plus avantageuſe dans
le même ſujet, car il faut peu de difference réelle, pour faire dans les eſprits
des impreſſions trés-différentes. *Paſteur*,
ſans parler de l'idée romaneſque qu'on
y attache, repreſente un homme qui
garde des moutons & des brebis, animaux moins groſſiers & moins peſans
que le bœuf. *Geniſſe* repreſente une
jeune vache mieux faite & plus propre
que celles qui ont porté. Mᵉ D. (*ib.* 337.)
dit que *vacca* s'employe en latin, même
dans les Poëmes Epiques, & que *Vache*

a *ib.* 336.

ne sçauroit être employé en aucune Poësie.   Je donne à cela deux réponses ;
l'une, que dans l'Italie où les Poëtes
Latins ont travaillé ; les vaches peuvent avoir meilleur air que dans ce climat ; comme les asnes de l'Orient sont
plus beaux que les nôtres. La seconde,
que nous avons encore plus de delica-
tesse que les Latins, qui en avoient
beaucoup plus que les Grecs ; c'est pour
cela que Virgile dans ses églogues même
n'a point introduit de porcher, quoy
qu'Homére en ait pris un pour un des
principaux personnages de son Odyssée.

Mais disons quelque chose de plus important que tout cela, l'effet des mots
dépend beaucoup du sens général de la
phrase où ils sont employez. Ciceron
avance quelque part qu'il seroit impossible de trouver de l'harmonie dans une
langue qu'on n'entendroit pas ; Rien
n'est intelligible pour nous autres modernes que ce qui est judicieux & raisonnable. Les plus beaux mots du monde nous paroîtront durs & bas, quand
ils nous diront quelque chose de faux
& d'absurde. Me D. a raison de n'a-
voir point traduit Homére litteralement
quand il dit a que l'on voit approcher le

a *Rem. de M. D. 3. 580.*

» vaillant fils de Tydée, qui triomphant
» pouffe à toute bride fes fougueux cour-
» fiers, au travers des gouttes de pouffiere dont il eft couvert. » Parce qu'en
effet l'idée de *goutte* & celle de *pouffiere*
ne s'accordent point : mais ce mot
goute qu'elle a raifon de trouver là très-
petit , auquel elle a bien fait de fubftituer celui de *torrent*, & auroit encore
mieux fait de fubftituer celui de *nuage*,
eft admirable dans ces vers d'Atys , où
il eft employé à propos.

> *L'onde fe fait une route,*
> *En s'efforçant d'en chercher,*
> *L'eau qui tombe goute à goute*
> *Perce le plus dur rocher.*

Nôtre langue diroit parfaitement bien,
par exemple , que le lion baiffe la peau
» qui eft fur fes fourcils , & qu'il en
» couvre fes yeux pour ne pas voir le
danger. » Ces termes n'ont point par
eux-mêmes la baffeffe que Mᵉ D. leur
reproche ; (3. 439.) mais nous n'aimons
pas ce difcours , parce qu'il eft faux &
contraire à l'obfervation anatomique :
mais indépendamment de l'anatomie ;
fi le lion allant au combat fe cachoit le
danger , il fe cacheroit auffi les objets,
& s'iroit enferrer mal à propos, ou enfin

fin s'il vouloit ne voir ni l'objet ni le
danger, il n'auroit qu'à baisser sa paupiere même. Si Homére, comme Mr D.
s'en vante ici, avoit connu les mœurs,
ou plûtôt l'anatomie des animaux, il
auroit sçû qu'il n'y a que les oiseaux en
qui la membrane interne de la paupiere
soit mobile, & se baisse comme un rideau un peu transparent, qui leur garantit l'œil, quand ils se coulent entre
les branches des arbres ; au lieu que les
quadrupedes ont au grand angle de l'œil
une membrane immobile que l'œil même va chercher de temps en temps pour
s'humecter. Au fond, quoiqu'un Poëte
ne soit pas Physicien de profession, &
qu'en certaines choses il lui soit même
permis de suivre le courant des opinions populaires ; cependant rien ne luy
fait plus d'honneur que lorsqu'on voit
par ses expressions qu'il n'ignore pas le
fait physique, & à plus forte raison,
lorsqu'il en instruit lui-même son Lecteur. C'est ce que le Tasse a fait parfaitement au chant 20. st. 55. où il compare l'épée de Renaud à la langue d'un
serpent.

Qual tre lingue vibrar sembra il serpente,
Che la prestezza d'una il persuade,
Tal credea lui la sbigottita gente,

Con la rapida man girar tre spade :
L'Occhio al moto deluso il falso crede ,
E'l terrore à que' moʃtri accreʃce fede.

Bien loin de donner dans l'erreur vulgaire, il la refute, & fonde ʃa compa-
raiʃon ʃur le fait même expliqué phyʃi-
quement.

Mᶜ D. ʃur cet endroit du Livre 17.
où Homêre (*p. 61.*) parle d'un lion qui
s'eʃt ʃaiʃi d'un taureau (dans le grec c'eʃt
une vache) ʃe plaint d'avoir eʃté obligée
de traduire le vers 63.

τῆς δ'ἐξ αὐχέν' ἔαξε.

par ces mots : *aprés luy avoir rompu le
cou* : Je ʃuis bien fâchée, *dit-elle,* (3. 436.)
» que nôtre langue ne puiʃʃe dire cela
» plus noblement, mais j'ai mieux aimé
» le dire en termes communs , que de
» ne le point dire ; car cette particula-
» rité marque qu'Homere connoiʃʃoit
» parfaitement les mœurs des animaux :
» le lion dés qu'il a ʃaiʃi un taureau, com-
» mence par luy rompre le cou, parce
» que c'eʃt la tête du taureau qu'il a ʃeule
à craindre. »   J'avoüe que rompre le
cou eʃt une expreʃʃion baʃʃe : mais pourquoy l'eʃt-elle ? C'eʃt parce qu'elle n'eʃt
pas juʃte, d'autant que de toutes les
parties du cou, il n'y a proprement de
ʃujettes à rupture que les vertebres, qui

ne font pas la principale. Si j'avois eû cet endroit à traduire, j'aurois dit fim- plement que le lion étrangla le tau- reau, le terme eft fuffifamment noble pour des animaux. Mais fi Me D. avoit trouvé dans fon Auteur un perfonnage qu'on eut fait étrangler, ce qu'Homére n'auroit jamais manqué de dire par le terme le plus fimple, elle auroit bien déploré la baffeffe & la mifere de nô- tre langue, dans laquelle elle n'auroit vû aucune reffource pour exprimer no- blement & poëtiquement ce genre de mort. Racine n'y a pas été embarraffé, & il en a fait deux des plus beaux vers de fon Bajazet, lorfqu'il fait dire à Atalide qui vient de perdre fon amant:

Moy feule j'ai tiffu le lien malheureux,
Dont tu viens d'éprouver les déteftables
nœuds.

Enfin j'oferai le dire à l'avantage de nôtre langue, je la regarde comme un tamis merveilleux qui laiffe paffer tout ce que les anciens ont de bon, & qui arrête tout ce qu'ils ont de mauvais. Boileau a dit:

Le latin dans les vers brave l'honnêteté,
Mais on peut dire que le grec brave la raifon. Pour juger de l'expreffion ou même de la poëfie d'Homére, il faut

certainement le lire en fa langue ; mais
pour juger du caractére de fon efprit,
& de la mefure de fon fens, il faut le
lire dans la nôtre, qui de toutes eft la
plus capable de mettre les penfées dans
leur veritable valeur. On ne doit pas
s'étonner que Me D. n'ait pû regarder
Homére dans fa traduction même, fans
être fouvent bleffée du mauvais effet
qu'il y fait encore, aprés les foins qu'elle
a pris de le redreffer. Ce malheur ne
vient point de ce que nôtre langue eft
indigente, baffe, & fans harmonie :
mais il vient de ce qu'étant accoûtumée à des penfées juftes, à des fentimens équitables, & à des expreffions
polies, elle refifte, & fe refufe à tout
ce que veut dire Homére, & gemit fous
des difcours fans raifon, fans humanité
& fans bienféance. Tout cela paffoit
chez les Grecs à la faveur de l'harmonie qu'ils trouvoient ou vouloient trouver dans Homére, c'eft ce qui a établi
chez eux la réputation de ce Poëte que
le préjugé tiré de leur exemple a enfuite répanduë par tout Caton le Cen-
feur a connoiffoit parfaitement l'efprit
général des Grecs, & combien ils donnoient au fon des mots, lorfqu'il difoit

a Plut. in Catone.

que la parole fortoit aux Grecs des lévres , & aux Romains du cœur ; à quoi
j'ajoûterois, pour achever le paralelle,
qu'aux vrais modernes elle fort du fond
de l'efprit & de la raifon ; je laiffe aux
gens fenfez a mettre dans leur véritable
rang ces trois différentes fources de l'é-
loquence des Grecs , des Latins & des
François , & à juger de l'humiliation où
nous doit mettre le reproche que M^r D.
fait en ces termes à tout fon fiecle [a].
Nous n'avons rien de parfait & d'a- «
chevé , ni qui puiffe entrer en com- «
paraifon avec les beaux ouvrages de «
l'ancienne Grece, qui l'emportent tou- «
jours fur les nôtres , au moins de ce «
côté-là, c'eft-à-dire du côté de la com- «
pofition & de l'arrangement des ter- «
mes. » Si les Grecs & les François
demeurant d'ailleurs tels qu'ils font,
avoient feulement changé de fiécle ; un
Critique Grec ne diroit il pas à fes com-
patriotes avec plus de jufteffe , & dans
le fens & dans la phrafe : Malgré la compofition & l'arrangement de nos termes,
nous n'avons rien de parfait & d'achevé , ni qui puiffe entrer en comparaifon avec les beaux ouvrages de l'ancienne France , dans ce qui fait l'effen-

a *Poët. d'Arift.* p. 353.

tiel du difcours ; c'eft-à-dire, dans le choix des penfées, & dans la maniere de raifonner.

F I N.

IL y a onze Cartons à mettre dans
tout le Livre. Deux qui font attachez à la feüille de la Table & du Privilege, chiffré l'un 595. en page im-
paire, & l'autre 605. tous deux pour
le dernier Volume. Trois attachez à la
feüille fignée X. du 1er Volume (fuppofant tout le Livre relié en deux) de
ces trois il ne faut prendre que celuy
qui eft chiffré 3 3 1. pour le premier
volume, les deux autres font inutiles.
Huit attachez à le feüille Dd du dernier
Volume. Le premier chiffré xxv. pour
la Préface, dans laquelle il doit tenir la
place de trois feüillets xxv. xxvij &
xxix. qu'il faut ôter, fans fe mettre en
peine de la fuite des chiffres. Le 2e chiffré 1. le 3e 105. le 4e 151. le 5e 253. le
6e 295. le 7e 397. tous pour le premier
Volume, & le 8e chiffré 411. pour le
dernier volume. Aprés quoy vous arra-
cherez le feüillet même où tient cet
Avis, qui n'eft que pour vous.

www.ingramcontent.com/pod-product-compliance
Lightning Source LLC
Chambersburg PA
CBHW052342020726
47503CB00001B/73